ATLANTIC BAY

- Conception graphique et réalisation : Jenna Hayden, Legato Studio Intl.™, New York, NY. USA
- Crédit iconographique des première et quatrième de couverture : Adobe Stock Photo®, Shutterstock®, iStock® (visuels complémentaires).
- Crédit phonographique des œuvres citées, citation : voir en fin d'ouvrage.
- Produits et marques : l'auteur reconnaît le statut commercial et les ayants cause ou ayants droit des produits et marques cités dans cette œuvre de fiction. La publication / l'utilisation de celles-ci n'est pas liée ou sponsorisée par leurs propriétaires. The author acknowledges the trademark status and trademark owners of various products ans brands referenced in this work of fiction. The publication / use of these trademarks is not associated with or sponsored by the trademark owners.

ISBN : 978-2-9586068-0-0

ATLANTIC BAY

La plus belle histoire d'amour de votre vie

ROMAN

Jean-Marc Lévy

Table des matières

L'auteur remercie chaleureusement de leur concours :

Alain C. (Paris)
Alan A. (Water Mill, États-Unis)
Alexandra B. (Le Blanc)
Amély D. (Savines-le-Lac)
Anicée A. (Boulogne-Billancourt)
Barbara S. (Paris)
Carole B. (Amiens)
Christian V. (Paris)
Daria P.-C. (Bucarest, Roumanie)
Hôtel Dolder Grand (Zurich, Suisse)
Doriane T. (Vincennes)
Emanuela et Ginevra C. (Vintimille, Italie)
Famille E. (Carlisle, États-Unis)
Géraldine B. (Menton)
Helga E. (Berlin)
Jacqueline, Roland et Caroline D. (Levallois-Perret)
Jennifer C. (Santa Clara, États-Unis)
Jodie F. (Los Angeles)
Joelle M. (New York)
Josiane et Céline P. (Menton)
Josiane et Jackie L. (Reims)
Julia M. (Nice)
Laurence H. (Saint-Mandé)
Lídia B. (Rio de Janeiro)
Mandarin Oriental Hotel (New York)
Marguerite D. et Enrico D. (Saint-Laurent-du-Var)
Maria Alice G. d. S. (Guimarães, Portugal)
Marie-Christine B. (Paris)
Marjorie M. (Franconville)
Melissa J.H. (Los Angeles)
Muriel, Cécile B. et leur famille (Caussols)
Muriel R. (Roissy-en-France)
Olivia H. (Londres)
Phoebe C. (New York)
Roger V. (Los Angeles)
Sandrine C. (Villepinte)
Sophie B. (Deuil-la-Barre)
Virginie P. (Enghien-les-Bains)
Yvonne T. (Nice)

Brooke Shields et… Malvina

I.

Embarquement immédiat

L'hiver a fini par iriser Paris, comme ses banlieues les plus lointaines. Depuis près d'une semaine, une pellicule de givre recouvre toits et routes, sur laquelle se dupliquent à l'infini les millions d'ampoules des sapins de Noël installés par les municipalités.

Une voiture de sport orange file sur le périphérique. L'autoradio diffuse – fort – *Dancing Queen*. En voyant grossir ses phares dans leur rétroviseur, les rares conducteurs qui circulent à cet instant se rangent aussitôt. Sortie porte de la Chapelle, puis l'autoroute du Nord, La Courneuve, Le Bourget, Tremblay-lès-Gonesse et déjà, au loin, l'énorme masse sombre de l'aéroport de Roissy, vaisseau spatial posé devant l'horizon tout juste devenu bleu nuit. Entre deux décollages, les déneigeuses continuent de dégager les pistes pour les derniers vols de la journée.

Dans le préau du lycée, le chauffeur chantonne avec un net accent marseillais sa version personnelle du succès d'Abba. Il frappe en cadence dans ses mains, autant pour se réchauffer que pour rappeler à la petite foule qu'il est temps de partir. Le moteur tourne et la fumée blanche qui sort de l'échappement nous confirme la température, glaciale. Les parents essaient de masquer leur inquiétude par leurs plaisanteries ringardes : « Si tu t'ennuies pendant le vol, tu n'auras qu'à faire le tour de l'avion. » Leurs ados font bonne figure eux aussi, rigolent et s'agitent, valises et sacs à leurs pieds, prêts pour l'aventure de leur vie. Quelle aventure ? Trois semaines aux États-Unis, d'abord à New York, puis chez leurs correspondants, près de Boston, en Nouvelle-Angleterre.

Tout le monde est à bord. Quelques larmes furtives coulent de part et d'autre des vitres du car. Le chanteur referme la porte pneumatique, enclenche la première en enchaînant sur *Ça plane pour moi*.

Chignon impeccable, foulard couture sur les épaules, escarpins griffés, ongles carmin, leur sillage parfumé par Oscar de la Renta, Taryn et Florence sont, dans l'ordre, les vedettes de leur compagnie, les stars de Roissy et les plus enviées de la profession, rares hôtesses affectées à l'accueil des passagers importants, les *VIP*. Florence est à moitié américaine, Taryn vient de Chicago. Chaque fois qu'elles traversent l'aérogare pour prendre leur poste, la chorégraphie est identique : voyageurs, vendeurs de journaux, pilotes, mécaniciens, tous tournent systématiquement la tête à leur passage, les suivent du regard jusqu'à ce qu'elles disparaissent au loin, qu'un client s'impatiente, ou que leur cou ne puisse physiologiquement plus pivoter, puis embarquent en famille ou se replongent résignés dans leurs activités routinières, encore moins intéressantes qu'une minute plus tôt.

Au briefing d'avant vol, quand le nom « Anthony Wahl » figure sur le manifeste, c'est au tour de ces Vénus d'être troublées : parmi les personnalités des affaires, du showbiz ou de la politique qu'elles côtoient à longueur d'année, il est de loin leur préféré. Le jeune businessman a tout pour lui c'est vrai, le port d'un mannequin, la réussite éclatante, décontracté quoi qu'il arrive, quasi désinvolte, un phrasé unique, un peu traînant, témoin aristocratique de dynasties disparues, bref une aura qui le précède et le suit. Toujours cordial, il leur parle avec respect dans un anglais sans accent. Tellement parfait qu'il pourrait se permettre d'être moins riche. Taryn et Florence se bousculeraient presque pour lui proposer de la lecture, lui apporter sa carte d'embarquement, ou un troisième sucre pour son café. Souvent elles retrouvent sa photo sur le papier glacé des magazines mis à disposition, auprès de vedettes internationales, à la sortie des restaurants huppés de Londres ou Monaco, de manifestations prestigieuses, de galas de charité, au Studio 54 ou autres clubs à la mode. Elles rêvent qu'à la dernière seconde il leur griffonnera son numéro de téléphone sur une couverture, les emmènera dîner à son retour au volant de sa célèbre Pantera orange.

« Rampantes », elles envient leurs collègues navigantes qui, une fois la passerelle détachée, auront, elles, des heures pour s'évertuer à le séduire, se plier en quatre pour obtenir un hypothétique rendez-vous. Elles ne savent pas que, malgré sa perspicacité redoutable, leur chouchou se donne un mal fou pour mémoriser les visages. C'est comme ça. Pour lui, chacun ressemble à l'autre, a fortiori en uniforme. Aucun mépris de sa part, la seule faille d'un cerveau de compétition capable de tout analyser, de tout enregistrer. Sa courtoisie donne le change.

En outre, elles n'ont pas souvent l'occasion de voir arriver la longue silhouette. Depuis un an, ce sont plutôt leurs collègues du Concorde d'Air France qui partagent ce privilège. Mais en cette période de fin d'année, à cause du peu de sièges offerts par le supersonique, ses vols pleins des mois à l'avance, cet aller-retour-là a été ajouté in extremis à son planning en vue de la finalisation d'un contrat mirobolant avec un géant du jouet.

Dès qu'ils y pénètrent, l'immense nef de béton brut calme d'un coup le cortège d'une quarantaine d'adolescents, encore agités une minute plus tôt, tels de jeunes manifestants. Même ceux qui ont vu des reportages sur Roissy n'en reviennent pas. Oubliée l'angoisse, oubliée Tenerife, la pire catastrophe aérienne de tous les temps ! Ils suivent, brandie par un homme replet, une pancarte sur laquelle on a écrit au marqueur, non pas une quelconque revendication, mais « Paul Langevin », le nom de leur bahut. Indiqués par les panneaux jaunes *Accès aux avions – To Planes*, on aperçoit les fameux tubes transparents, identiques à ceux du centre Pompidou, qui permettent de gagner son Satellite (salle d'embarquement), puis n'importe quel point du globe. On imagine encore à Bombay ce matin cette femme en sari venue voir la tour Eiffel, que ce groupe folklorique de mariachis s'apprête à retourner au Mexique, le Boeing de cet équipage l'emmener tout à l'heure sur l'autre versant de la planète.

Le tumulte général réveille l'agitation des jeunes gens. On les comprend : beaucoup prennent non seulement l'avion pour la première fois, mais commencent à réaliser qu'ils seront à New York dès demain, inconcevable pour des lycéens de Seine-Saint-Denis, le département le moins bien loti de la région parisienne.

Un peu à la traîne, une fille du groupe suit… sur son skate, comme si de rien n'était. Elle porte un pantalon de velours marine évasé dans le bas, un sweat-shirt Snoopy bleu ciel et des tennis blanches, a noué sa doudoune à la taille, car l'air est vite devenu étouffant dans l'espace hermétique. On ne distingue pas bien ses traits, cachés par la visière d'une casquette de base-ball sous laquelle elle a ramené ses cheveux.

Épaisse moquette marron glacé, canapés coordonnés, tables basses en verre fumé, isolé du vacarme, Anthony Wahl repose sa tasse avec élégance et, sourcils froncés, tapote son stylo contre son menton ; ça l'aide toujours à réfléchir. Avant chaque vol, il met ainsi à profit ce temps passé dans les *VIP lounges* de la planète pour travailler au calme, car il sait qu'il aura plus de mal à se concentrer une fois à bord, surtout sur ces vols interminables. Seul un bon livre aura le pouvoir de l'extraire du bruit lancinant des réacteurs.

Les portes automatiques s'ouvrent au passage de chaque nouvel arrivant. Certains en profitent pour jeter un œil, tenter d'apercevoir une célébrité. À quoi peut bien ressembler la vie de ceux qui ne voyagent qu'en première classe ? Comment sont traités les plus nantis de la société ?

Une jeune femme sophistiquée entre, liane au type italien. Wahl jr. lève la tête, puis se replonge dans son dossier. Elle lui a souri, alors il se demande s'il la connaît. Ne serait-ce pas Veronica, sa prochaine conquête, rencontrée en Suisse ? *Si c'était elle, elle serait venue m'embrasser.* L'inconnue s'adresse à Taryn pour la prier de se charger de son imposante valise de cabine et du vanity-case. Laissés à l'entrée dans l'axe du rayon infrarouge, ils empêchent les portes de se refermer, permettant aux petits curieux de rêver encore un peu. Distrait par le brouhaha continu venu de l'extérieur, Wahl s'interrompt de nouveau. Perplexe, il se figure sa discussion du lendemain face aux Japonais. *La négociation risque de durer avec eux. Devrai-je revenir exprès en janvier avant Hong Kong ?* Les portes toujours bloquées en position ouverte, son regard est dévié vers un groupe de jeunes gens, de toute évidence heureux de partir. Une pancarte. Il imagine un séjour linguistique, ou quelque chose d'approchant.

Alors qu'un accompagnateur habillé à la Sherlock Holmes pointe une à une les têtes avec son crayon pour les compter, l'adolescente de tout à l'heure, arrivée au niveau de ses copains, pèse sur l'arrière de sa planche à roulettes pour freiner. Sherlock Holmes râle, lui fait signe de se ranger avec les autres et reprend son comptage. Wahl jr. sourit : il n'avait encore jamais vu quiconque oser circuler ainsi dans Roissy ! Il remarque une casquette blanche ornée d'un logo.

Les chaperons distribuent leur carte d'embarquement aux jeunes qui, l'un après l'autre, la brandissent en criant leur joie comme s'il s'agissait de leur diplôme du bac de juin prochain.

Wahl se recentre sur son travail mais Florence – ou Taryn – vient l'avertir du décollage imminent. Il lui sourit, elle est comblée. Il remet ses affaires en vrac dans son attaché-case, saisit son manteau puis s'engage dans la coursive indiquée.

« – Bon vol Monsieur Wahl. À bientôt j'espère.

– Merci mademoiselle, à bientôt ! »

Le départ approche. Pour la photo-souvenir, monsieur Yvinec, professeur d'anglais à l'allure d'Anglais, a enfin réussi à réunir les lycéens, répartis par madame Pilar, professeur de français-latin, par monsieur Beaucourt et mademoiselle Ulrich. Le groupe est installé sous le panneau des vols en partance, à la façon d'une photo de classe, les petits devant, les grands derrière.

« À trois, OK ? Un, deux, trois !

Clic-clac, merci Kodak. Bon, on se retrouve ici dans vingt minutes, je compte sur vous. »

Pour une fois, Guénolé Yvinec peut faire confiance à ses élèves pour être à l'heure, y compris les plus turbulents.

Soudain, le carillon, évocateur, retentit : c'est leur vol que la voix suave annonce. À l'heure dite, chacun est au point de rencontre. De peur de se perdre, les plus anxieux n'en ont d'ailleurs pas bougé.

La neige a été projetée sur les bas-côtés, les lances de liquide antigel s'écartent. Ses 450 passagers ingérés, la piste illuminée est prête au roulage du gigantesque 747. Dans un grondement infernal, il arrache pleins gaz ses 380 tonnes de l'asphalte et, à travers la nuit noire, met le cap sur l'Atlantique Nord. Le long des flancs de l'appareil on peut lire « Trans World », sur sa dérive les trois lettres rouges mythiques : « TWA ».

Mercredi 13 décembre 1978 :
une histoire extraordinaire va commencer.

II.

Love at first flight

– Tu as pensé à vider la poubelle dans la baignoire ?
– Oui maman, j'arrive.
– J'étais sûre que tu ne m'écoutais pas. Tu sais que ça fait trois fois que tu arrives : maintenant c'est froid.

*
**

Ouf !, elle était encore là.

Sa pièce de dix francs au creux de la main, elle avait osé franchir la porte de l'agence Air Canada des Champs-Élysées pour savoir si, par hasard, l'affiche publicitaire repérée en vitrine le samedi précédent était à vendre. L'employé de comptoir, surpris de cette requête inhabituelle, avait demandé son accord à sa directrice qui, à la vue de cette frimousse, s'était empressée de décrocher elle-même le poster, en prenant soin de ne pas l'abîmer. La lycéenne était repartie toute joyeuse vers sa banlieue, son argent dans la poche, son trésor sous le bras, enroulé dans un tube en carton.

Depuis, à peine couché face aux « Merveilleuses Provinces de l'Atlantique », son lapin contre elle, peu lui suffisait pour quitter la réalité, se retrouver sans partir dans ces lieux intégralement couverts de neige. Amoureuse de la plage et de la chaleur, elle-même ne comprenait pas pourquoi les magnifiques vues de la *province de Terre-Neuve et du Labrador* la faisaient s'imaginer exploratrice des grands espaces, ceux des romans signés Jack London, ou passagère du frêle Oiseau blanc de Nungesser et Coli, en perdition quelque part entre la Seine-Saint-Denis

13

et New York.

Voilà cinquante ans, ces pionniers de l'aviation s'étaient élancés de l'aérodrome du Bourget avec l'espoir d'être les premiers, avant Charles Lindbergh, à traverser l'océan sans escale, dans le sens Paris – New York, un trajet devenu routinier, mais extrêmement périlleux à l'époque.

On ne les revit jamais.

Qu'est-ce qui les avait fait sombrer corps et biens dans les eaux glacées, si près du but, en vue des côtes canadiennes ? Une panne moteur ? Des cumulonimbus meurtriers ? D'eux ou de leur aéroplane ne subsiste à ce jour aucune trace.

Les prémices de l'aviation, l'Aéropostale, depuis le jour où son grand-père – ex-metteur au point chez Latécoère – s'était mis à lui raconter sa carrière, la passion de ces grandes épopées l'avait fait vibrer. Elle venait de refermer *Courrier sud* et ne manquait aucun épisode du *Temps des As* sur TF1. Mermoz, Guillaumet, Daurat, Saint-Ex, Voisin : dire que pépé Dalmasso les avait tous côtoyés dans la vraie vie ! En parlant de l'auteur du *Petit Prince*, il lui disait : « Tu es aussi rêveuse que lui. » Il lui parlait des coucous, elle lui parlait du Concorde.

Martin Eden, *L'Île au trésor*, *Les Secrets de la mer Rouge*, *Deux Ans de vacances*, *Tom Sawyer*, *Moby Dick*, *Michel Strogoff* : tant de héros, souvent passés de leur roman à la télévision, pourquoi pas du moment qu'ils nourrissaient sa soif inextinguible d'évasion.

« Toujours en altitude » d'après sa sœur, si la distraire de ses lectures s'avérait compliqué, l'extirper de son univers paraissait encore plus illusoire, y compris quand sa mère mettait au menu du poulet rôti et des frites, dont le fumet irrésistible s'insinuait sous la porte de sa chambre. Entre ses livres et ses rêves, la réalité ne l'intéressait qu'à l'occasion. Pas difficile, elle se contentait de poulet froid et de frites molles.

*
**

Après avoir fait faire plusieurs tours à la molette de sélection des chaînes musicales incorporée à l'accoudoir, débranché ses écouteurs en plastique rigide semblables à un stéthoscope, dont les embouts finissaient par irriter, elle sortit du filet du siège précédent le *Thoreau* prêté par l'une de ses amies, dans lequel elle se trouvait à présent immergée. Assise au bord d'un étang de Nouvelle-Angleterre, les oisillons babillaient heureux à la tombée du jour. Ni les rares soubresauts de l'énorme avion, ni le ronronnement sourd des moteurs ne la distrayaient de sa lecture, pas plus qu'ils n'empêchaient ses copains de dormir comme des loirs depuis la fin du film.

La Wahl International Plastic Engineering que Wahl jr. dirigeait avec son père faisait sans conteste le poids face à ses concurrents asiatiques, pourtant rois du secteur. Elle détenait seule les droits du moulage par injection de plastique à haute pression (HPIM), et surtout l'expérience, inestimable. Qu'il s'agisse de pièces techniques, de disques ou de meubles, le procédé mis au point par Wahl senior quinze ans plus tôt autorisait des cadences nettement supérieures à celles des Chinois eux-mêmes, pour un résultat d'une précision inégalée. Et lorsqu'un industriel passait par l'Asie, c'est encore la WIPE qui, depuis 1964, en tirait les bénéfices grâce aux royalties des brevets internationaux.

Son planning orchestré avec maestria par ses deux assistantes personnelles, Nicole Chardin et Jill Emmons, une de chaque côté de l'Atlantique, les allers-retours d'Anthony Wahl vers Big Apple, « la Grosse Pomme », se succédaient. Il y avait monté de zéro « l'ambassade américaine » de la WIPE, une structure judicieuse ultrahuilée et ultrarentable, s'y rendait en dernier lieu pour peaufiner les détails des accords discutés lors des réunions précédentes avec ses clients de toutes nationalités car, alors, c'est à New York que cela se passait.

Wahl sr. l'avait mis à l'épreuve très tôt et ne se fiait qu'à l'œil infaillible de son fils, capable de débusquer la moindre irrégularité dans un contrat de trois cents pages. Si la volonté et l'intelligence de certains hommes travaillent beaucoup, celles d'Anthony Wahl faisaient des heures supplémentaires. Chaque boulon serré, les documents rectifiés donnés à retaper, puis paraphés dans les 48 heures, il rentrait à Paris.

Tout voyage ressemblait donc plus ou moins au précédent.

Mais cette fois-ci, c'était autre chose. À la rentrée, le puissant Fubuki Ota avait sollicité la WIPE pour le moulage de ses figurines, destinées aux jeunes de tout pays, des amateurs de mangas du sien, tel *Goldorak* ou *Le prince Saphir*, aux innombrables fans des personnages de Disney, de *La Guerre des Étoiles* ou d'*Astérix* : un marché sans fond. Il avait les distributeurs, pas encore le fabricant. Ces trois derniers mois, les séances préparatoires avec OtaToys encourageantes, la mentalité asiatique ne permettait toujours pas de savoir avec exactitude où l'on se situait dans la négociation. Obstacle supplémentaire : Ota refusait net que la fabrication se fît en Europe, il y préférait son fief de Kyoto. Ainsi, lorsque l'un de ses bras droits avait laissé miroiter à Chardin un accord final en vue et prié « Monsieur Wahl de lui faire l'honneur de le rencontrer dès que possible », Anthony Wahl avait pris le premier vol disponible. Trouver une place sur un Paris – New York en pleines fêtes était peu probable, mais l'agence de voyages ne pouvait rien refuser à sa meilleure cliente, qui lui achetait chaque année ses billets par dizaines. En concurrence avec les Indiens et les Chinois, s'il remportait ce mirifique appel d'offres, il conclurait en beauté sa « période américaine », puis laisserait la main à un cadre expérimenté pour partir s'établir à Hong Kong en février afin d'y dupliquer cette réussite.

Quelque part au-dessus de l'océan, Anthony Wahl posa son livre et monta travailler dans le salon insonorisé du pont supérieur, le classeur Ota sous le bras, son soda à la main. Gros bûcheur, il mettait toujours un point d'honneur à boucler ses dossiers avant d'arriver à destination. Pour cette négociation cruciale, pas le choix, il valait mieux être carré. De retour une heure trente plus tard, il croisa le chef de cabine et un steward qui profitaient de la nuit pour papoter à voix basse, dans la pénombre, éclairés des seules veilleuses incorporées aux marches de l'escalier en colimaçon. Ils le saluèrent en français, pas surpris de le voir évoluer comme chez lui, en chaussettes. Si pour Wahl jr. une hôtesse ressemblait à toute hôtesse, un PNC (personnel navigant commercial) à tout PNC, les équipages, eux, le reconnaissaient et le surnommaient « Mister Plastic ». Il faut dire que prendre l'avion cent fois par an et avoir, parmi cinq millions de pièces, son initiale gravée sur quasiment tout ce qu'un Jumbo Jet comporte de cette matière – des interrupteurs du cockpit aux tablettes des sièges – peut favoriser la notoriété.

– Savez-vous où nous sommes s'il vous plaît ?

Le steward consulta sa montre puis se tourna vers sa collègue pour obtenir son approbation sur ce qu'il allait répondre :

– Nous entrons dans l'espace aérien canadien, Monsieur Wahl. Nous survolons Atlantic Bay, au Labrador.

– Je vous remercie.

Le voyage touchait à sa fin. L'on atteindrait bientôt Boston, puis le commandant entamerait la descente habituelle vers l'aéroport Kennedy.

Atlantic Bay : la baie de l'Atlantique... Ce nom évocateur avait retenu son attention. Du Canada il connaissait plutôt la région de Calgary, sur le Pacifique, et, dans l'Est, Montréal ou Toronto. L'occasion de monter au-delà du lac Saint-Jean, déjà loin de Québec, ne s'était pas encore présentée. L'image d'infinis territoires prisonniers de la glace neuf mois par an s'imposa, survolés par des bernaches en formation, au début de leur longue migration vers la chaleur du Yucatán. Il se dit qu'il lui restait assez de temps pour aller se dégourdir les jambes, une habitude de fin de vol. Dépassés les derniers rangs de la première classe, il ouvrit en silence puis referma derrière lui le rideau symbolique qui délimitait l'entrée de la classe éco, où la moquette confortable laissait place au sol synthétique siglé « TWA ».

Film et plateaux-repas achevés, on avait remonté l'écran de cinéma, rangé le projecteur puis obturé les hublots pour plonger le long espace cylindrique dans la pénombre. Si elle asséchait l'air ambiant, la climatisation ne parvenait pas à filtrer tous les relents des plats imposés – « chicken or pizza ? » –, ni ceux, écœurants, de tabac froid. Parmi une forêt de têtes inclinées, tantôt à gauche, tantôt à droite, impossible de ne pas remarquer, aux deux tiers de la travée, côté couloir, la casquette blanche éclairée par l'un des rares spots de lecture restés allumés. Wahl passa en revue les centaines d'images stockées dans sa mémoire phénoménale depuis le matin pour en prélever sans mal celle de l'adolescente qui traversait le terminal à skate, ou plutôt de sa seule silhouette. Les suivantes déboulèrent en cascade : le salon d'attente, la jolie fille, sosie de Veronica, les portes bloquées par ses bagages, les lycéens remuants, la photo-souvenir. Il se rappelait tout. Sauf les visages. Il s'arrêta pour se pencher vers l'un des premiers stores, laissé entrouvert, admira le spectacle toujours féerique d'une mer de nuages cotonneuse éclairée comme en plein jour par une Lune très nette, telle qu'il aurait été impossible de la contempler depuis le sol, même du haut d'une montagne. Au loin, mais bien visible, un autre gros porteur, celui-là de la Pan Am, tenait un cap parallèle, lui aussi en direction de l'Amérique du Nord. Il reprit son petit tour et, arrivé au niveau de la casquette, fut amusé par la position de cette jeune passagère, seule éveillée d'une rangée assoupie, absorbée par sa lecture malgré le bourdonnement des quatre turbines. La couverture rouge de la compagnie recouvrait ses jambes, telle celle d'une grand-mère qui tient à son confort. Un petit oreiller de vichy bleu servait de socle à son livre. Il s'aperçut que, les pieds posés sur son skate, elle aussi s'était déchaussée.

C'était bien la skateuse.

Au moment précis où il allait reprendre son chemin, elle leva la tête, la tourna vers lui, comme si elle s'était sentie observée.

Elle lui offrit alors sans préavis le plus engageant des sourires, synonyme de fraîcheur et de générosité. Des dents blanches, un sourire qui semblait inclure un « bonjour, faisons connaissance ». Jamais il n'avait vu expression si spontanée et charmante, quoique, pour une fois, dénuée de toute volonté de séduction. Il fut autant surpris de cette attitude imprévue que par le visage angélique dont elle émanait : des traits réguliers, un nez court à peine retroussé, une bouche finement ourlée à l'arc de Cupidon marqué, une peau diaphane et surtout des yeux malicieux à l'éclat de catadioptres, surmontés de sourcils noirs plus dessinés par une nature inspirée que par un quelconque maquillage. Pour parfaire l'instant, le faisceau lumineux projetait sur les pommettes de cette jeune fille l'ombre de ses longs cils, parachevant une beauté saisissante.

Décontenancé, il ne put que rendre ce merveilleux cadeau en plantant son regard dans celui de l'inconnue, pour le détourner immédiatement et s'en aller.

Quel type de contact venait-il de se produire, cette nuit de l'hiver 1978, cinquante degrés en dessous de zéro, 10 000 mètres au-dessus de la Nouvelle-Écosse ?

En regagnant son siège, il se dit qu'il aurait dû engager la conversation, que sa passagère semblait vouloir parler. Quelque chose à demander ? Besoin d'aide ? L'impression nouvelle d'avoir été mitraillé par une puissante salve de sentiments, d'avoir attrapé mille promesses au passage, alors qu'on lui apportait son petit déjeuner sur une nappe blanche, il conservait son apparente concentration maximale mais demeurait troublé par l'intensité de cet échange. Combien de minutes venaient-elles de s'écouler ? Quatre ou cinq, pas plus.

Son livre calé sur son coussin à carreaux, la passagère essayait de faire le point elle aussi, réfléchissait, la bouche en avant, un sourcil arqué, analysait la situation, sans succès. Elle s'avança pour jeter un œil à ses voisins : trop embrumés pour témoigner. Perplexe, la lycéenne savait bien qu'elle n'avait pas imaginé cet échange furtif avec un homme aussi avenant, mais se demandait ce qu'il faisait là à se promener en pleine nuit, pourquoi il s'était arrêté à son niveau. Le pilote qui menait son tour d'inspection avant d'atterrir ? Trop jeune. Le copilote ? Racé, il en avait le maintien. Elle renonça à cette hypothèse en souriant : certes il pouvait avoir laissé sa casquette dans le poste de pilotage, mais un officier de bord en chaussettes… Un rapport avec son père alors ? Voulait-il lui dire quelque chose ? L'avait-il prise pour une autre puis s'était-il ravisé ? Elle qui aimait tout s'expliquer ressentait une manière de frustration, concomitante à un trouble bien présent, mais indéfinissable. *Aurais-je dû lui parler ?* D'habitude, elle ne prenait pas trop attention aux manigances des garçons qui voulaient l'aborder pour sortir avec elle, plutôt signalées par sa bande, mais celui-là la faisait réfléchir, et elle ne parvenait pas à passer à autre chose. Le souhaitait-elle ?

« Coffee or tea ? » La voix sucrée de l'hôtesse la ramena à la réalité. On relevait les stores et rallumait la cabine, ses amis commençaient à sortir de leur torpeur. Elle vérifia l'heure, s'emplit de bonheur à la seule idée de l'atterrissage. Son rêve le plus cher – découvrir les États-Unis – se réaliserait dans moins d'une heure…

« Dodo, murmura-t-elle à sa voisine qui peinait à émerger, on arrive ! »

Elle trempait son croissant sans goût dans le café assorti, incapable de chasser de son esprit, en suspens, cette drôle de situation. Elle conclut qu'un tel état ne pouvait pas s'expliquer que par ce voyage. Était-ce l'aura de son inconnu, la manière dont il avait posé les yeux sur elle, le fait qu'elle ait senti sa présence avant d'avoir reçu son beau sourire ?

Ce qu'elle ne savait pas, c'est qu'un événement opposé à toute forme de logique allait lui rendre cette énigme limpide. Dès le lendemain matin.

Wahl jr. retrouva son chauffeur près du tapis roulant de livraison des bagages, ses valises empilées sur un chariot, surmontées de ses housses de costumes. Ils échangèrent les formules de politesse habituelles puis filèrent vers Manhattan par le Van Wyck Expressway, équivalent de la liaison Orly – porte d'Orléans. Un homme leur emboîta le pas.

Il était très tard – le lendemain matin en France – mais, ayant eu tout le loisir de compenser le décalage horaire durant les 8 h 15 de vol, les lycéens étaient de nouveau survoltés. La jeune voyageuse ne put s'empêcher de penser aux 33 h 30 mises par Lindbergh pour la même distance, un demi-siècle plus tôt. Depuis l'annonce de l'atterrissage imminent, elle n'en pouvait plus de patienter. Quand les roues de l'appareil touchèrent la piste blanchie, son attention fut attirée par ce qu'elle n'apercevait qu'à peine à travers le hublot, deux sièges à sa gauche, sept à sa droite : des hangars, des jets d'affaires alignés, des bâtiments identifiés « Fire Rescue », « Maintenance », « NYPD », des employés en tenue fluorescente, et surtout des dizaines de policiers essaimés un peu partout, courbés face au vent, la main sur leur casquette. Rien encore de très palpitant à vrai dire, mais aucun doute, elle était à New York !

Munis de leur formulaire vert rempli dans l'avion, noyés dans une foule de stade derrière la ligne des guichets de l'Immigration, les Français, que leurs accompagnateurs faisaient de leur mieux pour canaliser, attendaient fébriles le décisif cachet du douanier pour être officiellement admis sur le territoire américain. Chaque touriste paraissait soulagé lorsque, dans sa guérite vitrée, d'un geste formel, l'inflexible fonctionnaire abaissait le bras pour tamponner son passeport.

Bien informée, la lycéenne se repassait ce rituel, depuis des années en fait. Elle absorbait avec avidité tout ce qui provenait d'Amérique, au sens propre comme au sens figuré : la musique, les livres, l'histoire, les films, les feuilletons et les dessins animés, le Coca, le pop-corn, le skate, les aventures de Snoopy – son personnage favori –, les vêtements, achetés de préférence chez Western House ou Casual, vite parsemés de petits drapeaux américains cousus devant la télé. « On dirait que mes enfants ont été trempés dans le ketchup dès leur plus jeune âge », pestait parfois sa mère.

Depuis qu'il était arrivé, posté par l'ambassade de l'avenue Gabriel, la passagère gardait toujours sur elle son passeport tout neuf, admirait sa couverture rigide estampée en lettres d'or « République française » jusqu'à en humer le plastique bleu en cachette. Elle l'entrouvrait tel un livre saint, passait ses doigts sur les vagues tricolores du précieux « visa permanent » qui occupait tout une page et la bombardait hôte de marque de son pays préféré. Ses amis la raillaient gentiment en lui rappelant le risque minime que l'encre s'évapore, et qu'il n'était pas indispensable de vérifier cela dix fois par jour.

Quand son professeur d'anglais annonça un beau matin qu'il restait deux places pour l'échange entre son lycée et la Ralph Waldo Emerson High School de Concord, dans l'État du Massachusetts, elle postula sur-le-champ, précisant que ses parents étaient « entièrement d'accord », ce qui était entièrement faux. Le voyage initialement réservé aux élèves de terminale qui correspondaient depuis la rentrée avec les lycéens américains, elle aurait dû en être privée et, a fortiori, ne remplissait pas la condition d'âge. Un an de plus, sa meilleure amie partirait, elle non. Mais les jumelles Berthet, Isabelle et Florence, avaient eu l'idée judicieuse d'attraper la grippe au bon moment. Leurs places s'étaient libérées, une opportunité en or car, en plus d'être une expérience unique, le voyage ne coûtait que mille francs, avion compris, payables en trois fois ! Les volontaires étaient tellement nombreux qu'il avait fallu improviser un tirage au sort. Celui-ci fut donc repris par les organisateurs là où il s'était arrêté, et son nom tomba, en seconde position de la liste d'attente. Selon sa copine Muriel, spécialiste des probabilités, le hasard se nommait Guénolé Yvinec.

Renseignements pris, les deux familles de Concord – les Keegan et les Maroney – étaient disposées à recevoir des lycéennes autres que celles prévues pour leur enfant. Stéphanie A irait chez les Keegan, elle chez les Maroney.

Si l'omniprésence des forces de l'ordre ne l'en avait dissuadée, elle aurait volontiers embrassé la moquette douteuse du couloir après la passerelle, comme le pape embrasserait le sol de chaque nouveau pays visité. Férue d'architecture, informée sur le sujet, elle n'attendait, suivant un rituel plus hygiénique, que d'apposer ses mains sur les arbres et les vieilles pierres, dont celles de l'Empire State Building, sûre ainsi d'établir une forme de contact avec ses concepteurs, les ouvriers qui l'avaient bâti et les générations de visiteurs qui s'y étaient succédé, jusqu'à imaginer leur vie quotidienne. Non moins ébahi, le groupe contourna une grappe d'adeptes au crâne rasé vêtus de tuniques orange qui ressassaient béats des « hare Krishna », puis traversa le bâtiment TWA en forme d'aile, digne des films d'anticipation des années 50 avec son aménagement futuriste et ses voûtes de béton à la portée spectaculaire.

Sur le trottoir devant l'aérogare, la fine pluie piquait les yeux curieux. Les jeunes Français s'en fichaient, qui se retrouvaient en majorité à l'étranger pour la toute première fois, sans les parents, au beau milieu d'une autre civilisation, si familière et pourtant source d'appréhension.

« J'espère qu'il y aura des gueules carrées au bahut. » L'étudiante rousse qui manifestait ce souhait faisait allusion à l'archétype de l'adolescent américain tel qu'elle et toutes ses copines françaises se le figuraient : large carrure, assurance, décontraction, rictus carnassier, cou de taureau… et mâchoire carrée.

Face à la sortie, derrière la ligne des taxis jaunes, à peine abrités par un autocar aluminium orné d'un lévrier de course, deux enseignants, un homme et une jeune femme, tenaient tant bien que mal un calicot gondolé à chaque rafale : « Bienvenue aux élèves du lycée Paul-Langevin ». La température les forçait à offrir un visage crispé mais avenant. Au-dessus du pare-brise, la mention « Exchange » rassura les arrivants. Après les congratulations entre professeurs, tous s'engouffrèrent dans le car sans se faire prier, direction Manhattan.

Les images qu'attendait la jeune fille commencèrent à défiler à travers la vitre panoramique du Greyhound, avec en fond sonore le mégatube disco *You make me feel*.

Au-delà des ultimes voitures de police stationnées sur une centaine de mètres après la sortie de l'aéroport apparurent les premiers immeubles de brique, leurs fenêtres à guillotine et leurs emblématiques escaliers de secours extérieurs. Parmi les enseignes *Ozone Park Deli*, *Jamaica*, *Queens Car Wash* ou *Crazy Eddie*, une publicité géante annonçant la sortie de *Superman*, une autre – *King of the Gypsie*s (Le Roi des gitans) – lui fit écarquiller les yeux : la sublime Brooke Shields, son actrice préférée, son égérie, dans un film inédit en France !

Parfois, l'alignement d'immeubles et de petites maisons s'interrompait pour laisser place à un terrain vague ou une cour de basket grillagée. Les habitants du quartier de Queens, banlieue excentrée peu attractive, auraient été surpris de l'effet que leur *borough* produisait sur ces jeunes gens. Les célèbres panneaux routiers aux lettres blanches sur fond vert ponctuaient le Van Wyck Expressway : « Long Island Expressway, Triborough Bridge, Midtown Tunnel, Civic Center », et enfin « Manhattan ». Au fur et à mesure, elle repérait dans la circulation nocturne plutôt fluide les massives autos de ses séries, dont elle déchiffrait au passage les noms écrits en toutes lettres sur le coffre : Buick Regal, Ford Gran Torino, etc. Elle pensait aux modèles réduits de la collection familiale.

Soudain, derrière les gouttes chassées par la vitesse, la *skyline* surgit au détour d'un virage. Encore lointaine, elle se découpait sur un ciel anthracite, entourée d'un étrange halo projeté depuis nulle part. New York, ville debout, colossale. De plus près, elle reconnut ceux qui, précédés de ponts suspendus au-dessus de l'East River, composaient cette image chimérique : ses tours jumelles, son Empire State Building, son Chrysler Building et son préféré, le Citicorp Center, un gratte-ciel géométrique moderne au sommet tronqué en biais.

Pour chaque élève, médusé, l'excitation continuait de s'entrechoquer avec ce trac imprévu. La ville tant adulée n'avait donc que faire de ses visiteurs pour se présenter sous un tel jour, monstrueux ? Ils imaginaient de jour une activité intense, des adultes aux importantes responsabilités pressant un pas assuré le long de larges avenues bordées de ces buildings innombrables, une circulation saturée et, la nuit, des coins où, même la journée, il ne fallait s'aventurer à aucun prix. Qui diable pouvait-il avoir le cran de séjourner dans cette mégalopole ? Eux ! De toute façon, l'océan franchi, il était trop tard pour renoncer.

– Regarde, les enseignes de Times Square !

Sollicitée par les copains qui appréciaient son enthousiasme et auraient aimé recueillir ses impressions, elle ne les entendait plus, pas plus que la programmation de la station FM *Disco 92* choisie en partant par le chauffeur.

Le paysage disparut d'un seul coup.

Sensation oppressante, le car s'engagea sous le fleuve par le Queens Tunnel pour faire surface en plein centre-ville. Nouveau choc. Les images arrivaient maintenant trop vite pour être analysées.

« – L'Empire State ! s'exclama l'un des jeunes gens pour se rassurer.

– Mais non crétin, ça c'est le RCA du Rockefeller Center. Il n'y a pas de sapin de Noël devant l'Empire State. »

Entendre de nouveau les amabilités habituelles apaisa un peu la jeune fille.

Pendant ce temps, mademoiselle Ulrich distribuait la monnaie prévue afin que chacun puisse appeler chez lui, quatre *quarters* par personne, soit un dollar.

Plus loin, le car dépassa la bibliothèque de la ville de New York, souveraine, encadrée de ses lions assis, imperturbables sous leur manteau de neige, gardiens de 53 millions d'ouvrages. À l'instar des voitures, avenues et immeubles apparaissaient bien plus imposants qu'à la télévision. Au pied de l'Empire State Building – le vrai – tous se pressèrent du même côté pour lever les yeux au ciel, sidérés. Très, très haut, les nuages qui le cernaient bloquaient la vision. S'il était encore debout à cette heure-là, il aurait été impossible d'apercevoir King Kong accroché à l'antenne. Après quelques *delis*, épiceries-snacks ouvertes très tard, des bars et des sex-shops obscurs, des bouches de métro béantes, le car longea les grands magasins Macy's puis tourna à droite pour remonter la 34e rue, large artère dont on ne distinguait pas non plus l'extrémité. Il stoppa dans un grincement agressif devant l'auberge de jeunesse, paquebot immobile de 1400 chambres qui allait héberger la délégation durant trois jours. L'esprit de la rêveuse divaguait encore, émue mais heureuse de poser pour de bon le pied sur la chaussée détrempée, de humer « l'odeur de New York » promise par son guide touristique, un drôle d'assemblage. Groupés sur le trottoir, occupés à décharger leurs bagages de la soute, les lycéens se sentaient autant frigorifiés que sonnés par la brutalité des images qu'ils venaient de recevoir, l'uppercut inaugural asséné avec désinvolture par New York City, qui, si fanfaron qu'on soit, prenait toujours le dessus. Monsieur Yvinec leur avait fait lire *Manhattan Transfer* avant de partir, mais, entre attraction et gigantisme, la ville se répandait déjà sous leurs yeux sans pudeur. Ils ne s'attendaient pas à une telle effusion.

Dans le confort feutré de sa suite, au sortir de la douche, Wahl récupéra au passage le whisky rituel qu'il s'était servi. De retour au salon, face à la télévision, un flash spécial interrompit l'épisode de *Welcome Back, Kotter*, avec la nouvelle star John Travolta : une attaque à main armée venait de se produire à l'aéroport, raison pour laquelle il y avait repéré tant de policiers.

Les images revenaient à la charge : le voiturier, l'attente à Roissy, l'information donnée par le steward à propos d'Atlantic Bay et surtout, surtout ce visage qui, en pleine nuit, lui avait sans aucun doute offert son sourire le plus généreux. Lui qui aurait été incapable de reconnaître une personne croisée cinq minutes plus tôt se rappelait chacun de ces traits comme si son inconnue se tenait encore devant ses yeux. Malgré l'heure et le crachin tenace, il ressortit pour profiter, suivant son habitude, du Manhattan nocturne si particulier, de son vent sibérien chargé des odeurs imbriquées du graillon des snacks ouverts 24 heures sur 24 et d'effluves marins masqués derrière les gaz d'échappement. Il appréciait ainsi de tremper ses beignets préférés dans le café insipide du premier McDonald's venu, d'observer la faune interlope arrivée d'on ne sait où pour se réchauffer. Il parvenait à oublier ses deux gardes du corps, qui le suivaient où qu'il aille, discrets mais bien présents depuis l'aéroport. L'attrait magnétique de cette ville-monde n'en faisait pas pour autant un lieu sûr, au contraire. La Mafia et la drogue, son corollaire la violence, la corruption, une gestion chaotique depuis des années l'avaient mise à genoux. N'importe quel junkie en manque pouvait vous poignarder pour cinq dollars, et pas que dans le métro. À travers le Bronx comme à Manhattan, dans le Times Square scabreux, les allées noires de Central Park ou les « beaux quartiers », les meurtres se comptaient désormais par centaines. Dépassée, vendue, résignée, la police était allée jusqu'à faire imprimer un tract intitulé « Bienvenue dans la ville de la peur », dont la tête de mort visait sans détour à réveiller les touristes trop naïfs, et dont le conseil principal était de s'en aller. Assis seul à l'étage du fast-food qui tournait au ralenti, un bodyguard à l'entrée, l'autre en bas des marches, Wahl dégustait son beignet croustillant à souhait et se repassait, porté par la musique d'ascenseur, la scène de l'avion, une poignée de secondes fugaces qui avaient bel et bien enrayé son dispositif immuable.

Une fois remonté au quatorzième étage du Stanhope, il jeta au passage un coup d'œil machinal à son attaché-case, paré aux négociations près de la porte. Son jeudi sur des rails, il se surprit, malgré la fatigue qui pointait, à laisser de nouveau courir son imagination. Le nom d'Atlantic Bay lui évoquait en boucle l'immensité, la nature sauvage, des lacs ou des marais débouchant dans l'océan, les oies cap au sud, elles-mêmes survolées par des voyageurs en route, dans l'intimité nocturne d'un long-courrier, pour Ottawa, Chicago ou Los Angeles. *Atlantic Bay.* Il lui semblait avoir déjà lu ce nom quelque part. *Sûrement dans un magazine d'aéroport.* Le National Geographic ? Forcément. Et son apparition : d'où venait-elle ? *J'aurais pu lui demander son prénom. Sandrine, Pascale, Sophie ? Peu importe.* Quelle personnalité pouvait-elle bien faire don d'une amabilité à ce point désarmante ? Une jeune fille « normale » n'aurait pas agi ainsi, n'aurait pas transmis cette générosité à un quidam dans de telles circonstances, voulu engager la conversation en pleine nuit à 30 000 pieds. Bon, elle faisait partie d'un groupe et devait dormir, mais où ? Manhattan proposait des centaines d'hébergements pour étudiants et petits budgets.

Lassé de peser le pour et le contre de l'idée qui taraudait son esprit, il ne lui fallut pas longtemps pour prendre la décision la plus logique : décrocher son téléphone. Le coup de fil le plus crucial de sa vie ?

Avec ses vingt-quatre ans d'ancienneté, au bureau dès sept heures, Chardin personnifiait l'efficacité et la discrétion. En réalité, elle s'appelait Nicole Chardin, mais personne n'avait plus prononcé son prénom depuis des années ; on avait oublié pourquoi. À Paris, si quelqu'un pouvait dégoter une information aussi singulière, l'assistante serait la mieux placée pour cela. Alors qu'elle allait répondre, les neurones de Wahl, insensibles au décalage horaire, récupérèrent une image volatile : le panneau artisanal de l'aéroport tenu par un accompagnateur et, une fraction de seconde après, le « Paul Langevin » tracé dessus au marqueur. Un bon début.

– Chardin, c'est personnel. Pouvez-vous s'il vous plaît contacter un lycée Paul-Langevin de la région parisienne, et savoir dans quel hôtel séjournent ses élèves en voyage ici ?

À chaque tâche accomplie – par exemple quand elle remettait à un cadre un rapport qu'elle venait de contrôler – les personnes présentes dans la pièce déclaraient d'une voix, sans même plus relever la tête « vite et bien ! », sentence devenue coutume à la WIPE, porte-bonheur inutile à l'entreprise. Une fois encore, elle fit donc vite et bien et rappela son jeune patron dans l'heure.

– Il s'agit du lycée Paul-Langevin de Tremblay-lès-Gonesse, en Seine-Saint-Denis. Ils sont jusqu'à samedi à la William Sloane House, la grande YMCA de la 34ᵉ rue. Au 356. Vous voyez où c'est Anthony ?

– Oui oui, c'est près de chez Macy's, où j'ai trouvé votre foulard Olivia Newton John la dernière fois. Mille mercis Chardin, je vous rappelle avant 18 heures.

Macy's reconnu « plus grand grand magasin existant », lorsqu'on lui demandait de rapporter un produit introuvable en France, Wahl jr. était sûr de l'y dénicher ainsi sans perdre de temps avant de rentrer.

Les lycéens avaient mélangé, tel un jeu de cartes, les plans minutieux concoctés par leurs professeurs en s'installant d'office par affinités à quatre, six ou huit grâce aux lits superposés, casés au chausse-pied dans ces dortoirs minuscules, peints, repeints puis écaillés, puis repeints encore, distribués le long de coursives au plancher craquant. On trouvait des téléphones à chaque extrémité, juste avant les sanitaires. Les pièces de ceux qui n'utilisaient pas le *Collect Call* (PCV) étaient avalées en une minute, ceux-ci tout étonnés qu'une opératrice les rappelle pour réclamer le complément au lieu de couper net. Pendant que les jeunes gens cha-hutaient en attendant leur tour pour téléphoner ou se doucher, la jeune fille composa le numéro de sa mère afin de la rassurer.

Certaines chambres donnaient sur la rue, animée toute la nuit, d'autres sur une courette lugubre où rebondissaient de grosses gouttes de neige fondue sur les plates-formes métalliques des échelles de secours. Selon la coutume, les enseignants des villes jumelles s'étaient réunis à la caféteria pour revoir le programme des excursions du lendemain, et surtout fêter dignement leurs retrouvailles, au champagne emporté dans la valise de monsieur Beaucourt. L'un deux montait de temps en temps dans les étages histoire d'affirmer un semblant d'autorité, mais savait que rétablir le calme en cette soirée inaugurale était peine perdue. Incrédules de s'endormir dans Manhattan, aux États-Unis d'Amérique, les adolescents voulaient tout faire, sauf se coucher. Il faudrait encore une bonne heure pour échanger ses impressions – sans montrer son appréhension –, fouiller dans son sac, se laver, courir en criant d'une chambre à l'autre, une serviette autour de la taille.

Un vague calme s'instaura en milieu de nuit.
New York allait se rappeler à leur bon souvenir dans quelques heures, cinq précisément pour Malvina.

III.

Le lapin et le brushing

Wahl jr. consulta sa montre : sept heures pile. L'esprit alerte, il n'en avait dormi que trois. Il reprit une douche, se rasa entre deux bouchées d'un muffin aux myrtilles trempé dans le café tout en fredonnant, en chœur avec Johnny Mathis et Deniece Williams, *Too much Too little* qui passait à la télévision dans un programme matinal. Bien qu'éloignée de son hôtel, il arriverait à temps à l'auberge de jeunesse indiquée par Chardin. Restait à s'assurer que son inconnue y avait effectivement dormi, et qu'il pourrait la localiser parmi les très nombreux clients. En revanche, la reconnaître serait facile : elle n'avait pas quitté ses pensées.

Depuis son adolescence, Anthony Wahl appréciait Manhattan à un tel point qu'il s'empressait d'en retrouver la personnalité, ainsi qu'on a hâte de revoir un être cher, quels que soient le lieu et l'heure. Malgré son faciès repoussant, le danger, la saleté, la ville offrait une vitalité unique, qui donnait au visiteur l'envie de l'explorer dès l'aube – sans se soucier du décalage horaire ni des conditions climatiques –, et à l'entrepreneur la faculté d'y propulser d'ambitieux projets. Cet étrange paradoxe se vérifiait depuis plus de cent ans.

Son planning d'habitude saturé, réglé très en amont tel un lancement de fusée, il ne parvenait pas toujours à s'octroyer du temps. Cette fois-ci, le dossier OtaToys objet principal, le programme serait autant allégé que prometteur. La première réunion fixée à neuf heures, il se mit en route, le sentiment que ce trajet avait été minuté de longue date par Jill. Il revoyait sur son chemin ces scènes caractéristiques du Manhattan d'avant le chaos quotidien : les habitués salués par leur vendeur de journaux attitré, le coursier à vélo qui dépose son premier pli au siège d'une multinationale pour engranger un peu plus de dollars, des éboueurs désabusés agglutinés devant un marchand ambulant, des clochards moribonds qu'une grille de métro aura réchauffés durant la nuit, et cette odeur de gargote omniprésente, heureusement brouillée par celle, plus agréable, du café fumant, de la cannelle et des beignets tout juste frits. Aujourd'hui encore, l'Île s'apprêtait à renaître, pour le meilleur et pour le pire.

Il descendit Park Avenue vers la 34ᵉ rue, admira au passage le récent Citicorp où il se rendrait tout à l'heure. Au niveau de la 59ᵉ rue, il prit à droite le long de Central Park, jusqu'à Columbus Circle, comparable à la place de l'Étoile, la statue de Christophe Colomb au lieu de l'Arc de Triomphe. Le long du parc, près du vénérable hôtel Plaza, les cochers installaient des plaids en tartan pour les couples énamourés qu'ils promèneraient dans leur calèche jusqu'au soir. Il décida de terminer en taxi afin de conserver sa marge, attendit que deux d'entre eux s'arrêtent à son signal pour permettre à ses gardes du corps d'embarquer.

Wahl jr. connaissait la William Sloane House pour être passé à proximité des centaines de fois, mais n'avait jamais eu l'occasion d'y entrer.

7 h 50. Le hall grouillait déjà de touristes emmitouflés à l'avance malgré la chaleur, impatients de s'élancer à la découverte de Manhattan, pour eux la porte du pays. Une quantité de taxis attendaient moteur en marche les « fins de séjour » que Kennedy Airport s'apprêtait à répartir sur la Planète, déjà remplacés par les arrivants, encore incrédules devant la ville qu'ils n'avaient pourtant qu'entrevue sur le chemin de l'aéroport, et qui s'offrirait à eux dans quelques instants. Il se dirigea sans hésiter vers la réception, avisa au passage un panneau de liège couvert d'annonces variées de partage de voiture, de billets charter ou de séjours linguistiques à Malte ou Londres. Comme tout bon New-Yorkais, il intégra discipliné la file d'attente du comptoir d'information, où quatre préposés renseignaient leurs premiers clients, surtout des routards, friands de tuyaux. D'autres déposaient leurs bagages à la consigne, l'astuce pour, après avoir rendu sa clé, profiter jusqu'au dernier moment de son séjour sans s'encombrer. Ils passeraient les récupérer avant de gagner l'aéroport. Avec ses comptoirs de marbre, ses soubassements en chêne vernis, son lustre monumental lustre, cet hôtel économique implanté sur plusieurs

blocks (pâtés de maisons) survivait d'une époque lointaine qui lui avait prévu un destin plus élitiste, peut-être l'ancien siège d'une grosse société du patrimoine américain, propriété d'un Vanderbilt, d'un Carnegie ou d'un Rockefeller. Le doigt noueux entouré d'un chiffon, un employé d'époque fignolait les ornements d'une imposante boîte aux lettres en cuivre où, déposés à chaque palier par les touristes, atterrissaient les « Souvenir of New York City » après avoir dévalé les étages dans un conduit de verre gravé importé d'Europe. Les retardataires arriveraient dans leur pays d'origine avant leurs cartes postales ! On imaginait cet homme cantonné aux mêmes tâches depuis les *Roaring Twenties* (les années folles), survivant de la crise de 29, maintenu dans le personnel par bonté d'âme, ou carrément égaré dans l'organigramme. Un cadran à aiguille par miracle encore en fonction lui aussi indiquait à quel niveau se trouvait chaque cabine, les ascenseurs encadrant la boîte à présent rutilante munis de hautes portes métalliques ouvragées dans le style Art déco, prisé dans les années 20. Quelle distance phénoménale avaient-elles pu parcourir depuis leur mise en service ?

C'était bientôt à lui. Il remarqua des jeunes gens arrivés au rez-de-chaussée parler – ou plutôt hurler – en français, décida de sortir de la file, quitte à perdre son tour, s'avança vers eux :

– Bonjour, vous ne seriez pas du lycée Paul-Langevin de Tremblay par hasard ?

L'inconnu s'exprimait dans leur langue mais n'avait rien d'un touriste et, même plus jeune que leurs profs, pouvait représenter l'autorité. Ils se calmèrent d'un coup et lui répondirent par l'affirmative. Qui pouvait bien prononcer le nom de leur bahut si loin de chez eux, au beau milieu de New York ? Un mannequin ? L'émissaire d'une compagnie d'assurance ? Quelqu'un du consulat dépêché pour un événement grave ? Le quatuor d'adolescents comprenait deux filles, l'une rousse aux cheveux frisottés, délurée, l'autre en retrait, jolie blonde à la bouille sympathique, le regard étonné, un garçon un peu benêt reprenant son souffle après avoir trop ri et un autre, plus circonspect, qui devait se demander ce qu'on leur voulait. Quand l'homme commença à échanger avec la plus dégourdie (la rousse décontractée), les trois autres formèrent spontanément un cercle, empressés de le renseigner, et d'en savoir plus. Il posa sans tarder la question qui l'amenait en ce lieu de façon incongrue :

– Connaîtriez-vous s'il vous plaît une fille qui porte une casquette blanche et fait du skate ?

Peu accoutumés qu'on s'adressât à eux avec un tel respect, ils répondirent d'une seule voix :

– Mina !

La petite rousse trouva judicieux d'ajouter, par avance satisfaite de son effet :

– Là, soit elle termine son brushing, soit elle dit au revoir à son lapin.

Elle ne semblait pas ironiser mais les autres gloussaient.

– Son lapin ?

– Oui, elle l'emmène partout.

Quoi qu'énoncée avec sérieux, il ne pouvait s'agir que d'une plaisanterie convenue. L'homme d'affaires savait qu'il était impossible d'importer ainsi son animal de compagnie aux États-Unis sans le placer en quarantaine et préféra remettre ce sujet.

« Je peux aller la chercher si vous voulez », proposa d'une voix douce la jeune fille blonde, sortie de sa réserve.

Derrière sa frange à la Purdey, elle paraissait plus posée que les autres.

Alors qu'elle formulait son offre, le trio s'écarta en une haie d'honneur et, désignant d'un geste royal la porte d'un ascenseur opposé qui s'ouvrait, annonça :

« La voilà ! »

Entourée d'une foule hétéroclite, la fille mystère posa son skate à terre et, ses amis repérés, leur adressa un sourire radieux accompagné d'un signe de la main, puis s'élança vers eux d'une impulsion sur la jambe. À vingt bons mètres de distance, Wahl la reconnut instantanément, en éprouva une seconde fois l'étrange trouble de l'avion, rigoureusement identique.

Oui, les souvenirs savent enjoliver la réalité, mais dans ce cas, son cerveau prudent l'avait atténuée. Petit gabarit, cambrée, une stature de gymnaste, plus elle progressait à travers le *lobby*, moins il revenait de sa beauté, à laquelle sa mémoire n'avait pas su rendre hommage. Quand leurs regards se rencontrèrent, il se sentit comme percuté physiquement. Il contemplait de près, en pleine lumière, celle qui lui avait souri deux nuits plus tôt, au-dessus des côtes canadiennes. Elle le regardait bien en face, le menton frondeur, décontenancée mais avec une pose identique à celle de l'avion, le charme en personne. Alors que le teint pâle de la lycéenne passait au rose vif, Wahl reprit ses esprits et improvisa pour ne pas la mettre encore plus mal à l'aise :

– Bonjour. Alors, bien dormi ?

Le vacarme devint bruit de fond.

Elle lui répondit un « oui merci » à peine audible tant elle était intimidée. Que faisait-il ici, à cette heure ? Elle ne détournait pas les yeux pour autant, avec un semblant de défi qui devait lui servir d'écran, analysa-t-il, tout comme, appuyée sur sa jambe droite, son élégante posture d'escrimeuse.

Il entendit les jeunes gens proposer « tu viens ? », puis les imagina s'éloigner, car il ne distinguait plus rien à part elle, seule dans un environnement devenu flou et sans le moindre intérêt. Il lui demanda où ils allaient. Elle répondit d'une traite, la voix blanche :

« On-commence-par-la-statue-de-la-Liberté-et-les-tours-jumelles. »

La diction était agréable et claire, un débit rapide qui contrastait avec son attitude réservée.

– Vous rentrez vers quelle heure ?

– Euh… on doit être ici à sept heures.

Madame Pilar, pantalon écossais et manteau vert bouteille, se tenait à l'entrée du hall, revenue sur ses pas pour aller, derrière ses lunettes de grande myope, pêcher ceux qui manquaient, « toujours les mêmes », en les cherchant avec difficulté du regard. La retardataire, repérable à son skateboard bloqué sous son pied, l'enseignante semblait résignée. D'un mouvement du bras, elle lui faisait signe de venir. La jeune fille lui articula de loin « j'arrive ! » avant de se retourner, l'air de dire « je ne sais pas quoi faire ».

Il lança :

« On se retrouve ici à vingt heures ? »

Elle répondit :

« Euh… oui, d'accord », puis « désolée, je dois y aller », avec une mimique de regret, tout de suite remplacée par son sourire imparable.

Elle hâtait le pas vers la sortie, son skate sous le bras. Il la suivait d'où il était, espérait qu'elle se retourne et prolonge ce contact délicieux, pour être sûr de n'avoir pas rêvé. À sa propre surprise, pas superstitieux, il plaça d'un coup toutes ses plaques sur un seul espoir :

Si elle se retourne...

La porte à tambour franchie, elle se retourna, lui fit un signe de la main à travers la vitre, qu'il n'eut pas le temps de lui rendre mais reçut en plein cœur. Le groupe qui attendait dehors l'avait déjà absorbée.

Wahl préféra s'asseoir pour réaliser ce qui venait de lui arriver : un train de marchandises stoppé net sur place, pile devant lui, son poids colossal reposant sur les fondations de l'auberge de jeunesse de la 34ᵉ rue mises à rude épreuve.

Cette fois-ci, il avait pu scruter chaque élément qui formait ce tout si harmonieux : non seulement ces traits servaient un minois sublime, mais chacune de ses expressions respirait gentillesse, spontanéité, intelligence et détermination. Il retrouvait ces yeux malicieux aux sourcils foncés bien dessinés, une générosité sans réserve, ces dents serrées, ce petit nez escorté de quelques taches de rousseur, des fossettes comme des virgules aux commissures des lèvres. Et ce léger zézaiement dû à des incisives un peu trop longues. De quoi fondre sur place en décembre. Ce qu'elle portait lui avait échappé : rien de grave. Il ne se souvenait même pas de la couleur exacte de ses cheveux, ni de celle de ses yeux, juste de leur intensité inouïe, des lèvres gercées qui avaient prononcé « d'accord ». Wahl jr. ne se reconnaissait plus : s'en remettre au hasard ? Ne pas verrouiller un rendez-vous ? Allons…

Au fur et à mesure qu'il se reprenait, il commençait à comprendre pourquoi il avait traversé la moitié de la ville dans le petit matin glacial. Sa vie venait de prendre un tour inattendu. Il quitta le vacarme, la salle de plus en plus envahie des brassées de touristes déversés en cadence par les ascenseurs, pour celui de la rue, ligne droite sans fin sectionnant l'île de part en part. Malgré les bourrasques de neige, les quidams s'agré-geaient à la colonne de piétons et traçaient leur chemin sans se soucier de leur environnement, ni même des sirènes omniprésentes. Beaucoup de *commuters*, les banlieusards, arrivaient de Pennsylvania Station, toute proche, l'une des deux grandes gares de New York, l'ambiance assurée par le disco échappé des boutiques en train d'ouvrir leur grille, ou le rap des *ghetto blasters*, gros radiocassettes à fond sur l'épaule de jeunes garçons de couleur le temps qu'ils passent et s'éloignent dans la foule. Grosses voitures, taxis jaunes, bus, camionnettes de livraison, les policiers faisaient de leur mieux pour limiter le nombre d'accrochages dus au verglas. Anthony Wahl s'engouffra dans un taxi. Nul besoin de secrétaire pour retenir l'ajout à son emploi du temps : vingt heures dans le hall.

La neige, revenue dans la nuit, ensevelissait tout le nord-est de l'État sous une couche devenue préoccupante. Les chaînes locales annonçaient une troisième voiture tombée dans le fleuve à la hauteur de Riverdale, une famille à son bord. Une noria de saleuses municipales parcouraient la ville en tous sens pour devancer la météo et permettre la circulation, sacrée.

« Je ne pense pas que vous pourrez l'utiliser aujourd'hui », fit remarquer madame Pilar.

Malvina trimbalait son skate partout, s'arrangeant toujours pour en faire, où qu'elle se trouve : au centre commercial, dans le préau du lycée, le hall du gymnase, à Montparnasse, au Trocadéro. Elle aurait adoré aller au skateparc de La Villette – « aire expérimentale de planche à roulettes » ouverte au printemps – mais, en raison de sa fréquentation par des loubards, sa mère le lui interdisait. Ici, elle espérait au moins trouver le moyen de louer des roller skates à Central Park.

Du groupe, censé se rassembler en rang devant l'auberge de jeunesse, une poignée d'impatients s'étaient détachés pour prendre de l'avance, poursuivis vaille que vaille par messieurs Beaucourt et Janáček (l'un des enseignants venus les accueillir à l'aéroport), un quintal chacun, que leur embonpoint empêchait de courir. Commencer au plus vite les visites motivait cette avant-garde. Les autres, a priori plus disciplinés, ignoraient le signal de départ enfin donné par la discrète mademoiselle Ulrich. Trente paires d'yeux de hibou mouraient d'envie de savoir ce que cet homme au physique de mannequin avait bien pu dire à leur amie. « Tu le connaissais ? », « Qu'est-ce qu'il te voulait ? », « un Suisse ? », « Ah bon, un Français. », « Il est vachement séduisant en tout cas… »

Avec la meilleure volonté du monde la jeune fille n'aurait pu répondre à ces sollicitations. L'esprit confus, elle n'en savait pas beaucoup plus qu'eux. Certaines l'enviaient d'attirer les beaux garçons et restaient sur leur faim de ragots. Leur faim matinale, elle, fut satisfaite par le menu de l'Empire Luncheonette voisine, où le groupe appréciait son tout premier petit déjeuner américain. Les éclaireurs indisciplinés venaient d'être rejoints par les deux profs gloutons, qui, attablés avec eux, méritaient une collation en récompense à leur sprint. Pendant que monsieur Yvinec, gentleman, présentait sa chaise aux boucles blondes de la jolie Shelley Chalmers (l'autre enseignante de Concord) – et la dévorait des yeux – les jeunes gens, eux, dévoraient sans retenue pancakes, omelettes au bacon, petites saucisses grillées et gaufres lestées de la fameuse sauce au chocolat Hershey's. Il fallait, sur ordre des professeurs, « faire le plein » pour affronter cette longue journée, « surtout avec un temps pareil ». Quel plaisir de leur obéir ! Pensive, la skateuse accoudée promenait sur ses crêpes un petit rectangle de beurre blanc piqué au bout d'une fourchette. Alors que sa jumelle lui versait du sirop d'érable, elle lui confia :

– Tu te souviens du garçon dont je t'ai parlé, celui auquel j'ai souri dans l'avion avant d'atterrir ?

– J'en étais sûre. Je n'ai jamais vu un visage aussi symétrique. En plus d'être beau comme un dieu, il sentait super bon ! Et son petit accent...

– J'ai remarqué. Je l'ai reconnu tout de suite en sortant de l'ascenseur, ça m'a fait drôle... Il est tellement doux, calme, pas le genre dragueur. Je ne sais pas comment il a su où nous logions. Il est peut-être là pour mon père. Et s'il avait un truc grave à m'annoncer ? Maman m'en aurait parlé hier soir au téléphone, et il n'aurait pas été aussi souriant. Il ne m'a même pas demandé mon nom, il doit le connaître.

– Ses cheveux sont trop longs pour un militaire. Pourquoi prendre l'avion avec nous et ne pas t'avoir abordée à Roissy tout simplement ?

– Ou à Tremblay.

– Exact. Pourquoi attendre qu'on soit installés ? Il t'a dit quelque chose qui pourrait nous mettre sur la voie ?

– Il m'a juste demandé si j'avais bien dormi.

– Ça ne nous avance pas beaucoup.

– ... et donné rendez-vous ce soir dans le hall.

– Pardon ? Il fallait commencer par là ! Et que lui as-tu répondu ?

– Je lui ai dit oui sans réfléchir.

Doriane, fascinée, submergeait les crêpes de son amie.

– Il s'est encore passé quelque chose en moi, exactement ce que j'ai ressenti dans l'avion. Et puis non : il doit avoir un truc à me dire, une mutation de mon père, je ne vois que ça.

– … ou il t'a trouvée irrésistible.

– T'es bête ! Je descendrai vite fait à huit heures puis je te raconterai ce qu'il en est, on aura toute la soirée pour en discuter. S'il vient...

– Moi je suis sûre que oui. Il te plaît alors ?

– Il faudrait être difficile. Je rêverais de sortir avec un garçon comme lui plus tard.

Il existe toutes sortes de visages, des plus impénétrables aux plus expressifs, dont les variations ne peuvent rien cacher. Débonnaire, plutôt rond, des yeux marine toujours en mouvement, celui de Doriane était de ceux-là : de la bonne volonté avec ses sourcils toujours étonnés, la bonté en personne. Elle mettait ses qualités au service de ses amis, et surtout de la plus proche d'entre eux, plus considérée comme une sœur – mieux, une jumelle. Dodo rêvait pour deux et trépignait de savoir ce que le sort allait réserver à son amie.

Vingt rues plus haut, à l'abri d'une salle sécurisée à la lumière blafarde dans laquelle on aurait pu improviser une opération chirurgicale, Wahl s'apprêtait à discuter volumes et nombres à neuf chiffres avec monsieur Ota en personne, PDG d'OtaCorp.

Aucun des deux avocats de la WIPE, inscrits aux barreaux de Paris et New York, n'avait de toute évidence le sens de la fête. Ils n'intervenaient qu'aux occasions opportunes. Jill Emmons, l'assistante, elle-même épaulée par sa secrétaire Martha, interpréterait leurs signaux, devenus familiers, pour dégainer le bon document au bon moment.

Le Japonais entra, solennel comme à la parade.

Une heure cinquante de discussion serrée plus tard, Fubuki Ota pria avec déférence son interlocuteur de l'excuser ; il devait appeler son bureau d'Osaka. Cela tombait bien, car il fallait un remontant à Wahl jr., qui n'avait que peu dormi ces trois derniers jours et, malgré sa résistance, commençait à accuser le coup. En se versant une tasse de café, il calcula l'heure locale au Japon, en déduisit que, si, en plus d'être venu en personne, ses cadres étaient encore debout à deux heures du matin, l'enjeu devait être de taille pour son prospect numéro un. La pression exposait les pauvres salariés au karōshi, ou mort par surmenage. Le magnat se découvrait, un peu.

Pendant qu'Ota conversait en sourdine, le Français sortit s'isoler au fond du couloir de l'étage, près d'une fenêtre qui dominait Lexington Avenue, jusqu'à la lointaine pointe sud de Manhattan, voilée, seulement percée par les invincibles tours jumelles. Seul le rappel furtif du sourire de son invitée du soir interféra, une fraction de seconde, dans sa concentration.

Jill vint le chercher pour reprendre la séance. Payés une fortune pour rester assis, depuis leur arrivée, les juristes des deux parties n'avaient pas quitté leur place, ni échangé plus d'une poignée de main, suivie d'une poignée de mots. Ota indiqua par un détour imagé que, en vue de la fabrication de ses figurines, tous ses actionnaires ne donnaient pas encore leur feu vert à cette association avec une entité française, si renommée fût-elle. Il demanda s'ils pouvaient se revoir le mardi suivant. *Pourquoi le mardi et pas le lendemain ? Ou le lundi ?* Devait-il choisir un cadeau à madame Ota avant de rentrer, ou faire du roller à Central Park ? Wahl jr., tout aussi impénétrable, connaissait bien la tournure d'esprit des Asiatiques : on leur aurait proposé de travailler gratuitement, ils n'auraient par principe jamais signé le jour même, ni laissé filtrer la moindre réaction. D'excellents joueurs de poker, les meilleurs.

Le HPIM meilleur procédé du marché, la réputation de la WIPE plus que favorable, Ota n'était pas dupe non plus. Il trouvait cet Européen décidément très versatile, habile malgré sa jeunesse, savait qu'il serait le mieux-disant. Comment un homme de moins de trente ans pouvait-il en connaître autant sur la négociation en général, et la mentalité nippone en particulier ? Tel le requin, Anthony Wahl s'adaptait à son environnement, un sixième sens chez l'ingénieur.

Assistants et cols blancs des deux équipes rangèrent leurs effets jusqu'à la réunion suivante, tels des écoliers. Dans la pièce insonorisée, debout près de Wahl qui observait le déluge muet à travers l'épaisse vitre embuée, monsieur Ota conclut cette matinée par un trait d'humour. Il apprit à son futur partenaire qu'en japonais Fubuki signifiait… «tempête de neige».

Ça aussi Wahl jr. le savait.

Le car se rangea le long de la vitrine, son conducteur klaxonna pour s'annoncer. Fait unique, les profs n'eurent pas à insister : chacun abandonna sa table et embarqua en quatrième vitesse, car, aperçues la veille de très loin par des lycéens incrédules, les Twin Towers étaient la première visite du programme. Leur dépliant assurait d'ailleurs : «New York commence au World Trade Center».

Quelle déception ! Sur le parvis, au pied des tours à la hauteur encore plus extravagante vues de près, des dizaines de touristes dépités revenaient sur leurs pas. Les employés fixaient à la hâte des panneaux sur les portes bouclées par des chaînes. « Due to high wind, access temporarily closed for precautionary reasons » (fermeture temporaire préventif en raison des vents forts). Les mieux informés savaient que les monolithes, exposés sans obstacle au fréquent déchaînement de l'Atlantique, étaient conçus pour osciller en cas de grand vent, mais comment renoncer à la visite la plus excitante ?

«Allez, vous êtes à New York, vous n'allez quand même pas pleurer» dit madame Pilar, approuvée de la tête par mademoiselle Ulrich. Nous avons encore tant de choses à voir, et peut-être que demain, l'Empire State sera ouvert. Monsieur Yvinec, frustré lui aussi, replaçait sa caméra super-8 dans sa housse.

«… En attendant, direction la statue de la Liberté ! »

L'idée de visiter ce monument légendaire joint à l'allant inoxydable de madame Pilar regonflèrent les énergies. Monsieur Janáček donna ses instructions au chauffeur puis la colonne se remit en route, à pied, pour l'embarcadère de Fort Clinton.

Personne n'en savait beaucoup sur cet homme mais, professeur de français, il aurait tout aussi bien pu enseigner l'allemand, une langue slave, ou d'autres disciplines supputées. La neige redoublait, déviée par un vent belliqueux. «Regardez, Popeye !», sortit Malvina, qui adorait le héros de *French Connection*. Sur le chemin, les bénévoles de l'Armée du Salut, frigorifiés, quêtaient en chanson, en effet accompagnés au tambourin par un père Noël aussi approximatif que l'acteur Gene Hackman en policier infiltré. L'ambiance arctique et la chaussée défoncée n'empêchaient toujours pas les durs New-Yorkais de vaquer à leurs occupations. Du stand de hot-dogs à la galerie d'art sélecte du quartier de Tribeca, des guirlandes et des dessins de saison colorés serpentaient sur les vitrines, plus ou moins heureux suivant leur standing. Muriel, moins timorée depuis sa prise en main par ses amies, apprenait à ses auditeurs que la statue était tout bonnement la version féminine du colosse de Rhodes, l'une des Sept Merveilles du monde. Contrairement à la légende, le sculpteur Bartholdi n'avait pas fait poser sa mère, mais convaincu l'épouse française de monsieur Singer, celui des machines à coudre, une certaine Isabelle.

Après leurs voitures entre JFK et le centre, Malvina s'évertuait à repérer sur son plan les quartiers des policiers et des détectives privés de ses séries. « Manhattan sud » correspondant au QG du lieutenant Kojak, l'un de ses préférés !

> *Donnez-moi vos pauvres, vos exténués*
> *Qui en rangs serrés aspirent à vivre libres*
> *Le rebut de vos rivages surpeuplés*
> *Envoyez-moi ces déshérités rejetés par la tempête*
> *De ma lumière, j'éclaire la porte d'or !*

Gravés sur son socle, les mots d'Emma Lazarus symbolisaient l'espoir que cette icône américaine avait représenté pour tant de gens, galvanisés lorsque, au terme d'un voyage depuis l'Europe, sans retour possible, ils discernaient enfin la torche lumineuse dans le brouillard.

*
**

Dès la rentrée de septembre, la bande improvisait toute l'année des soirées chez Stéphanie Demeulenaere, dite *Stéphanie A*, dans le désordre exemplaire de sa chambre du douzième étage, cité Jacques-Duclos.

À la sortie des cours on prenait « le vol de 17 h 15 pour Bombay », en réalité le bus, pour rallier son ashram de banlieue. On entendait en arrivant la plaisanterie habituelle : « Tu as encore été cambriolée ? Les salauds, ils ont tout retourné ! » Première à en rire, elle enchaînait : « En plus cette fois-ci ils sont venus avec King Kong. Il s'est énervé et a secoué l'immeuble avant de partir. Et voilà l'bordel !... » Une copine était déjà là qui, en préparant du thé, appelait un copain, puis trois, puis huit, ce qui enchantait Stéphanie, occupée à passer de la musique dans une fumée d'encens, de patchouli et de joints consumés.

« Tangerine Dream ? J'adore, ça me donne envie de me droguer ! », plaisantaient Malvina ou Dodo, pas concernées, qui mettaient du disco rien que pour jauger l'état de conscience de Steph. Les caractéristiques cumulées de la jeune fille en faisaient l'exact opposé de ses amies « rangées », mais l'essentiel les réunissait, le rire, l'amitié, et elles s'appréciaient beaucoup. Pas rancunière, l'hôtesse offrait d'élargir le spectre musical de ses visiteurs en passant du Bob Marley, du Patti Smith, du Zappa, du Pat Benatar, du Higelin, et depuis peu du Téléphone, sa dernière trouvaille, un groupe de rock français découvert dans l'émission d'Antenne 2 *Blue Jean 78*. Elle hurlait : « Parlez, parlez dans l'hygiaphone ! »

Toujours disponible et en général de bon conseil, elle ne se gênait pas pour donner son avis ou s'affirmer, sans trop de pincettes.

« Jean-Phi ? Le charisme d'une gomme : laisse tomber ! »

« Hum, c'est bon, qu'est-ce que c'est ?

– Du poulet avec de l'ananas.

– Comment tu appelles ça ?

– Poulet à l'ananas. »

Quand une nouvelle personne se présentait, elle s'empressait d'appeler l'horloge parlante devant elle et proférait les pires insanités rien que pour observer sa réaction. Elle se joignait aussi volontiers au stratagème des petits mots glissés sous les essuie-glaces.

En perpétuel conflit avec Stéphanie A, l'autre Stéphanie, « la B » était la seule qu'elle n'appréciait pas.

« Elle va nous raconter ses vacances, je m'ennuie déjà ».

« La statue de la Liberté, première vision pour douze millions d'immigrants, et nous sommes dans sa couronne », exprima tout haut Stéphanie A, songeuse face à Ellis Island, le ponton où accostaient les navires des candidats à l'immigration.

« Elle doit être touchée pour dire ça sans gros mots », pensèrent plusieurs élèves sans se consulter.

« … Douze millions qui ont dû drôlement se faire chier pendant la traversée. »

Après avoir gravi un étroit escalier hélicoïdal, on parvenait dans la couronne de Lady Liberty, réduit où, poussé par les touristes suivants, on ne pouvait stationner que quelques secondes, qui devenaient instantanément historiques à la mémoire de tout visiteur. On pouvait admirer, de l'intérieur, les savantes ondulations de la chevelure, qu'on aurait pu toucher en tendant le bras. À travers les lucarnes, comment ne pas être ému en imaginant l'épopée des démunis, des affamés, leur Irlande, leur Russie ou leur Italie, leur vie derrière eux à jamais, un simple avenir en tête, toujours mieux qu'une mort lente ? Tous avaient choisi de poursuivre leur vie sur un autre continent, la Terre promise leur ouvrait grand ses bras, un flambeau dans une main, une constitution dans l'autre ! Contrairement à l'idée reçue, il fallait être un fieffé brigand, polygame ou porteur d'une grave maladie contagieuse pour se voir refuser l'admission. Avant de les laisser continuer leur voyage sur le territoire américain, en général accueillis par des parents émissaires, l'hôpital de l'île allait jusqu'à retaper les candidats souffreteux. En les attendant, leurs accompagnants, hébergés eux aussi, pouvaient changer leur argent contre des dollars, s'acheter des drapeaux américains, des plans de ville, de quoi manger dans des échoppes tenues par d'astucieux compagnons d'aventure, en avance sur leur parcours d'entrepreneurs. Ils auraient dorénavant une vie moins miséreuse, assurément pleine d'espoir. Devenir de « vrais Américains » leur tenait à cœur. Seraient-ils ouvrière ? Capitaine d'industrie ? Un Joseph Bonanno ou un Cary Grant ?

Ce nouveau choc reçu, les lycéens passés dans la couronne descendaient rejoindre les autres devant l'inévitable snack-boutique de souvenirs jouxtant l'entrée. Remontée contre ceux qui écrivaient sans vergogne au marqueur sur le squelette métallique de la statue, Malvina apposa de façon plus respectueuse une main sur la structure due à Gustave Eiffel afin d'en ressentir la mystérieuse palpitation historique. Habitée par le destin de ces pauvres gens et l'esprit des artisans qui s'y étaient voués à Paris, il lui sembla être entrée en contact avec eux et leur avoir ainsi témoigné son admiration. Bouleversée, elle ne put s'empêcher d'appeler sa mère de la première cabine disponible pour lui raconter son expérience. La voix familière lui fit chaud au cœur.

– Tu ne pleures pas, hein ? Il n'y a rien de triste.

– Non, maman, ne t'en fais pas, répondit la jeune fille en reniflant, Dodo est en train d'acheter des trucs. Elle s'occupe de moi, elle t'embrasse.

Si Stéphanie A était incapable de prononcer une phrase sans au moins une grossièreté, du cerveau tourmenté de Stéphanie B pouvaient sortir les paroles les plus diaboliques :

« Elle est obligée d'appeler sa maman toutes les cinq minutes, comme un gros bébé », lança-t-elle à la cantonade.

Malvina, un peu plus jeune que la moyenne, appréciée de tous pour son naturel et sa gentillesse, comptait 35 supporters sur les 37 élèves de sa classe, et toujours un pour la défendre le cas échéant. Thierry, qui passait par là, rétorqua à Stéphanie B :

– Tes réfections tu peux te les garder. En tout cas sa mère peut être fière. La tienne elle fait la couverture de *Connasses magazine* ce mois-ci, non ? Avec sa fille en poster à l'intérieur.

– « Réflexions », rectifia Doriane, de retour, l'air reconnaissant en devinant ce qu'il s'était passé.

La candeur de Malvina inhibait la répartie que son intellect aurait pu lui permettre. Dodo, qui la connaissait par cœur, parvint à la distraire de cet incident :

– Tu devrais conserver les prospectus ma Grenadine, nos tickets d'entrée, les serviettes des restaurants même ; moi je viens de commencer (elle montrait des documentations rapportées du magasin). Nous pourrions en faire un collage ou un album avec nos photos ?

En plus de ses qualités humaines, Doriane excellait dans le domaine artistique, le piano, les travaux manuels et surtout le dessin, son modèle fétiche jamais bien loin. Depuis qu'elle avait offert à Marjo un stupéfiant portrait à l'aquarelle de son chat Mistouf, des élèves de toutes les classes l'accaparaient pour obtenir celui de leur animal de compagnie, en général à partir d'une simple photo. Conseillée par ses parents qui craignaient qu'elle y consacre trop de temps, elle rechignait à dire non, prétextant se faire la main. Malvina, qui ne se trouvait pas exceptionnelle, surtout comparée à « Virginievivien » ou à la jeune star Brooke Shields, posait volontiers du moment qu'elle puisse continuer à lire ou manger. Elle n'allait pas se faire prier pour accumuler, l'une de ses spécialités.

Virginie Vivien, réputée la plus jolie fille du lycée, bénéficiait d'une telle aura que son prénom et son nom avaient fini accolés, telle une entité incontestable. Jalousée, elle sortait sans aucun effort avec les plus beaux garçons. Son dernier copain venait la chercher en voiture après la fac.

– Excellente idée. J'ai conservé la carte d'embarquement et pris des documentations au passage à l'aéroport pour nous deux. Viens, on va en chercher à l'accueil en attendant les autres !

Du pont de Brooklyn, qui menait à l'arrondissement éponyme, son sol foulé par les pieds des lycéens comme celui d'un Empire State horizontal, plus on s'éloignait de Manhattan, plus la vue sur sa pointe sud devenait époustouflante. Les doigts engourdis, chacun s'empressait de faire LA photo, avec cet arrière-plan de carte postale, seul puis en groupe, sans se soucier de la circulation assourdissante des niveaux inférieurs, voitures et métro. Tant d'immeubles de cinquante étages massés les uns contre les autres sur une surface aussi comptée, leur citerne en bois sur le toit pour les derniers « anciens », dominés sans exception par les fabuleuses tours jumelles… qui en faisaient le double ! Mademoiselle Chalmers disait vrai : « Vous ne pourrez pas rater ce cliché, même les yeux fermés, même de dos, même sans pellicule. »

Stéphanie B refusa sans raison de prêter son appareil photo à Marjorie, qui venait de terminer ses 24 poses et ne sut pas quoi répondre, relayée par Thierry :

« Pourquoi tu ne veux pas ? Il n'est pas assuré ? Tiens Marjo, voilà le mien. Tu t'en mordras les dents. »

Sur l'autre rive du fleuve, le vent glacial canalisé dans Flatbush

Avenue obligea le groupe à se réfugier chez *Junior's Cheesecake*, recommandé par monsieur Beaucourt depuis la fin du petit déjeuner, approuvé par Broni Janáček. Quand les serveurs vinrent prendre les commandes, les jeunes gens eurent du mal à les saisir tant l'accent de Brooklyn compliquait celui de New York, qui déformait les intonations américaines, déjà éloignées de l'anglais original enseigné en région parisienne. Mais la langue représentait le moindre des efforts d'adaptation à fournir. Les lycéens allaient de bonne grâce à la rencontre d'une civilisation qu'ils croyaient connaître, en réalité bien différente de leurs mœurs banlieusardes, une civilisation qu'il allait falloir traduire elle aussi durant leur séjour…

À peine assises sur une banquette de tissu fleuri assorti aux rideaux de la cafétéria, Malvina et Dodo se tournèrent l'une vers l'autre, le regard matois. Dodo s'éclipsa pour aller aux toilettes, revint peu après grelottante, mais plus joviale que jamais, et le duo commença à rire à gorge déployée sans qu'on sache pourquoi, imité par les initiés qui connaissaient leur manège et avaient compris.

– C'est parce que je suis grosse que vous rigolez ? demanda la B.

– Tu es plus conne que grosse, répondit Stéphanie A, la première à se ficher des apparences. Sois plaisante comme elles, arrête d'emmerder le monde et toi aussi tu attireras la sympathie.

– Mesdemoiselles Dhaucourt et Malméjac, vous pouvez partager s'il vous plaît ?

– C'est nerveux monsieur, désolée, justifia Malvina, qui ne savait pas mentir.

Le professeur de maths ne releva pas, haletant devant sa part déraisonnable de cheesecake à la framboise.

Ça n'était pas nerveux du tout.

Lorsqu'elles s'ennuyaient ou attendaient le bus, les filles arrachaient une page de cahier sur laquelle elles rédigeaient à la hâte un court message du type « Veuillez m'excuser d'avoir accroché votre voiture, je suis pressé, voici mon numéro de téléphone », qu'elles plaçaient sous l'essuie-glace des voitures en stationnement, côté conducteur. Une de leurs multiples facéties. Prévoyantes, elles en avaient préparé en anglais dans l'avion. À Paris leurs cibles s'arrêtaient pour des cigarettes. À Manhattan, difficile de ne pas remarquer ces « limousines allongées », vitres teintées, équipées d'une antenne de radiotéléphone et d'une autre en forme de boomerang pour la télévision. Quel riche personnage pouvait-il être conduit ainsi à travers le trafic ? Il avait été aisé à Doriane, entraînée, de repérer un chauffeur stationné en double file le temps d'acheter du café à un vendeur ambulant. Le spectacle était garanti. Elle regagna sa place, d'avance pliée en deux comme son papier. Gobelet à la main, le chauffeur de la Lincoln Town Car commença à tourner, affolé à l'idée de devoir rentrer au siège de son entreprise avec une auto esquintée. Il cherchait sur la carrosserie noir piano une éraflure qui n'existait pas, revenait au point de départ, se baissait, regardait autour de lui…

« Un, deux, trois », les lycéens comptaient les tours.

« Vous avez quel âge ? » parodia Stéphanie A à voix basse.

Malvina et sa bande pleuraient de rire. Stéphanie B prit encore cela pour elle et se mit à bouder.

En récompense à une négociation aussi intense, la réunion suivante fixée à 15 h 30, Anthony Wahl se demandait comment mettre à profit ce temps libre impromptu. Delmonico's ou Bemelmans ? Il opta pour le second établissement, l'une des meilleures tables de Manhattan, à quelques rues de son hôtel, et se félicita de cette initiative : il put pour une fois déjeuner seul, sans parler affaires, mais en plus laisser ses pensées divaguer à leur aise. Celles-ci le menaient en toute logique vers les résultats espérés de ce voyage éclair, au dîner d'altitude prévu le lendemain avec la belle Veronica, puis revenaient à son dernier rendez-vous du jour. Vingt heures dans le hall de la YMCA. Lui qui analysait tout à la volée et ne faisait jamais le premier pas avec les femmes ne regrettait en aucun cas d'être allé où son instinct l'avait conduit, au devant de cette fille si singulière. Malgré son jeune âge, quelque chose lui disait qu'il ne perdrait pas son temps en retournant 34e rue. Il se surprit encore à visualiser la ravissante personne, ses expressions, cette gestuelle, et encore plus à retrouver un émoi qui l'avait quitté à l'adolescence.

Le programme des lycéens organisé d'une année sur l'autre le plus rationnellement possible, avant de rejoindre les familles en Nouvelle-Angleterre, l'intermède à New York ne durant que 72 heures, il s'agissait de ne pas de traîner ! Le car, dont le conducteur venait d'être prévenu par radio, récupéra les Français à Brooklyn. De retour à Manhattan, ils passèrent devant Wall Street, la bourse de New York, eurent un aperçu du Financial District puis quartier libre dans le périmètre de South Street Seaport, le coin le mieux préservé de l'île, à la boucaille saline évocatrice de campagnes de pêche périlleuses. Implanté au bord du fleuve, le Fulton Fish Market, typique marché aux poissons comparable au pavillon marée de Rungis, ramenait ses promeneurs de 1978 un siècle en arrière avec ses petites rues au sol pavé quadrillé de blanc, ses immeubles en brique aux antiques enseignes de bois peint et leur support en fer forgé d'origine. Sapins enguirlandés et enluminés, la décoration étudiée conférait un cachet féerique à l'endroit. Certains choisirent de se balader sans but précis parmi les hangars des grossistes, les boutiques à la mode et les restaurants de fruits de mer, d'autres partirent sans tarder à la chasse aux hamburgers et aux souvenirs. Les garçons, trop jeunes d'après la législation, cherchaient le moyen de s'offrir leur première bière américaine. Ils avaient repéré dès l'aéroport des naïades californiennes qui, appuyées contre un *beach buggy*, se désaltéraient d'une Coors ou d'une Michelob, puis sautaient sur l'affiche suivante fumer leur Vantage légère avant de foncer dans une gerbe d'eau le long du Pacifique.

La liberté et le sentiment d'être adulte s'invitaient avec bonheur dans tous les esprits.

« Cash or charge ? », « en espèces ou par carte ? » Les commerçants semblaient ne s'intéresser qu'au chiffre d'affaires représenté par l'entrée d'un client dans leur boutique. Comme Superman, ils voyaient les portefeuilles à travers les jeans. Les lycéens apprirent des plus désabusés qu'il neigeait sans discontinuer depuis trois semaines, autant qu'en 77. Les saisons très marquées dans le Nord-Est, quand l'hiver mordait la ville, on savait que ses mâchoires de hyène ne la lâcheraient pas avant mars. Peu importait aux Français qui, dès qu'ils purent arpenter les rues, réalisèrent qu'elles ne ressemblaient en rien à celles de Paris, tant par leurs dimensions, leur état, que par ce qu'on y observait. Chacune des images de leurs films s'animait sous leurs yeux. Entre les monticules de neige, de sacs poubelle, et les innombrables commerces hétéroclites, une foule en perpétuelle progression saturait chaque mètre carré, une vraie procession. On se demandait ce qui aurait pu forcer ces gens de toutes apparences à rester chez eux. Une bombe lancée depuis Moscou ? Les petits métiers – employé de bureau, serveur, livreur, portier, manutentionnaire, coursier – côtoyaient cadres supérieurs et femmes du monde, sans animosité, mais dans une parfaite indifférence. Les plus perspicaces avaient noté que personne ne se regardait réellement dans les yeux, et a fortiori n'entrait en contact. Si cela arrivait, par exemple à l'occasion d'une vague bousculade, les protagonistes s'empressaient de s'excuser d'un « sorry » avant de poursuivre leur chemin. Peut-être la peur de tomber sur un junkie ?…

En vitrine, les posters d'une alimentation riche et copieuse ne pouvaient que séduire cette jeune clientèle européenne : épais sandwiches au pastrami chez Barney Greengrass, sirloin steaks (contrefilet) de Tad's, larges pizzas Sbarro à déguster pliées, cocktails et hot-dogs Papaya King… Les New-Yorkais mangeaient tout le temps mais, omniprésent, le mot « gourmet » était il faut l'avouer usurpé.

Les *delicatessens* figés dans les années cinquante cohabitaient avec les boutiques de vêtements dernier cri, les magasins de chaussures, blanchisseries chinoises, succursales bancaires aux noms imagés qui titillaient les imaginaires : « Florsheim Shoes, Mayflower Doughnuts, Emigrant Industrial Savings Bank, Sichuan Laundraumat & Cleaners, Nedick's, Holtzmans' Audio and Electronics, Chase Manhattan, Howard Johnson, Chock full o'Nuts, … » L'héritage indien, la découverte de l'Amérique, l'arrivée des Chinois, la Prohibition, la Grande Dépression : chaque commerce semblait raconter une histoire. On retrouvait le Pèlerin et l'Indien jusque sur le blason de la police. Plus que tout autre l'esprit fertile de Malvina ne savait où s'attarder. Elle aimait tout et aurait voulu ouvrir toutes les portes, s'aventurer dans les rares petites rues. La passionnée se contentait à regret de dénicher le moindre détail à photographier, et à l'occasion de frôler de la main un vieux mur, un élément antique. Aux carrefours, entre deux blocks, que l'on regarde dans une direction ou l'autre, le nombre invraisemblable de commerces continuait jusqu'à l'horizon, ce qui pouvait donner le tournis. De tout, à toute heure, pour tous les goûts, pour toutes les bourses. Malgré cela il serait simple de se repérer pour retourner au point de départ : en plus de la numérotation dans l'ordre de la majorité des rues et des avenues, d'où qu'on se trouve on pouvait apercevoir au loin les tours, qui indiquaient le sud. Afin de n'oublier personne, Malvina conservait sur elle sa liste, complétée par celle de son frère. L'argent filant entre ses doigts comme le sable de son enfance, elle avait préféré, sur les conseils appuyés de sa mère, confier son pécule à Doriane, réputée plus raisonnable. « Sinon je finirai par manger des sandwiches au pain. », avait-elle résumé. Ici le choix était pléthorique mais, pour Bouli-le-fonceur, il fallait trouver quelque chose qu'il ne pourrait ni ingérer, ni percer, ni enflammer, ni lancer. Juste avant le départ de sa sœur, sa petite balle transparente lancée de toutes ses forces avait bien entendu fini une seconde fois sa course dans les tasses à fleurs orange de mémé Irène. Du service Arcopal incassable (sauf pour Bouli) il ne restait plus que les coquetiers. Gaffes, grosses bêtises ou destruction pure et simple, Bouli-la-boulette mettait toujours dans le mille. Escortées de Muriel, des deux Steph et de l'inévitable Thierry, Malvina et Doriane croisaient depuis un moment des femmes sophistiquées, grandes lunettes à décrochement, épaulettes, lavallières, leur sac surtout pas en bandoulière qui, passées chez Saks ou Bergdorf Goodman, laissaient derrière elles un sillage luxueux. De l'avis général, le parfum romantique porté par Dodo lui correspondait à merveille mais, contaminée par sa jumelle, elle envisageait une fragrance américaine plus « femme fatale », moins « jeune fille en fleurs ». Malvina trop timide pour se renseigner, Stéphanie A revint avec les noms des fragrances, plus capiteuses et sucrées que son ambre et son patchouli.

Studieuses malgré tout, excellentes élèves, lorsqu'elles étaient parties vendre leurs vieux manuels chez Gibert jeune, au *Quartier lapin*, Malvina et Doriane en étaient revenues, au lieu d'avoir fait les boutiques de Saint-Michel, chargées d'autres livres grâce à l'argent récolté. Partout, jusque dans le train, elles n'attendaient pas les sujets de philo pour débattre. Elles tombèrent enchantées sur un Barnes & Noble, librairie géante à l'échelle de la ville, qu'elles durent parcourir à la hâte en raison de l'heure qui tournait. Plusieurs fois le petit groupe dépassa avec effroi des mendiants inertes, au mieux désorientés, sur la place principale de

South Street Seaport ou dans les ruelles adjacentes, certains à même le sol. Personne ne semblait s'en préoccuper et, malgré la neige qui les recouvrait en partie, une odeur insoutenable en émanait, qui surpassait celles des élégantes et des *carts* (chariots) des vendeurs ambulants de bretzels. Dans l'ivresse de cet aperçu d'émancipation, ces scènes torturèrent l'esprit des plus sensibles. En route pour « le Quartier latin de New York », ainsi que l'avait désigné Mr Janáček dans son français suranné, certains téméraires lorgnaient vers le risqué Lower East Side, vite remis d'aplomb par les enseignants unanimes. Il ne fallait en aucun cas s'y aventurer, un point c'est tout. Les immigrés venus dès 1830 d'Allemagne ou d'Europe centrale logeaient nombreux dans des appartements exigus appelés *tenements*, au milieu desquels tournait l'atelier familial de couture à façon, unique moyen de subsistance. Depuis cette époque, ce coin enserré entre Little Italy et le pont Williamsburg pâtissait de la pire réputation qui soit, on ne pouvait que le voir de loin.

Passé le non moins dangereux Bowery, Soho et Greenwich Village, îlots bohèmes aux artères étroites bordées d'arbres, rappelaient effectivement le Cinquième, égayés par des charcuteries traditionnelles, des magasins d'antiquités ou des librairies à trésors, des cafés fréquentés par les intellectuels radicaux. Le quotidien y paraissait plus sûr et paisible, préservé, leur charme+ fidèle au film *Next stop, Greenwich Village* que les filles étaient allées voir en octobre. Elles s'avouaient « sans la moindre conscience politique » mais convenaient apprécier les chansons de la Beat Generation française, celles d'Yves Simon, de Maxime Le Forestier, de Jean-Michel Caradec, Philippe Chatel, Gérard Palaprat ou Herbert Pagani, idoles de Stéphanie A, qui les faisaient voyager sans quitter leur chambre, ni fumer. Pendant que monsieur Yvinec racontait Gregory Corso et Neal Cassady, Broni Janáček en profita pour s'éclipser. À son retour dans le cortège, les miettes de viennoiseries sur sa cravate trahirent une halte à l'*Hungarian Pastry*. Il pouvait donc être hongrois ?…

On le pensait né en pleine Première Guerre mondiale, mais il était difficile de donner un âge à Bronisław Janáček, alias « Broni », qui devait porter sa barbe poivre et sel bien taillée et ses cheveux blancs soyeux depuis belle lurette. Impossible de l'imaginer jeune. Aux yeux de qui ne connaissait pas sa culture, son infatigable costume de tweed, son gilet, ses lunettes cerclées et sa serviette l'auraient fait passer pour un brave médecin de famille, le docteur Baker selon Doriane. Lui demander conseil allait de soi tant il en imposait par sa stature et son savoir, son écoute sincère, son attitude qui variait de réfléchie à truculente, en particulier sitôt la prochaine bonne table réservée, en duo avec monsieur Beaucourt, sa version française en quelque sorte.

Bronisław Janáček c'était le père Noël en civil, sa hotte pleine de mots d'auteurs, d'avis éclairés et d'explications limpides. De son parcours à coup sûr singulier les plus curieux ne connaissaient que des bribes incertaines : il aurait quitté sa Tchécoslovaquie natale vers 1937 pour s'installer à Paris, puis en zone libre, muni de faux papiers. Il s'était marié à la France, puis à une Française qui l'avait suivi lors de son retour au pays à la fin des années cinquante. Nommé professeur de français au lycée de Prague, encore poussé à l'exil par les événements de 1968, cette fois-ci dans l'État du Massachusetts, à Emerson High, il en était devenu, après dix ans, l'un des murs porteurs. Il habitait une maison un peu à l'écart mais venait travailler à pied. Ceux qui passaient devant chez lui très tôt le matin parlaient d'odeurs de cuisine. Qui préparait ces plats aux senteurs inconnues ? Madame Janáček était-elle seulement vivante ? Personne ne le savait.

Malvina confessa à Doriane et Marjorie, qu'elle pouvait mettre dans la confidence :

– J'ai quand même la trouille pour tout à l'heure.

– Tout à l'heure ?

Marjo avait peur pour deux.

– Oui, j'ai rendez-vous dans le hall avec le garçon de ce matin.

– Nooooon ! Tu sais ce qu'il te veut ?

– Aucune idée, c'est ça qui me fait un peu peur.

– Ne t'en fais pas trop, rassura Doriane. Plus j'y pense et plus je pense que tu lui as tapé dans l'œil. Tu ne crois pas Marjo ?

– Je ne l'ai vu que de loin. Il a beaucoup de chic et toi tu es la plus jolie de nous toutes – pardon Dodo, tu es très belle aussi –, mais il doit avoir dans les 25 ans. Je ne sais pas si les garçons de cet âge s'intéressent aux lycéennes comme nous…

Ses réunions expédiées, Wahl repassa faire un point à son bureau de la cinquième avenue, donner ses directives pour le lendemain, la secrétaire de Jill toujours énamourée, avant de filer près de Wall Street, un client parti à la concurrence à récupérer, déçu de la qualité de la production malgré le dumping habituel exercé par Taïwan. Une formalité.

Le programme s'apprêtait à s'interrompre pour les lycéens. L'obscurité inexorable allait encore une fois faire basculer Manhattan dans une autre dimension. L'Île s'apprêtait à enchaîner sans pause sur une nouvelle nuit bruyante et lumineuse, souillée, tragique, dangereuse et séduisante. « The City that never sleeps », la ville qui ne dort jamais. Après Greenwich Village, le car déposa les lycéens devant le *Horn & Hardart Automat* de Herald Square, d'où ils pourraient rentrer à pied, surprise ourdie par monsieur Beaucourt en personne, la priorité absolue donnée à son ventre, mais l'intérêt de ses élèves jamais loin derrière. À l'inverse de beaucoup de ses collègues, il les vouvoyait et les appelait par leur nom de famille, mais se montrait bien plus conciliant que sa fine moustache des années quarante et son strict costume croisé ne pouvaient le laisser penser.

Dans chaque point de vente de cette chaîne, disséminés à New York et Philadelphie, de nombreuses petites vitrines alignées proposaient un choix infini de plats chauds ou froids, de desserts et de boissons, à consommer sur place ou emporter. On introduisait ses piécettes dans la fente et la petite porte en verre se déverrouillait d'un « clac » comme par enchantement. Quelle belle conclusion pour un programme aussi chargé !

Experte en contradictions, si New York effrayait, elle tenait aussi ses promesses. Les jeunes Français, étourdis par tant de merveilles, enfin goûtés leur premier hamburger, leur premier cheesecake ou leur premier milk-shake, payés en dollars, se demandaient s'il y en aurait un jour en France. Ces expériences gastronomiques entre chaque visite leur permettaient de commencer à cocher les cases des vœux à exaucer durant les trois semaines à venir. Prochain niveau : la bière.

Malvina se sentait partagée : oui, New York venait de la gâter elle aussi, de la faire vibrer au contact de ses murs décrépis, du cuivre de sa statue, des vieux lampadaires du pont, en quasi-communion avec ceux qui l'avaient précédée de plusieurs décennies. Elle avait enfin parcouru le légendaire Greenwich Village du film, mis en scène à la perfection par le jour déclinant, son moment préféré. Au calme, elle reverrait sur ses photos ces endroits cadrés suivant son inspiration, sources d'histoires romanesques qu'elle pourrait se construire à loisir au chaud dans son lit. D'un autre côté, l'appréhension plusieurs fois revenue à la charge, la curiosité la taraudaient ainsi que, elle finit par se l'avouer, une attirance indéniable pour le garçon de l'avion au physique et aux manières si parfaits. Mine de rien, Doriane l'observait depuis le départ, espérait que, malgré son charme, il ne lui fasse pas faux bond ou, pire, ne lui apprenne pas de mauvaise nouvelle.

Mais elle continuait de pressentir quelque chose de formidable pour sa sœur.

Plus que trente minutes et toutes deux seraient fixées.

IV.

A night to remember

Peu avant 20 heures, Wahl jr., arrivé directement du *Financial District*, au sud de la ville, franchissait la porte à tambour de la YMCA, redevenue calme son bureau d'information fermé. Trop juste pour troquer son costume contre une tenue moins formelle, sa mallette confiée à un garde du corps, il glissa sa cravate dans la poche de son manteau et déboutonna son col de chemise. La prestance intacte, cet homme si sûr de lui fut surpris par un vague sentiment d'appréhension. Il côtoyait David Bowie et Lee Iacocca, PDG de Ford, mais se surprenait fébrile à l'idée de revoir sa lycéenne, dont il ne savait toujours rien, mais pressentait beaucoup.

Elle était au rendez-vous.

Dès qu'elle le vit entrer, la jeune fille alla à sa rencontre, sourire aux lèvres. Cette fois-ci, il ne manqua pas de mémoriser sa tenue : un jean pattes d'eph, des Kickers, une blouse parme brodée sur un sous-pull aubergine, un encombrant casque autour du cou et une nouvelle casquette, qu'elle avait dû s'acheter dans la journée, marquée du logo en vogue « I ♥ New York », un cœur rouge à la place du mot « love ».

En dépit de son apparence moins formelle qu'au matin, lui en imposait plus que dans son souvenir.

Elle fait plus jeune que les autres lycéens, elle doit être la fille d'un enseignant accompagnateur plutôt qu'une élève de l'échange. Pourvu qu'elle ne me dise pas « monsieur »...

Sans importance : il la retrouvait. Elle n'osa pas engager la conversation, mais son expression toujours aussi avenante y incita sans mal le visiteur.

– Bonsoir, tu t'appelles Mina, c'est ça ?

Calée dos au mur, une jambe repliée, elle se balançait, de manière imperceptible.

– Bonsoir. En réalité c'est Malvina. Je préfère, mais bon, tout le monde m'appelle Mina…

– J'aime bien, ça vient d'où ?

– Certains disent que c'est un prénom de crâneuse, mais c'est tout simplement celui de mon arrière-grand-mère niçoise, « mauve » en provençal.

Il mit aussitôt un point d'honneur à l'utiliser.

– Malvina. Moi c'est Tony, mais tu peux m'appeler Anthony.

Malvina sourit. À 6000 kilomètres de chez elle, elle ne revenait pas de converser avec un inconnu à l'occasion de cette rencontre parfaitement irrationnelle.

Du métier, il se demandait ce qu'elle pouvait bien faire avec un tel accessoire en dehors d'un studio d'enregistrement. Devant son rictus interrogatif, elle sortit un magnétophone miniature de sa poche arrière et expliqua :

– Le père de ma meilleure amie travaille chez Euromarché, il nous laisse emprunter tous les disques qu'on veut pour faire nos programmations. J'ai eu ça, le casque et un Mastermind électronique au prix d'achat. Avant de partir nous avons enregistré des cassettes, des petites pour le dictaphone, et des normales pour la voiture. Maintenant j'emporte ma musique partout avec moi !

– C'est astucieux. Tu écoutes quoi ?

– Oh, un peu de tout. Les Bee Gees, Chic, Village People, Abba, Billy Joel, Bonnie Tyler, Cat Stevens, Cerrone, Claude François, Genesis…

Il apprécia cette énumération raisonnée et éclectique, rendue charmante par le discret défaut de prononciation. Dans l'atmosphère surchauffée, sans s'interrompre, elle ôta sa casquette.

– … Patrick Juvet, Shake, Dalida, Chicago, Boney M., Joe Dassin, Gérard Lenorman, SB Devotion, Gerry Rafferty…

Une lourde chevelure auburn tomba sur ses épaules, pour venir encadrer le fin visage, qui n'avait pas besoin de cela pour irradier. Il se rappela le brushing évoqué par ses amis. Elle avait donné à ses longs cheveux un mouvement qu'elle rectifia d'un geste machinal et gracieux. Ils brillaient sous l'éclairage vif, semblaient avoir été gainés de soie un à un par une armée de coiffeuses dévotes. Sa démarche, ses mimiques, son front volontaire, sa façon d'évoluer, son élocution franche, elle abattait inconsciemment ses cartes de séduction ; celle-ci en était une belle.

– C'était bien la statue de la Liberté ?

– Oh oui, j'ai adoré, y compris la traversée en ferry. Nous sommes même montés dans la couronne ! On voulait visiter Ellis Island mais c'est abandonné, dommage.

Elle se sentait incohérente, incapable de développer, mais se surprenait à s'exprimer finalement sans trop de trac.

– Et le World Trade Center ?

– Fermé à cause du vent, fit-elle avec une moue de déception.

La curiosité irriguait sous pression l'esprit du jeune homme d'affaires.

– Vous restez combien de temps ?

Chardin lui avait communiqué l'information, mais il voulait l'entendre de sa bouche, et tout savoir d'elle.

– Ben demain on doit visiter le planétarium Hayden, Chinatown, Little Italy, la maison Morris-Jumel et la cathédrale, euh…

– Saint Patrick ? Saint John The Divine ?

– Oui, c'est ça, Saint John The Divine. Et faire une croisière.

Elle est passionnée, soigne sa prononciation.

… et après-demain nous rejoignons nos familles à Concord, en Nouvelle-Angleterre.

Une question bouscula toutes les autres pour se présenter en première position :

– Tu penses que tu pourrais t'absenter ce soir ?

Sur le minois de Malvina, ses beaux sourcils froncés, au lieu de l'étonnement s'esquissa une mine contrariée. Elle pinçait les lèvres puis fit la moue. Étant donné sa situation de lycéenne en voyage scolaire, il s'attendait à essuyer un refus.

– Il faut que je demande, je reviens !

Elle était déjà partie.

Quel cataclysme aurait-il pu faire que Wahl jr. se détourne de celle qui était allée chercher une solution pour prolonger ce délicieux tête-à-tête ?

Patienter lui permit de se reprendre un peu. Le trouble le gagnait, certes, mais plus serein que jamais, il tâchait d'identifier la couleur de ces yeux rieurs si expressifs, en vain. Marron ? Noisette ? Bien qu'improbable, la situation semblait toujours se dérouler avec une certaine logique. Il la voyait farouche – normal – mais elle bavardait volontiers et le tutoyait : c'était bon signe. Il se posta face à l'ascenseur dont elle était sortie le matin et s'amusa à observer les scènes qui s'offraient à son regard. Quatre ou cinq étudiants assis par terre en cercle, leurs sacs à dos empilés, devaient refaire le film de leurs escapades. Un groupe de routards expérimentés traçaient la suite de leur itinéraire sur une carte. Un représentant flapi, mallette d'échantillons sous le bras, attendait sa clé pour monter dormir. Une jeune baba cool décrochait l'une des nombreuses annonces punaisées tandis qu'un vagabond entré par hasard se réchauffait contre un radiateur, sous le panneau d'affichage.

Un appui à peine perceptible sur l'épaule le sortit de son étude à la Norman Rockwell. Malvina avait emprunté un ascenseur opposé et souriait : c'était oui.

Elle revenait vêtue d'un gros pull et d'une doudoune, portait des Moon Boot, des gants de laine à la main et un tout petit appareil photo au bout d'une dragonne. Un amusant bonnet duquel pendait un pompon avait remplacé sa casquette, une écharpe son casque. Sa chevelure lumineuse en dépassait presque jusqu'en bas du dos. Il remarqua un léger maquillage, apparu comme par magie. Elle lança sautillante, mains jointes :

– On y va ?

Pour toute autre soirée de cet ordre, il aurait fait réserver spectacle à Broadway et restaurant gastronomique. Pas cette fois. Il préférait suivre l'inspiration d'un commencement prometteur et, alors qu'il cherchait une idée de destination…

– Tu crois que les tours jumelles ont rouvert maintenant que le vent est tombé ? Mon entrée risque de ne plus être valable demain.

– Allons-y !

Au sortir du paquebot-étuve, ils se retrouvèrent sur le large trottoir de la 34ᵉ rue, seuls au beau milieu de la foule étrangère. Sournois, l'assaillant polaire guettait les impudents pour figer leur mâchoire, au moins les faire claquer des dents. Un gros *Checker* jaune stationné tout près fit un bond brutal pour s'arrêter devant eux et les embarquer.

Petite sur la large banquette de skaï, la jeune fille pensa à *Taxi Driver* et commença à observer l'univers étourdissant qui s'offrait à elle. Le puissant taxi fonçait au milieu d'un canyon de buildings bordé de néons agressifs, sous un plafond nuageux très bas, qui aurait dû rendre l'instant oppressant, effrayant pour Malvina, de nature craintive. Mais, ce garçon à ses côtés, l'habitacle lui semblait blindé. Émerveillée, elle était sûre que rien ne pouvait lui arriver.

— Je rêvais de monter dans un taxi comme ça, génial !

— New York te plaît ?

Elle parvint à détacher son regard de ce qui la sollicitait tant pour répondre.

— Tout est si démesuré, si beau. J'étais convaincue avant de partir, mais là, je suis carrément folle de New York.

— Tu aimerais connaître d'autres villes ?

— Ah oui ! Los Angeles, Miami, Minneapolis : plein d'autres ! Mais mon rêve c'était New York !

— Pourquoi Minneapolis ?

— La Petite maison dans la prairie voyons ! Tu viens souvent ? Pour ton travail ?

— Oui, pour mon travail.

— Tu fais quoi ?

— Je suis dans le plastique. Jusqu'au cou ces jours-ci.

— Ah ouais ?

Au lieu de poursuivre, il préféra la laisser reprendre ses observations. Il comprenait que Manhattan la fascine. Elle n'aurait pas pu soustraire encore trop longtemps son attention à ce parcours dont chaque détail se montrait excitant, en particulier leur destination, qu'ils venaient d'atteindre. Le temps s'était accéléré. Sur l'esplanade, au pied des tours, ils ne purent que constater la présence d'une barrière qui clôturait la file d'attente. Cette fois-ci, les pancartes indiquaient avec humour « Sorry, no place for just one more » (navrés, plus de place, même pour une personne). Les visites s'arrêtaient à 20 h 15… Quoique subjuguée par la hauteur inouïe de ces buildings de l'an 2000, la lycéenne affichait, malgré elle, un net désappointement. Il l'invita à contourner les derniers veinards, désigna du doigt l'entrée de la tour sud, fermée au public. Il présenta un badge plastifié au portier qui leur déverrouilla la porte principale avec empressement. L'air entendu, Wahl jr. appela l'*express elevator*, seul ascenseur parmi 99 autres à mener d'une traite au sommet. Malvina eut juste le temps de remarquer le volume lui aussi inconcevable de l'atrium. Des paroles en espagnol résonnaient dans l'espace vide. On n'observait plus que des femmes de ménage çà et là. À une dizaine de mètres de hauteur courait une mezzanine, mais les fenêtres en forme d'ogives du rez-de-chaussée continuaient bien plus haut, surmontées de plus de cent étages.

Les chiffres rouges défilaient rapidement.

« Quelle vue on doit avoir de là-haut. »

En une poignée de secondes, le compteur digital incorporé à la paroi de la cabine afficha « 110 ». Ses battants s'écartèrent. Après un couloir sombre, une double porte vitrée ouvrait sur une salle de réunion plongée elle aussi dans la pénombre, qui occupait la majorité du plateau. On y devinait une énorme table oblongue vernie à piètement inox, à demi-éclairée du plafond par des spots qui en reprenaient le contour, entourée d'une dizaine de fauteuils en cuir gold. Devant chacun d'eux un sous-main, un bloc, un stylo dans son support et un verre retourné sur un petit napperon de papier. La lycéenne sortit de l'ascenseur et s'avança, happée par le lointain. Sur la moquette ses pas demeuraient silencieux. Elle porta la main à sa bouche, interdite par la vision qui martelait de force ses rétines, de plus en plus fort, l'image d'une mégalopole de science-fiction, la Metropolis de Fritz Lang. Jusqu'au soleil couchant à l'horizon, un paysage urbanisé à l'extrême, des centaines de quartiers, des milliers d'immeubles, des usines aux cheminées fumantes, les grues du port, des milliards de lumières, des voies rapides enchevêtrées dans leur échangeur, parcourues par des traînées en mouvement, blanches ou rouges suivant leur sens.

Ce point de vue unique permettait d'embrasser tout Manhattan, découpée dans un axe par des rues comme des avenues, et dans l'autre par des avenues comme des routes. Des ponts suspendus à la silhouette légendaire ancraient l'Île au continent américain. Tout à l'heure elle avait emprunté le Brooklyn Bridge et le trouvait maintenant si petit ; une maquette de train électrique. Malgré l'obscurité, Wahl s'aperçut que de grosses larmes noyaient les beaux yeux. Il posa la main sur son avant-bras. Elle ne sursauta pas, en ressentit au contraire un frisson d'humanité bienvenu et parvint – soulagement – à se détourner du paysage épique.

– Excuse-moi, c'est que je ne m'attendais pas à ça.

– Tu es tout excusée : on a beau connaître, on n'est jamais vraiment prêt. New York est si excessive. C'est une ville qui n'est faite pour les humains que lorsqu'ils sont au sol, qu'ils ne peuvent pas l'appréhender en entier ; et encore…

Devant le trouble de la jeune fille, il eut très envie de l'enlacer pour la rassurer.

– Magnifique ! Mais ça fait peur quand même. Toutes ces choses qui se passent près de nous, toutes ces vies…

Elle essayait de se reprendre pour ne pas décevoir son hôte.

– Tu as peur de la nuit ?

– Normalement non. « Les gens qu'on rencontre la nuit n'ont pas rendez-vous dans dix minutes, ils sont libres. » C'est de moi. Ou de Françoise Sagan.

La fille qu'il découvrait avait la faculté de passer d'un sujet à l'autre sans latence, peut-être pour surmonter ses peurs.

J'ai une idée. Dans la Statue, des crétins signent directement au feutre sur le métal : si nous faisions pareil ? Mais avec une feuille qu'on cacherait quelque part.

Avant même qu'il réagisse, elle était déjà penchée sur un bloc au nom de la société locataire des lieux, appliquée à rédiger. Anthony alluma une lampe, elle l'en remercia. Il remarqua qu'elle était gauchère. Il jugeait les gauchers plus singuliers que la moyenne. Elle se décala et lui tendit le stylo.

– Tu signes ?

L'encre maculait un peu le court texte à ratifier :

Anthony + Malvina were here, 12.14.78.
(Anthony et Malvina sont passés ici, 14 décembre 1978.)

Il signa, elle l'imita, son paraphe surmonté d'un minuscule Snoopy qu'elle devait avoir l'habitude de dessiner, d'un seul trait. Le petit personnage rappela une image récente à Wahl. *Le sweat-shirt.* Il la suivit amusé qui partait déjà dans le couloir à la recherche d'une cachette pour leur contrat d'alliance secret, manière d'ex-voto. Elle s'arrêta devant une porte marquée *Janitor*, débarras où l'on stockait produits d'entretien et balais, d'où s'échappait une odeur de spray pour vitres. Elle enjamba le fatras en souplesse pour ouvrir au fond une trappe de visite murale, y glissa son bras en grimaçant jusqu'à coincer le papier derrière des conduits qui ne devaient pas avoir été inspectés depuis l'inauguration de 73, et ne devraient pas l'être avant des années, voire jamais. Elle remit la porte amovible en place, la cala de petits coups de poing, se tourna vers son hôte puis, se frottant les mains pour en enlever la poussière, déclara satisfaite : « Et voilà l'travail ! »

Il retrouvait cette attitude : Malvina campée sur sa jambe droite pour se donner de l'assurance parmi les seaux et les serpillères. Toutefois, loin d'être empotée, elle se montrait débrouillarde, drôle, inventive, dynamique, sans aucun doute pleine de ressource. Il appréciait les femmes posées, pas les mollassonnes ! Elle, pétillait. Ils retournèrent dans la grande salle. La baie vitrée panoramique scintillait d'une infinité de gouttelettes précurseurs des nuages qui, interceptés par la façade, montaient à vue d'œil et atteignaient leur niveau. La silhouette de Manhattan réapparaissait, dessinée par des lumières dont, grâce à Thomas Edison, le nombre explosait au rythme du crépuscule.

Dans l'angle opposé trônaient un petit frigo et une desserte garnie de gobelets et de bouteilles Thermos alignés pour les pauses-café du lendemain, familiers de Malvina. Il se pencha pour ouvrir la porte plaquée de faux bois.

— Coca ? Dr Pepper ? Tab ? Un peu d'eau ?

— Surtout jamais d'eau, c'est un principe : « Choky en hiver, Coca en été. » Je veux bien goûter le Dr Pepper s'il te plaît. Je ne connaissais pas, j'ai vu plusieurs affiches aujourd'hui.

— C'est le plus ancien soda américain.

— Ah ouais ?

Il revint avec les boissons et d'amusants biscuits noirs à la surface sculptée d'un joli motif, emballés par trois.

— Il faut les ouvrir en les faisant tourner et manger d'abord la crème. Obligé, en cas de contrôle…

Malvina sourit et s'exécuta de bonne grâce.

Elle qui adorait expérimenter les nouveaux produits dès leur commercialisation croqua, but une gorgée et trancha :

— Comme c'est bon, ça me rappelle le Fruité pomme-cassis. « Fruité c'est plus musclé ! » Les biscuits aussi sont délicieux, merci beaucoup.

— Ils ne contiennent à ma connaissance quasiment pas de cacao, et aucune trace de vanille !

— Chimiques et exagérément sucrés : tout ce que j'aime !

Elle jouait machinalement avec la bague de sa canette, enfilée sur son fin auriculaire, une habitude prise en France.

Tu bois de l'alcool ?

— Très rarement.

— Tu n'aimes pas ça ?

— Au contraire, j'adore, mais comme je suis parfois excessive, il vaut mieux que je ne commence pas. Pareil pour les cigarettes. Mon grand-père fume depuis ses treize ans, il tousse de plus en plus, on s'inquiète… Et toi ?

— Je n'ai jamais fumé et je bois peu, du whisky, un bon cognac à l'occasion. Je me méfie aussi de l'habitude, dans les soirées. L'alcoolisme mondain n'est pas une légende.

— Que portes-tu à la ceinture ?

— Un *pager*. C'est très pratique : il sonne lorsqu'on essaie de me joindre, je n'ai plus alors qu'à trouver un téléphone pour rappeler le numéro affiché.

— Génial ! Nous avons ça en France ?

— Oui, en moins compact : l'Eurosignal.

Comment as-tu fait tout à l'heure pour t'éclipser ? Tu ne risques pas d'ennuis j'espère ?

— Je me suis arrangée : si un prof demande où je suis, mes amis lui diront que je prends ma douche. On se moque toujours de moi parce qu'il paraît que je suis « toujours à la salle de bain ».

— C'est vrai ?

– Oui.

Et s'il repasse, la lumière sera éteinte, je dormirai. Enfin mes vêtements, eux, dormiront, sous la couverture.

– Tu es une petite maligne !

Elle avait ôté son pull et ses après-ski. Appuyés contre le dossier rembourré des lourds sièges, détendus, ils savouraient leur soda et, à deux, le spectacle onirique.

…

– Qu'avez-vous fait aujourd'hui après la statue de la Liberté ?

– Nous avons traversé le pont de Brooklyn à pied, et après mangé du cheesecake dans un genre de restaurant-salon de thé, *Junior's*, sur Flatbush, recommandé par monsieur Beaucourt, notre prof de maths. On le surnomme « en fin de compte » parce qu'il le dit tout le temps !

– Ça t'a plu ?

– Ah oui alors ! Ça n'a pas du tout le goût de fromage, je chercherai un livre pour la recette. Ensuite nous sommes passés devant Wall Street, et on a eu quartier libre dans le secteur du marché aux poissons, où nous pouvions faire quelques achats.

– Pour le cheesecake, indispensable, il faudra rapporter des crackers Graham. Mais vous n'avez pas arrêté ! Et où avez-vous dîné ?

– C'est pas fini : on a visité Soho et Greenwich Village. Et pour ce soir on retirait des plats aux distributeurs automatiques. Dommage, j'aurais aimé m'offrir mon premier hamburger, mais « no place for just one more ». J'ai tellement ingurgité de gâteau et de glace que je n'avais plus faim. On nous a dit : « En Amérique, faites comme les Américains. » Mes copains ont adoré. En partant je leur ai laissé mon repas.

– Tu reconnais les immeubles au loin ?

– Pas tous. L'Empire State Building bien sûr, le Chrysler, magnifiques. On dirait les parents des tours jumelles qui ne sont pas encore convaincus et les surveillent. Tu vas trouver ça débile, mais j'adore le style international, le brutalisme aussi.

– Pas débile du tout. Vous avez étudié ça au lycée avant de venir ?

– Non, c'est Muriel, qui nous a donné des cours. Un sur l'histoire des États-Unis, ses fondateurs, ses inventeurs, ses écrivains ; un autre sur la conquête spatiale et un troisième sur New York… dont son architecture.

Elle nous a appris que l'architecte de la mairie était français, et qu'il avait aussi conçu le plan en damier.

– Mangin, c'est exact. Après la gloire, personne ne sait ce qu'il est devenu...

– Elle connaît tout sur tout et ne manque aucun numéro de *Science et Vie*. Ils disent par exemple qu'en l'an 2000 on aura des téléphones individuels pas plus gros qu'un livre de poche, sans fil en plus ! Et des télés toutes plates qu'on pourra accrocher au mur comme des tableaux. C'est génial, non ?

– Tu aimes la télévision ?

– «Notre amie des bons et des mauvais jours». Je crains que oui.

– Tu as un immeuble préféré ?

– À Paris ? Les Orgues de Flandres, dans le 18e. Les appartements semblent penchés en avant : j'a-dore.

– À propos de brutalisme, tu devrais voir un jour le théâtre national de Londres, un vrai blockhaus.

– Tu connais ? Ma mère me l'a pris spécialement en photo lorsqu'elle y est allée le temps d'un concert ! Plus c'est déprimant, plus j'aime !

– Et ici à New York ?

– Sans hésiter le Citicorp Center. Le Grace aussi, magnifique avec sa base évasée. Le noir du Seagram, le vert de la Lever House, le Pan Am, les Nations unies. Quand on pense qu'ils datent souvent des années 50... Le sommet coupé du Citicorp, c'est pour des panneaux solaires ?

– C'est ça, tu as vu les pylônes qui le soutiennent ?

– Oui, ils ont la taille d'immeubles, et ne sont pas implantés aux quatre coins...

– Il y a une église sur le terrain. Pour la préserver, les architectes ont tout simplement décidé de surélever l'ensemble du bâtiment. Tu as vu *La Tour infernale* ?

– J'adore les films catastrophe.

– Moi aussi. Eh bien, comme dans l'histoire, certains ont voulu rogner sur le prix des matériaux. Le vent extrême de ces jours-ci aurait pu rendre la structure instable. On est en train de le consolider. Tu es l'une des rares personnes à être dans la confidence.

– Ah ouais ?

Il avait tout de suite retenu ce charmant tic de langage. La jeune fille, lorsque sa répartie ne venait pas, jouait les bravaches en sortant l'un de ses multiples « Ah ouais ? ».

On est aussi passés devant un bâtiment sans la moindre fenêtre…

– Un genre de bunker ? Pour le public c'est le siège d'une société de téléphonie, mais on est à peu près sûr qu'il s'agisse d'un centre d'espionnage de la NSA, avec des cloisons conçues pour résister à une attaque nucléaire. Quel activité nécessiterait-elle des murs épais d'un mètre ? Et pourrait se passer de fenêtres ?

– Justement, j'ai aussi remarqué des panneaux « fallout shelter » (abris anti-retombées) un peu partout. Carter a peur de Brejnev ou quoi ?

– Ils datent de la guerre froide, à l'époque de la baie des Cochons.

Elle écoutait. Son guide de la nuit répondait du tac au tac, sans en rajouter ni monopoliser la conversation, ce qui n'était pas toujours le cas avec des interlocuteurs adultes.

– C'est fou ce qu'il y a à apprendre. J'ai hâte de continuer nos visites, espérons qu'il fera beau demain.

– Tu veux savoir quel temps vous aurez ?

– Euh, oui.

– On peut avoir la météo sans bouger d'ici.

– Par téléphone ?

– Même pas.

Il se leva, lui prit le poignet pour la faire se rapprocher puis, le bras entourant le cou gracile, dirigea son regard avec précision, les doigts posés sur sa joue. La peau était douce, la main légère. Un frisson délicieux les parcourut.

– Tu vois au loin la limite de Central Park ?

– Le rectangle noir ? Oui. J'aimerais bien y faire du roller !

Le trouble les enveloppait. Au contact du corps de l'autre, chacun fournissait un effort notable pour rester dans les rails de la conversation.

– Avant Columbus Circle, en bas à droite, une flèche surmontée d'une étoile sur le toit du grand immeuble.

– Ça y est, je vois l'étoile !

– Sa couleur indique le temps qu'il va faire. Malheureusement elle est blanche et clignote, ce qui veut dire… neige. Tu vois l'affichage de la température juste en dessous ?

– 32 degrés Fahrenheit. Ça fait combien en degrés Celsius ?

– Près de zéro… Nous avons le même système à Courbevoie. Tu dois aimer ce quartier, non ?

– Ah, *Peur sur la ville* : j'a-dore ! C'est pas grave pour le temps. D'habitude j'ai du mal avec ce climat, mais madame Pilar, notre prof d'anglais, nous répète qu'on n'a pas le droit de se plaindre : elle a raison.

Malvina disait vrai, elle préférait la chaleur, mais, durant les longs trajets autoroutiers avec sa mère, n'hésitait pas à se précipiter dehors lors des arrêts, insistait pour se charger du plein, grisée par le vent qui balayait les aires de repos de l'autoroute. Les abords des stations-service plongés dans le noir l'effrayaient, pourtant, tandis qu'elle surveillait le compteur de la pompe, le froid lui donnait la certitude de vivre plus intensément. Sa mère lui cédait le volant le temps qu'elle la rejoigne à la boutique. Elle se garait, entrait payer et mettre une pièce d'un franc dans le distributeur de boissons pour obtenir un ersatz de Coca dans un gobelet mou, achetait au passage le désodorisant en forme de feu tricolore, à percer d'une aiguille. Les sandwiches triangulaires, les tartelettes aux noix de Grenoble, le nougat de Montélimar, les calissons d'Aix : de quoi se ravitailler, et imaginer les habitudes des autres vacanciers, de la caissière d'après son accent. *Ah, traverser un jour la France au volant…*

– Le blizzard vient du Labrador, on appelle ça « bombe arctique ». Au Canada il fait bien plus froid.

Vétiver et violette flottaient, une fragrance audacieuse pour un homme, mais étonnamment masculine et subtile, évocatrice de l'intimité et du confort d'un club anglais. Le halo parfumé qui entourait cet homme correspondait à ses gestes raffinés, à son mystère. Elle aurait voulu qu'il lui montre d'autres immeubles, tous ceux de la région un à un pour rester des heures contre lui, ses doigts sur sa joue. Poser sa main sur la sienne, puis oser tourner sa tête pour se laisser embrasser, les yeux clos.

Insatiable, elle l'interrogeait, il répondait, l'aidait à localiser le le miteux hôtel King Edward du fantasque privé Baretta, le pont Williamsburg traversé par Serpico-l'incorruptible sur sa moto, le commissariat du lieutenant Kojak. Il connaissait ces feuilletons, leurs lieux de tournage et tant d'endroits emblématiques. De leur nid d'aigle ils visitaient Manhattan, et aussi les autres arrondissements de l'agglomération, jusqu'au New Jersey. Les personnages de ses séries prenaient vie, les petites histoires de la grande ville rendaient celle-ci plus humaine aux yeux de la jeune fille. Anthony avait raison : pour appréhender New York il était préférable de s'en tenir à l'échelle de ses quartiers : Greenwich Village, Soho, Alphabet City, Tudor City, Spanish Harlem… le conglomérat qui formait « Gotham », autre surnom de la ville.

— On pense que Manhattan est pleine à craquer, mais il y a beaucoup de grues à travers la ville. Comment ça se fait ?

— Les Américains sont moins sentimentaux que nous sur ce point : lorsqu'il y a moyen d'avoir plus haut, et surtout plus rentable, on démolit sans états d'âme… et on remplace par du neuf ! Jusqu'à des bâtiments de la taille de ta YMCA. L'hôtel Waldorf Astoria par exemple occupait l'emplacement de l'Empire State : rasé, puis reconstruit sur Park Avenue. Il y a bien des immeubles classés, mais très peu « en fin de compte ».

— C'est sûrement une question idiote, mais tous ces buildings, comment peuvent-ils tenir avec autant d'étages, et ce vent ?

— S'informer n'est jamais idiot. Le sol est fait de schiste, qui permet un maillage serré et une parfaite stabilité, pour des fondations à la profondeur réduite. C'est où il a cette pierre très dure qu'on trouve le plus de gratte-ciel. Techniquement, on pourrait superposer cent Empire State. En plus de ce solide ancrage, la structure des immeubles de grande hauteur utilise depuis toujours les rivets, ceux des ponts et des avions... et de la tour Eiffel ! On n'a pas fait mieux. Imagine-toi : les ouvriers de l'Empire State construisaient un étage par jour, il y a cinquante ans...

— J'aime bien les années trente, ça devait être une époque passionnante malgré la Grande Dépression.

Après chacune de ses explications, face à une auditrice aussi fervente, il cherchait depuis leur arrivée le biais pour l'informer sur le versant ténébreux de la ville, dont les bébés des filles qui se vendaient enceintes naissaient en manque de Nembutal et de crystal meth.

— J'apprécie beaucoup ton enthousiasme, mais tu dois savoir que New York est une sirène : son chant est doux, pourtant son courant peut précipiter les téméraires vers des rochers acérés. Tes profs disent vrai à propos du danger, la prison est pleine à craquer, celles de Rikers Island, de Sing

Sing, Attica n'en parlons pas.

– « Attica ! Attica ! Attica ! » Ne t'en fais pas. Je suis jeune je sais, mais des films comme *Taxi Driver* m'ont un peu ouvert les yeux. *Les Trois Jours du Condor*, *Marathon Man*, *Panique à Needle Park* aussi. Malgré tout, je continue à préférer les histoires qui se déroulent ici. Et puis je peux me mettre à l'autodéfense : je sais déjà crier !

– Taxi Driver ? Tu dois aimer Jodie Foster alors ?

Elle a plus de dix-huit ans pour avoir vu ce film.

– Un vrai génie, et si belle. *La Petite fille au bout du chemin*, *Bugsy Malone*, *Moi, Fleur bleue*. À la télévision elle a chanté avec Cloclo. Pendant le tournage, dans un reportage, elle faisait du skate au Trocadéro et disait en français à un journaliste qu'elle allait continuer ses études. Elle n'a que seize ans, pourvu qu'elle refasse du cinéma un jour.

...

– Tout est possible à Manhattan c'est exact, mais celui qui ne tient pas la distance peut perdre sa mise sur un claquement de doigts, et retourner dans sa province, un peu comme le personnage d'Iris justement. On dit que, quand ils voient un ravin, les Californiens admirent la vue, et les New-Yorkais y poussent ceux qui font obstacle à leur réussite.

Elle réagissait aux images employées par son hôte, pensait qu'un tel brio devait couronner de longues études, un tas de lectures et de voyages pour rendre tout si limpide.

– Tu veux dire que c'est une ville d'adultes ?

– Exactement. Il arrive ici des choses que tu ne pourrais pas imaginer dans tes cauchemars, que je n'oserais pas te raconter, même si tu étais plus vieille, aussi sordides que dans *Taxi Driver*… Je ne te dis pas ça pour me moquer bien sûr.

Comment a-t-elle fait pour résumer New York en si peu de mots ?

À New York avoir une situation ne suffisait pas, il fallait survivre. La ville agglomérait les parcours les plus mirifiques exposés à la pire fange qu'on puisse concevoir, amas informe de petites frappes sans la moindre morale, de décavés de toutes sortes, d'assassins, de dégénérés prêts à tous les excès. Oui, les profs de Malvina avaient raison, cette débâcle produisait 1500 homicides par an, des chairs découpées au couteau, déchiquetées par les balles, corps recroquevillés au fond d'une cour ou pantins désarticulés jetés aux ordures telles les carcasses du Meatpacking District, quartier des bouchers en gros.

– Plusieurs fois nous sommes passés devant des clochards couverts de neige, personne n'y prenait attention, ça nous a fait de la peine. D'ailleurs les gens ne se regardent pas dans les yeux. Et cette odeur… Les profs nous ont dit aussi que nous n'irions ni dans le Lower East Side, ni à Times Square, trop dangereux.

– Ce qui se passe là-bas est vraiment glauque en effet, sans parler du Bronx ou de Harlem. On pourrait presque dire que nous nous trouvons dans l'une des tours de Babel ce soir, pile entre l'Enfer et le Paradis.

Il ne lui précisa pas que l'odeur putride provenait du cadavre des sans-abri, qu'un camion passerait à l'aube pour les ensevelir, anonymes, dans la fosse commune de Hart Island.

Malvina appréciait au plus haut point l'honnêteté d'Anthony à son égard : il agissait avec galanterie mais s'exprimait sans détour et, surtout, ne la traitait pas avec condescendance, « en gamine », mot à proscrire pour elle et sa meilleure amie. Elle voyait qu'il cherchait à lui épargner les images trop crues, qui auraient pu la décevoir ou l'effrayer, elle était loin du réel… Quel délice d'échanger sans fard ses impressions, d'en apprendre un peu plus sur l'autre à travers ses goûts, son expérience, bien au chaud dans ce belvédère d'acier.

– Tu veux bien me dire où tu habites ? Tu es à l'hôtel ?

– Bien sûr. Je descends toujours au Stanhope sur la cinquième avenue, le long de Central Park est.

Un hôtel qui doit posséder quelques étoiles de plus que la William Sloane House…

Alors qu'elle allait lui poser la question suivante, Malvina consulta sa montre.

– Bon anniversaire !

– Bon anniversaire ? C'est gentil, mais je suis né en juillet.

– Ça fait exactement 24 heures que nous nous connaissons.

– Bien vu, je n'avais pas retenu l'heure dans l'avion.

– Moi si.

Elle ressentit un agréable soulagement. Lui aussi avait donc été réceptif à leur échange en vol. Le motif professionnel s'éloignait, *ouf !*

Elle aurait adoré qu'il l'embrasse pour l'occasion.

– Alors bon anniversaire ! Un Dr Pepper pour fêter ça ?

– Volontiers, à partir de maintenant ça sera notre champagne.

…

– Tu aimes l'avion ?

– Obligée. Tu imagines : le Concorde passe juste au-dessus de la cuisine à Tremblay. Sinon, avant ce voyage, j'ai pris quelquefois la Caravelle, pour aller voir mes grands-parents.

– Où ça ?

– Au soleil, à Cannes. À Orly, j'aime bien imaginer la façon dont vivent les passagers d'après leur comportement. Il y a les habitués frimeurs, les couples qui se disputent sans raison, les familles qui prennent l'avion pour la première fois. Certains se moquent du point de vue d'autrui, d'autres cherchent à correspondre à un stéréotype. Une fois en vol on observe encore beaucoup de personnes, celles qui partent travailler, les retraités dans leur jardin, les places de village, les cours d'école.

– Tu te dis quoi alors ?

– « Que j'ai de la chance. À quoi peut ressembler l'existence des gens au-dessus desquels nous passons ? Qui peut bien vivre dans ces hameaux isolés qu'on aperçoit au passage des Alpes, au bord des piscines des belles villas du cap d'Antibes, ou dans les beaux appartements de Marina-Baie des Anges, juste avant d'atterrir ? » Dire qu'eux ne se rencontreront jamais... Je me demande s'ils ont atteint ce dont ils avaient rêvé, ou s'ils subissent au contraire une existence monotone, comme tant de gens. Ça me fait assez peur. Vu d'où nous sommes, c'est un peu ce dont je te parlais tout à l'heure.

Pensive, elle s'imaginait les millions de destins s'entrecroiser tout en bas, les enfants sages endormis dans les hôtels particuliers de Park Avenue pendant que d'autres, moins chanceux, traînaient au nord de la 125ᵉ rue, leurs parents occupés à trafiquer, les secrétaires rentrées chez elles dans leur pavillon du New Jersey, policiers, barmen en début de service, d'autres encore arrêtés au comptoir d'un bar sportif avant de retrouver la routine familiale. Ses traits mobiles trahissaient son va-et-vient incessant du rêve à la réalité, sa sensibilité à fleur de peau, et surtout la compassion, facette prééminente de sa personnalité. Ce naturel rare continuait de conquérir son hôte, dont la volonté commençait à s'émietter sérieusement.

*
* *

Mémé Irène et pépé André, alias «Polope», quittaient dès que possible la région parisienne pour rejoindre aux beaux jours leur appartement Férinel du quartier Forville, acheté en vue de la retraite qui approchait. Ils y apportaient leurs affaires au fur et à mesure, dont une TSF en bakélite capable d'occuper leur petite-fille des heures durant. «Magyaróvár, Hilversum, Bolzano, Bratislava, Praha, Ljubljana, Katowice, Bremerhaven, Saarbrücken, Danzig, Wuppertal, Postdam» : autant de noms gravés sur le cadran qui suffisaient à embarquer la voyageuse immobile vers ses horizons lointains, parfois en lien avec ses cours d'histoire, mais le plus souvent imaginaires. Dès son arrivée, elle faisait faire des allers-retours au gros bouton de recherche des stations jusqu'à tomber sur le bon programme, émis d'on ne sait où, Tchécoslovaquie, Yougoslavie, Allemagne de l'Est. Puis elle s'installait sur le balcon, munie d'un livre. «Miss Grenadine» donnait à ses grands-parents paternels plus de satisfaction que leur propre fils, Alain, qui les laissait sans nouvelles pendant des mois… Ils ne lui trouvaient en commun avec son père que ses principales qualités : séduction et opiniâtreté. Doriane l'avait accompagnée l'été dernier, étonnée de la patience de mémé Irène avec son petit-fils. Surgi de l'ombre, Bouli tenait sa grand-mère en respect, son revolver sur la tempe, en criant : « Il est où l'magot ? Il est où ? » Mémé Irène, les mains en l'air, faisait semblant d'être terrifiée et allait lui chercher, tremblante, un Nuts dans son armoire, sous les mouchoirs bien pliés, en le suppliant de l'épargner, arguant qu'elle voulait voir grandir ses petits-enfants. Puis Bouli dévorait son butin. Moins arrangeant, pépé André refusait les caprices d'un «polope» sans réplique, puis cédait à son tour et donnait une pièce au minitortionnaire, dépensée illico dans les distributeurs de surprises de la rue d'Antibes, babioles contenues dans des sphères transparentes.

Entre crème à bronzer, sachets de chouchous et gourdes de grenadine bien fraîche, la petite Malvina tamisait le sable l'esprit vagabond, jusqu'à ce qu'il ruisselle comme de l'eau à travers ses fins doigts. Un peu plus grande, on lui confiait ses voisins de plage, à peine plus jeunes qu'elle. Le rôle de « petite maman » lui allait à merveille. Ses formes adolescentes apparues, elle comprit vite, à l'inverse de ses copines, le sens des regards masculins qui se posaient de plus en plus sur elle, puis n'y prit plus garde, elle avait mieux à faire… Le soir, douché, parfumé, on ressortait manger des glaces en famille, assister au bal ou au feu d'artifice, longer la gare maritime puis le port, dont les cercles de mazout odorant enivraient presque, la Croisette jusqu'au Palm Beach. Le lendemain, Polope bougonnait pour la forme puis emmenait les trois enfants pique-niquer dans le massif de l'Esterel, tout proche. Fille de la ville, Malvina était la première étonnée de se sentir aussi bien au milieu d'une nature préservée, absorbée à pleins poumons. Elle en revenait avec ce qu'il faut pour, une fois rentrée à Tremblay, composer ses pots-pourris aux senteurs méditerranéennes, d'abord offerts aux voisins qui gardaient le petit monstre et le méritaient bien. Lavandin, criste marine, écorce d'olivier, jasmin, la terre savait à quel cœur en or céder ses trésors. Le lendemain, la fillette enfilait son maillot pour un nouveau tête-à-tête avec le soleil. Dodo, bien qu'heureuse en famille, avait adoré son séjour.

*
* *

… Avant de partir j'ai mal au cœur, presque physiquement, un genre d'amertume à l'idée de rentrer. Pourtant je suis heureuse de retrouver ma chambre, mes copains, et je sais que mes grands-parents viendront dans quelques semaines… Pourquoi faut-il toujours que tout ait une fin, les vacances et le reste ?

Pour continuer à bavarder dans leur bulle hors de tout, ils accolèrent deux sièges tête-bêche, à la manière d'un conversation, leurs avant-bras nus en contact sur les accoudoirs, un délice. En haut de la tour nord, on distinguait très bien les maîtres d'hôtel placer les élégants convives du *Windows on the World* (Fenêtres sur le monde), le restaurant de l'élite internationale. Wahl en était un client régulier mais, ce soir, il n'aurait préféré s'y trouver à aucun prix. Grignoter des biscuits industriels dans ce siège social anonyme s'avérait autrement plus exaltant ! La vie idéale menée par ces New-Yorkais raffinés captivait la jeune fille, mais elle non plus n'aurait pas cédé sa place.

– Des femmes chics avec leur mari… ça me rappelle le feuilleton *Septième avenue*. Ces couples-là semblent tout avoir, quelle chance ils ont ! J'ai le sentiment qu'on appréhende New York d'une façon très différente suivant qu'on soit un touriste, comme moi, qu'on y vienne pour travailler ou qu'on y ait réussi.

– Tu aimerais être à leur place ?

– Avoir accompli quelque chose qui me rende heureuse, être élégante comme ces femmes, accompagnée, pourquoi pas.

– Tu l'es déjà, élégante.

Les jolies pommettes se tintèrent de rose, elle baissa la tête.

– As-tu une idée de ce que tu veux faire plus tard ?

– Je ne sais pas vraiment. « J'veux pas travailler, juste pour travailler, j'sais pas c'que j'aime, c'est mon problème. » Maîtresse d'école, chef de cabine, architecte, routière – de nuit. Vétérinaire j'aurais adoré, si je n'avais pas peur des animaux. Pas concertiste en tout cas ! J'aime la musique, mais le solfège… Tu joues d'un instrument ?

– Moi aussi j'aurais adoré, mais pas moyen.

– Moi non plus… Ma mère trouve que je me disperse et qu'il faudra bien un jour choisir une voie. Quand on me reproche de ne pas avoir les pieds sur terre, je réponds qu'en altitude il fait toujours beau. Je ne veux ni jouer un rôle, ni être spectatrice de ma vie. À moins d'avoir un métier artistique, d'être comme toi passionné par ce qu'on fait – jardinier, ébéniste, écrivain – le travail c'est de l'esclavage. On passe tellement d'heures hors de chez soi pour rentrer, dîner, se coucher et payer ses impôts. Et le lendemain ça recommence : c'est trop triste ! Dire qu'il y en a qui me prennent pour une baba cool, mais pas du tout. Babas, hardos, fafs, bourges, punks, BCBG, je m'en fiche complètement. J'essaie d'être réaliste, je n'y parviens pas toujours.

À la YMCA, quelques lycéens avaient bravé l'interdit, plus téméraires que ceux qui discutaient sagement dans leur chambre ou dormaient, mais aucun d'entre eux n'avait l'âge requis pour boire de l'alcool – 21 ans. Malgré les avertissements, ils étaient ressortis en douce dans l'espoir de se procurer quelques bières. Éconduits par le marchand de spiritueux le plus proche, celui de la sixième avenue, puis par les autres commerçants du quartier, ils étaient rentrés dépités avec de simples sodas. Pendant ce temps, leur copine sirotait le sien au 109ᵉ étage du World Trade Center.

– Tu te plais à Tremblay ?

– Oh oui, parce que tout m'est coutumier, à échelle humaine. Sinon c'est la capitale mondiale de l'ennui. En hommage à Henri IV, tout s'appelle « Vert-Galant » : le centre commercial du Vert-Galant, la piscine du Vert-Galant, la clinique du Vert-Galant…

– C'est cocasse : parmi les 12 000 restaurants que compte New York, il y a un Vert-Galant, 46ᵉ rue !

– 12 000 restaurants ?

– Eh oui. 12 000 restaurants, 12 000 taxis, 12 000 policiers : c'est New York !

– À propos, comment nous as-tu localisés ?

La question fatidique était sortie toute seule, tant pis. Anthony apprécia qu'elle emploie encore une fois « nous » et non « moi », mais n'en fut pas vraiment étonné.

– Une fille qui fait du skate dans un aéroport, je dois dire que ça n'est pas banal. Après t'avoir vue – enfin ta casquette blanche – j'ai repéré votre panneau de ralliement. Il suffisait de trouver quel lycée Paul-Langevin embarquait pour New York.

– Mais comment as-tu su où nous allions ?

– Facile : le vol suivant était pour Postdam. J'ai pensé que, même en Seine-Saint-Denis, la RDA n'aurait pas rendu tes camarades aussi joyeux. Celui d'après allait à Leeds, alors…

Elle souriait, sans oser en demander plus, ni, bien qu'elle en mourait d'envie, évoquer l'instant où leurs regards s'étaient croisés. Ça ne lui disait toujours pas comment il l'avait trouvée, ni pour quel motif. Elle était plus que curieuse de savoir pourquoi ce charmant garçon avait cherché une banale lycéenne dans Manhattan parmi ces millions de fourmis. Une étude pour son travail ? Elle se rappela à propos la question qu'elle voulait poser dans le taxi :

– Tu veux bien m'en dire plus sur ce que tu fais ? « Dans le plastique, jusqu'au cou » ?

– Je fabrique des pièces, surtout pour les avions, ainsi que des disques. Je m'occupe aussi de droits aériens.

– Des disques ? Ça m'intéresse.

– Oui, avant de les acheter chez le disquaire ou au supermarché, ce ne sont que des galettes de vinyle : du sel de mer et du pétrole. Chaque disque ne comprend qu'un seul sillon, qui doit être gravé avec précision sous une forte pression, d'où le nom de *microsillon* : c'est une partie de mon travail.

Le pressage représentait une autre branche des activités de la holding Wahl, lancée au bon moment, qui utilisait les procédés maison mis au point par Raymond Wahl. Grâce à l'engouement planétaire pour le disco, les usines du groupe tournaient à plein régime depuis trente mois. Sur place, en plus de sa charge commerciale, Wahl jr. en profitait pour assurer les relations publiques auprès des éditeurs, des agents et de leurs artistes. Le bouillonnement créatif de New York faisait que tout le monde connaissait tout le monde, les contacts faciles, le jour dans les restaurants, au siège des *majors* et dans les studios d'enregistrement, la nuit au Xenon, au New York-New York, à l'Infinity, au Regine's, au Paradise Garage, au Sanctuary, et surtout au célèbre Studio 54, plus que sélectif, qui les distançait tous. Il y avait de fortes chances que les disques empruntés par Malvina pour ses cassettes aient été fabriqués par la WIPE.

– Et ton autre activité, je n'ai pas compris.

– Les droits aériens ? C'est très simple : ici, quand tu possèdes un bien, tu es aussi propriétaire de la colonne d'air qu'il y a au-dessus, jusqu'au ciel. Si quelqu'un veut construire un immeuble adjacent et garantir la vue à ses futurs acquéreurs, il t'achète tes droits aériens. C'est de l'immobilier sans la moindre brique. Comme tu as vu à quel point l'espace est compté, tu as dû remarquer les parkings avec les voitures empilées les unes sur les autres.

Il lui proposa de changer de pièce, lui tendit les mains pour l'aider à se relever. Malvina, poids plume, apprécia malgré tout sa puissance tranquille. Une fois debout face à face, ils restèrent quelques secondes supplémentaires ainsi liés, sorte d'avant-propos du rapprochement espéré en secret par chacun. Il n'aurait fallu qu'une simple initiative de l'un ou de l'autre pour que… Dans un bureau de taille plus conventionnelle, cette fois-ci orienté sud-est, elle installa les chaises des secrétaires face à la fenêtre pendant que Wahl jr. faisait coulisser les lamelles de tissu du store pour dégager la vue, ahurissante.

– Tu vois où le phare tourne ? C'est là que nous avons atterri hier soir, Kennedy Airport.

Ce nouveau poste d'observation procura à la jeune fille un sentiment de pur émerveillement qui la fit se replonger dans ses rêves. La civilisation cédait vite place à ce qui semblait être une étendue de marais. Elle ouvrait grand les yeux, encore muette face à ce paysage inexploré et intimidant ; il la laissait rêver.

Sur la péninsule de Coney Island, les puissants faisceaux lumineux qui balayaient la nuit butaient sur la couche nuageuse. On devinait la forme lointaine d'une grande roue de fête foraine arrêtée, puis les reflets métalliques de la mer, à perte de vue. Inutile de parler. Elle espérait de toutes ses forces que la soirée continue, aussi magique, qu'il ne la ramène surtout pas à son auberge de jeunesse telle une petite fille qui doit rentrer avant minuit. Ils profitaient de ce lieu feutré qui, dans la journée, devait, être très animé. Anthony finit par rompre le silence, à voix basse.

– Tu connais le jazz ?

– Pas du tout, pourquoi ?

– Parce qu'il nous faudrait la musique de Gerry Mulligan, l'idéal pour la nuit. Du saxophone, un peu le style *Taxi Driver*.

– Il est parent avec Robert Mulligan ?

– Je ne crois pas.

– En jazz et en musique classique je suis nulle, mais les ambiances nocturnes, ça j'adore, dans les films. Le saxophone surtout.

Les ultimes lumières de la ville, reflétées dans ces yeux, permirent enfin à Anthony d'en apprécier la couleur, comparable au jaspe brun, une pierre rare qui en offrait chaque nuance, du marron-noir à l'ambre-miel transparent. Ses iris, *de vrais kaléidoscopes* pensa-t-il, rendaient tout maquillage superflu. Il décela dans ce regard tantôt calme, tantôt amusé ou étonné, un pointillé de tristesse ou de nostalgie.

JFK est au bord de Jamaica Bay, une réserve naturelle. Après c'est la presqu'île de Rockaway, Long Beach, et en face… le Portugal !

– Une réserve ? Dodo sera contente de l'apprendre, elle est folle des animaux. Elle rêve de visiter la Juilliard School et adorerait voir l'horloge animée à Central Park, celle de *Marathon Man*, mais le temps manque. À propos, il y a toujours autant de policiers à l'aéroport ?

– Il vient juste d'y avoir un hold-up chez Lufthansa, on dit que le butin atteint des records.

...

– Une plage à New York ? Ah ouais ?

– Plusieurs même, Brighton Beach est la plus fréquentée. L'été tout Manhattan s'y rue tant on étouffe en ville ; les saisons sont très marquées à New York. On y trouve une fête foraine, une promenade en planches, des stands de fruits de mer, de glaces, de hot-dogs… Tu aimes la plage de Cannes ? À Brighton Beach tu serais comblée !

Malvina s'imaginait l'été suivant, assise sur le sable, Anthony à sa droite comme dans ce bureau. Il l'aidait à se relever puis ils couraient main dans la main plonger dans les vagues de la Méditerranée. Elle se tourna vers lui et n'eut aucun mot à prononcer pour se faire comprendre.

« OK, on y va ! »

Après le tour de ronde des enseignants, les camarades de la lycéenne s'étaient réunis en tapinois dans une chambre.

« Il s'appelle Anthony Wahl », déclara Stéphanie B, toute fière de son effet. Elle cachait quelque chose dans son dos. Il avait fallu qu'elle déniche, on ne sait où, le bon exemplaire de *Fortune*.

« Fais voir », demanda Doriane sans réplique possible, avec un certain agacement.

Stéphanie B lui tendit la revue consacrée aux affaires, qui mettait chaque mois en vedette l'un de ses plus brillants représentants. Sur une double page, on vantait les mérites de « Mister Plastic », sans aucun doute le garçon qui se trouvait présentement avec Malvina. Les autres regardaient par-dessus l'épaule de sa meilleure amie.

– C'est une Ferrari sa bagnole ! dit Stéphanie A.

– Négatif, ça c'est une De Tomaso, rectifia Thierry, tout fier.

– Elle ne choisit pas les plus moches, ni les plus pauvres, se crut obligée d'ajouter Stéphanie B. Question diction j'espère qu'elle sera moins empotée que son frangin. «Mamamama-Malvina, j'veux pa-pa-pa-pa aller à l'école.»

– T'es bête ou quoi? Tu crois qu'il fait exprès de bégayer? rétorqua Doriane, furieuse, le rouge aux joues. Malvina n'a rien demandé, c'est lui qui est venu la chercher, et il est très gentil. Comment veux-tu qu'elle sache ce qu'il a?

Pendant ce temps, Stéphanie A, parcourait l'article en diagonale. Elle ne s'était pas aperçue de l'altercation:

– La classe, il est à moitié américain. Ils disent «sportif accompli». Eh bien moi, je suis contente pour elle, ça la changera des carrures de poulets du bahut. Je ne dis pas ça pour toi Thierry.

Elle releva la tête et constata que Doriane pleurait. D'instinct, devant l'expression de Stéphanie B, elle lui sauta dessus.

On dut se mettre à plusieurs pour les séparer.

Ils quittèrent le 2 World Trade Center, retraversèrent son parvis. Un taxi les attendait, moteur en marche, devant une modeste caserne de pompiers, la Ladder 10, sur Liberty Street. Stationnée derrière lui, une Ford noire démarra aussitôt.

Wahl, qui donnait en français ses instructions au chauffeur, ne se lassait pas d'observer sur son invitée l'effet des rues de Manhattan, si multiple et photogénique, avant qu'elle déchiffre «Toussaint Désinor». Il la devança:

– Monsieur est haïtien, il parle mieux français que nous.

«C'est vrai!», répondit l'homme dans un éclat de rire à travers la séparation en Plexiglas sur laquelle était fixée sa plaque professionnelle.

L'aisance et le naturel avec lesquels Anthony Wahl s'adressait aux gens, son attention, son aptitude à attirer la sympathie sans artifice ne pouvaient qu'ajouter à son panache. Au propre comme au figuré, les portes semblaient s'ouvrir toutes seules devant cet homme aguerri, mais encore loin d'être marqué par les années.

Ses amis avaient confié à Malvina avoir pour une fois été abordés sans être toisés. Elle comprenait et appréciait.

Au crépuscule, la route libérée du trafic, le taxi traversa Brooklyn à toute allure, secoué par les nids-de-poule formés chaque hiver par les écarts de température, encore plus fréquents en banlieue. Mouillé de neige fondue, le macadam reflétait les lumières de la ville. La lycéenne observait les détails architecturaux, les commerces, les terrains de basket urbain, sur les murs des bâtiments les plus anciens les fresques réalisées à la bombe, les publicités d'antan en voie d'effacement… Au passage d'un immeuble banal, Anthony eut à peine le temps d'indiquer :

« Tu vois cette belle maison, elle est aussi factice que la tour de la NSA dont nous parlions. Il n'y a aucun appartement derrière la façade, c'est une installation technique de la RATP locale, un décor de studio. »

Malvina fit des yeux ronds.

« D'ailleurs cela existe à Paris, comme la météo lumineuse. »

La grande roue qui s'approchait fit déduire à Malvina qu'ils touchaient au but. Manhattan très éloignée, elle évalua le chemin parcouru grâce aux projecteurs de DCA repérés plus tôt depuis le bureau. Étrange : d'une rue à l'autre les enseignes des commerces ne s'affichaient plus qu'en caractères cyrilliques.

– Ce quartier me fait penser à un épisode de Kojak. Mon frère et moi adorons les personnages. Le lieutenant chauve avec sa sucette, Stavros et sa petite plante, Sapperstein… C'est super bien fait : à chaque fois il y a le mort, l'enquête, mais beaucoup d'humour et un brin de nostalgie à la fin. À la sortie de l'aéroport j'ai vu la Buick Regal en vrai, je la lui cherche.

Monsieur Désinor interrompit :

« Et voilà, les amoureux : Little Odessa, Russia in Brooklyn ! »

Malvina se sentit passer à l'écarlate, bénit la pénombre et, pour se donner une contenance, s'empressant d'appliquer du Dermophil indien sur ses lèvres. Le *taxi driver* se rangea en souplesse un peu plus loin, fit coulisser sa trappe pour saluer ces sympathiques passagers.

Déserte, intrigante, Little Odessa prit sans peine la main sur le froid prégnant. Le métro aérien s'interrompait là, son terminus baptisé « Ocean Parkway ». Des rumeurs de soirées imbibées de vodka filtraient de restaurants traditionnels, de rares voitures traversaient l'ultime avenue de l'arrondissement, ne laissant derrière elles qu'un vortex de fumée d'échappement. Juste après le luna park, en sommeil, les halos d'un éclairage invisible bordaient l'océan, une bonne odeur d'embruns portée par la bruine et le vent soufflé du large avait remplacé celle du dioxyde de carbone.

– Tu as un frère ? De quel âge ?

– Six ans trois quarts.

– Comment s'appelle-t-il ?

– Antoine, Bouli pour les intimes. Regarde.

Elle détacha un porte-clés en plastique d'un passant de son pantalon, minicadre qui contenait la photo d'identité d'un garçonnet aux longs cheveux blonds. Anthony accompagna la main de Malvina pour la rapprocher de ses yeux et profiter d'un rai de lumière.

– Il a une belle frimousse, comme sa sœur !

Elle sortit de sa poche une feuille de cahier un peu froissée, au bas de laquelle Bouli avait ajouté à la main : « Et des bonbons américains ».

– Voici sa liste de jouets pour Noël. J'ai à peu près tout trouvé, mais plus une seule Buick. Peut-être chez Macy's…

– Il sait ce qu'il veut, c'est bien.

– Ça oui alors : « le grand modèle avec les personnages et le gyrophare ». Un bon petit diable, je te raconterai...

« Brighton Beach », ça me dit quelque chose…

Il expliqua que, à l'époque des tsars, puis avant le déclenchement de la Seconde Guerre mondiale, de nombreux Russes s'étaient réfugiés à New York, au sud de Brooklyn en particulier.

« … leur mafia s'est faufilée dans la vague d'immigration récente qui, elle, a fui le communisme. »

Malvina réalisa.

– Mais oui ! La chanson de Mort Shuman : « Si tu viens ici, saute dans un taxi, dis au driver Brighton Beach ». Et « la mer Noire en petit ». Il joue un policier dans *La Petite fille au bout du chemin* !

Ils rejoignirent la promenade en planches parallèle à l'océan. Plus grand monde dans les parages à cette heure avancée hormis une imposante babouchka à fichu remorquée par son petit chien. Les attractions de l'*amusement park*, les stands de fruits de mer, clôturés par des rideaux de fer couverts de graffitis, ne rouvriraient qu'à la belle saison. De près on distinguait mieux l'anachronique grand-huit, géant antédiluvien, lui depuis Tremblay, mais ça en vaut largement la peine. Ils passent de tout, des vieux films, des rétrospectives. Parfois nous retrouvons ma mère à la sortie de son travail, elle nous ramène en voiture. Quand on est très en avance, on descend la rejoindre à pied des Gobelins à la Seine, par la rue Monge.

Il imagina Malvina prendre le chemin inverse et sonner à sa porte.

– Qu'est-ce que tu y as vu d'autre récemment ?

– Un vieux James Bond. Génial ! Pour les films tous publics ou les premières exclusivités nous allons à Rosny 2 ou à Parinor Aulnay, plus rarement à Vélizy ou Parly. Ces dernières années nous y avons vu la suite des *Dents de la mer*, *Rencontres du troisième type*, et pas plus tard que mercredi *Une histoire simple*. Maman est folle de Claude Sautet et de Romy Schneider. Moi aussi, mais j'ai préféré *Mado* et surtout *Les Choses de la vie*. Du coup, comme elle a vu que j'étais déçue, on est aussitôt rentrées illico dans le même cinéma pour voir la première séance qui commençait, *Les Bronzés*. Les acteurs sont inconnus, mais quelle rigolade ! On les imitait en sortant.

– Tu as une préférence pour les films américains, non ?

– Oui, j'avoue. Mais j'ai bien aimé *Diabolo menthe* par exemple, *À nous les petites Anglaises*, *La Gifle*, *Le Vieux Fusil*, toujours avec Romy Schneider, *Vas-y maman*, avec Annie Girardot… Tu vois c'est varié !

– Et pour la lecture ?

– Je ne loupe jamais Apostrophes, puis comme toi le Ciné-Club juste après, ou le Cinéma de minuit sur FR3. Excuse-moi, je dois te saouler, c'est juste que quand je suis passionnée, je ne peux plus m'arrêter.

– Tu ne me saoules pas du tout, au contraire. Ce que tu dis est très intéressant. À propos, que lisais-tu dans l'avion ?

– Thoreau, un écrivain né à Concord, où nous allons après-demain. Le livre appartient à Mumu, elle le vénère. C'est fou les belles pages qu'un auteur peut écrire avec seulement 26 lettres… Et toi, tu aimes quoi ?

Anthony avait lu tout Thoreau, tous les auteurs de Nouvelle-Angleterre.

– J'aime les films que tu as cités. *Les Bronzés*, je ne connais pas. On s'entendrait bien avec ta maman, Sautet est aussi l'un de mes réalisateurs favoris. Et le cinéma italien ? Au Rialto ils en passent forcément !

– Tu veux dire des films comme *Mort à Venise* ? Ça ne me parle pas trop, mais ça m'intéresse. *Mort à Venise* j'ai beaucoup aimé. Ma mère me vante depuis toujours le *Roméo et Juliette* de Zeffirelli. C'est marrant, car la Stephanie de *La Fièvre du samedi soir* dit qu'elle est allée le voir et l'a adoré ! Si tu veux me faire pleurer, il suffit de mettre la chanson. C'est vrai qu'elle est belle.

Elle se mit à fredonner :

A time for us, someday there'll be
When chains are torn by courage born of a love that's free
A time when dreams, so long denied
Can flourish as we unveil the love we now must hide
A time for us at last to see
A life worthwhile for you and me

Un moment rien qu'à nous viendra un jour
Quand le courage né de l'amour aura rompu les chaînes
Un moment où les rêves si longtemps niés
Pourront s'épanouir lorsque nous dévoilerons l'amour
que nous devons cacher pour l'instant
Un moment pour nous à voir au moins
Une vie digne d'intérêt pour toi et moi

Maman dit que c'est « la plus belle musique du plus beau film de tous les temps », surtout quand les amoureux communiquent sans un mot, rien qu'en plaçant leurs mains l'une contre l'autre. Il ne passe pas à la télé malheureusement, ni au Rialto.

…

– Tu as un acteur ou une actrice préférée ?

– Brooke Shields, déclara-t-elle sans le moindre interstice d'hésitation, son allant exacerbé comme s'il s'agissait de l'unique comédienne en activité. Mon idole intergalactique. Regarde.

Elle sortit avec empressement de son passeport un article consacré à la jeune actrice.

J'ai aussi sa photo sur mon cahier de textes et un poster d'elle dans ma chambre.

Le visage de Malvina s'illuminait à la seule idée d'évoquer la jeune star.

Sur la route de l'aéroport j'ai vu une affiche qui annonçait son prochain film, une histoire de gitans. J'espère que ma famille américaine me laissera le voir. Sinon j'irai directement à Rosny en sortant de l'avion.

— Tu as vu *La Petite* alors ?

— Oui, au Rialto justement. J'ai aimé, mais pas du tout que sa mère la laisse se faire photographier nue si jeune. Je suis admirative de sa grâce, je ne me lasserai jamais de la regarder.

À bord du taxi, ils continuèrent à se parler, chacun attentif, soucieux d'explorer au bon rythme l'univers de l'autre.

— Tu reconnais ?

— *La Fièvre du samedi soir*, pas possible !

Ils arrivaient à l'entrée du pont Verrazano.

Le taxi, seul dans les parages, s'engagea sur la large voie pour ralentir à mi-chemin. Anthony pria le chauffeur d'attendre et d'en profiter pour se positionner dans le sens du retour, une gratification convaincante à la clé. Comment ne pas se sentir étourdie sur ce colosse vu en Cinema-Scope juste avant de partir ? Plus hautes que la tour Montparnasse, les piles du pont suspendu par des câbles en acier à la section de troncs d'arbres lui firent lever la tête, incrédule, presque jusqu'au vertige, comme les personnages de la séquence-clé. D'une portée inconcevable, l'extrémité du *Verrazano-Narrows* disparaissait dans la brume, côté Staten Island. Parmi les treize voies, du niveau inférieur, une rame de métro nocturne faisait vibrer l'ouvrage. Le vent, saturé d'iode pur, cinglait les visages.

— À droite New York, à gauche l'océan, précisa Anthony. Avant de débarquer à Ellis Island, douze millions d'immigrants sont passés sous ce pont.

Malgré son émoi, Malvina entonna tout haut :

If I can't have you, I don't want nobody baby.

Si ça n'est pas toi, je ne veux personne d'autre, chéri.

Elle s'honorait d'être folle des Bee Gees et de la bande originale du film, en chantait tous les titres par cœur, sur la route du lycée ou dans sa chambre, la pochette du disque sur ses genoux ou la cassette à portée de main. Afin d'immortaliser la scène, elle sortit un Flashcube de sa poche, qu'elle s'empressa d'emboîter sur son appareil photo.

– Tes bras sont deux fois plus longs que les miens, ça nous fera un beau souvenir…

Il adora la serrer de nouveau par l'épaule, quelques secondes, joue contre joue.

« Clic-clac, merci Kodak ! » Merci beaucoup. « C'est Bay Ridge ? demanda-t-elle le doigt pointé vers la rive d'où ils étaient arrivés, où habite la famille de Tony. »

– Oui, nous sommes là pour ça.

Pendant ce temps, le taxi avait opéré son demi-tour, direction Brooklyn. À la demande d'Anthony, ils passèrent au pas devant le magasin de bricolage *Brothers*, le *Bay Ridge Delight* puis *Lenny's*, le snack où Tony Manero, interprété par John Travolta, s'achète les tranches de pizza qu'il entame pendant le générique. Malvina, enchantée, pensa à ses copains qui devaient dormir, *les pauvres*, sans avoir vu ces merveilles.

Les profs n'étaient pas repassés et personne ne dormait. L'ambiance encore électrique, les belligérantes séparées, certains se rongeaient les sangs de ne pas voir Malvina rentrer, d'autres se montraient plus confiants. Pour apaiser l'ensemble, Stéphanie-la-gentille avait allumé l'encens qu'elle comptait offrir à sa mère. Le dortoir confiné n'attendait plus que les Krishna de l'aéroport. Allongée sur le dos, Stéphanie B, qu'on croyait assoupie, envoya l'une de ses piques :

– Plastic Man paraît super grand, bizarre qu'il ait choisi une fille si petite, même pas foutue de tirer sur un joint. Virginievivien c'est autre chose ! D'ailleurs, partout où elle va elle est la plus petite, et elle attend toujours d'être livrée.

– Et toi partout où tu vas tu es la plus conne.

Stéphanie A grilla la priorité à Doriane, meilleur avocat de Malvina, qui se remettait à peine. Elle ajouta excédée :

– Tu devrais déjà être contente de respirer le même air qu'elle. On en reparlera quand tu auras ses seins, et ses fesses, OK ? En attendant occupe-toi des tiennes.

– Oui, franchement déconseillé à cette heure-ci… J'espère que tu pourras y patiner demain, et ton amie voir l'horloge Delacorte.

Les roller skates ne la préoccupaient plus du tout.

– Qu'est-ce que ça veut dire « à la mode » ?

– C'est quand on ajoute de la glace à une pâtisserie, les Américains en raffolent été comme hiver, ils vont jusqu'à en mettre dans leur Coca. Tu m'as dit que tu aimais ça, prends-en si tu veux.

– Moi aussi j'en mange toute l'année. Cet après-midi j'en ai goûté une avec des morceaux de noix caramélisés : un délice des dieux ! Dommage qu'on n'en ait pas en France.

Elle se lança et passa la commande en anglais. La serveuse repartie en cuisine, elle dit :

Je suis sûre au moins d'avoir bien prononcé « à la mode » ! C'est une bonne idée d'être venus ici. Les vieux trucs, le décor, on se croirait dans les années cinquante.

Elle détaillait ce qui l'entourait et, hormis un caisson lumineux qui présentait un grand choix de pizzas, ne décelait toujours strictement rien d'italien. Un poster aux couleurs passées était scotché sur la porte d'un tableau électrique, une famille en tenue folklorique devant le Parthénon. On leur apporta deux cafés fumants et une part de tarte aux fraises rouge vif généreusement coiffée de glace jaune poussin. Avant de l'entamer, elle la partagea en deux.

Un geste qui lui ressemble, pensa Anthony en attendant son beignet.

– Ça fait du bien, dit-elle, son mug entre les mains, doigts serrés. Ces tasses, ça change des bols.

Elle avait remarqué dans l'entrée un homme à large carrure, qui devait ainsi se signaler à une connaissance attendue.

Pour être honnête je ne suis pas trop café, sauf pour les glaces. Je préfère le chocolat chaud. Mais cette bonne odeur me rappelle la maison. Quand maman rentre du travail, je nous prépare un petit déca et nous nous racontons notre journée avant d'aller dormir. Des manies de vieilles quoi.

Son regard redevint vague une fraction de seconde. Elle but une gorgée puis dit sans réfléchir : « Dire que tout à l'heure nous étions en haut du World Trade Center… »

Il neigeait de plus belle. La chaleur dégagée par le matériel rendait les vitres opaques qui, ruisselant de condensation, les isolaient de l'extérieur. Toute attention relâchée, leurs pensées coïncidaient, point décisif où il n'est plus utile de se parler. En temps normal, jamais elle ne se serait confiée ainsi. Mais le temps n'avait plus rien de normal. Anthony, pour sa part, ne tirait aucune vanité de la satisfaction évidente de son invitée, heureux de la voir comblée. Il connaissait bien la rare puissance séductrice de certaines jeunes filles, déloyale pour leurs copines, encore plus pour leurs aînées de vingt-cinq ans, qui devaient faire plus d'efforts pour plaire, user d'artifices, et n'en avait jamais été dupe. Entre les *femmes-fruits* et les *femmes-fleurs*, seules les secondes l'intéressaient. Malvina, femme-fruit, fille-fruit, dévoilait une maturité inattendue, présentait avec désinvolture les nombreuses connaissances qu'elle ne devait pas – c'est certain – qu'à son amie Muriel, «le génie», l'une des facettes qui, en plus de l'insolence involontaire de sa beauté, la rendaient à ce point adorable, désirable, plus que toute autre.

...

– À part les pâtisseries, qu'est-ce que tu aimes ?

– Tout en grosse quantité.

Malvina croquait les goûts comme elle croquait la vie.

Tout sauf le lapin, le boudin noir, l'andouillette, les tripes, le canard au sang et l'os à moelle. Et le mouton : beurk ! Au restaurant de ma mère le chef m'a fait goûter des truffes et du caviar : les truffes ça ne sent pas très bon et le caviar c'est trop salé, je préfère les œufs de lump, les orange, avec du beurre. Mais j'adore aller au restaurant ! À propos, qu'est-ce que c'est les sushis ?

– Du poisson cru avec du riz, c'est très bon.

– Et les bagels ?

– Des petits pains troués comme mon beignet, parsemés de sésame et garnis en général de fromage crémeux, de concombre et de saumon fumé.

– Miam. En y réfléchissant, ce que je préfère ce sont tous les trucs industriels et le chocolat. Du sucre et encore du sucre ! Avec mon frère on fait souvent des crêpes, des crèmes caramel, des quiches lorraines…

Mais je dois me surveiller pour la gym.

Anthony pensa qu'elle se surveillait plutôt bien car, alors qu'elle retirait son pull en arrivant, il n'avait pu qu'apprécier ses formes parfaites. Cambrée, des épaules légèrement marquées.

Il s'en voulait un peu.

Elle passait en revue les petites pochettes réunies dans un ramequin en céramique :

– Fini le vrai sucre, je me mets au *Sweet'n Low*.

– Tu sais que le Dr Pepper et les autres sodas existent avec ce faux sucre ? De la gym ? Tu aimes le sport ?

– Je préfère les glaces.

– Tu as un bon niveau ?

– En glaces ? Médaille d'or. En gym, bof, un niveau « banlieue ». On y va surtout pour rigoler avec Doriane, parce que les justaucorps fluorescents… En plus notre entraîneur n'est pas d'une nature très joyeuse, mais ça va. En février nous aurons le gala, c'est une autre histoire… Et toi, qu'est-ce que tu aimes comme desserts ?

– J'aime tout moi aussi, les donuts et surtout les desserts à la cerise... Tourtes, glaces, yaourts, cheesecake, clafoutis…

– Du clafoutis ? Je t'en ferai un si tu veux !

Elle fut troublée par le grain de sucre attardé sur sa lèvre supérieure, avant qu'il passe sa langue dessus… En plus de sa gestuelle élégante, sa chevelure noire, sa bouche pulpeuse, ses mains de pianiste produisaient sur elle un effet inédit incontrôlable. Elle le dévorait des yeux.

J'ai l'impression de le dévorer des yeux. Pourvu qu'il ne s'en aperçoive pas.

– Tu cuisines ? demanda-t-elle.

– Rarement, par manque de temps. Mon four ne doit même pas être branché.

Sans la presser de questions, Anthony l'écoutait parler de sa banlieue, de ses passions, de ses amis. Toujours spontanée, elle lui avait offert de lui préparer un dessert, *quelle délicate attention*. Ne pas pouvoir lui répondre le mettait mal à l'aise. Comment lui apprendre qu'il s'apprêtait à quitter l'Europe pour toujours ?

Lassé du sirtaki et du reste, le barman désœuvré venait d'appuyer sur le bouton d'une autre station de la radio posée sur l'étagère derrière lui. *92 KTU* diffusait le tube de Billy Joel *I love you just the way you are*.

Don't go changing, to try and please me
I would not leave you in times of trouble
I took the good times, I'll take the bad times
I'll take you just the way you are
Don't go trying some new fashion
Don't change the color of your hair
You always have my unspoken passion
Although I might not seem to care

Pas besoin de changer pour me faire plaisir,
Je ne te lâcherai pas dans les temps difficiles
J'ai pris les bons moments, je prendrai les mauvais
Je te prendrai telle que tu es
Pas besoin d'essayer de nouveaux styles
Ni de changer la couleur de tes cheveux
Tu recevras toujours ma passion, même non exprimée
Même si je n'ai pas l'air de m'en soucier

Billy Joel : j'adore ! Dodo le joue à l'orgue. Elle t'a parlé à la YMCA.
Il fit le rapprochement avec l'attitude si bienveillante de la lycéenne du matin. Qu'avaient-elles pu se raconter lorsque Malvina était remontée ?
— La jeune fille blonde avec la frange ?
— Oui, on ne s'est rencontrées qu'il y a deux ans, mais beaucoup pensent qu'on se connaît depuis l'enfance, ou que nous sommes sœurs. Alors on laisse dire, ça nous fait bien rire. C'est de loin la meilleure amie qu'on puisse imaginer, et pas seulement pour me faire penser à l'adaptateur de mon sèche-cheveux. Elle est brillante, dynamique, à l'écoute, elle dessine et peint comme personne, chante super bien. Nous faisons les quatre cents coups…

acquiesçait, en produisant un effort surhumain pour ne pas éclater de rire.

Une autre fois, Malvina venait à peine de donner un rein à Doriane, qui, souffreteuse, exhibait sa cicatrice, en réalité une récente griffure de Paupiette, ou bien elles avaient été adoptées dans une pouponnière des faubourgs de Bucarest. Au cas où, elles savaient dire en roumain « combien coûte un timbre pour la France ? » Plantées devant les télévisions du supermarché, admiratrices des exploits de leur compatriote Nadia Comăneci aux Jeux olympiques de Montréal, elles pratiqueraient la même activité à la rentrée : la GRS, gymnastique rythmique et sportive. Davantage pour passer encore plus de temps ensemble que par amour du sport, et encore moins du body fluo. Cependant, douées et assidues, elles y excellaient toutes deux sans trop d'efforts, surtout aux barres asymétriques. Mais elles n'aimaient ni le ruban, ni le cerceau, « carrément débiles ».

Nitro et Glycérine faisaient et refaisaient les boutiques de leur petit centre commercial du Vert-Galant, partaient en train voir des films au Rialto, passaient acheter des roues de skate translucides chez Roussev sport, à Montparnasse, puis reprenaient le métro pour en faire au Trocadéro, face à la tour Eiffel, dans l'espoir d'y croiser Jodie Foster. Un jour, abordées par un libidineux qui voulait les emmener « faire des photos », elles surent s'unir pour le forcer à déguerpir, menaçant d'aller chercher un policier. Sur les marches du gymnase ou de la gare, la première arrivée jouait à « c'est pas elle » pour s'occuper : quelle que soit la personne qui se présentait, il suffisait de penser « c'est pas elle » jusqu'à ce que l'autre arrive. Et ensuite de lui énumérer en rigolant ceux qui l'avaient précédée, bébé dans son landau, ouvrier moustachu, grand-mère...

Mais elles adoraient aussi ne rien faire, allongées tête-bêche sur leur lit ou par terre à liquider tout ce qui leur tombait sous la main, en particulier des Bolino, du Nutella sans pain – « pas besoin » –, des BN, des Pailles d'or, des croissants en boîte à peine cuits ou des coupelles de glace Danino à peine prises au freezer. Les BN fraise, il fallait les tremper dans du lait pour les ramollir, puis terminer par le fourrage rouge à mâchouiller comme un chewing-gum. À chaque gourmandise son mode de dégustation, qu'elles seules connaissaient, et qui pouvait varier d'une fois sur l'autre. Leurs parents renonçaient à comprendre leurs codes, parfois inexistants. Elles parlaient d'un avenir où leurs destins ne pourraient qu'être mêlés. Elles auraient un mari et des enfants. Doriane un, Malvina trois, dont elles seraient les marraines respectives. Ils s'appelleraient Honorine, Népomucène, Hermione, Athanase, Hégésippe. Forcément. Dodo devenue peintre ou concertiste coté après la Juilliard School, Malvina chercherait encore longtemps sa voie. Elles en riaient, prenaient tout à cœur puis se fichaient de tout. Leurs propres amis ne savaient pas toujours si elles redevenaient sérieuses ou si elles jouaient encore leur rôle d'adolescente. Il valait mieux toutefois éviter de se moquer des variations de poids de Doriane en la présence de Malvina, qui s'inquiétait beaucoup des conséquences de son dérèglement thyroïdien, la maladie de Hashimoto.

Dans la réserve de l'Euromarché, elles faisaient des concours de précision au volant de chariots élévateurs. Il fallait viser la palette la plus haute en un temps donné, la descendre au sol puis la remettre en place.

Quel permis cariste ?

Toutes deux remportaient les suffrages de nombreux lycéens, chacune disant de l'autre qu'elle refusait du monde.

« Les gueules carrées la déshabillent du regard. S'ils réalisaient leur fantasme, elle serait enrhumée toute l'année ! » L'une plaisait à un garçon en particulier ? L'autre la lui amenait par la manche pour la fourguer tel un article du supermarché : « C'est un modèle qui a beaucoup de succès cette saison, notre meilleure vente. Et voyez cette qualité de cheveu ; elle sort du toilettage. Gardez bien le ticket surtout : si vous changez d'avis, on vous rembourse ! »

« L'achetée » finissait par se laisser faire puis elles s'esclaffaient.

En cours, elles se faisaient passer de petits mots ou, de retour chez elles, les découvraient en souriant sur leur cahier de textes, qui comprenait leurs deux écritures, car elles se les échangeaient en permanence :

« Nettoyer le grille-pain. New York on arrive ! Autobianchi ou Austin ? Mange ta soupe ! Faudra rentrer les bêtes. Je te vois. Non, rien. Je suis enceinte (c'était juste pour savoir si tu dormais). La bière qui fait aimer la bière. L'eau de Badoit facilite la digestion des gens bien portants. C'est à moi que tu parles ? Tang : un incroyable goût d'orange. Milky

 », etc.

À cours d'idées, elles se rabattaient résignées sur le canular de la voiture en stationnement ou, en intérieur, sur l'inégalable « Un régal ! »

Parmi les nombreuses facéties du duo infernal, celle-ci restait de loin sa plus inavouable.

Les jours d'ennui, assises à l'envers sur des fauteuils en attendant *La Petite Maison dans la prairie*, le feuilleton favori de Doriane, Malvina plus portée sur ses policiers, elles tiraient au sort celle qui devrait se lever. La perdante se traînait à la cuisine pour ouvrir frigo et placards afin de préparer un bol bien garni composé des restes qui iraient le moins bien ensemble. Celle à qui l'on servait cet assemblage infect devait simuler l'appétit et dire d'un ton convaincu « Hum, un régal ! » en mangeant goulûment jusqu'à la dernière bouchée. Là non plus rien à comprendre, rien à gagner, juste une bonne rigolade à l'issue du sketch – ou une belle nausée. Elles prévoyaient de quoi « déposer une quiche » (ou une pizza, suivant la couleur des aliments ingérés). Le dernier bol en date fut composé de crème Mont Blanc, de sardines à l'huile nappées de jus d'orange et de pâte à crêpes en poudre, parsemées de Treets et d'Apéricubes multicolores. Une quiche fut dûment déposée.

Rétablies dans le bon sens, elles n'auraient sous aucun prétexte manqué l'épisode de la semaine. Dodo, maraboutée par sa sœur, était devenue à son tour folle d'Amérique, de cette vie difficile des pionniers dépeinte avec lyrisme par les Ingalls, de ses incessants rebondissements. Influencées par le fond moraliste de *La Tour infernale* et de *L'Aventure du Poséidon*, inspirées par les scènes de sacrifice de leurs héros – madame Rosen, le pasteur –, rebutées par les personnages fourbes ou lâches, chacune affirmait : « Je me jetterais dans le feu sans hésiter pour elle. » Elles repensaient à cette scène où Paul Newman, chef des pompiers, demande des volontaires pour la mission la plus risquée, et où tous ses hommes font un pas en avant. Pour une fois elles ne plaisantaient pas. Ces valeurs de courage dans l'adversité, de solidarité, d'abnégation, de renoncement leur correspondaient à égalité. Dodo avait rendez-vous chaque semaine avec Charles et Caroline en cousins américains, emportée par leurs joies, tourmentée quand ils subissaient des revers, c'est-à-dire à chaque épisode. Bien qu'elles s'en défendaient, elles versaient leur larme devant les situations les plus émouvantes, Doriane la première à renifler, suivie de près par celle qui voulait donner le change et la consolait.

Oui, Doriane pourrait compter sur Malvina. Quoi qu'il arrive.

Alors qu'Anthony l'attendait dans le hall de l'auberge de jeunesse, entrée fébrile dans le dortoir, Dodo, le crayon sûr, était parvenue à la maquiller en un éclair. Malvina n'avait pas oublié de la rassurer avant de redescendre surprendre son guide en pleine réflexion d'une main posée sur son épaule.

Malvina pouvait compter sur Doriane.

*
**

— Et toi, tu as un meilleur ou une meilleure amie ?

— Moi aussi ma meilleure amie c'est ma sœur, Maria. Nous nous entendons très bien depuis toujours, pas de compétition entre nous. Elle termine son droit, puis se marie mi-avril. On peut dire qu'elle est sur des rails.

— Maria et Tony : vos parents doivent adorer West Side Story.

Malvina fit une rapide estimation de l'âge de Maria – *dans les 23 ans, donc la cadette*. S'ils avaient trois ans d'écart, Anthony pouvait donc en avoir 26.

Pourquoi Maria ? Vous avez des origines espagnoles ?

— Pas du tout. Mon père est passionné d'histoire, en particulier de celle des Romanov. Il considère que la grande-duchesse Maria était la plus jolie fille du tsar, c'est aussi simple que ça.

— Heureusement que son personnage préféré n'était pas Raspoutine, tu reviens de loin.

Au-delà de son admiration pour l'histoire russe, l'éducation complète reçue par le frère et la sœur avait été en partie calquée sur celle de ces têtes couronnées, qui parlaient un français impeccable.

— Tiens, je n'y avais pas pensé. Un meilleur ami c'est quelqu'un qui ne vous demande jamais rien et répond toujours présent, pas juste pour aller au restaurant ou boire un verre. En cas de coup dur, si tu l'appelles, il vient. Ma sœur est comme ça, et plus. Elle vit avec un interne en chirurgie, un fantaisiste d'après mon père. Il y a aussi Enguerrand, et Garth, de Tampa, en Floride, des garçons loyaux. C'est à peu près tout. J'ai connu Garth à l'étranger et fait mes études avec Enguerrand.

À l'armée, à l'étranger ? Malvina, persuadée qu'un tel homme ne pouvait évoluer qu'au milieu d'une foule d'amis, ne revenait pas d'une telle franchise. Elle le croyait mais était certaine qu'il minimisait l'importance de son vécu, non pas pour le lui cacher, mais afin de ne pas l'intimider. Paris, Londres, Genève, New York : elle l'imaginait homme d'affaires international, courant d'un avion à l'autre son attaché-case à la main, un passé mouvementé, ce qui était le cas.

La jeune fille, de plus en plus captivée, ne prenait plus garde au cadre. Elle offrait, chose rare pour la majorité des gens, 100 % de son attention. Un client entrait à l'occasion, un autre en sortait, on ne savait pas pourquoi. Policiers en patrouille, jeune provincial trempé semblant arriver tout droit de la gare routière, vingt rues plus bas, sans point de chute, chauffeur de taxi passé chercher son gobelet de café, *superintendant* (concierge) d'une luxueuse résidence de Central Park, tout proche, venu se dépanner en alcool, prostituées au chômage technique…

Pour Wahl jr., lorsqu'un candidat, un client ou un fournisseur détournait les yeux en le saluant, c'était mal parti. Malvina offrait une expression bien à elle, un sourcil levé, le menton toujours un peu en avant, son regard jamais fuyant, au contraire planté dans celui de son interlocuteur. Elle ne savait que donner, et donner tout, ne connaissait pas la demi-mesure. Rompu aux techniques de négociation, il pouvait mieux que quiconque orienter une discussion là où, des millions en jeu, son intérêt le demandait. Avec une personne aussi pure, cela ne lui vint même pas à l'idée.

Les paroles de Billy Joel continuaient de s'égrener en fond sonore :
I don't want clever conversation
I just want someone that I can talk to
I want you just the way you are
What will it take till you believe in me

The way that I believe in you
I said I love you and that's forever
And this I promise from the heart
I could not love you any better
I love you just the way you are

Pas besoin de conversations intellos
Je veux juste quelqu'un avec qui échanger
Je te veux telle que tu es
Que faudra-t-il pour que tu croies en moi
Autant que je crois en toi ?
J'ai dit que je t'aimais, c'est pour la vie
Ça je le promets du fond du cœur
Je ne pourrais pas mieux t'aimer
Je t'aime telle que tu es

Hormis le cinéma, la gymnastique, lire, manger et rigoler, il apprit qu'elle aimait danser – elle précisa qu'elle était « super nulle » – et faire du skate, « super mal ».

« … mais ce que je préfère, c'est rêver. »

Une fois de plus, sa pudeur habituelle n'avait pas pu contenir ces paroles. Jamais elle n'avait lâché de confidence aussi intime, à part à sa sœur.

Cette révélation singulière le toucha. Il entrevoyait son petit univers bien à elle, elle commençait par bonheur à l'y laisser pénétrer.

– Tu es dans la même classe que Doriane et ceux que j'ai vus ?

– Oui, en terminale. Après trois liftings je fais encore illusion, mais quand je souris, mes jambes se soulèvent.

En réalité, en plus d'être née un 5 décembre, très en avance, elle avait sauté une classe. Sa mère s'était opposée à ce qu'elle en passât une autre. En raison de son hypersensibilité et de son apparence juvénile, cela n'aurait pu que la desservir.

– Tu travailles bien ?

– Disons que je dois faire plus d'effort que les meilleurs pour avoir de bonnes notes.

Ils continuaient à bavarder, extraits de la nuit hivernale à la fois par l'anonymat de ce coffee-shop, semblable à des milliers d'autres à travers les États-Unis, et par leur complicité toute neuve. Le quotidien du jeune businessman était ô combien plus problématique à exposer.

*
**

Pour Wahl sr., homme de la Quatrième République, la famille passait avant tout, puis venaient, dans l'ordre, les affaires et la France, l'éthique chapeautant ces trois piliers. Capitaine d'industrie à l'ancienne, « CIC » (*Commander in Chief*, commandant en chef) dirigeait avec poigne ses quelque 14 000 salariés, répartis sur trois continents. Intraitable, l'injustice lui faisait horreur. Les syndicats lui fichaient plutôt la paix : une seule grève en trente ans, pendant Mai-68, pour la forme. Son expérience rare, notamment dans le maquis pendant la guerre, lui imposait sa devise : « Un homme doit se tenir et tenir, quoi qu'il arrive », une règle virile intangible qui valait autant pour sa fille que pour son fils. Avant d'accéder à ses hautes responsabilités, Anthony n'avait pas eu le choix : lycée militaire Prytanée, école de commerce de Berne, université en Angleterre, camp de vacances estival dans l'État de New York, et une bonne partie du globe déjà parcourue. Une indépendance largement exploitée, un appartement à quinze ans, mais la fête s'interrompait souvent. Pendant que ses amis des rallyes mondains bambochaient au Club Saint-Hilaire ou prenaient l'avion le temps d'une soirée à Carnaby Street, lui préparait son paquetage… Lorsque CIC ordonnait, plus question de Swinging London. En formation parmi des commandos de marine français, puis les Navy SEALs, il dut, sans échappatoire possible, participer avec eux à l'évacuation de l'ambassade de Saïgon à la fin du conflit vietnamien. Là-bas, son binôme Garth Benson et lui virent des atrocités qu'il n'évoquait pas, de celles qui endurcissent. Un jour, à la sortie du bureau, Raymond Wahl l'enjoignit de convoyer une cargaison au volant d'un 38 tonnes, de Beyrouth à Alep, en Syrie, via la plaine de la Bekaa, en pleine guerre civile. Pas le temps de repasser chez lui, pas de motif impérieux, juste l'opportunité de se faire le cuir. Anthony, vingt ans, s'exécuta sans discuter. Une fois à destination, il déplomba sa remorque, à moitié vide, qui ne contenait que des marchandises de peu de valeur. Jamais de compliments, jamais d'encouragements, jamais de félicitations. Certes il en avait bavé mais, avec le recul, éprouvait une évidente reconnaissance envers son père de l'avoir ainsi préparé à toute éventualité avant ses vingt-cinq ans. «Mission accomplished» (mission accomplie) avait conclu CIC.

Avec les filles, comme résumait sa sœur : «Sa chambre est un vrai triomphe de Broadway, il refuse du monde». Ses faiblesses ? Ne pas discerner les visages, et surtout ne pas savoir dire non. Béryl, Sixtine, Pélagie, Calixte, Quitterie, Bertille, Diane, Barbara : toutes les jeunes femmes de son milieu étaient passées par son lit, ainsi que d'autres, moins favorisées. Wahl jr. ne faisait pas de jalouses et y accueillait volontiers les Sandrine et les Sophie. Ses critères connus : posséder un passeport en cours de validité et un corps de déesse. Demain il dînerait avec Veronica, sa dernière rencontre en date.

*
**

– … Il y a trois ans, mon père m'a proposé de m'associer avec lui, à Paris, sans m'y forcer. Nous fonctionnons de la même façon, alors j'ai accepté. Ma mère est née ici, aux États-Unis, ça a facilité les choses pour le business.

– C'est pour ça que tu prononces si bien !

– Je n'ai pas de mérite : à la maison j'ai toujours parlé anglais avec elle, et français avec mon père.

Malvina posa sans filet la question qui la taraudait.

– Tu es marié ?

Une femme plus mûre n'aurait pas été si directe.

Les principes d'Anthony, mais surtout ses sentiments, lui interdisaient de mentir.

Ouf !, il n'était pas marié. «Libre comme l'air» préféra-t-il préciser pour le regretter aussitôt. À quoi bon ?

Malvina jubila intérieurement et se sentit rougir. Une lucarne venait-elle de s'entrouvrir ? L'homme face à elle l'intimidait toujours, mais plus par son style et son charme insensé que par le fait que leur rencontre soit si récente, ou par la différence d'âge. Malgré sa réserve, spontanée et ouverte d'esprit, elle adorait fréquenter ses aînés, par exemple les parents de ses amis, les commerçants du Vert-Galant ou les collègues de sa mère, qui l'appréciaient tous beaucoup et la tenaient pour l'adolescente idéale.

Grisée par les circonstances, elle remarqua la cravate qui entrebâillait la poche du lourd manteau et avança sa main :

– Je peux ?

Il lui tendit. Elle la noua.

– Qui suis-je ?

– Diane Keaton. Une gauchère, comme toi.

– Bravo ! Comme moi et Einstein.

– Tu n'as qu'à la garder en souvenir.

– Merci, mais ça doit coûter cher une cravate comme ça.

– Ne t'inquiète pas, ça me fait très plaisir.

…

– Alors, tu t'éparpilles ?

– Ma mère dit ça parce que, soi-disant, « tout m'intéresse », et aussi à cause de mes collections.

– Ah bon ? Tu collectionnes quoi ?

– Oh, pas grand-chose : le sable, tu as vu, les Lucky Luke d'Elf, les minéraux de Shell, les images des yaourts Vitho, celles du chocolat Poulain, du Géramont, des fascicules à thème, les Glup's d'Esso, les chiens du monde de Total, les points-cadeaux La Roche aux Fées, et avec mon frère les voitures de nos séries préférées... auxquelles il manque la fameuse Buick Regal.

J'oubliais : je viens de commencer les petites cuillères des compagnies aériennes.

– Tu en as combien ?

– J'en avais une d'Air Inter. Avec celle de notre vol, ça fait deux. Nous sommes allés en Angleterre avec ma classe l'an dernier, mais pas en avion, en hovercraft, et ils n'avaient que des couverts en plastique. Faut pas croire mais j'en ai vu du pays. Rue de Rivoli, Trocadéro, Montparnasse : j'ai roulé ma bosse !

Anthony survola à son tour ses passions, mais continuait de ne rien dévoiler de son train de vie. Lui aussi collectionnait les autos, mais les vraies, les plus rares, les plus puissantes. De sa collection de montres il ne portait en général que sa préférée, offerte par ses parents le jour de sa remise de diplôme. Il était l'un des rares de sa caste à ne pas porter de Rolex, ni rouler en Mercedes, les deux signes de réussite inévitables pour les Américains.

Elle ne s'attarda toujours pas sur son père, « dans l'armée », qui n'habitait plus à la maison. Sa mère, bien qu'elle aimât danser sur du disco avec ses enfants, vouait une passion sans limite aux crooners, Tom Jones, Sammy Davis, Jr., Johnny Mathis, Paul Anka. Et par-dessus tout Frank Sinatra, « son dieu vivant ».

— … Pourtant son époque c'est plutôt Dario Moreno ou les yéyés. Elle m'a demandé la photo de sa maison d'Hoboken, mais nous n'aurons jamais le temps d'y aller.

— Entre le cinéma et la musique, elle a du goût ta maman. Et toi tu aimes, Sinatra ?

— Oui, j'aime bien, mais, disons, à petites doses. Quand elle est de repos, il habite avec nous. Elle l'écoute dès le matin, sans jamais s'en lasser. Obligée d'apprécier ! Bon moi c'est pareil avec le disco. Pour mon anniversaire Doriane m'a offert des spots multicolores qui s'allument au rythme de la musique, comme au Studio 54 : c'est gé-nial ! J'ai cherché toute la journée un poster de Sinatra pour maman, mais dans les magasins où nous sommes allés il n'y avait que les chanteurs actuels, les Bee Gees ou Bonnie Tyler. Du coup, je les ai pris pour moi en attendant. Quelle ingrate. Ah, ma mère adore aussi les musiques de film, surtout celles de Michel Legrand et Philippe Sarde bien sûr.

— Michel Legrand ? Tu connais *Disco Magic Concorde* ?

— Non, c'est quoi ?

— Son dernier album, ses grands succès en disco. Le chaînon manquant entre tes goûts et ceux de ta mère, tu adorerais !

— C'est noté. S'ils ne l'ont pas au supermarché, à Vaujours il y a un disquaire qui pourra le commander.

Elle parlait, Anthony s'amusait du minuscule Snoopy qui dodelinait au délicat poignet, tandis que son acolyte, l'oiselet Woodstock, tournait sans fin perché à l'extrémité de la trotteuse. Il se rappela le dessin de la dédicace en haut de la tour, et par association d'idées le sweat-shirt à Roissy. Il repéra parmi quelques traces d'encre une courte cicatrice à la base du pouce gauche. Alors qu'il lui demandait d'où venait cette marque, il utilisa ce biais anodin pour englober entre les siennes la main aux ongles courts, soignés mais sans vernis, en une manière de corolle. L'acte n'avait rien de prémédité, ni de déplacé, Malvina se laissa faire. Pour dépasser son émoi, elle recourut à l'explication. Elle était en train de recouvrir de film transparent ses dernières feuilles séchées entre deux buvards quand son frère, arrivé sans bruit derrière elle, la fit sursauter en imitant Fozzie, l'ours du Muppet's Show : «Intelllec-tuel !» Résultat : une main entaillée sur deux centimètres par le cutter, du sang partout. Le petit garçon s'était enfui dans sa chambre en hurlant, de crainte d'avoir tué sa sœur adorée.

Bouli était un ange, mais il en faisait voir de toutes les couleurs à la famille et aux voisins. Amateur de pétards – à tirettes, minifusées, en rouleaux de papier ou chargeurs de plastique pour le revolver de sa panoplie – il conférait après son passage un parfum de poudre à toute la maison. Pour qu'Anthony se fasse une idée, elle le compara à Linus, l'ami de Charlie Brown, celui qui traînait partout sa couverture mitée en suçant son pouce. Ça ne lui sauta pas aux yeux, car les cheveux du petit aperçu sur photo du porte-clés tombaient jusqu'aux épaules. Une autre fois, alors qu'elle somnolait dans son bain, elle l'entendit suffoquer dans sa chambre et se précipita nue dans le couloir. En buvant son Benco à la paille, fournie avec le jouet, il venait de déguster tout un tube de pâte à ballons qui «sentait si bon», et devait être meilleure que le lait concentré sucré. Elle appuya de toutes ses forces sur le plexus de l'enfant afin de lui faire expulser la boule de plastique qui obstruait sa trachée et le sauva de justesse de l'étouffement. Il lui avait déjà fait le coup avec le liquide à bulles de savon et la pâte à modeler Play Doh, «au bon goût d'amande», et n'avait échappé ni à l'occlusion intestinale, ni au lavage d'estomac.

«Je t'assure que quand il met des tranches de pain de mie dans son mange-disques ou qu'il traverse la maison en tirant des coups de feu, il faut garder son sang-froid. Il a sa civière personnelle aux urgences d'Aulnay. »

Avec Antoine le spectacle était permanent. En été, on le surnommait « 2 plus 2 » en raison de la présence continue de quatre sparadraps, sur ses coudes et ses genoux. Dès novembre il oubliait une paire de moufles par semaine. Le garçonnet redoutait l'école, où l'on se moquait de son bégaiement. On le laissait rester à la maison, parfois grâce à des certificats de complaisance. Il jouait aux petites voitures puis déambulait dans sa combinaison-pyjama *Superman* en éponge, en quête d'un nouvel exploit. Mais Bouli, incroyablement tendre et attentionné, incluait autant sa sœur dans ses câlins et ses activités que dans ses turpitudes. Elle ne cessait de s'inquiéter que lorsque, assis tous les deux à table avec des crayons de couleur, elle le regardait se concentrer pour tracer des rosaces au Spirograph, dessiner des Casimir, des Lucky Luke ou des Astérix qu'il lui tendait en cadeau. La semaine d'avant son départ, elle avait réuni 21 petites attentions dans le tiroir du bambin, à la manière d'un calendrier de l'Avent : un Malabar, un message, un Kinder Surprise, un Casimir en plastique. Il devrait en piocher une chaque jour pour maintenir le lien, que le temps lui paraisse moins long. Comme sa sœur il donnait tout et se fichait pas mal de la réalité et du prix des choses. On lui cédait peut-être trop, mais comment dire non à un enfant qui ne demande jamais rien ?...

– Je reconnais que nous faisons aussi des bêtises, parfois, avec Doriane.

Malvina faisait allusion à cette fois où elles avaient entrepris de reproduire les tee-shirts aux chats d'Abba, et où tout une lessive était ressortie multicolore, et les chats bien piteux.

Paume contre paume, les yeux dans les yeux sans plus parler, elle osa encore :

« Roméo et Juliette. »

En se levant pour aller régler, Anthony lui promit de s'occuper du poster de Sinatra et lui suggéra d'en profiter pour écrire son adresse. L'aventure s'arrêtait là. Elle espérait plus que tout qu'ils se revoient à

Paris. Un œil sur sa protégée, concentrée sur ce qu'elle écrivait, il échangea quelques mots avec le caissier et l'employée, peu occupés à cette heure avancée. Il perçut un drôle d'accent : le patron et sa nièce n'avaient rien d'italien, ils étaient originaires de Grèce, comme beaucoup de leurs confrères de cette branche, la jeune fille née à Secaucus, dans le New Jersey, de l'autre côté du fleuve. Ils se plaignaient de la météo qui décourageait les clients, surtout ceux de la nuit, lui rappelèrent que ç'avait été pire l'hiver précédent avec « ce foutu blizzard » et un mètre de neige en ville. Lorsqu'il revint à la table, Malvina lui tendit le morceau de papier qu'elle venait de remplir, qui seul leur permettrait de rester en contact. Il le rangea en lieu sûr dans sa pince à billets.

– Ils sont sympathiques, ils viennent du Pirée.

– Des enfants du Pirée alors ? C'est pour ça les gobelets en carton ?

La lycéenne en désignait une pile derrière le bar, ornés de motifs grecs antiques.

– C'est un hasard, on les trouve chez les commerçants qui ne font pas partie d'une chaîne, pour le café à emporter.

– Ils sont dans Kojak et Baretta !

– « Angelo » c'est pour Angelopoulos, le nom du commerce précédent. Ça n'est pas leur nom mais revenait moins cher pour l'enseigne et, vu que les New-Yorkais sont fous de pizza, ils en ont ajouté à leur carte. Tu es prête ?

– Prête pour quoi ?

– Une surprise…

– Ah ouais ?

Il l'aida à se rhabiller, elle fit de même, juchée sur la pointe des pieds. Ils saluèrent le personnel. Le solitaire de l'entrée s'était envolé. Plus pénétrant que jamais, le froid les avait attendus. Elle le remercia devant la porte, encore bouleversée par ces heures – *combien au juste ?* –, surtout par ce moment où leurs mains s'étaient jointes, paume contre paume. La Grèce venait de devenir leur pays préféré.

Ils remontèrent la huitième avenue à pied en direction de Broadway, situé à une poignée de minutes. Elle lui désigna la marquise d'un immeuble de standing.

– C'est marrant, seul le bas des bâtiments est vraiment soigné, avec des parements de marbre, des bas-reliefs, le nom de la résidence imprimé en belles lettres sur le tissu. Après le bas, les étages supérieurs sont négligés, dommage.

Avant qu'il lui réponde, elle ne put manquer au loin un attroupement d'une bonne centaine de personnes vêtues de tenues extravagantes, bien trop légères pour la saison. Des flashes crépitaient. Tandis que le physionomiste, en manteau de fourrure, intraitable malgré son genre androgyne, triait les candidats à l'admission, ceux-ci battaient des pieds pour se réchauffer et chahutaient sans aucune réserve, galvanisés à l'idée d'être intronisés dans le temple planétaire de la fête et du disco. Malvina leva la tête. Le logo de l'enseigne où Anthony l'emmenait lui était familier : Studio 54. Hormis les boums et les bals d'été, la jeune fille n'était jamais allée en boîte et là, elle s'apprêtait à investir la plus célèbre, morte de trac, prenant soin de ne pas laisser son hôte la distancer. Juste avant d'atteindre l'accès principal, Anthony sonna, au milieu d'une ruelle adjacente, à une porte métallique couverte de graffitis et d'autocollants, qu'un videur impassible vint ouvrir. Il les salua sans conviction, les fit entrer puis, alors qu'il allait refermer, tel un gardien de prison, et que de fins flocons s'immisçaient dans le couloir rendu étroit par des marchandises entreposées, un homme livide les croisa, étrange, pressé, suivi d'un garçon à la coiffure afro, tout aussi maigre, qui voulait profiter de l'entrebâillement de la porte pour s'éclipser. Deux couleurs opposées, deux spectres. Il frôla Malvina et, pensant l'avoir bousculée, lui toucha l'avant-bras en susurrant un « sorry » d'une voix aiguë sortie d'un sourire enfantin. Anthony lui confirma par un simple hochement de tête que l'homme pâle, qu'elle avait reconnu, était bien Andy Warhol, le plus célèbre artiste contemporain de l'époque. Sans s'arrêter, il ajouta :

– Le garçon est l'un des frères Jackson, ils sont très populaires.

Des photographes soudain accourus en masse devant l'entrée de service mitraillèrent le peintre, qu'ils étaient à peu près sûrs de retrouver chaque soir parmi les habitués. Bien que pas très mondain, Wahl jr. aimait danser, à l'occasion, en particulier ici, où chacun savait qui il était, surtout les femmes. En saison, il poussait parfois jusqu'à Sag Harbor, dans les Hampton, villégiature des plus fortunés.

Après le vestiaire, au détour d'un réduit où l'on remisait des rampes de spots et des enceintes grandes comme des buffets, Malvina mit le pied dans une autre dimension : bondé de danseurs au coude à coude, le club, gigantesque, faisait dix fois le 2001 Odyssey de *La Fièvre du samedi soir*. Les fêtards habillés – plus ou moins – de pantalons bariolés, de vestes en lamé, de robes hollywoodiennes, ou en costume trois-pièces sur mesure, s'agitaient en cadence sur le parquet au « boum-boum » assourdissant des titres disco. Sous un ciel de néons, dans le brouillard soufré des machines à fumée, *Got to be real* mit 2500 personnes en transe dès ses premières notes. Bien qu'intimidée par tant de sollicitations visuelles et sonores, la jeune fille, confortée par sa musique préférée, parvint à appréhender le spectacle qui provenait de toutes parts. Elle fut surprise par l'aspect éclectique des clients, du micheton à l'homme d'affaires qui, dehors, devaient se côtoyer plus discrètement. Anthony la prit fermement par la main. La masse les ingéra, ils ne s'en dégagèrent qu'arrivés près de la scène. L'ambiance décomplexée, cet univers captivant faisaient qu'une fille, même aussi réservée que la lycéenne, ne pouvait résister bien longtemps sans se mettre à bouger. Anthony, lui, à son aise mais aux aguets, dansait avec aisance et décontraction. Ils se distinguait des innombrables *clubbers*. Certains paparazzis de l'entrée avaient été admis au compte-gouttes à l'occasion de l'événement promotionnel du jour.

Plus tard, une acclamation jaillit de la foule hors de contrôle. Anthony fit signe à Malvina de regarder au fond de la salle : une superbe femme brune arrivée d'on ne sait où venait de faire son apparition, juchée sur un cheval blanc, rien de moins. Forcé de parler très fort, il lui indiqua que l'amazone, Bianca, était l'épouse de Mick Jagger, le chanteur des Rolling Stones, une habituée elle aussi. Peu après, alors que la lycéenne se déhanchait en fredonnant les premières notes de *YMCA*, elle remarqua près d'elle un blond qui évoluait avec grâce, un cran au-dessus des autres. Anthony, amusé, lui suggéra de nouveau de se retourner : le DJ ne passait plus de disques, il discutait avec une vieille dame excentrique. Le cow-boy, le motard, l'ouvrier de chantier… les membres de Village People assuraient leur prestation sur le grand podium tout proche, en personne ! Elle n'en revenait pas et s'amusa à comparer les détails de leurs costumes à ceux de la pochette de son 45-tours. Le producteur français Jacques Morali, cofondateur du groupe, se tenait à l'écart en coulisse, des dollars devant les yeux. Dès qu'il l'aperçut, il adressa un bonjour amical à Anthony, qui le lui retourna.

Wahl jr. appréciait la musique et les artistes qu'il côtoyait, mais beaucoup moins la débauche qui régnait au Studio 54, en particulier au sous-sol et aux balcons. L'esprit somme toute bon-enfant, la vitalité du disco, sa joie de vivre s'entrechoquaient avec la vulgarité la plus aboutie. Après l'épisode limite de Times Square, il n'était pas question que le stupre atteigne Malvina, cantonnée sans le savoir dans son angle de la piste. Sur le trajet, il s'était arrangé pour éviter Meatpacking District, pittoresque le jour, mais glauque la nuit venue car, là aussi, sexe et drogue aléatoires s'exposaient avec complaisance à la vue de tous, jusque dans des camions obscurs au hayon béant d'où des gars au faciès lubrique sortaient l'œil torve en remontant leur pantalon… Ça n'était pas son monde, ça ne devait en aucun cas devenir celui de sa protégée.

L'air conditionné coupé pour inciter à la consommation, la fumée acre projetée par les buses finissait par étouffer. Pour ne pas s'éloigner, il avait fait signe à un serveur en uniforme, torse nu, short en cuir, de leur apporter à boire. Galvanisée, la jeune fille s'assurait elle aussi de la proximité de son guide. Ses complexes envolés, les pas de danse qu'elle jugeait médiocres attiraient bien des convoitises, parfois salaces. Plusieurs fois, les bodyguards, qui connaissaient leurs collègues du club et ceux des stars présentes, durent éconduire les types qui dansaient en s'approchant d'elle subrepticement, et les jeunes femmes qui louchaient trop sur Wahl jr.

Plus tard, alors que le disc-jockey, retourné à sa table de mixage, passait *Le Freak*, du groupe Chic, amusée par une mamie excentrique debout sur la console, Malvina demanda :

– Qui est-ce ?

– Sally Lippman, *Disco Sally*, 80 ans et des poussières, un ancien avocat. Elle est là tous les soirs, elle est marrante…

Wahl jr. se serait-il contenté d'emmener sa lycéenne au Studio 54 ?

Très observatrice, alors qu'elle balayait la salle du regard sans cesser de danser, elle y repéra une alcôve à la lumière tamisée, obstruée par deux montagnes de muscles. Parmi d'autres dont elle connaissait le visage mais pas le nom, elle reconnut stupéfaite la jeune actrice Brooke Shields, en pleine conversation avec Shelley Winters, star du *Poséidon* et de *Next stop, Greenwich Village*… Son cœur déjà mis à rude épreuve s'accéléra dangereusement. Celle qu'elle prenait avec le plus grand sérieux pour une déesse, son « idole intergalactique », se tenait là, assise au bord d'un canapé doré, plus sublime que dans ses magazines. Malvina porta la main à sa bouche et la désigna, muette, à Anthony. Il acquiesça, content du tour qu'il lui jouait. Il voyait régulièrement Brooke Shields au « Studio », flanquée de son mentor, le couturier Calvin Klein, dont elle était l'égérie dans des spots télévisés et sur les affiches des cinquante États. Il y avait de grandes chances qu'elle y fût ce soir à l'occasion du lancement de son dernier film, la présence accrue de photographes le confirmait. Malvina remarqua aussi un homme très entouré qu'elle prit pour Billy Joel, en réalité le fondateur du club, Steve Rubell.

Ce qui devait arriver arriva.

– Tu veux aller lui dire bonjour ?

Sans attendre sa réponse, il lui prit la main et l'amena vers le renfoncement où se trouvait Brooke Shields, costumée pour la circonstance en voyante, des colliers fantaisie au cou, libérée et altière. Wahl jr. s'adressa à l'un des géants qui bouclaient l'accès. L'homme se tourna vers Rubell, attentif, qui lui répondit « oui » de la tête et fit, en se levant, gentiment signe à Anthony et Malvina d'approcher. Le garde du corps décrocha le cordon de velours. Le patron complimenta Anthony sur sa cavalière. En pleine descente des services fiscaux, qui le mèneraient le soir même en prison, il parvenait à faire bonne figure. Malvina réalisa qu'il ne s'agissait pas de Billy Joel, avant de reconnaître Sylvester Stallone. À cinq mètres de son héroïne, qu'elle n'osait pas regarder, elle restait pétrifiée.

– Steve, tu présenterais Brooke à mon amie, s'il te plaît ?

Les jambes de la lycéenne se remirent à trembler, son cerveau ne fonctionnait plus correctement. Tant mieux car, consciente, elle aurait eu peur de défaillir. Et que dire si elle avait pensé à ses après-ski, déposés au pied de la scène. Steve Rubell se pencha à l'oreille de la jeune vedette. Quand son attention, bien qu'amicale, se dirigea vers son admiratrice venue de si loin, son regard la changea en statue. Elle lui fit signe en souriant, se leva sans hésiter et avança d'un pas décidé à la rencontre du couple, main tendue, sublime. À son contact, Malvina parvint à articuler un simple « bonsoir », en en oubliant de parler anglais. Brooke Shields, attendrie, lui lâcha la main pour la prendre sans façons dans ses bras. Anthony confirma à la vedette qu'ils étaient français, qualifia sa cavalière de « fan numéro un ». Brooke la tenait par les avant-bras et lui dit d'une voix très douce : « Merci Malvina, vous très jolie » en désignant la cravate qu'elle portait toujours. Anthony la remercia puis prit congé pour la rendre aux journalistes impatients. Son mannequin revenu s'asseoir, Calvin Klein leur envoya un salut fraternel à son tour, imité par son voisin immédiat, John Travolta, que cachait Sylvester Stallone.

Ni Liza Minnelli, ni Diana Ross ne furent repérés par Malvina, clouée sur place.

Plus tard, dans la rue, en position d'écoute, incapable de sortir la moindre parole, pas même un « ah ouais ? » salvateur, elle n'était toujours pas remise. Après avoir profité le plus possible de cette vision inimaginable, admiré une dernière fois sa Brooke Shields, en forme, qui dansait sur le tube français *Où sont les femmes ?*, elle remercia Anthony d'une bise.

– Si tu m'avais demandé ce qui me ferait le plus plaisir, je t'aurais répondu « voir Brooke Shields en vrai ». Elle est encore plus jolie que sur les photos, et grande ! Tu te rends compte, elle m'a parlé, elle a prononcé mon prénom, elle m'a serrée contre elle, elle sentait si bon. Et sa peau de pêche. Brooke Shields m'a serrée contre elle, elle m'a serrée contre elle ! J'ai encore son parfum sur moi, je ne laverai plus jamais mes avant-bras. Inutile que je raconte demain, personne ne me croira. Tu m'as fait le plus beau cadeau de toute ma vie. Je ne te remercierai jamais assez pour cette nuit, j'ai vécu grâce à toi des heures plus intenses que toutes les autres réunies depuis ma naissance.

– Je me doutais qu'elle serait là pour le film dont tu m'as parlé. Tu as vu Mikhaïl Barychnikov qui dansait près de toi quand même ?

– Mikhaïl qui ?

– Pas trop fatiguée ?

– Tu veux rire ? Mon adrénaline va mettre une semaine à redescendre. Brooke Shields m'a serrée contre elle. J'aurais pu lui montrer sa photo dans mon passeport, mais la voir en vrai c'est autre chose qu'une dédicace…

La musique en filtrait à chaque ouverture de porte, mais plus personne n'attendait sous l'enseigne du club. Les oreilles continueraient de bourdonner pendant des heures.

– Si ça te dit, avant de rentrer, nous pouvons passer par un endroit qui devrait te plaire.

Ainsi, pensait-il, elle ne serait pas trop épuisée le lendemain – ou plutôt le jour même – car le ciel était déjà moins sombre.

Elle pourra dormir deux ou trois heures.

– Mieux qu'ici ? Pour me plaire je ne vois que le Paradis.

– Alors en route !

Une dizaine de taxis en ligne attendaient les fêtards, dont aucun, les synapses gonflés au Quaalude, n'était en état de conduire.

« West End Avenue à l'angle de la 95e rue », ordonna Wahl jr.

Le chauffeur les déposa devant une école qui, à première vue, n'offrait pas d'intérêt particulier. Malvina remarqua son nom : « PS 75 Emily Dickinson ». Elle se tourna vers Anthony, confiante, interrogatrice.

– École publique numéro 75 Emily Dickinson ? J'aime bien ses poèmes.

Il l'entraîna une trentaine de mètres plus loin, entrouvrit une grille. Ils accédèrent en intrus à une ruelle qui semblait appartenir à une autre ville, et un autre siècle, plutôt le Londres de Charles Dickens que le New York de 1978. La lumière des réverbères filtrait à travers le verre dépoli par le givre. De part et d'autre de cette traverse dissimulée de la vue des passants pressés, des maisons colorées, toutes différentes, alignées avec la plus grande harmonie, un refuge. Dans un angle, la neige avait fini par former un monticule, surmonté d'une tête dans laquelle les enfants des propriétaires avaient planté une carotte. Deux marrons figuraient les yeux. Devant chaque porte à heurtoir, chaque fenêtre à petits carreaux, les jardinets individuels dormiraient jusqu'au printemps. Quelques arbres faméliques ornés de fines guirlandes lumineuses, leur ombre projetée sur les façades, parachevaient ce décor fantasmagorique. Malvina, éblouie, accédait à un ultime niveau, digne de ses rêves, s'émerveillait et ne savait plus quoi dire, jusqu'à ce qu'elle déchiffre tout haut la plaque de rue en partie enneigée : « Pomander Walk ».

– Merveilleux. Mais ça ne figure sur aucun guide ?

– Les New-Yorkais savent garder un secret quand il le faut.

– Comment as-tu découvert cet endroit ?

– Jill, mon assistante, habite ici (il désignait une maisonnette à colombages et volets rouges, qui aurait pu avoir été transplantée telle quelle du Pays basque). Elle m'avait cité Pomander Walk : quand elle et son mari m'ont reçu le mois dernier, j'ai bien aimé, voilà.

Il succombait à l'être si pur de Malvina, celle qui l'avait tant marqué dans l'avion.

Bienheureux les flocons qui viennent mourir sur ses cils.

Ils continuèrent à parcourir l'étroite voie privée, Malvina, son bonnet à la main. Plus besoin de parler. Malgré leur bonheur indicible, leurs pas de plus en plus lourd, chacun avait l'impression de s'enfoncer dans des sables mouvants. Hostile, l'autre rive de la nuit se rapprochait : il fallait rentrer. Anthony, le moindre pli de cette jolie bouche rougie de fraise mémorisé dès les premiers instants, ses scrupules parvenaient de moins en moins à contenir son envie de l'embrasser. Elle, aurait adoré qu'il la serre fort contre son corps pour lui offrir ce baiser tant espéré.

Arrivés sous le dernier lampadaire, il capitula, l'attira à lui en l'entourant de ses bras puissants. Joue contre joue, ses doigts s'enfoncèrent dans les cheveux de la nuque. Il la respirait, inhalait à pleines bouffées son parfum, son odeur merveilleuse, oxygène devenu vital en quelques heures. Il finit par prendre la petite tête entre ses mains pour déposer un précieux baiser sur son front, ses pommettes, puis un autre, long et exquis, sur ses lèvres, dit tout bas à son oreille :

– Bonne route ma jolie Malvina, je te souhaite une vie heureuse, tu la mérites. Je ne t'oublierai pas.

…

Tu es fatiguée, tu dois dormir un peu pour ta journée.

Les yeux mi-clos, irradiée de bien-être, elle n'entendait plus rien.

– Merci Anthony, je ne pourrai jamais assez te remercier de tout ce que tu m'as offert cette nuit. Dis-moi, est-ce que j'ai rêvé ?

Ils sortirent par la grille opposée puis retournèrent sur l'avenue, éclairée depuis peu par les prémices du jour.

Assis à l'arrière du taxi, leurs mains soudées, sans parvenir à prononcer le moindre mot, ils regardaient droit devant eux à travers le pare-brise. 62, 61, 60, les rues défilaient. Orange, le soleil horizontal percutait en cadence les vitres froides du détestable compte à rebours. Chaque rue dépassée les rapprochait du terme de ces heures écoulées hors du temps. Dans sa gorge une amertume bien connue, Malvina reconnut au loin l'enseigne de Macy's, l'Empire State, antipathiques, visualisa la séparation, imminente.

Wahl libéra le chauffeur, dont c'était la dernière course. Sans pouvoir émettre le moindre son, elle se soucia de la manière dont il allait rentrer à son hôtel, si éloigné. De toute la soirée il n'avait pu lui dire qu'il allait cesser ses allers-retours aux États-Unis, que c'était son ultime séjour avant de partir s'installer pour des années en Orient, qu'il aurait été inconsidéré autant qu'indélicat de lui faire miroiter quoi que ce soit. Ils entrèrent dans le grand hall désert, noir, sinistre. Anthony accompagna Malvina jusqu'à un ascenseur, appuya sur le bouton d'appel sans abandonner ses beaux yeux perdus.

Quand les portes de cuivre s'écartèrent, elle prononça tout bas un nouveau « merci », un sourire triste, désespéré, sur une mine affligée, à l'opposé de ses grimaces devenues familières en si peu de temps. Ses lèvres tremblaient, de grosses larmes chargées de chagrin coulaient en continu. Pour la première fois, Anthony Wahl, bloqué par l'émotion qui couvait depuis Pomander Walk, ne pouvait plus parler. Voir impuissant sa princesse dans cet état, dernière personne à mériter un tel chagrin, le bouleversait.

Anéantie, elle entra dans la cabine à reculons pour maintenir la connexion le plus longtemps possible. Il reprit la jolie tête entre ses mains, déposa un autre long baiser sur le front chaud, s'enivrant une ultime fois de son parfum, un sur les pommettes mouillées, un dernier sur sa bouche.

Les portes se refermèrent, aussi définitives qu'une guillotine, obligeant Anthony à reculer d'un bond pour ne pas être percuté.

Ils ne se reverraient jamais.

V.

Malvina Wahl...

Manhattan reprenait son mouvement perpétuel, prête à générer un nouveau jour, qui s'achèverait fécond pour les uns, tragique pour d'autres, et dont rien ne pourrait fausser le mécanisme. Compactée en congères crasseuses, la neige enrayait la circulation déjà infernale. À travers le damier des rues et des avenues, les sirènes de la police croisaient celles des ambulances. Les *cops* recherchaient l'identité des vagabonds pour la fournir à la morgue, tandis que les *paramedics* conduisaient aux urgences du Bellevue Hospital tous ceux que New York City recrachait à l'extrémité de chaque nuit, camés en manque, visiteurs naufragés, touristes tabassés, détroussés, incapables, la bouche pleine de sang, de dire pourquoi on les réanimait sur une civière. Les entrailles bouillantes de la ville expulsaient leur vapeur par des cheminées de plastique orange émergeant de l'asphalte. Les premières files de salariés dociles se formaient devant les *carts* des marchants ambulants pour s'acheter leur dose de caféine et leur beignet, puis ils reprenaient leur marche, gobelet grec à la main, afin d'être sûrs de commencer à l'heure. Dans une mégalopole où « dollar » était sans nul doute le mot le plus couramment prononcé, le vendredi s'annonçait plus tendu que les autres jours. Que l'on vende des vêtements en gros dans le *Garment District* (équivalent du Sentier à Paris) ou des obligations à Wall Street, il fallait coûte que coûte réaliser ses objectifs hebdomadaires avant le week-end, 48 heures inutiles.

Éveillée par les bruits de la rue, Dodo découvrit sa jumelle affalée sur le ventre, les bras en croix, encore vêtue de sa doudoune. Le lit n'avait pas été défait, gants et bonnet traînaient par terre. Malgré son dos douloureux, elle se sentit soulagée et sourit en imaginant la bonne soirée qu'elle

121

avait dû passer avec « le mannequin ». Elle s'approcha, lui caressa doucement la tête. Quand Malvina se retourna, Dodo afficha un véritable masque de stupeur : son regard perdu dans le vide, les yeux boursouflés injectés de sang, le peu de fard que Malvina portait avait laissé place à deux traînées bleues sur un teint cireux, un otage qui se réveillait dans une pièce inconnue. Doriane se redressa et retint de justesse un cri tant son dos la lançait.

– Il t'a fait du mal ?

– Au contraire, parvint à peine à susurrer Malvina, le visage froissé par le chagrin.

– Quoi alors ?

Dodo pensait au pire et paniquait. Malvina rassembla ses maigres forces pour articuler :

– C'était magnifique, mais c'est fini…

Puis elle éclata en sanglots.

Dodo, qui ne comprenait pas, l'assit avec peine pour la prendre dans ses bras, d'instinct, comme on console un enfant étouffé de chagrin. Secouée de spasmes, la pauvre faisait résonner de concert le buste éprouvé de sa sœur de cœur. Déboussolée, le nez bouché, elle était incapable de percevoir le bouquet floral d'Anaïs Anaïs qui l'aurait rassurée d'habitude. Les Stéphanie, Muriel et Marjorie s'étaient réveillées. Décontenancées, elles observaient la scène de leurs lits superposés, accoudées ou penchées dans le vide, sans oser intervenir. Dodo leur fit comprendre qu'elle maîtrisait la situation et qu'elles pouvaient aller se préparer. Après deux ou trois minutes, elle tenta quelques paroles de réconfort :

– T'inquiète Ginette, nous sommes là. Une bonne douche, on descend au petit déjeuner et après ça ira mieux.

Elle la cajola encore puis l'aida à se lever, saisit au passage sa trousse de toilette et de quoi se changer, l'accompagna jusqu'à la salle de bain de l'étage en la soutenant par la taille. Elle la déshabilla, ouvrit les robinets, vérifia la température et la plaça sous le jet salutaire d'eau bien chaude.

Changée, coiffée et parfumée en un temps record, l'infortunée reprenait à peu près forme humaine. Les filles se serrèrent fort. Malvina remercia son amie, qui osa une touche d'humour :

– Décidément, il n'y a qu'à toi que ça arrive des histoires comme ça.

Et mon maquillage d'hier soir ? Foutu. Ne t'en fais pas : tu vas classer tes neurones par ordre alphabétique, me raconter et on cherchera ensemble une solution. Roulez petits bolides !

Du dos de la main, elle prodigua sa caresse magique sur la joue à peine poudrée. Une fois de plus, ses quelques mots, les plus simples, parvinrent à faire revenir une pointe de lumière dans un regard désespérément éteint. Les filles repassèrent par la chambre déposer leurs affaires, puis coururent aux ascenseurs retrouver le groupe dans le *lobby*, prêt pour une nouvelle journée de découverte.

Dans le quartier d'Astoria, de l'autre côté de l'East River, Anthony Wahl ferraillait face à Darcy Abbott en personne, l'un des rares nababs féminins du pays, entrepreneur à la Estée Lauder, tout en haut de la chaîne alimentaire, classée par Forbes douzième fortune des États-Unis. Entregent, intuition et génie lui avaient permis de bâtir un conglomérat planétaire de sociétés surtout liées à l'industrie cosmétique, ses produits plébiscités jusqu'en France. Ancienne élève de Yale, une aile y portait son nom. La « blonde atomique » recevait de ses homologues dirigeants de Ford ou Boeing d'excellents échos sur la WIPE. Aussi perspicace que séductrice, le CV de son hôte décortiqué, elle se demandait comment une boîte européenne – a fortiori française – pouvait, à tarifs comparables, offrir un tel niveau d'excellence par rapport à l'Asie. Sans doute le sang américain de Mister Plastic… Malgré ses références prestigieuses, Anthony allait devoir, tel un avocat aux Assises, démontrer que le partenariat WIPE – Abbott International représentait la meilleure combinaison du marché. Contactée par Jill, Darcy Abbott, qui venait de lire l'article de *Forbes*, avait accepté d'avancer le *meeting* de janvier, impatiente de lancer la production, et de connaître enfin le beau Français, plutôt que son remplaçant. La mission consistait à fournir des bouchons de vernis à ongles, des palettes de maquillage et des poudriers imitant la nacre pour les nouvelles lignes de produits, commercialisées par centaines de milliers sous diverses marques du groupe dès l'été 79. Il ne fut pas plus difficile à Wahl jr. de convaincre Mrs Abbott que ses chefs de département car, le dossier revu dans l'avion, il savait lui aussi tout de son interlocutrice, cernée dès les premières minutes. Le Français répondait en anglais à chaque objection, ses avocats faisaient de la figuration. Avec cette femme, dans la course depuis la Seconde Guerre mondiale, le cinéma était inutile. On allait droit au but, on exposait des arguments qu'il valait mieux aussi aboutis que les fabrications proposées, elle tranchait. À la manière de Wahl sr., ce qui facilitait la tâche à son fils, elle ne prenait de décisions de cette portée qu'après avoir rencontré en personne ses fournisseurs principaux, beaux garçons ou non. S'il n'avait fallu parapher des contrats épais comme des annuaires, une ferme poignée de main lui aurait parfaitement convenu. Malgré sa férocité professionnelle, elle tablait sur les associations pérennes, travaillait avec certains de ses sous-traitants depuis Harry Truman. Une offre, si percutante soit-elle, ne lui suffisait pas : ses partenaires devaient sans faute posséder le répondant nécessaire. «No trust, no business» (pas de confiance, pas d'affaires) demeurait son credo, qui la maintiendrait encore longtemps dans la course.

Les lycéens entamèrent leur programme du jour dans un *diner* de Hell's Kitchen – quartier de *West Side Story* – testé l'année précédente par monsieur Beaucourt, le professeur replet qui roulait encore en DS et dont le coup de fourchette guidait les haltes touristiques. Avec son sol à damier, ses banquettes de skaï rouge et ses tables en Formica serties d'alu, l'endroit leur rappela dès l'entrée le feuilleton *Les Jours heureux*. Il ne manquait plus que Fonzie et les serveuses sur patins à roulettes !
Malvina et sa bande s'installèrent à part, chacun son mug de chocolat chaud devant lui. Les autres commençaient à s'agiter, tels des fauves de cirque prêts à galoper dans la savane après une vie de captivité. Impossible pour la jeune fille, d'habitude joyeuse du matin au soir, d'assouvir la curiosité de ses amis, qui attendaient le récit de sa fugue. Angoissée, elle n'affichait qu'un pauvre sourire, espérait que cet écart inadmissible ne parvînt pas aux oreilles des enseignants. Personne ne pourrait comprendre, et elle risquait gros. Devant son auditoire captivé, elle dévoila d'un ton monocorde que l'inconnu de la veille s'appelait Anthony, qu'après une balade nocturne « dans plusieurs endroits de New York » il l'avait ramenée en taxi. Au-delà de son abattement, elle paraissait vouloir garder pour elle, comme autant de trésors, chaque expérience fantastique

vécue grâce à ce garçon à peine arrivé, et aussitôt reparti. D'ailleurs, comment raconter l'intimité du World Trade Center, la plage, les confidences chez Angelo, les mains jointes, Brooke Shields tout contre elle sous les yeux de Travolta ? Le baiser de Pomander Walk ? Le couperet de l'ascenseur ? Malgré l'inquiétude générale, cette réaction inhabituelle faisait que les fidèles comprenaient et respectaient son silence. En plein conciliabule avec ses collègues et leurs homologues américains, madame Pilar l'observait du coin de l'œil. Malvina regardait vers le bas, impuissante à donner le change.

« Rentrée dans l'atmosphère, autorisation d'atterrissage ». Dodo la prit par le cou, lui glissa un mot à l'oreille, l'embrassa sur la tempe et, alors que la fugueuse se levait pour s'éclipser, imposa en souplesse un autre sujet de conversation.

Éveillée le plus longtemps possible jusqu'à s'endormir au petit matin, en position assise, le buste plié, elle souffrait atrocement des reins.

— Bon, dit-elle en sortant le programme de sa poche. Où va-t-on après ?

Muriel répondit tout émoustillée :

— La cathédrale, le tour en bateau et… le planétarium !

— Elle est excitée comme une puce au salon du chien, dit Jean-Mi.

— Un planétarium, une cathédrale : ils ne pouvaient pas trouver plus chiant ? objecta Stéphanie A.

Monsieur Janáček, qui guettait l'arrivée du car, interrompit les conversations pour battre le rappel et le groupe partit explorer le cosmos à Central Park West. Juste avant de monter, Malvina confia à Doriane :

— J'ai eu ma mère au téléphone…

Madame Dhaucourt faisait confiance à Malvina, plus solide que beaucoup le croyaient mais, si loin de sa fille, sa fragilité émotionnelle lui faisait se ronger les sangs.

Le long du parc, au passage d'un imposant bâtiment classique, Jean-Mi essaya :

— Steph, le Dakota ! John Lennon habite dans cet immeuble.

Stéphanie A secoua Malvina par la manche pour la faire réagir, elle sourit sans conviction. Dodo fit signe de ne pas s'inquiéter.

Sans grande motivation et une file d'attente décourageante en vue, mal engagée, la visite du planétarium Hayden enchanta finalement tous les lycéens, de Muriel, conquise d'avance, aux moins enthousiastes qui somnolaient d'habitude pendant les cours de physique-chimie et de sciences nat. Le Big Bang, l'astronomie, de Galilée à Isaac Asimov, l'épopée spatiale, les missions Apollo, les extraterrestres, à la place des parquets grinçants et des vitrines poussiéreuses redoutés, une enfilade de salles thématiques présentaient chaque secteur avec tout le savoir-faire et les moyens américains. Dans la pièce la plus impressionnante, les planètes du Système solaire tournaient en suspension au centre d'un ciel étoilé hyperréaliste sans qu'on puisse déceler le moindre trucage. Muriel, en pleine prospective, se replongeait dans sa théorie. D'après elle, notre présence sur Terre, surtout en une civilisation aussi évoluée, ne pouvait relever que d'une anomalie, improbable en considérant l'énormité de notre galaxie, composée de 160 milliards de planètes ! A contrario, avec trois mille milliards de galaxies, pourquoi pas des extra-terrestres, ou au moins une autre forme de vie ?

— Regardez le ciel, on dirait le plafond du Rex.

— Et moi, si je ne pisse pas dans les cinq minutes, ça va être la Féerie des eaux, dit Stéphanie A.

— Mais comment font-ils ? s'enquit Sandrine, on ne voit aucun fil.

Parodiant Muriel, pour se distraire de son envie pressante, « la A » se mit à déclamer dans un amphithéâtre imaginaire :

— La suspension magnétique mademoiselle. Voyez où se trouve le Soleil : les Vénusiens crèvent de chaud, tandis que les gars de Neptune se les gèlent toute l'année !

Le petit numéro fit rire l'auditoire, sans compter que, attentive aux informations dispensées par Mumu, le savant fou disait vrai.

— Mumu, c'est la sonde que tu nous as parlé ! dit Thierry.

— « Dont », corrigea Jean-Mi.

— *Voyager*, confirma doctement Muriel, se parodiant elle-même à son tour avec le phrasé fantaisiste de Stéphanie A.

Sachez que les sondes Voyager ont été lancées l'année dernière au pifomètre. Certains ingénieurs de la NASA pensent qu'elles pourront nous envoyer des données pendant sept ans, jusqu'en 1985 ! Ça donne une idée de l'infini.

– Moi, c'est sa connerie qui me donne une idée de l'infini, dit Stéphanie B en désignant discrètement Thierry. Ils tomberont en panne d'essence bien avant !

– Pas d'essence, de propergol.

– On s'en fout de tout ça !

– Ah bon ? Imagine que tu doivent lancer une navette...

À l'instar de la statue de la Liberté, tous les musées de New York comprenaient une attractive boutique de souvenirs. Malvina acheta sans risque une maquette de la navette spatiale *Enterprise* pour son frère. Elle et Doriane remarquèrent Muriel, aux moyens limités, errer dans les rayons, son enthousiasme retombé. Devant l'entrée monumentale, on attendait les retardataires pour la visite suivante. Sheila et Sheila se regardèrent, retournèrent à l'intérieur en courant, pour revenir peu après essoufflées et complices. Dans le car, en route pour la cathédrale Saint John the Divine, elles offrirent en douce sa maquette à Mumu, identique à celle destinée à Bouli. Le génie avait fait des progrès mais, bien qu'émue, ne savait pas comment manifester sa gratitude.

Malvina comptait les rues qui défilaient : 87, 88, 89... Elle dut amortir un assaut de mélancolie quand le car dépassa la 94ᵉ, celle qui menait à Pomander Walk, son paradis caché, leur secret. Elle chuchota à l'oreille de Dodo en lui désignant la grille :

– C'est ici que nous nous sommes embrassés, juste avant de rentrer.

En dire plus aurait à coup sûr ramené les larmes. Doriane posa sa main sur celle de son amie l'air de dire : « Ne t'en fais pas, tu me raconteras plus tard, quand tu voudras ».

– Excuse-moi pour cette nuit ma Mina : j'ai lutté au maximum mais j'ai fini par m'endormir.

– Tu plaisantes ? Tu es toujours là pour moi, c'est moi qui t'ai causé du souci. Si seulement j'avais pu t'appeler...

Anthony Wahl quittait Astoria confiant pour rejoindre à son bureau les gestionnaires d'une résidence du quartier huppé de Lenox Hill en vue d'en négocier les droits aériens. Au fil de ce type d'accords, il accumulait pour la WIPE un très grand nombre d'étages constructibles à travers la ville, qui pourraient être revendus, ou utilisés plus tard dans des programmes immobiliers d'envergure. Les Wahl s'entendaient sur une projection : dans un futur éloigné, la rareté des terrains obligerait à couvrir les voies ferrées du *West Side*, le long de l'Hudson, et le prix des parcelles à bâtir étroit, et de plus en plus haut. Ils pourraient alors céder leurs biens aux plus offrants.

Monsieur Beaucourt annonça :

– Vous avez traînassé au planétarium, en fin de compte nous n'aurons pas le temps de visiter Morris-Jumel. Ah, nous arrivons à la cathédrale, vous ne serez pas déçus…

L'enseignant ménageait ses effets.

Malvina, férue d'architecture, les diapos de l'hôtel particulier à l'esprit, aurait d'habitude exprimé son regret, mais elle ne réagit pas. Le car s'aligna parmi d'autres derrière l'entrée principale du Morningside Park, à la lisière de Harlem, où « il n'était pas prudent de se rendre, car on y dénombrait plusieurs meurtres par jour », avait encore souligné madame Pilar au micro, encouragée des hochements de tête de mademoiselle Chalmers. Plus que jamais l'enseignante disait vrai : au-delà de l'hécatombe habituelle, l'année précédente, « le tueur au calibre 44 » avait tiré au hasard sur des passants et paralysé de peur toute la ville pendant treize mois.

Des enfants noirs doués dansaient d'un style à la fois saccadé et acrobatique sur des cartons aplatis disposés le long du trottoir, accompagnés d'une cassette de *boombox*. Stéphanie A éclaircit :

– Ils se mettent à plusieurs pour ramper comme une chenille ou simulent un courant électrique qui circulerait de l'un à l'autre, ça s'appelle le smurf. Et ce qu'ils chantent du rap, c'est tout nouveau.

Les lycéens furent stupéfaits par le volume de la plus grande cathédrale gothique de son temps. On l'aurait dite importée du Vieux Continent, sa taille multipliée par trois pendant la traversée, puis remontée pierre par pierre sur le principe des Cloîtres, monument prisé situé plus au nord. Elle n'affichait pourtant que quatre-vingts ans… contre six cents pour Notre-Dame. D'abord rétifs à la visite d'un édifice religieux, tous ressortirent émerveillés par Saint John the Divine. Henri Beaucourt se rengorgeait. Les écrasantes dimensions de la nef, la profusion inouïe de vitraux, de statues et de marbre les cueillirent, étonnamment recueillis. Athées, incrédules, ou quelle que soit leur religion d'origine, les touristes venus de partout réintégraient la civilisation conquis après cette dose inattendue de spiritualité instillée au beau milieu du chaos new-yorkais. Les lycéens, eux, retrouvèrent malgré cela leur conscience matérialiste à l'annonce du mot magique : « croisière ».

Chaque année, les enseignants programmaient d'office « le tour en bateau » tant celui-ci laissait aux participants de l'échange un souvenir impérissable. À l'issue de la soirée de présentation au lycée, ceux qui l'avaient fait passaient pour des Amerigo Vespucci, le Florentin qui avait donné son nom au continent, rien que ça.

Le car retourna vers le quartier de départ, non loin du restaurant du petit déjeuner. Malvina venait de confier à Dodo un détail de sa nuit.

– … Brooke Shields ?

– Je te jure. Elle était ma-gni-fique, grande, sûre d'elle mais super gentille, une peau de pêche, des dents parfaites. Et son parfum… Je n'ai pas osé t'en parler plus tôt. Et moi en chaussettes, comme si je n'étais pas assez petite...

– Allons allons... Dire qu'elle est plus jeune que nous. Il t'a demandé ton âge à propos ?

– Non, d'où ses égards je pense. Pas un instant je ne me suis sentie gamine.

Très forte pour les détecter, consciente d'être trop vulnérable, Malvina fuyait ceux qui cherchaient d'office à prendre le dessus, les manipulateurs, les « faux ». Bien qu'elle apprécie les gens amicaux, elle détestait qu'on lui force la main. Pour elle, la sympathie, et a fortiori l'amitié, se devaient d'être spontanés, et transparents. Elle avait souvent mis Doriane, parfois trop confiante, en garde sur ce sujet.

Dodo conclut, songeuse :

– Tu aurais dû donner mon numéro à John Travolta. S'il vient à Tremblay, je le loge.

On embarquait du quai 83 sur l'un des bateaux de la *Circle Line*, qui faisait comme son nom l'indique tout le tour de l'île de Manhattan. Le froid sur l'Hudson trop belliqueux pour qu'on puisse se tenir longtemps sur le pont, les généreuses baies vitrées du Peter-Minuit offraient dès l'appareillage, à l'abri, l'impressionnante vision promise. Au milieu du large fleuve, l'emprise colossale de cette ville tellement fantasmée pouvait enfin apparaître car, « de Manhattan, on ne voyait pas Manhattan », avait à juste titre fait remarquer cinq ou six fois monsieur Yvinec depuis Roissy, caméra en main, satisfait de sa formule. Il fallait bien ce recul pour en intégrer le gigantisme. Mademoiselle Ulrich identifiait au fur et à mesure édifices et sites d'intérêt, y adjoignait à l'occasion le récit d'épisodes épiques. Très calée, elle répondait volontiers aux questions, plus nombreuses qu'en classe, tandis que ses collègues semblaient tenir conseil dans un angle de la cabine. Muriel entrouvrait régulièrement son sac pour admirer sa maquette, réfléchissait fébrile à l'emplacement de choix où elle pourrait l'exposer dans sa chambre. Jamais déconcentrée, elle corrigeait – parfois sans même relever la tête – quelques imprécisions à son petit groupe de rebelles, et remplaçait les chapitres trop formels par sa sélection d'anecdotes plus confidentielles. Le tracé du fleuve, le plan de la ville et son histoire, la liste de ses monuments étaient gravés dans son cerveau depuis des semaines. Elle leur apprit ainsi qu'avant de s'appeler New York, la ville avait été baptisée *New Angouleme*, et non *New Amsterdam*, par l'explorateur italien Giovanni da Verrazzano, celui du pont, mandaté par François Ier en personne. Au loin, en direction du nord, des falaises de granit donnaient une idée des bouleversements endurés par l'Hudson au fil des millénaires ; failles, affaissements, climats extrêmes. Les quelques résidus de glace qu'il charriait en surface indiquaient une eau proche de zéro.

Le fleuve se montrait plus impétueux au niveau du World Trade Center en raison des forts courants venus du port, assez puissants pour inverser le sens de son flux à chaque marée. « *River* signifie fleuve, et non pas rivière, car l'eau vient de l'océan, d'où les courants », dit encore Mumu. Survolé par des mouettes à ventre blanc, le bateau tanguait pas mal, mais les lycéens subjugués n'y prenaient plus attention. Le génie poursuivait : « L'Autorité portuaire a ordonné de raser purement et simplement deux quartiers entiers, 164 immeubles pour faire place au complexe, qui comportera cinq tours supplémentaires une fois achevé. » *Little Syria*, La petite

Syrie, et l'avenue des vendeurs de radios (*Radio Row*) n'existaient plus. « 50 000 personnes travaillent dans les Twin Towers, qui possèdent leur propre code postal. »

Malvina repensait aux paroles de Tony : « À New York rien n'arrête ni progrès ni profit. » La hauteur vertigineuse des tours continuait de la fasciner elle aussi mais, maintenant qu'elle en était si éloignée, consciente qu'elle n'y retournerait pas, se remémorer le début de sa soirée, tout là-haut, la rendit de nouveau malheureuse comme une pierre. Son public suspendu à ses lèvres, Muriel précisa que, grâce au remblais du World Trade Center, du terrain allait encore être gagné sur l'Hudson, qu'un nouveau quartier comprenant un jardin d'hiver, et même une marina était programmé pour le milieu des années quatre-vingt. Elle retraça en quelques phrases colorées la biographie de Henry Hudson, de Samuel de Champlain et de Giovanni da Verrazzano. Angleterre, France, Italie, trois figures marquantes de l'histoire de la Ville. Face à ce savoir sans fond, Thierry, tête en arrière, chercha une fois de plus à attirer l'attention et sortit la première élucubration qui lui vint à l'esprit :

– Les oiseaux, quand ils battent des ailes comme ça, c'est qu'il va faire beau.

– C'est pas pour voler plutôt ? ironisa Jean-Michel.

Alors que le bateau contournait le sud de Manhattan pour s'engager dans l'East River, on allait dépasser la statue de la Liberté et le pont de Brooklyn, encore plus écrasants vus de l'eau. Les élèves se précipitaient aux fenêtres pour prendre les photos qui assureraient leur prestige auprès des pauvres banlieusards restés en France. Madame Pilar s'approcha de Malvina, assise avec Doriane, lui demanda de l'accompagner. Elle fut aussitôt angoissée par l'expression fermée de l'enseignante, d'habitude si agréable, et comprit qu'elle allait passer un sale quart d'heure.

– Malvina, tout se sait, non ?

– …

– Tu n'as rien à me dire pour cette nuit ? Tu as vu ta tête de déterrée ? Dois-je prévenir la police ? Appeler ta mère ?

Paniquée, la jeune fille préféra renoncer :

– C'est vrai, un garçon m'a invitée, mais tout s'est bien passé. Je croyais que ça concernait mon père. Il m'a juste fait visiter et ne m'a pas quittée une minute. Je vous jure, je ne risquais rien.

– Mais tu es complètement inconsciente ! Un parfait inconnu, dans une ville où il y a quatre meurtres par jour ; il aurait pu t'arriver n'importe quoi.

Madame Pilar contenait d'autant plus sa colère qu'elle appréciait beaucoup son élève, la plus attachante. C'est à contrecœur qu'elle la sermonnait.

– Vous avez raison, j'ai été stupide, concéda la fautive.

Cette franchise désarmante toucha le bienveillant professeur. Sous le feu des questions, la lycéenne dut expliquer que le garçon n'était pas un anonyme, qu'il travaillait avec son père « dans le plastique » et dans l'immobilier, sans s'étendre sur la taille probable de son entreprise, ni sur l'âge du « jeune homme ». Elle réalisa qu'elle ne connaissait même pas son nom de famille, priait pour que sa prof ne le lui demande pas.

– Tu connais son nom au moins ?

– Euh, non, juste son prénom, Anthony.

Mais comment veux-tu que je vérifie quoi que ce soit, si loin de chez nous ? Il a pu te raconter ce qu'il a voulu !

Malvina ne précisa pas qu'ils étaient allés jusqu'à l'océan, qu'elle avait dansé des heures dans un club pour adultes, entourée de stars, et surtout que c'est à l'aube qu'elle était rentrée, dévastée de chagrin, explication de son piteux aspect. La taupe semblait mal informée sur la durée de la fugue.

– Je ne devrais pas, mais je vais passer l'éponge, momentanément, juste parce que ça ne te ressemble pas, et que tu n'as pas cherché à me mentir. J'espère convaincre mes collègues, qui s'inquiètent pour toi.

Tu es pâle comme un linge, tu vas me faire le plaisir de manger ça (elle lui tendait une barre chocolatée).

– Merci madame Pilar, je suis vraiment désolée.

Malvina ne pratiquait que la sincérité. Certaine d'avoir vécu cette nuit extravagante sur les rails de son destin, dans une gangue invisible qui la tenait à l'abri de tout péril, elle n'aurait pas été capable d'inventer. Sitôt le professeur parti, Stéphanie A alla aux nouvelles. Très remontée, elle s'approcha de Stéphanie B :

– Espèce de sale cafteuse, tu me le paieras, ils doivent connaître ton écriture à la Gestapo.

Malvina et Dodo restèrent médusées devant une telle hargne. Il fallait calmer leur amie.

Au niveau de l'héliport de la 34ᵉ rue, les pales des appareils surpuissants faisaient bouillir l'eau, intimidant les jeunes Tremblaysiens survolés dans le vrombissement de leurs terribles turbines. Les amateurs de la série MASH s'imaginaient en pleine guerre de Corée ou, pourquoi pas dans le lointain 1985 évoqué par Muriel, habillés des costumes ou des tailleurs croisés au quartier financier. En passant sous le pont de Queensboro, Monsieur Janáček leur désigna, parallèle à celui-ci, une télécabine qui glissait quelques mètres au-dessus d'eux, identique à celles des stations de ski.

« Le *tramway* est considéré comme une ligne de métro, comparable au funiculaire de Montmartre, et d'ailleurs fabriquée à Grenoble ! On le prend avec un *token* (jeton) pour aller sur Roosevelt Island à votre droite. Ah, Montmartre, la place du Tertre... »

L'enseignant avait dû en vivre des choses...

Le bateau continuait son cheminement le long de l'île, face au quartier d'Astoria.

Dodo s'était de nouveau isolée avec Malvina, contrite.

— J'ai honte d'avoir menti, en particulier à madame Pilar, elle est si gentille. Elle m'a menacée d'appeler maman, impossible de lui dire que je lui ai déjà tout raconté.

— Tu ne lui as pas vraiment menti, tu as juste trahi sa confiance. Je plaisante : qui aurait pu prévoir la venue de ton Anthony ? Et surtout qui aurait pu résister à sa proposition ? Ne t'inquiète pas, madame Pilar fait partie de ceux qui n'oublient pas qu'ils ont eu notre âge. Et si elle tombe sur une photo de lui, elle rêvera qu'il lui arrive la même chose ! Mais j'aimerais bien savoir qui a vendu la mèche. À propos, son nom était indiqué dans l'article : « Wahl ».

— Wahl ?

— Anthony Wahl, un vrai nom de héros. Malvina Wahl ? Ça sonne bien !

— Je n'ai pas non plus osé dire que c'est toute la nuit que j'ai passée dehors. Je n'en reviens pas d'avoir dit oui. Mais franchement, héros ou non, je ne ressentais pas la moindre peur auprès de lui. Au contraire, j'ai eu l'impression de le connaître dès que je l'ai vu. Tu te rends compte : quand il parle de son meilleur ami, il emploie « garçon ». Il dit « c'est un garçon bien »...

– Mais oui petite dinde, c'est ça l'amour. Tu as vu la classe de ton prince charmant ? Son visage quand il te parlait ? Tu crois qu'il aurait pu t'emmener dans un coin dangereux, ou te faire quoi que ce soit ?

Malvina amorça un sourire.

– Alors, qu'a dit ta mère ?

– J'avais la trouille. Elle a été très compréhensive, m'a tout de suite demandé s'il m'avait fait venir dans sa chambre. Je lui ai dit que non, raconté à quel point il était attentionné, et notre état à l'ascenseur au retour... À part toi et elle, personne ne pourra jamais savoir le conte de fées qu'il m'a fait vivre, j'ai encore du mal à réaliser.

– Tu sais, si tu veux garder des choses pour toi, je comprendrai.

Malvina réfléchissait.

– Bien sûr que non. Mais pourquoi un tel bonheur s'il doit s'arrêter ? Qui décide de ça ? C'est trop cruel.

– Il a ton adresse ?

– Oui, je lui ai écrite pendant qu'il payait, avec un petit mot. Il a promis de m'envoyer un poster de Frank Sinatra pour maman. Pourquoi nous sommes-nous séparés ainsi ? Dire qu'il est encore quelque part ici, à Manhattan... Demain, direction les familles, on sera loin et mon rêve fini.

Activité idéale pour des adolescents – pas de notes, rien à apprendre, rien à retenir, juste ouvrir les yeux et rigoler entre amis – les trois heures de navigation étaient passées trop vite. Comment assimiler tant d'images, de sensations si intenses ? Les appareils photo pleins à craquer aideraient sans doute à cela.

Mott Street n'avait plus rien d'américain. Spécificité new-yorkaise, de la petite Havane à la petite Pologne, il suffisait de traverser la rue pour changer de continent. Les commerces, leurs enseignes, jusqu'aux cabines téléphoniques en forme de pagode, tout devenait d'un coup strictement chinois. Des échoppes émanait une odeur inconnue à la fois âcre et sucrée, écœurante et appétissante. Oubliés hot-dogs et bretzels. Mollusques visqueux ? Batraciens ? Gastéropodes préhistoriques ? On passait d'animaux étranges aux canards gonflées à la pompe à vélo, laqués de miel épicé puis pendus aux vitrines dégoulinantes de gras et de vapeur. Affairés dans leur tenue traditionnelle, des Asiatiques de tous âges semblaient ne penser qu'au travail, peu soucieux du continent qui les entourait, ni même du disco, les pauvres.

Encore une rue-frontière et on arrivait dans Mulberry Street, évocatrice de Naples, exception faite du climat. On imaginait le linge pendu l'été, les mamma s'apostropher d'une fenêtre à l'autre. Coiffeurs amateurs de bel canto, charcutiers vendeurs de *prosciutto* et pâtisseries à cannoli arboraient avec fierté le drapeau de leurs ancêtres à leur devanture. Restaurant après restaurant, les rabatteurs s'invectivaient sans conviction en tapant des pieds pour se réchauffer. On ne parvenait à saisir que des « Franco » ou des « Luigi » dans leur lexique italo-américain. Seule la tenue des policiers rappelait qu'on se trouvait en Amérique, et encore : sur leur plaque était plus souvent gravé *Moretti* que *Smith*. Tous n'en croquaient pas mais, afin d'en persuader le plus grand nombre de ne pas se montrer trop zélés, les billets, sortis tout seuls d'un coffre-fort, atterrissaient chaque semaine dans la poche intérieure de nombreux uniformes. Les mafiosi des « cinq familles » fréquentaient les mêmes commerces de Little Italy, y compris en temps de guerre. Chaque semaine, un *mobster* finissait son parcours dans une gerbe de sang, sans avoir fini son *ristretto*. Les traîtres, eux, avaient droit au rat symbolique dans la bouche ou, pour leur ultime baignade dans le fleuve, à des « chaussures de béton » taille unique. Tout un folklore cinégénique qui dans la réalité ne riait pas du tout.

On allait dîner assez tôt pour la sécurité du groupe. Quatre grandes tablées avaient été réservées à l'Umberto's, nappes à carreaux et plancher usé par le temps. Au plafond, des plaques de porcelaine ouvragées du plus bel effet. Pâtes au pecorino, pizza et tiramisù – un drôle de dessert mi-entremets mi-gâteau – le menu fixe à 6,95 $, roboratif et goûteux, conviendrait sans objection aux jeunes affamés. Malvina, bien qu'elle n'eût rien dans le ventre et ainsi retrouvé un semblant d'appétit, mangeait sans conviction.

« Demandez-moi tout mais donnez-moi ce que je vous demande. »

Pour une fois, Thierry avait fait rire l'assemblée en prenant la voix et la posture du Don Vito Corleone du Parrain, du pain dans les joues. « Luca Brasi vous fera une offre que vous ne pourrez pas refuser. »

On le pria toutefois de se montrer plus discret.

On refaisait la croisière, on comparait ses achats. En fin de repas, monsieur Beaucourt, disparu près du vestiaire pour téléphoner, revint hilare avec une annonce officielle :

– Dépêchez-vous de terminer les jeunes, les tours ont rouvert en fin de compte : on y va !

Les lycéens crièrent leur joie. Personne ne pouvait savoir que, un *consigliere* du clan Gambino liquidé dans l'établissement un mois plus tôt, le miroitier s'était encore déplacé. En route pour Lower Manhattan, au sud, Malvina, le ventre contracté à l'idée de revoir les tours jumelles, confia à Doriane :

– Hier soir, le vent soufflait moins fort, alors je n'en reviens pas mais je lui ai carrément demandé si on pouvait aller au World Trade Center. Nous sommes arrivés à la fermeture, il nous a fait entrer dans l'autre tour, comme ça (elle claqua des doigts) ! Tu as vu le nombre de gens qui hèlent les taxis ?

– Oui j'ai remarqué, ils n'ont qu'à faire un signe.

– Eh bien je ne l'ai pas vu faire, il y en a toujours un qui nous attendait, bizarre...

– Et après ? Raconte !

– Nous avons bavardé, seuls au monde tout en haut, au 109e étage, la plus belle soirée que tu puisses imaginer. Et la vue... Il m'a parlé de lui, mais surtout de son travail. Il s'intéressait à moi sans me presser de questions, voulait connaître mes activités à Tremblay, mon quotidien quoi.

Malvina reprenait vie dès qu'elle évoquait son histoire, Dodo écoutait, conquise.

...

– En parlant d'un ami, il dit « ce garçon ». Il m'a demandé ce que je voulais faire plus tard, sans aucun jugement. Il sait tout sur New York mais n'a pas cherché à crâner. Il a dû en vivre des choses...

Wahl, rentré de bonne heure au Stanhope, pouvait bien s'accorder un peu de détente avant son dîner. Ses dossiers en attente sur son bureau, allongé sur le dos, la télévision en fond sonore, il rêvassait en caleçon et chemise, son Suntory Royal à la main. Il se fit monter en en-cas une part de tarte aux cerises *à la mode*. Vêtu d'un peignoir, il signa la note, remit cinq dollars au garçon d'étage puis s'assit sur son large lit, la table à roulettes devant lui, l'attention relâchée. Sur une chaîne d'information du New Jersey on interviewait Marlon Brando à la première de *Superman*, film pour lequel il avait été l'acteur le mieux rémunéré de tous les temps : 800 000 dollars la minute. Et le second volet avait été tourné en même temps ! Mais Anthony s'en moquait. Où que ses pensées le conduisent, elles le ramenaient invariablement à la nuit précédente, à cette personnalité unique. Se doutait-elle à quel point son tempérament tout entier l'avait séduit, bien au-delà de son physique ? Qu'il ne souhaitait que l'écouter pendant des heures, mieux la connaître ? Aurait-elle compris ses sentiments ou l'avait-elle pris pour un beau parleur ?

Il avait obtenu sans la demander une table près de la fenêtre du Windows on the World. Face à lui, Veronica, en robe fourreau, troublait les serveurs autant que les maris. Née à Locarno, elle évoluait avec aisance dans le microcosme de la haute joaillerie, entre Anvers et New York. En plus de sa grande beauté, experte reconnue en gemmologie malgré son jeune âge, elle se débrouillait sur n'importe quel sujet en français, en italien, anglais ou allemand, offrait une bonne nature et aimait plaisanter, dans la limite du raisonnable. Lors de cette soirée au bord du lac Léman donnée par Van Cleef & Arpels, Anthony l'avait tout de suite trouvée séduisante derrière ses bulles de champagne. Elle aussi.

« Je serai à New York en décembre ».

Alors qu'ils échangeaient sur l'inconvénient d'être si souvent éloigné de chez soi, Wahl ne pouvait s'empêcher de jeter de furtifs regards vers le sommet de l'autre tour. Deux femmes de ménage y travaillaient. L'une vidait les corbeilles à papier remplies pendant la journée, la seconde alignait les sous-mains sur la table de réunion. Il revoyait la stupéfaction de son invitée face au panorama, son entrain permanent, son expression malicieuce, exempte de toute superficialité, et surtout cette connivence, le lien qui s'était immédiatement tissé entre eux.

Pendant ce temps, sur l'Austin J. Tobin Plaza, les lycéens faisaient la queue pour la tour A, leur ticket d'entrée à la main, partagés sur l'étrange sculpture, une sphère déstructurée au milieu d'une pièce d'eau. On était parvenu à raisonner Stéphanie A en plaidant l'innocence présumée de son homonyme. « OK elle se montre odieuse mais, quand on y réfléchit, sort toutes ses méchancetés en public, ça n'est pas forcément elle qui balance », réussit à tempérer Marjorie, décomposée au moindre conflit.

Arrivés à l'observatoire couvert après le changement d'ascenseur, ils purent enfin appréhender la mégalopole dans l'autre sens – c'est-à-dire du ciel – et en eurent le souffle coupé. Si les tours en imposaient à partir du sol, elles ne pouvaient révéler leur vue incroyable qu'à leur niveau record.

En grappes le long de la vitre, les Français localisaient les lieux parcourus dans la journée, sur la terre ferme ou en bateau, s'appelaient d'un angle à l'autre pour se les signaler.

– Ça ne va pas Malvina ? s'inquiéta madame Pilar. Vous qui étiez si impatiente de venir ici.

– Si si madame.

Elle essayait de donner le change.

– Je m'en occupe, intervint Doriane.

Une fois à l'écart, elle constata que Mina fixait la tour B et glissa à son oreille :

– C'est là que vous étiez hier soir ?

– Oui, où c'est allumé, avec les femmes de ménage.

Elle prit son amie par l'épaule et lui proposa de s'éloigner un peu.

Malvina poursuivit son récit.

Trois étages plus bas, le maître d'hôtel flambait au Cointreau deux *baked alaskas* – variante américaine de l'omelette norvégienne inventée au Delmonico's. Bien que ce ne fût pas une première pour lui, il passait somme toute une bonne soirée, en compagnie d'une jeune femme très agréable. Après un verre du meilleur cognac, il lui offrit de la raccompagner. Devant le Plaza, il sortit de sa limousine et l'embrassa sur la joue. « Bonsoir Vonnie, à bientôt ! » Puis il rentra à son hôtel.

Qu'avait-il à lui reprocher ? Rien.

Stéphanie B, à bout de souffle, les joues et le nez violacés, le cynisme terrassé pour un temps par l'excitation, vint chercher les filles.

– Venez vite sur le toit, on s'la donne !

Les téméraires avaient eu la bonne idée de s'aventurer par un discret accès au plus haut de la tour. Seuls eux et quelques touristes malins bravaient un vent diluvien qui plaquait leurs vêtements contre leur corps, les forçant à se cramponner à la rambarde pour ne pas être projetés en arrière. Comment un être humain normalement constitué pouvait-il tenir plus d'une minute dans ce maelström ? L'exaltation déclenchée par ces conditions laissait sans voix, « speechless » comme disait l'être monsieur Yvinec lorsqu'il rendait les copies. On ne parlait plus de la vue prodigieuse du niveau inférieur, couvert, mais plutôt d'un spectacle dantesque, quasi mystique si près du ciel. Chaque lycéen, invulnérable, tenait le monde à sa portée, à 360 degrés. L'avenir lui appartenait. Le temps d'un aller-retour sur la plate-forme ? Tant mieux : il n'en était que plus intense !

Enfin au chaud dans la chambre, Malvina profitait de l'absence de ses amis, partis se doucher, pour continuer de s'épancher auprès de Doriane. Allongées par terre, tête-bêche, elles commencèrent par échanger leurs impressions sur ce jour épuisant, puis la lycéenne parvint à exprimer un peu mieux les émotions de sa nuit clandestine. Elle raconta de façon plus ordonnée le départ en taxi, Village People « en vrai », la générosité de Brooke Shields, le bord de mer désert et, après le baiser de Pomander Walk, l'insupportable séparation. Elle confia avoir « senti quelque chose bouger dans son cœur », s'être vue pour la première fois dans les yeux d'un garçon, et quel garçon !

Malgré la fatigue et la douleur, l'attention de Doriane venait de doubler. Et Malvina avait croisé Andy Warhol !

…

– Tony m'a raconté qu'il avait une sœur sur le point de se marier, et pas beaucoup de vrais amis.

– Pas beaucoup de vrais amis ? Comme moi !

Madame Pilar passa la tête dans l'embrasure de la porte pour vérifier que tout allait bien :

– Où sont vos camarades ?

– À la douche Madame.

– Très bien. Ne vous couchez pas trop tard les filles, demain nous partons à Boston.

– Oui, répondirent-elles en chœur. Bonne nuit madame Pilar !

La porte se referma sur l'air entendu de l'enseignante.

…

– C'est bizarre qu'il ne t'ait pas vraiment embrassée. Il est tombé amoureux lui aussi, alors pourquoi de simples smacks ?

– Tu crois ? Tu as raison, moi je suis certaine de mes sentiments, mais je ne sais pas s'il s'est juste attendri, puis ravisé, ou s'il m'a d'abord considérée en femme, puis en vulgaire lycéenne sans rien de très intéressant à raconter.

– Il y a peut-être aussi un truc qu'il n'a pas osé te dire. Tu es sûre qu'il n'est pas marié, qu'il n'a pas déjà une copine ? Ce qui l'aurait empêché d'aller plus loin. Les coups de cœur ça arrive…

– Sûre à 100 %, il était sincère. Tu l'aurais vu quand la porte de l'ascenseur s'est refermée. Et moi, quelle godiche…

– D'après ce que tu me dis, je ne crois pas du tout qu'il ait pensé ça.

Muriel et Thierry descendirent en douce dans le hall acheter des confiseries au distributeur, leur premier tête-à-tête improvisé.

La nuit enserrait de nouveau Manhattan. Les New-Yorkais du matin regagnaient leur banlieue – Newark, Camden, Yonkers, Flushing. Certains s'endormiraient heureux en famille, d'autres à même le carrelage de Penn Station ou, au mieux, dans un foyer pour sans-abri. Les salariés prenaient leur poste de caissière ou passaient le volant de leur taxi, de leur voiture de patrouille à un collègue. Les moteurs des ambulances non plus n'auraient pas le temps de refroidir.

Muriel et Thierry revinrent dans le dortoir les mains pleines.

Malvina dormait, cette fois-ci en pyjama, terrassée par trop de fatigue et d'émotion, son lapin clandestin lové dans ses bras.

Dans quelques heures, New York, à peine engourdie, repartirait de son élan inaltérable, tout redeviendrait alors possible. Peut-être.

VI.

Adieu Manhattan

Rentré de son dîner aux tours jumelles, Anthony Wahl terminait son briefing téléphonique quotidien avec Paris.

« Votre ami Garth cherche à vous joindre. »

Il raccrocha et composa aussitôt le numéro communiqué par Chardin. En permission pour le week-end, Garth Benson avait eu, à tout hasard, l'idée de contacter son vieux complice.

– Quand Nicole m'a répondu que tu te trouvais à New York, j'ai pensé que ça serait trop bête de ne pas s'amuser un peu, vu que je suis à Philadelphie. Un coup de voiture et j'arrive, tu es libre ?

– Pour toi, toujours ! Tu tombes bien, j'ai une chose incroyable à te raconter : j'ai rencontré quelqu'un.

– Et la chose incroyable ?

Si un homme parvenait à dénouer les situations les plus inextricables, c'était bien Garth Benson. Il serait de bon conseil.

Les deux amis convinrent d'un dîner chez Peter Luger, pour de bon le meilleur restaurant de grillades de la ville, situé côté Brooklyn, près du pont de Williamsburg, dans le quartier du même nom. Sa force de caractère, consolidée par les épreuves endurées tant dans sa trajectoire personnelle que militaire, faisait presque automatiquement se mettre en perspective à ses yeux chaque obstacle qui pouvait se présenter. Après la chute de Saïgon, Anthony reparti en France, il avait rempilé et épousé une jolie Costaricienne engagée, elle aussi dans la Marine. Un peu plus vieux que son « French buddy » (pote français) dont il avait été le lieutenant, jamais il ne se serait vanté de sa participation à l'offensive du Têt, ni d'y avoir vu encore plus d'horreurs que lui. Après de tels épisodes, il s'était juré de ne plus jamais rien compliquer. Benson arborait aujourd'hui – à 32 ans – le grade élevé de lieutenant-colonel, le plus jeune des États-Unis, ainsi que la *Medal of Honor* sur sa poitrine, décoration réservée à l'élite. Pas convaincu, avant l'action, au vu de ses bonnes manières, il fut bluffé par le courage du Français. Aux dernières heures du conflit, les balles d'une Degtyarev dirigées vers eux en rafale lumineuse, ils s'en étaient sortis par miracle en se projetant mutuellement avec force sur le sol de leur Huey. Après l'attaque, la carlingue de l'hélicoptère présentait des trous du diamètre d'un pamplemousse. Ils portaient depuis la même brûlure sur le torse, l'un à gauche, l'autre à droite, et ne s'étaient jamais mis d'accord pour savoir qui avait sauvé la vie de l'autre. Évoquer cette divergence factice à chacune de leurs retrouvailles était devenu leur plaisanterie préférée, pudique signe d'amitié.

Garth parfois en Europe, les compères s'arrangeaient toujours pour se voir, quitte à abattre les kilomètres. Lorsque l'Américain lui rendait visite dans sa tour du treizième arrondissement, après avoir été bluffé par sa bravoure, puis par sa fortune, il trouvait cocasse que son appartement donnât sur le quartier des Olympiades, où il ne pouvait que croiser des Vietnamiens sauvés de l'enfer par l'un ou l'autre, sans, là non plus, qu'on puisse déterminer lequel des deux frères d'armes ces réfugiés auraient pu remercier.

Tony prenait un plaisir évident à raconter en détail les circonstances si singulières de son histoire. Le récit commençait à Roissy. La rencontre en vol, l'enquête menée par Chardin, son inconnue partie dans les étages chercher un stratagème pour se libérer, leur nuit fabuleuse, et maintenant ce dilemme cornélien qui lui barrait la route. Comment renoncer à un projet aussi prometteur que l'implantation à Hong Kong, dans lequel il s'était tant investi ?

...

– Elle ne ressemble à aucune des filles dont je t'ai parlé ces dernières années, Quitterie par exemple, avec laquelle j'étais venu à Aviano.

– Ah oui, les gars s'en souviennent ! Et la fille de Vevey ?

– Veronica. Nous avons dîné ensemble. Juste dîné…

– Il fallait commencer par là. Malvina doit être spéciale alors.

Anthony entendait pour la première fois prononcer de la bouche d'un tiers ce prénom devenu si cher.

– Oui, très jolie, mais c'est surtout sa personnalité qui séduit, à la fois réservée et enthousiaste, pausée et excessive, pleine d'humour. Elle n'aime pas, elle adore. Ça n'est pas bien, c'est génial. Elle chante ses airs préférés, rejoue les publicités. Elle raisonne mieux que la moyenne, connaît beaucoup de choses mais préfère vanter les mérites de ses amis, ne se met jamais en avant. C'est une idéaliste qui s'accommode de tout et sait écouter. Elle est douce, drôle, hypersensible et possède une qualité rare : elle s'émerveille. Tu imagines, elle dit que rêver est son occupation favorite ! Je l'ai observée regarder les nuages du haut de la tour : difficile de la ramener à la réalité. Je suis sûr qu'elle en extrapolait tout un univers. Des jolies filles il y en a, elles ne sont pas toutes aussi brillantes et beaucoup se croient uniques. Malvina est tout l'inverse : elle est exceptionnelle et se trouve normale. Elle ne brille pas, elle scintille.

– Est-elle consciente de son pouvoir de séduction ?

Garth pose toujours les bonnes questions.

– Pas tant que ça, elle est jeune. Je suis bien avec elle tout simplement. En cinq minutes, oubliée la différence d'âge, liquidés mes a priori. Je me demande si elle a fini par me prendre pour un beau parleur. Elle a pu être influencé par ses copains.

– Tu as une photo ?

– Nous en avons pris une sur le Verrazano, avec son appareil. Il doit être encore dans sa poche à l'heure qu'il est.

– Écoute Tony, tu es l'homme le plus intuitif que je connaisse, alors au vu de ce que tu me dis… Tu veux mon avis ?

– Volontiers.

– Tu n'es pas amoureux de Malvina.

Tu es fou d'elle.

Après avoir réfléchi sur ce cas, Garth cita un auteur américain dont il avait oublié le nom : « Aujourd'hui je me suis surpris à sourire sans raison… puis j'ai réalisé que je pensais à toi ».

Rassure-toi, tu n'as pas perdu ton jugement. Mon conseil ? Fonce ! À ta place j'en toucherais deux mots à Wahl sr., *man to man*, d'homme à homme. Hong Kong peut attendre, pas ta jolie Française. Sinon, tu ne sauras jamais quelle destinée tu as manquée. Rappelle-toi ce que nous avons traversé là-bas : si tu avais gambergé trop longtemps, jamais tu ne te serais embarqué dans une telle galère, et tu n'aurais pas rencontré la fine fleur de l'US Navy ! Mon régiment retourne bientôt en Italie : je passe te voir, tu viens, ou on se retrouve à mi-chemin comme la dernière fois, en Suisse. Rendez-nous visite, Loyda et moi serons heureux de vous recevoir. Ils ne connaissent pas le *sirloin steak* à Tampa, mais on ne mange pas mal non plus au mess de la base.

Les deux amis se séparèrent, sûrs de se retrouver, en Floride ou ailleurs, mais sans aucune idée de la fureur qui marquerait leur rendez-vous suivant.

Avant d'apprécier la perspective suscitée par sa rencontre, l'existence que menait Wahl jr. lui convenait en tout point. Il s'apprêtait pour une fois à contrevenir à son mode de fonctionnement habituel, qui le faisait réfléchir à vitesse grand V, pour prendre en général la bonne décision. Malgré l'éclairage de Garth, s'il n'allait plus en Chine, le poids du renoncement s'annonçait insurmontable.

À quelques jours de Noël, la 34ᵉ rue tout juste rendue à la circulation par les increvables engins municipaux serait sous peu aussi fréquentée qu'en semaine, les salariés de Big Apple remplacés par une armée de consommateurs venus de tout le Nord-Est en quête du cadeau idéal.

Affairée à plier ses vêtements, Malvina mourait d'envie de revoir les traits de son Anthony, de montrer sa photo à sa sœur, et à elle seule. Jamais à court d'idées, alors que les professeurs dormaient encore, Dodo avait couru aux aurores déposer la pellicule dans une boutique repérée la veille dans la 6ᵉ avenue. Elle venait de rentrer et, encore emmitouflée, présentait sous les yeux de son amie, complotiste, une pochette marquée « 1 hour processing » (traitement en une heure).

— À moins d'appeler Uri Geller, je ne suis pas sûre qu'elle va s'ouvrir toute seule. Si tu enlevais l'autocollant, tu pourrais la voir ta photo.

Malvina, perplexe, retira le petit Kodak de sa valise, s'aperçut qu'il y manquait la cassette, constata la mine réjouie de Dodo et comprit.

– Tu es complètement folle, mais je t'adore !

Elle lui sauta au cou puis décacheta le pli avec empressement, au point d'en déchirer le rabat. Elle allait découvrir l'unique photo – sur 24 de sa nuit romanesque.

...

– Dommage qu'il n'y en ait pas d'autres de vous pendant la soirée…

Doriane, admirative devant le lieu de la prise de vue et l'harmonie du duo, confia à Malvina qu'elle trouvait Anthony encore plus séduisant que dans son souvenir, et qu'elle comprenait d'autant mieux son désarroi.

– Bon, tu es en pâmoison, normal. Mais ça n'est pas le principal : cette photo restitue le regard qu'il posait sur toi dans le hall l'autre matin. Tu sais que jamais je ne te donnerais de faux espoir, mais pour moi, tout n'est pas perdu…

L'œil infaillible de l'artiste et cette analyse optimiste atteignirent Malvina en plein cœur.

– Et les 23 photos qui restaient à faire, qui va me les rembourser ?

Le car stationné moteur en marche attendait les jeunes Français devant la William Sloane House. Ils laissaient derrière eux le prologue de leur aventure américaine, emballés bien au-delà de tout ce que leur imagination avait pu concevoir depuis Tremblay. New York City la manipulatrice cognait avant de séduire, une mise à l'épreuve dont personne ne ressortait indemne. Malvina, dorénavant plus avertie que ses camarades, repensait aux mots d'Anthony : « Son chant est doux, pourtant son courant peut aussi précipiter les imprudents vers des rochers acérés. »

Trop dangereuse, exubérante, complexe, trop tentaculaire pour des Européens, Gotham ne négociait pas, elle imposait son temps de latence, pour que l'étranger puisse en prendre réellement la mesure, en digérer toute l'énormité. Les lycéens, pris dans ses filets, auraient adoré rester, mais se surprenaient à être impatients de partir pour s'aventurer à l'intérieur des terres de cette nation si différente de la France, leur Nouveau monde. Intrépide autant qu'ingénieuse, Dodo ne s'était pas contentée de faire tirer la fameuse photo, elle avait acheté au passage les beignets à la cerise évoqués par Malvina, histoire de parfaire la reconstitution. Le duo, plus complice et gourmand que jamais, partait lui aussi à la découverte de sa patrie d'adoption, mais ne pouvait lui non plus se douter de ce que les semaines à venir lui réserveraient.

Muffins et briquettes de lait chocolaté distribués en guise de petit déjeuner liquidés avant la 12ᵉ avenue, soient dix minutes après le départ, il restait 350 kilomètres à parcourir, plein nord, le long de la corniche atlantique, pour rallier Boston, puis Concord, destination finale. Dans les haut-parleurs, le disco laissait place à l'entraînant *Stumblin' In*, un titre de variétés très apprécié repris en yaourt par des lycéens surexcités. Avant que la *skyline* disparaisse à l'horizon, ils s'étaient massés une dernière fois à l'arrière du Greyhound pour s'assurer que cette silhouette unique n'avait pas été un mirage. Au débouché d'un écheveau routier inextricable, le bus emprunta l'Interstate 95 en direction de New Haven, dans l'État limitrophe du Connecticut. Le paysage changea d'un seul coup.

« La B » trouvait toujours des personnalités faibles pour lui rapporter les on-dit et l'écouter pérorer :

– Mademoiselle se vante maintenant d'être amie intime avec Brooke Shields.

– C'est vrai ? Elle a dit ça ?

– Ne gobe pas n'importe quoi, Coco, qu'est-ce que tu peux être crédule. Il y en a c'est intelligence avec l'ennemi, toi ça serait plutôt bêtise avec l'ennemi.

Malvina avait laissé son casque à portée de main pour pouvoir s'isoler. Elle observait le paysage défiler, songeuse, se susurrait d'autres paroles de Billy Joel, l'image de la cafétéria à l'esprit.

But I'm taking a Greyhound
On the Hudson River Line
I'm in a New York state of mind

Mais je prends un Greyhound
Sur la ligne « Hudson River »
Je suis dans un état d'esprit new-yorkais

Elle ne pouvait s'empêcher de s'attendrir devant sa photo, son trésor, le plus précieux marque-page dont on puisse rêver : elle et son guide transis de froid mais fous de bonheur, joue contre joue sur ce pont titanesque, leur taxi en attente. Le couple idéal. Dodo disait vrai lorsqu'elle évoquait le regard qu'il lui portait…

Sur la gauche, de denses forêts, rarement interrompues de champs tout blancs. Associée à sa musique préférée, la sérénité des régions traversées offrait un apaisement salutaire à la jeune fille. À droite, la côte, déchiquetée par les puissantes vagues venues du large qui, en cette saison radicale, revêtaient la couleur exacte de la statue de la Liberté, un vert-de-gris aussi beau qu'inquiétant. New Rochelle, Bridgeport, Hartford : dès la lisière de son territoire, les panneaux routiers évoquaient à eux seuls le cadre chic et sauvage de la Nouvelle-Angleterre maritime. Elle s'imaginait visiter à deux les stations balnéaires aperçues au passage, voiliers en cale sèche, maisons cossues grises ou blanches, enseignes de traiteurs haut de gamme ou de shipchandlers, vendeurs d'accastillage.

Le car s'arrêta pour se ravitailler. Les plus courageux sortirent se dégourdir les jambes et profiter à pleins poumons d'un air exempt de pollution, à l'inverse de celui qui avait encrassé leurs bronches depuis l'aéroport. Autour d'un distributeur, le petit groupe, attentif au signal du départ, buvait des chocolats chauds.

Thierry désigna du doigt l'horizon vide, content de lui.

– C'est là, déclama-t-il avec son talent d'acteur plutôt limité.

– C'est là quoi ? demanda Stéphanie B., sarcastique.

– C'est là qu'on a tourné *Les Dents de la mer*, et pas en Californie. Si on allait se baigner, on risquerait de se faire bouffer par les requins.

– Euh, c'est un film. En ce moment les requins doivent être en Floride avec les retraités, et il y a peu de chances que quelqu'un ait envie d'aller nager, la mer est déchaînée.

– Moi c'est ma mère qui est déchaînée, intervint Muriel, elle s'est encore disputée avec mon père.

– Tes parents feraient mieux de divorcer.

À la mine de Stéphanie A, Thierry s'aperçut, trop tard, qu'il venait encore de gaffer.

Pardon Mumu. C'est plus fort que moi, quand j'arrête de manger je ne dis que des conneries.

– Tu es au régime alors.

« Au revoir et adieu jolies filles madrilènes !
Au revoir et adieu jolies filles d'Espagne ! »
Pour changer de sujet, les cinéphiles se mirent à entonner la chanson du célèbre film.

Dans la soirée, Wahl jr. délaissa dossiers et whisky pour braver la nuit new-yorkaise. Sous l'auvent de l'hôtel, il avisa le Metropolitan Museum of Art, juste en face, à la lisière de Central Park, et entama sa balade en direction de Yorkville plutôt que vers la cinquième avenue, maintes fois arpentée au fil de ses séjours. Il repensa à l'observation de Malvina à propos des étages supérieurs négligés, leva la tête et sourit. On parlait deux cents langues à New York. Dans ce quartier, des portions de territoires semblaient avoir été transplantées en Amérique du Nord directement prélevées d'Allemagne de l'Est, de Tchécoslovaquie ou de Hongrie. *Dresden Delicatessen, Praha Shoe Repair, Szabo Paint & Hardware* : ces noms peints sur d'antiques immeubles pastel peaufinaient l'illusion. Seules ses traces de pas étampaient le trottoir de la 81e rue déserte. Une neige légère et obstinée les recouvrait au fur à mesure de sa progression, compactée par le pas décidé des deux hommes affectés à sa sécurité de minuit à huit heures. Aux occasions où il en avait le temps, Wahl aimait ainsi divaguer, sans but précis, loin du téléphone, *pager* éteint. Ces rares promenades lui permettaient de relâcher enfin son esprit sans cesse sollicité. Il s'interrogeait sur la situation, revoyait inexorablement les facettes de cette personnalité : ses étonnements, son attention, son air de défi, sa joie de vivre contagieuse.

Est-elle encore ici ou déjà en route pour le Massachusetts ? Que fait-elle ? Je lui ai promis ce poster de Sinatra pour sa mère, et après ? Pense-t-elle encore à moi, à notre nuit ensemble ?

Trop de questions. Il valait mieux stopper net cette belle histoire et se concentrer sur l'Asie.

En vue de l'East River, il longea le petit parc Carl-Schurz pour arriver devant Gracie Mansion, ancien siège du New York Post, résidence du maire, Ed Koch, ami de son homologue parisien, Jacques Chirac. Hormis la protection policière, le sobre bâtiment de bois ressemblait, en plus grand, à tant d'autres maisons américaines. La fumée qui sortait de l'échappement des voitures du NYPD (New York Police Department) indiquait des chauffages en marche. Il pensa que les patrouilleurs à pied devaient avoir hâte d'être relevés par leurs collègues abrités, de prendre comme eux un café et un beignet jusqu'au prochain tour de garde. Il se dit que lui avait le choix et, à l'issue d'un large détour par le musée Guggenheim, rentra sans trop se presser.

De retour à l'hôtel, il appela une connaissance de l'historique maison de disques Capitol Records, sur la côte ouest, échangea quelques minutes, puis raccrocha, finaud.

La délégation française débarqua devant le lycée de Concord dans l'après-midi. Les diapos de la réunion préparatoire n'auraient pas permis de se faire une idée fidèle de la petite commune du comté de Lakeside, qui semblait tout droit sortie du passé.

Il fallait pour cela l'avoir traversée. L'avenue par laquelle on arrivait aboutissait à un square de forme ovale.

De part et d'autre de celui-ci le principal de la ville, 16 500 habitants : commerces traditionnels, cabinets médicaux aux plaques de cuivre alignés sous un passage, quelques vastes *mansions* (hôtels particuliers) de style colonial, toutes pavoisées des couleurs américaines, pas le moindre immeuble récent. À une extrémité de l'ovale la poste et la mairie, imposante pour une si petite agglomération, une supérette ; à l'autre l'église et un magasin de bricolage. Quelques rues partaient en étoile de cette place centrale, elles-mêmes bordées de belles habitations précédées de leur jardin et de rares autres magasins, du lycée et, en face, du glacier *Scoops*. Quand les maisons s'arrêtaient les voies se prolongeaient dans la forêt omniprésente en direction des hameaux rattachés à Concord, où résidaient la majorité des correspondants américains, près d'atteindre la Ralph Waldo Emerson High School, ou « Emerson High », ou « E.H. ».

Architecture, panneaux, statues, cet ensemble cohérent portait en lui des réminiscences du riche passé historique de la région, creuset de l'Amérique et de sa guerre d'indépendance, un patrimoine qui ne pouvait que rendre fier.

Au-delà du désaccord sur la religion qui fit s'expatrier une centaine d'Anglais, partis s'installer sur un nouveau continent, tout commença par une banale histoire de concurrence déloyale. Les taxes sur le thé, bien plus grandes pour les treize premières colonies qu'au royaume de Grande-Bretagne, défavorisaient lourdement ces émigrés dans leur entreprise.

Coup de force, déguisés en Indiens Mowhawk pour tromper l'ennemi, les Fils de la Liberté balancèrent une importante cargaison de thé anglais dans le port de Boston, de manière symbolique, sans user de violence. En représailles à cette *Boston Tea Party*, le gouvernement britannique durcit encore les conditions, jusqu'à forcer les colons à accueillir leurs ennemis chez eux ! Les premières escarmouches – et les premières morts – advinrent à Lexington, mais c'est à Concord que l'armée continentale fit battre en retraite les survivants anglais. Leur leader s'appelait Paul Revere, leur chef George Washington. Il deviendrait le premier président des États-Unis d'Amérique. Par la suite, la France, en dette par rapport aux Anglais, apporta son concours en la personne du général La Fayette.

Ainsi commença la guerre, qui dura huit ans, au terme de laquelle fut proclamée l'indépendance de ce pays tout neuf, le 4 juillet 1776, date gravée sur le livre tenu par la statue de la Liberté.

Après avoir tant apprécié New York, son exact opposé, fille de la ville, fille de la plage, Malvina fut tout de suite séduite par ce cadre provincial, presque rural. Ici non plus la neige ne parvint pas à l'en dissuader.

Leurs gros pick-up alignés sur le parking, les familles tenaient chacune un carton sur lequel elles avaient écrit au marqueur le prénom du correspondant qu'elles attendaient.

Le sort allait éloigner géographiquement les deux amies : Doriane resterait au centre-ville, tandis que Malvina logerait dans le hameau de Carlisle. Déjà anxieuse, sans qu'elle osât en parler, l'idée d'être à la fois éloignée de sa sœur et de sa chambre de Tremblay lui tordit les intestins.

Mais les heures de cours et les activités communes des semaines à venir les réuniraient et, par chance, la douce Marjorie habiterait pas trop loin. Doriane fut accueillie par sa correspondante, Melissa Lindqvist, très jolie brune aux yeux marine un peu en amande, venue seule au volant d'une voiture de sport exubérante, sa maison pourtant juste en face du lycée. La famille de Malvina l'attendait au complet, quatre personnes dont le généreux sourire suffit à atténuer son angoisse. Elle s'apprêtait à embrasser ces gens si avenants, mais au lieu de cela elle reçut quatre accolades d'affilée, façon remise de trophée à la gym, le sommet de la proximité physique dans ce pays. *Cela ne se fait donc pas de faire la bise ici, pas de problème.* Le break familial à trois rangées de sièges les transporta à Carlisle. On parcourait la route principale pendant vingt bonnes minutes, Maple Drive, une voie forestière parmi d'autres, puis, dépassées quelques rares propriétés camouflées par des arbres, la boîte aux lettres sur son pied aux trois-quarts enfoui indiquait qu'on devait tourner à gauche sur un chemin en pente sans nom qui menait à une grande demeure bardée de planches bleues délavées par le temps. Sur le bas-côté, le haut d'une luge oubliée perçait la neige, une pelle plantée près d'elle. La plus jeune des deux filles, Rebecca, n'avait aucune idée de l'existence même de la France. Sa poupée contre elle, elle regardait Malvina en jolie Martienne avec un drôle d'accent et un drôle de bonnet. *Peut-être une Québécoise ? Où se trouve le pays des Québécois ?* L'aînée et les parents la mettaient à l'aise par leur affabilité et leurs questions sur ses premières impressions, sur ce qu'elle avait pensé de Manhattan, qu'ils connaissaient bien. Détendus, ils lui parlaient avec douceur, comme à une amie adulte en visite, et s'étonnèrent de son aisance en anglais. Ici plus qu'à New York, la végétation ne faisait pas les choses à moitié : la neige recouvrait quasiment tout. Il est vrai qu'on se retrouvait très au nord, à un État du Maine, frontalier du Canada. Comparés à cette nature à peine perturbée par l'homme venu y implanter son habitat, les reliquats de la forêt tremblaysienne auraient passé pour de pauvres bosquets. On avait garé parallèles, au pied de l'escalier, une grosse américaine typique et un van tout neuf. En haut des marches, une pergola aménagée d'une balancelle à trois places, un barbecue couvert d'une housse où il devait être agréable, l'été, de s'installer avec un bon livre, de déguster des grillades entouré de ces beaux arbres effeuillés par la saison. Malvina s'étonna que ni la moustiquaire ni la porte ne soient verrouillées. Devant sa mine dubitative, madame Maroney, belle et grande femme, qualifia avec malice Carlisle de « trop loin et trop froid pour les voleurs ». La région s'avérait plutôt paisible. Malvina demanda pourquoi les numéros des adresses étaient si élevés dans une si courte voie. « 1562, c'est parce que nous sommes à 1562 pieds du début de la rue », indiqua monsieur Maroney. Surmontée des cinquante étoiles, la porte d'entrée libéra en s'ouvrant une chaleur réconfortante imprégnée de résineux consumés et de graines de citrouille rôties. Un foyer en somme. Un escalier parcouru d'une guirlande lumineuse, des chaussures de diverses tailles, des manteaux superposés, des bibelots sur des meubles de famille de style shaker, dans un angle un fauteuil Adirondack et son plaid en laine, une revue posée dessus. Il ne manquait que le chat, qu'aurait redouté Malvina. Sa correspondante imprévue, Mabel, l'installa dans sa chambre à l'étage, qui correspondait à ce qu'elle s'était figuré : une moquette à longs poils, un lit-cosy garni de livres comme chez elle, les mêmes posters, dont un de Brooke Shields, sa couverture en patchwork. Pour libérer de la place, les peluches avaient pris leurs quartiers dans la chambre de la petite sœur. Face au lit un bureau et un pupitre pour partitions. La fenêtre-guillotine pour faire le mur ne manquait pas à l'inventaire. L'attitude posée de la jeune Américaine et cette pièce apaisante plurent d'office à Malvina. Mabel l'accueillit avec chaleur et simplicité, tel qu'elle l'aurait sans doute fait pour Florence Berthet, restée grippée à Villepinte, qu'il faudrait remercier de ce cadeau inestimable. C'est clair elle tenait de sa mère, quelques kilos adolescents en trop, un physique aimable et gracieux. Elle lui déclara sans chichis combien elle la trouvait jolie – « You're so cute Malvina ! » –, puis lui désigna avec un brin de coquetterie, sur la couverture d'un classeur, la photo de son petit ami, Daniel, un beau garçon dont les origines italiennes ne faisaient aucun doute. Il l'embrassait lors d'une fête foraine. L'objet attira tout de suite l'attention de l'invitée.

– Ça s'appelle « Trapper Keeper », éclaircit Mabel qui en fit la démonstration. Un génial système de classement à onglets, rationnel au possible, et personnalisable. Il faudrait en parler d'urgence à Doriane, deux clientes convaincues d'avance.

La Française intriguée par une série de cocardes alignées sur un panneau de liège, Mabel lui expliqua :

– C'est quand j'étais *Girl Scout*. Nous devions vendre des biscuits au voisinage pour les œuvres éducatives et gagnions ces récompenses. Ma sœur a pris la relève, mais elle a tendance à manger son stock !

– Je vois tout à fait mon frère faire cela. En France nous avons à peu près le même système, avec des timbres.

La petite Becca, son Arabella sous le bras, passa la tête dans l'entrebâillement pour inviter les filles à descendre. Mabel avertit :

– Tu vas voir, ou plutôt tu vas entendre : ma mère achète tous les gadgets de la télé, elle a eu l'idée saugrenue de lui offrir un Mister Microphone.

– Qu'est-ce que c'est ?

– Un micro émetteur sans fil capté par la radio de la chaîne hi-fi. Avant on percevait à peine sa petite voix, maintenant c'est comme si on invitait Thelma Houston. Becca dort avec sa poupée, et son micro… Elle l'emporte en voiture, la radio calée sur la bonne fréquence.

– Mon frère aussi est un sacré numéro, je te raconterai.

Duncan Maroney ne ressemblait pas au scientifique de haut niveau qu'il était, plutôt à un prof de philo lunaire avec son pantalon de velours et sa chemise de bûcheron en pilou. Passionné de vieux westerns, ses héros s'appelaient Tom Mix, Roy Rogers ou John Wayne. Bien qu'également universitaire, Natalie, physionomie sportive, dans les quarante ans, en paraissait dix de moins malgré quelques pattes d'oie, sans doute grâce à la vie active et saine qu'elle menait. Un gargantuesque goûter composé de spécialités de leur Nouvelle-Angleterre attendait l'arrivante : muffins aux myrtilles, cobbler aux pêches et aux châtaignes, gâteau bostonien à la crème, pudding à l'indienne, tarte à la citrouille, beignets aux framboises. La cadette y ajouta au dernier moment des coupes de glace au sirop d'érable parsemées de noix du pays, précisant qu'elle s'était chargée de les décortiquer. Malvina les remercia toute gênée, l'eau à la bouche. Elle pensa à juste titre qu'ils avaient dû mettre un temps fou pour concocter un tel festin. Le « Bon appetite ! » entendu quelque part par

Rebecca finit de détendre l'atmosphère. Avant d'attaquer, sans trop d'efforts, ce buffet pour géants, la visiteuse offrit à ses hôtes une lithographie de la vivante place Maubert un jour de marché, dénichée chez un bouquiniste du quai de la Tournelle, face au restaurant de sa mère, encadrée puis emballée « à la Malvina ». Les Maroney, touchés à leur tour, citèrent en francophiles avertis Hemingway, Faulkner et Dos Passos, les auteurs américains que Paris avait ensorcelés, familiers du Quartier latin, qui logeaient près de Cousteau et de Tintin dans la bibliothèque familiale. Duncan Maroney indiqua avoir déjà séjourné en région parisienne, à Saclay, dans le cadre d'un échange entre experts internationaux de l'énergie atomique. Son épouse rêvait que s'y tienne un jour un symposium de chirurgiens-dentistes pour qu'ils retournent visiter la Ville Lumière en amoureux, qu'elle imaginait celle des films de Truffaut, en noir et blanc, peuplée d'enfants frondeurs portant béret et culottes courtes. Ils défilèrent pour un nouveau *hug* de remerciement. Dun s'empressa d'aller chercher ses outils au garage afin d'accrocher ce cadeau raffiné en remplacement du panneau décoratif de la cheminée qui prônait « Family makes a house a home » (la famille fait d'une maison un foyer), rapporté du magasin de bricolage. Juste en dessous pendaient les chaussettes de Noël personnalisées au nom des occupants dudit foyer : Natalie, Duncan, Mabel et Becca. Alignées sur la tablette, les cartes de vœux envoyées de plusieurs États par les deux familles. Malvina, encore plus rassurée de n'avoir vu aucun animal domestique, réalisé que le délai européen pour adopter une personne étrangère venait d'être escamoté, attitude typique des familles américaines que lui confirmeraient ses camarades. Installés chez leurs correspondants respectifs, l'histoire commençait pour eux aussi, une expérience fondatrice qui, ils ne le savaient pas, les marquerait à jamais.

Entre autres habilités, inspiré par son ami Garth, Wahl parvenait le cas échéant à remiser à volonté temps perdu et mauvaises pensées. Le dimanche matin qu'il apercevait à travers les voilages s'annonçait prometteur. Il sauta du lit et constata de sa terrasse que la brumaille tenace cédait enfin la place à une lumière ardente qui éclairait tout Manhattan. Le bulletin météo lui en donna confirmation : seuls de petits soleils aimantés parsemaient la carte, de la Pennsylvanie au New Hampshire. Il appela la réception pour qu'on lui livre une voiture, avec laquelle il fit un aller-retour express à Hoboken, dans le New Jersey tout proche, en rapport avec le coup de fil passé à Los Angeles la veille, l'Hudson franchi par le Holland Tunnel.

D'après le présentateur, les conditions climatiques resteraient stables, l'idéal pour s'aérer, faire le point, mais sûrement pas dans le cadre hyperurbain de New York, qui accaparait trop les esprits. De retour à Manhattan, une fois sur le Franklin Delano Roosevelt Drive, comparable au périphérique parisien, Wahl jr. ralentit pour faire signe à ses gardes du corps de le dépasser, leur donna congé jusqu'au soir. Ils rebroussèrent chemin sans discuter, attendraient leur client dans le salon du hall, en informeraient l'équipe suivante, au cas où celui-ci rentrerait après minuit.

Cap au nord !
Il quitta la voie rapide et accéléra en direction de Poughkeepsie. *Ça fait bien dix ans que je ne suis pas retourné là-bas. Douze même, c'était en août 66.* Facette de la formation intensive imaginée par Wahl sr., le jeune Anthony fut envoyé plusieurs étés de suite dans un *summer camp*, jusqu'aux excès des concerts de Woodstock, qui le firent revenir à Paris plus tôt que prévu. En plus de pratiquer son anglais, ces séjours lui per-mirent d'appréhender les rapports humains de ces microsociétés que sont les camps de vacances, ainsi que la mentalité des Américains, et surtout des Américaines, qui tombèrent à plusieurs dans les bras déjà vigoureux du Français, relayées par ses compatriotes au retour du héros. Super-tramp du voyage, la fenêtre entrouverte laissait s'infiltrer une lame d'un air de plus en plus pur. Wahl jr. atteignit rapidement les premières forêts de la vallée de l'Hudson. Bien qu'encore dans l'État de New York, les étendues immaculées et ces arbres par millions, couverts d'une lourde neige tenace, donnaient assez vite un sentiment d'espace. Nul besoin de carte routière pour se rendre dans la région montagneuse des Catskills. Réminiscence du marquage des premières pistes par les Indiens Esopus, perfectionné par les colons hollandais, l'*Upstate* surmontant les rares panneaux implantés le long de la route 87 confirmait qu'on roulait dans le bon sens. Le nom d'*Orange Lake* lui rappela quelque chose – l'époque où il montait en car depuis l'aéroport Kennedy –, mais le flot parallèle de

l'Hudson, sur sa droite, était le plus évocateur. Difficile d'imaginer, en août, que le fleuve pouvait dès la sortie de la ville devenir si tumultueux l'hiver. L'eau qui coulait aux millions de robinets new-yorkais empruntait le chemin inverse, en provenance des montagnes sauvages du nord de l'État, via le Croton Aqueduct, pour déboucher au milieu du Bronx après 22 heures de voyage ! Elle avait remplacé celle des sources contaminées du 19e siècle et ainsi enrayé les épidémies de fièvre jaune et de choléra, responsables chaque année de milliers de morts. Peu avant Albany, la capitale, Anthony vit enfin indiqué « Catskills », « White Lake », et surtout « Spruce Summer Camp », le lieu idyllique de ses étés américains. Il se gara devant l'enseigne en métal émaillé, presque intacte, mais à peine lisible derrière la neige. Quelle joie de retrouver ce chemin, bordé de cabanons et d'obstacles sportifs évocateurs de tant de bons souvenirs ! L'accueil des moniteurs, la camaraderie, les activités – le base-ball, la kermesse, les jeux de piste... L'insouciance. Après des nuits agitées à rendre visite aux filles en catimini, chaque matin appelait à la découverte. On partait explorer les sommets des environs, on nageait et pêchait dans l'eau chaude et transparente de bassins bien cachés, les équipes s'affrontaient au tir à la corde. Le soir on chantait les Doors autour du feu, chacun son *S'More* piqué sur une bro-chette : guimauve, biscuits et chocolat. Et ça recommençait quelques heures plus tard. Les moniteurs à peine plus âgés que les colons, durant un mois, l'exaltation et l'aventure prenaient finalement le pas sur la disci-pline. Trente jours d'évasion. Anthony repensa dès l'entrée à celle qui avait le plus marqué ces années : Marcy Holcombe. Il ne s'était rien passé cet été-là avec la fille aux yeux verts venue de San Francisco. Il ne lui plaisait pas, dommage... Le 31 août 1968, près des cars du retour, Cheri Wilcox, la meilleure amie de la jeune fille, alla trouver le Français pour lui révéler que Marcy était folle de lui, qu'elle dormait avec sa photo sous son oreiller, dérobée au bureau, mais n'avait pas osé ne serait-ce que lui adresser la parole, peu sûre d'elle malgré sa beauté indiscutable. Anthony mit longtemps à surmonter ce chagrin tout juvénile. Il n'oublia pas Marcy. Qu'en dirait-elle aujourd'hui, à l'approche de ses trente ans ? Cette réflexion le mena tout droit à sa rencontre plus contemporaine. *Malvina aussi est réservée et doit être très courtisée...*

Après avoir parcouru sa jeunesse, malgré le côté désolé des lieux, si tristes hors saison, il ressentait une forme de béatitude. Bien sûr il fallait penser au lendemain, au retour à Paris, aux préparatifs pour Hong Kong, mais pourquoi ne pas profiter de cette escapade improvisée et des bons souvenirs qu'elle convoquait ? Il reprit la départementale en quête d'un déjeuner. Seul invité d'un ciel bleu sans nuages, le soleil arrosait de sa toute-puissance le paysage uniforme. Balsam Lake, Big Indian Wilderness, Delaware Wild Forest, les noms locaux démontraient sans doute possible l'authenticité des lieux. Tous les snacks de bord de route enfouis sous la neige, il bifurqua au niveau de Woodstock et finit par tomber, près de Shandaken, sur une buvette améliorée adossée à une station-service en activité, implantée non loin d'une cascade figée par le gel. La dépanneuse antique garée sous son appentis devait être celle de son adolescence. La terrasse réapparaîtrait au printemps. Derrière les fenêtres mieux opacifiées qu'avec une bombe de givre artificiel, le sapin clignotant l'incita à entrer. Une seule personne au bar, deux familles attablées : il n'était pas indispensable de réserver. Après une collation simple mais savoureuse, il se dégourdit les jambes dans les parages pendant une bonne heure, au pied du mont Panther, formé d'après la légende par la chute d'une météorite. Ses vêtements, certes épais, ne lui auraient pas permis d'affronter encore trop longtemps ce climat montagnard, nettement plus rude que celui de Manhattan où, d'une limousine à un immeuble surchauffé, l'on n'avait pas le temps de s'enrhumer. Urbain, Wahl jr. continuait à s'étonner d'apprécier autant son excursion, se disait qu'il devrait à l'avenir profiter un peu plus d'endroits aussi préservés, de la nature tout simplement. En marchant vers sa voiture, l'image de sa lycéenne s'imposa de nouveau. Elle courait devant lui, se retournait, riait de bonheur en lui lançant des boules de neige, sa magnifique chevelure coiffée du cocasse bonnet à pompon.

Il regagna New York en deux heures, détendu et pensif, laissa son auto aux soins du portier, chargé de la faire laver puis reconduire chez Hertz, requinqué ce dimanche soir de décembre par un discret bonus de cinquante dollars.

En peignoir sur son lit, Wahl se repassait les images de son pèlerinage, puis finit par s'assoupir sans dîner. Incorrigible, il se leva à l'aube pour revoir les dossiers du jour, dans l'angle du bureau l'un de ses en-cas préférés : club-sandwich, frites, Dr Pepper et tarte aux cerises.

VII.

Réponse à tout

Ses cheveux réunis en une boule au sommet de son crâne dégageaient un joli visage, encore rond, sujet à l'acné, aux yeux de poupée toujours en alerte agrandis par des lunettes de myope à monture épaisse. Son trench mastic couvert aux épaules du foulard « façon Hermès » emprunté à sa mère ne la flattait pas plus et lui avait valu, entre autres, le surnom de « Columbo ». Une jupe et un pull marine qu'une nonne aurait jugés trop sobres complétaient le tableau.

Tandis que filles et garçons du lycée suivaient les tendances, la séduction n'était, c'est certain, pas la priorité de Muriel. Les premiers, monsieur et madame Alexis s'interrogeaient sur la personnalité de leur fille, une énigme qui avait fait recompter les psychologues scolaires et le Rectorat lors de l'évaluation de son QI à trois chiffres. Parents attentifs, ils s'accrochaient beaucoup à ce propos, incapables de se mettre d'accord sur la carrière qu'elle devrait embrasser après son bac. Déjà isolée, celle-ci souffrait de cette mésentente mais, assignée à résidence dans les arcanes de son cerveau, parvenait à en plaisanter avec détachement. Après avoir sauté son CM2 et sa cinquième, plus jeune de la classe avec Malvina, elle potassait d'avance les programmes des grandes écoles qui l'accueilleraient en septembre 1979, obtenus grâce au bras long du grand-père de Doriane, doyen de la faculté de Nancy, s'en nourrissait, entre ou pendant les cours, durant lesquels elle s'ennuyait ferme. Ensuite, suivant le verdict parental, ça serait le conseil d'État, l'Inspection des finances ou la Cour des comptes, des voies toutes tracées en décalage avec sa personnalité iconoclaste. Mumu aurait préféré l'Agence spatiale européenne. En attendant, elle arrivait au bahut à reculons, pour faire acte de présence.

Devenue une élève moyenne au fil des semaines, elle calculait en temps réel où en étaient les sondes Voyager, puis tapait indéfiniment *0,7734* et *713705*, qu'elle faisait passer à Thierry. Mais il n'avait pas encore eu l'idée de la retourner pour y lire « HELLO » et « SOLEIL ». Ou elle s'ingéniait à placer dans ses dissertations des mots inconnus de ses professeurs, des citations inventées « à la manière de », les forçant à interrompre leurs corrections pour mener l'enquête. Elle expédiait ses exercices de maths au petit déjeuner et révisait sur le chemin du lycée, à vélo. Cette désinvolture, prise pour de la provocation, ne passait guère auprès des enseignants, pas plus qu'auprès des élèves, d'office hostiles à son comportement farouche, qui l'isolait chaque jour un peu plus. Mumu, strict opposé de Virginievivien, ne semblait s'intéresser qu'à elle et à la connaissance. Ni au quotidien, ni aux autres.

Malgré cela, aux rares qui bravaient l'appréhension de pénétrer dans le bâtiment *Schœlcher* de sa résidence elle réservait un très bon accueil, plus rassurée dans son univers que n'importe où au-dehors. Ces rares se résumaient au chiffre de trois. Malvina, souvent perdue elle aussi dans ses pensées, s'était tout de suite emballée pour cette culture insondable, la tournure d'esprit si singulière d'une autre gauchère. Dès son arrivée à Paul-Langevin elle en avait informé Dodo qui, en observatrice, disait « en perdre son lapin ». « Nous sommes sur courant alternatif et elle sur courant continu ». Mina n'eut aucun mal à la convaincre de dépasser les apparences. Le jeune génie, qui écrivait et lisait depuis ses deux ans, emmagasinait insatiable chaque jour du calendrier des centaines de faits et données d'importance variable, pouvait ingurgiter deux, trois livres de front et mémorisait le tout sans y penser. Les autres lycéens s'amusaient à lui poser des questions sur n'importe quel sujet, auxquelles elle répondait avec acharnement de peur d'être prise en défaut, à tel point qu'ils la surnommaient aussi « Réponse à tout », allusion au célèbre jeu télévisé qui affichait un compte à rebours oppressant. On l'avait inscrite aux échecs, vite abandonnés après qu'elle eut battu le président du club, suivi du *Fidelity Chess Challenger* rapporté pour rien des États-Unis par un collègue de sa mère. L'échiquier électronique n'en menait pas large avant sa mise en service, puis s'était réfugié dans un tiroir dès l'issue de la seconde partie. À part le prêt-à-porter, tous les domaines pouvaient l'intéresser, mais c'est l'exploration spatiale qui la captivait le plus. Au même titre qu'Apostrophe ou Le Grand Échiquier, jamais elle n'aurait manqué un épisode de *Cosmos 1999* ou de *L'Avenir du futur*, qui la faisaient disserter à loisir sur la vraisemblance des scénarios de *Rencontres du troisième type*, de *La Guerre des étoiles ou Star Trek*. Du programme Apollo à *Enterprise* – celui de la NASA –, elle voulait connaître l'ensemble infini des détails. Depuis dix-huit mois, lorsqu'elle se figurait le chemin parcouru par les sondes américaines, elle réfléchissait sur cette notion d'infini, car elle excellait aussi en philosophie, surtout appliquée à son domaine de prédilection. Elle avait lu tout Aristote et Blaise Pascal, on ne sait jamais. À partir de sa théorie sur la probabilité d'une vie extraterrestre, après de multiples circonvolutions destinées à vriller en trois minutes le cerveau de ses contradicteurs, elle résumait : « Finalement, seule la démarche de cette réflexion présente un intérêt, pas sa conclusion. » Mumu aurait pu se débrouiller en coréen le temps d'un vol Paris–Séoul. Formalité, elle maîtrisait donc l'anglais mieux que quiconque, mais aussi l'histoire, la géographie, la culture du pays… et la conquête spatiale. Si elle brillait en tout et vidangeait les sujets à la volée, ce voyage lui en procurait un à la mesure de sa voracité : les États-Unis d'Amérique. Grâce à Malvina, qui lui avait fait connaître ses librairies anglophones, elle lisait les Carl Sagan avant leur parution en français. Le lieu du séjour lui ouvrait une piste d'investigation supplémentaire, et un sujet d'obsession qui commençait à inquiéter les plus bienveillants. En attendant d'y être, elle étudiait les œuvres des illustres écrivains locaux, tous réunis à perpétuité au cimetière de Sleepy Hollow. Parmi ceux-ci, le naturaliste Henry David Thoreau devenait de façon préoccupante un véritable maître à penser. Pourtant fille de la ville elle aussi, baptisée, sa crise quasi mystique la faisait s'imaginer comme l'auteur emménager dans les bois en ermite après avoir liquidé ses biens matériels. Il faudrait informer sa correspondante Darlanne sur le phénomène qu'elle s'apprêtait à recevoir.

En vieux professeur d'université, elle prodiguait à ses auditeurs le cours magistral de leur choix, quel qu'en fût le sujet. Il n'y avait qu'à demander. Son esprit de synthèse toujours poussé au paroxysme, ses exposés, limpides, leur faisaient gagner un temps fou, tandis que les timorés de l'échange qui s'arrêtaient aux apparences confondaient encore la guerre d'indépendance et la guerre civile. Parfois rejoint par le beau Thierry, qui se fichait un peu des auteurs de Nouvelle-Angleterre mais insistait pour accompagner les filles, le duo devenait trio. Chacun pensait que lui aussi en pinçait pour Pelle ou Râteau mais, depuis l'Angleterre, c'est de Muriel qu'il était épris. Avec ses mots, il confiait à ses alliées : « Tu es végétarien, quand tu fais la connaissance d'une Muriel, t'as envie d'aller t'acheter un steak ». Mumu n'aurait pas osé s'imaginer qu'un garçon dit « normal » puisse s'intéresser à une « binoclarde » asociale comme elle. Lui disait qu'il n'avait aucune chance avec une fille aussi brillante en laquelle il voyait, au-delà d'un esprit, une grande beauté assortie d'une âme noble, qui s'ignorait autant qu'elle devait l'ignorer. Contradictions de l'adolescence, pudeur, Muriel et Thierry ne parvenaient à communiquer qu'en s'envoyant des piques.

« – Elle est belle ta jupe, on a la même en rideaux.

– Toi, si tu meurs et que tu vois toute ta vie défiler, tu vas vachement t'ennuyer ! »

Plus la date du départ approchait, plus elle rassemblait avec frénésie des informations sur ses fantômes, Thoreau, Ralph Waldo Emerson, Hawthorne et Louisa May Alcott, jusqu'à déclamer en anglais, toute seule en pleine rue, des extraits de *Walden ou la Vie dans les bois*, sans aucunes notes. Le bibliothécaire municipal avouait avoir atteint ses limites et la côtoyer plus que sa propre femme. Après avoir écumé les librairies Gibert jeune, Smith et Brentano's, puis le centre Beaubourg, elle en était devenue mystique, n'attendait plus que de mettre ses pas dans ceux d'Henry David Thoreau, son dieu de Nouvelle-Angleterre.

Thierry qui, d'après elle, n'avait « pas inventé le cric », ne perdait pas le nord. Il s'était plaint de « ne pas savoir quoi choisir pour lire utile avant de partir ». Le lendemain, concoctée de mémoire, elle lui remit, le regard fuyant, une liste pointue, avec biographie et analyse des œuvres. Cette générosité relevait d'ordinaire plus de Malvina ou Doriane, habituées à s'attarder au lycée après les cours pour aider les plus faibles. Cela lui avait donné l'idée de réunir pour le voyage une mini bibliothèque qu'elle répartirait parmi ceux qui en émettraient le désir. Après s'en être procuré le dernier ouvrage, *Tom Sawyer*, en Poche, elle se prétendit certaine d'avoir, en sortant de la librairie de la rue Pasteur de Vaujours, croisé l'ennemi public numéro un, le très dangereux Jacques Mesrine. Tellement fantasque, personne ne l'avait crue, jusqu'à ce que le journal régional de FR3 annonce que l'homme le plus traqué d'Europe avait failli être capturé, rue Pasteur à Vaujours. Seules dignes de confiance à ses yeux, Malvina et Dodo étaient dans la confidence pour Thierry. Dès que l'interphone sonnait, elle trépignait, espérait qu'il soit venu lui aussi, pour s'enivrer de sa présence, guettait son arrivée par la fenêtre. Elle l'installait dans un fauteuil du salon, lui servait avec empressement du Gini et des Granola, ses biscuits préférés, achetés exprès pour lui, lui emballait des accras dans du papier alu pour son dîner. Quand il repartait, elle se laissait tomber dans le siège qu'il avait occupé, buvait dans son verre, se délectait des miettes et humait l'air encore embaumé de son après-rasage Aqua Velva. Entre deux Heidegger elle lisait des *Harlequin* en cachette et rêvait en les refermant qu'un beau jour il arrive en avance, seul, et la prenne dans ses bras pour l'embrasser avec fougue. Après, ils iraient en ville sur sa moto et feraient l'admiration de tous en se promenant main dans la main dans la galerie marchande. Thierry ou un autre, ce voyage pouvait lui offrir l'occasion de trouver un petit ami, lui soutenaient ses alliées, qui décrétèrent qu'il fallait d'urgence prendre son cas en main, avant le départ. Le produit prescrit par le dermatologue de la clinique du Vert-Galant commençait à agir. En attendant, un savant maquillage signé Dodo ferait l'affaire. On passerait chercher les lentilles de contact chez l'opticien, et adieu les lunettes !

« – Pour ma myopie OK, mais je ne vais rien voir de loin.

– T'inquiète, on te racontera. »

Le dernier samedi, les filles escortèrent d'office leur créature jusqu'au centre commercial.

– On va d'abord supprimer la pomme que tu as sur la tête.

– Vous croyez ?

– Oui, on croit Guillaume Tell. Après tu essaieras quelques vêtements, et tu vas nous faire le plaisir de rendre son imperméable à l'abbé Pierre.

Muriel, excitée par l'idée de nouveauté, s'amusait beaucoup et approuvait ces directives sans contester. Elle passèrent chez Pecca et Doriane se mit en rapport avec le chef du département textile afin de la faire bénéficier d'une grosse réduction, qu'elle adopte un style plus flatteur car, Thierry était dans le vrai, elle n'avait pas que de jolies jambes... Les filles se cotisèrent pour que leur coiffeuse, Chantal – fille naturelle de Cheryl Ladd et Karen Cheryl – transforme sa coiffure navrante en brushing à la *Drôles de Dames*.

Sur le parking, à la sortie du centre, les conseillères se congratulaient lorsque Mumu déclencha les sifflets d'un groupe de garçons qui, passant par là, ne l'avaient pas reconnue. Métamorphosée, elle souriait de ses jolies dents, les lèvres charnues, « un vrai sens interdit » d'après les filles.

On attendait la réaction de Thierry.

Dans l'euphorie, il fallut toutefois revenir sur ses pas pour acheter le dernier numéro de *Science et Vie*.

VIII.

Une chenille
dans le mezcal

Le lundi matin, Wahl jr. devait s'entretenir à son hôtel avec un certain Lance Manning IV, né à Corpus Christi, au Texas, mais débarqué d'Arizona aux commandes de son propre bimoteur par l'aéroport secondaire de Teterboro. Avant l'invention de l'aviation, on aurait sans peine imaginé ses ancêtres rejoindre leurs partenaires commerciaux à cheval puis fourguer des potions miraculeuses à l'arrière d'une carriole… Certes ce meneur d'hommes n'était pas le meilleur ambassadeur de la mode mais, outre son habileté professionnelle hors pair, il présentait une mentalité irréprochable, rare dans le milieu. Ainsi, quand la WIPE lui fabriquait ses gadgets en plastique, vendus à la télévision sur tout le territoire, ainsi qu'au Canada anglophone, il respectait chacun de ses engagements et payait rubis sur l'ongle. Un client en or.

Descendu de son appartement, Anthony retrouva la silhouette familière dans le hall : grosse bouille sympathique sous ses bouclettes gris-roux, une tête de plus que lui, une carrure de déménageur casée de justesse dans son costume à carreaux. Les deux hommes se saluèrent cordialement puis se dirigèrent vers le Business Center du palace.

– Tony, ça fait une paye que j'appelle Jill pour vous rencontrer. Alors quand elle m'a dit que vous veniez, j'ai sauté sur l'occasion.

– Vous avez bien fait.

Sans s'interrompre, Manning sortait goguenard de sa serviette de médecin du Far-West une énorme bouteille d'alcool coloré.

– Tenez, de ma réserve personnelle. Mezcal maguey, introuvable en

France. Elle était encore à Nogales lundi. À boire loin d'une cigarette surtout. C'est moins cher que votre Rémy Martin hors d'âge, mais vous en mettez dans la Peugeot de Columbo, et il peut courir les 24 Heures du Mans !

Rire sonore.

— Merci beaucoup Lance, c'est très gentil. Mais, euh…

— Oui, c'est une chenille à l'intérieur. Les Mexicains ont de drôles de coutumes. Et encore, vous avez échappé au scorpion.

Nouvel éclat de rire.

Anthony posa la bouteille au sol avec précaution, près de son siège. Le Texan reprit son sérieux pour entrer dans le vif du sujet.

— Je rigole mais... Voilà d'abord mes projections de commandes pour 1979-1980. Nous prévoyons d'exporter en Europe, donc pas de soucis de ce côté-là.

Il lui tendait une chemise pleine de documents.

Ça fait combien de temps qu'on travaille avec vous ? Six, sept ans ?

— Depuis septembre 71. Sept ans.

— Voilà : il y a deux ans, chez des amis de Tucson, un gars m'a embringué dans une histoire pas possible. Il m'a incité à investir en me faisant miroiter des rendements très juteux, le triple de ceux de ma banque. Afin de me démontrer sa bonne foi, il m'a proposé de lui confier une petite somme pour commencer, 50 000. Il m'avait été présenté par un vieux pote, j'ai dit d'accord. En avril, je repartais avec une mallette contenant plus de 57 000 dollars. En liquide. Près de 15 % en cinq mois : du jamais vu.

Anthony avait compris.

— Ensuite ?

— Ensuite… je lui ai apporté… 500 000 billets.

— Et ?

— Au bout de quatre mois, je lui demande où en est mon placement. Il me reçoit dans son bureau de Phoenix, me montre son coffre entrouvert, des liasses emballés dans un film plastique à mon nom avec une étiquette « 500 000 » et me dit : « Vous pouvez partir avec si vous voulez, ou obtenir encore plus ». Il y avait d'autres paquets derrière les miens qui attendaient leur bénéficiaire, alors j'ai dit banco et suis rentré chez moi comme un abruti. Cela a continué ainsi jusqu'en octobre dernier. Pour financer mon implantation en Europe, il me fallait un maximum de disponibilités. Je lui ai demandé de solder mon compte à titre provisoire et promis de revenir dans le système une fois l'opération menée à bien.

– Vous en étiez à combien ?

Manning, colosse, baissa la tête comme un gamin pour donner sa réponse.

– Trois. Millions.

Tony enchaîna, impassible :

– Et il vous a dit que votre argent n'était pas disponible en invoquant un prétexte qui ne tenait pas debout ?

– Comment savez-vous cela ?

– Vous avez été victime d'une vieille escroquerie, la pyramide de Ponzi. Votre gars a utilisé votre dépôt pour appâter d'autres pigeons – désolé – en le leur montrant à la demande, puis du leur pour les suivants, et ainsi de suite. Il n'y a jamais eu le moindre placement. Le liquide de ses « clients » n'a servi qu'à simuler les résultats, trop beaux pour être vrais, et surtout lui assurer un train de vie de millionnaire. Il n'aurait jamais pu rendre en même temps leur mise à toutes ses proies. Si vous aviez ouvert le paquet du coffre, vous auriez constaté que seuls les billets du dessus étaient présents ; les autres rangés dans son coffre à lui, ou dépensés depuis longtemps. C'est votre foi en l'être humain qui vous a mis dedans.

– Ça veut dire que je ne reverrai pas mon fric ?

– Probablement. Ces escrocs finissent par s'évaporer dans la nature ou conservent leurs beaux locaux en produisant à la demande une fausse comptabilité, font croire qu'ils ne sont que courtiers, et que leurs clients ont pris des risques sur des placements hasardeux en toute connaissance de cause. Les reçus portent vos deux signatures, vous êtes coincé. Mais pourquoi vous adresser à moi et pas à la police, tout simplement ?

– Vous imaginez ma réputation si on apprenait que je me suis fait rouler comme un débutant ? L'Arizona fait les deux-tiers de la France, mais tout se sait là-bas. Finis les honneurs, finies les lignes de crédit, et finie la fiesta ! Maintenant, au vu de vos explications, je vois mal comment la police pourrait régler mon problème.

Anthony, qui avait commencé à réfléchir, perçut la sincérité dans le désarroi de son client. Il savait que celui-ci ne mettait pas en balance ses commandes futures, mais demandait l'assistance d'une personne de confiance plus que qualifiée, d'un ami.

– Écoutez Lance, il faut que je voie ça avec CIC, s'il a déjà rencontré ce cas. Comptez sur moi. On se revoit mercredi ?

Le reste de la journée, Anthony expédia les derniers rendez-vous, sans grands enjeux, surtout par rapport aux contrats Ota et Abbott… Il cogitait, essayait de trouver une issue pour le pauvre Manning avant d'en parler à son père.

Et Malvina ? pensa-t-il. Ça y est : elle était loin maintenant. Avait-elle été bien accueillie dans sa famille d'adoption en Nouvelle-Angleterre ? Ceux à qui elle offrait désormais sa compagnie se rendaient-ils compte de leur fortune ? Persuadée qu'elle ne le reverrait plus, allait-elle se consoler dans les bras du plus beau footballeur du lycée ? Lui en voulait-elle d'être parti sans explications à la fin de cette nuit où ils avaient été si proches ? Sans doute.

Il passa relever ses messages auprès de Jill, ceux de Paris enregistrés jusqu'à 13 heures en raison du décalage horaire. Ils s'encouragèrent pour leur réunion du lendemain avec les Japonais. Afin de rester concentré, il préféra dîner dans sa chambre et se détendre devant la télévision plutôt que se disperser dans une boîte ou un restaurant couru où il aurait dû converser avec une quantité de connaissances plus ou moins appréciées, et éconduire les prétendantes. Il ne tenait pas à retourner au Studio 54. Dans un message remis par la réception, Veronica lui proposait un nouveau dîner avant qu'il reparte, ou un autre en janvier à Genève… Au hasard des dizaines de chaînes qui défilaient grâce à la télécommande, il tomba sur un épisode de la série policière *Kojak* et repensa à Brighton Beach, à la maquette de la Buick marron inscrite sur la liste par le petit frère, que Malvina n'était pas parvenue à trouver. Il souriait. Lui qui préférait les routes balisées se sentait toujours pris dans les inoffensifs filets de sa petite Circé de Seine-Saint-Denis, qui existait bel et bien et se cachait quelque part près de Boston.

À 14 heures pile, Wahl retrouva l'impassible Fubuki Ota et ses boys au Citicorp. Il était temps de savoir à quelle sauce il allait être mangé.

Pour cet homme redoutable, la négociation relevait de l'art, mais, en affaires, Wahl jr. tirait à balles réelles. Les voyants enfin au vert, interdit de dévoiler la moindre satisfaction, d'accepter une offre qui ne serait pas le produit de plusieurs réunions préparatoires.

La salle précédente accueillit pendant 2 h 45 le second volet des pour-parlers finaux. Ferme, le Français fit comprendre dès les premières minutes qu'il ne pourrait pas aller plus loin, qu'OtaCorp ne lui accordait pas de faveur en sélectionnant la WIPE, qui pouvait se passer de sa clientèle. Ils seraient partenaires d'égal à égal, ses hommes formeraient l'encadrement à Kyoto pour récolter ensemble les dividendes de leur *joint venture*. À l'issue de discussions, tergiversations et objections multiples, on finit par trouver un accord : OtaToys fabriquerait elle-même au Japon les millions de figurines sous brevet exclusif WIPE jusqu'en 1983. Il ne restait plus qu'à établir un calendrier de formation pour les équipes nippones. La somme que ce contrat allait générer était faramineuse, d'autant plus que Wahl n'avait pas lâché l'intégralité de sa marge de négociation.

Il appela son père dans la nuit pour lui annoncer le résultat de ce voyage imprévu et lui exposa par la même occasion le cas Manning. Wahl sr. se fendit d'un simple «bien». Ça n'est pas aujourd'hui qu'il allait féliciter son fils.

Par téléphone, les Wahl associèrent leur matière grise pour sortir leur client du bourbier infernal où il s'était enfoncé, jusqu'au cou.

– Lance, j'ai échangé avec mon père. Nous avons une solution à vous proposer pour récupérer votre mise, et peut-être un peu plus. Mais je vous préviens, c'est limite. Inutile de nous revoir ces jours-ci, rentrez tranquillement à Tucson, je vous tiens informé sous huitaine.

Après avoir rassuré Manning, Anthony s'accorda en ce dernier jour une récréation méritée. Il se fit conduire à Hell's Kitchen, au bord de l'Hudson, près de l'embarcadère de la Circle Line. Il se demanda si elle avait profité de sa croisière le lendemain de leur séparation, sourit à la vue d'une cohorte de jeunes Italiens qui embarquaient bruyamment pour la rotation suivante. À l'horizon, la silhouette des tours jumelles dominait la ville, prodigieuses, indestructibles. Il hâta le pas pour ne pas se refroidir, sans but précis, le long de la 11e avenue, quartier peu amène d'entrepôts et de terrains vagues, repensant à l'opportunité qui s'y présenterait un jour, puis bifurqua en direction du centre par la 34e rue. Malvina lui avait dit que les endroits délabrés lui permettaient de rêver aussi bien que la mer ou les espaces verts. Il faudrait encore du temps pour rejoindre le phare lumineux de Times Square, le secteur pas des plus rassurants. En vue de la William Sloane House, il passa la porte à tambour. Ce lieu symboliserait dorénavant autant la joie et l'avenir que la désillusion la plus définitive. Il décida de faire le tour du hall, empli du bruit de fond incessant des visiteurs, observa plusieurs minutes le va-et-vient des ascenseurs de cuivre.

Il ne manquait que la délicieuse présence de Malvina.

En début de soirée, une limousine aux vitres teintées vint le chercher à la sortie de son ultime rendez-vous, le déposa au terminal 3 de l'aéroport. Les gardes du corps ne repartirent vers Manhattan qu'après s'être assurés que leur client avait passé le contrôle de sécurité sans encombre.

Bien que familier de cette ligne, il eut pour la première fois le sentiment de laisser quelque chose derrière lui, d'abandonner à tout jamais une voie qui aurait pu le mener ailleurs.

Dans le *Worldport* de la Pan Am, on annonça le vol pour Paris.

Premiers jour à Concord

« Breakfast time ! »

L'ombre des branches décharnées ondulait au plafond. Les draps remontés jusqu'aux yeux, Malvina laissait courir son imagination, lorsque l'appel au petit déjeuner, sorti de l'interphone incorporé au mur, la fit sursauter. Elle tourna la tête et sourit de satisfaction devant la bonhommie immuable de son lapin, déposa un baiser sur son front. Venue du rez-de-chaussée, une délicieuse odeur finit de la rassurer. Elle se leva sans effort.

Natalie se réveillait avant tout le monde pour confectionner les en-cas du jour, placés dans des *brown bags* (sacs de papier kraft), toujours personnalisés du prénom de ses filles, assortis d'un petit dessin d'encouragement pour la journée. Ce matin il y en avait trois à préparer, celui de Malvina orné d'une tour Eiffel stylisée aux airs de puits de pétrole. Pendant qu'elle inaugurait son appareil à œufs brouillés, les roulés à la cannelle et les gaufres en poudre *Aunt Jemima* doraient au four, le café gouttait dans sa verseuse familiale transparente. Rebecca et Mabel, déjà habillées, terminaient de mettre le couvert.

Malvina débarqua au bas de l'escalier en pyjama et chaussettes, embarrassée d'être la dernière. Elle fut accueillie par le « hi ! » simultané des quatre membres de la famille, qui se souciaient de savoir si elle avait bien dormi. La petite Rebecca s'empressa d'allumer le sapin et, comme chaque matin, installa son Arabella à table, une serviette au cou.

On parlait dans le calme, les filles leur bol de *Lucky Charms* devant elles, les gâteaux frais et ceux rescapés du buffet amoncelés au centre, tandis qu'en fond sonore la chaîne régionale Greater Boston Newscasts égrenait les informations. Le présentateur annonçait de nouvelles chutes de neige sur tout le Massachusetts. Malvina imaginait son frère près d'elle, qui aurait adoré, les céréales multicolores, le sapin, et tout le reste. Il se serait dépêché de finir pour courir dehors faire de la luge. Son mug entre les mains, la lycéenne se surprenait à participer à la conversation, à resservir ses hôtes. En temps normal elle aurait préféré l'onctueux cacao *Swiss Miss* d'abord proposé par madame Maroney, mais le café, très chaud et très léger, lui rappelait les fins de soirée avec sa mère.

Il faisait encore nuit, le prix à payer pour finir à 13 heures. Au bord de la route principale, en bas de leur allée, les trois filles patientaient dans un froid sans pitié.

Tony m'avait dit à New York : « Il y a des endroits où il fait plus froid qu'ici, au Labrador par exemple. »

Marjorie et sa correspondante Charlene montèrent à l'arrêt suivant. Revoir cette beauté mélancolique ragaillardit Malvina. Au fil de la ligne, les Français se retrouvaient, entourés de garçons proprets et de filles aux cheveux à peine secs, dont le parfum « chewing-gum » attestait de l'usage quotidien du shampooing le plus répandu *« Gee, your hair smells terrific »* (« Waow, tes cheveux sentent si bon ! »). Elles se complimentaient avec emphase sur leurs nouveaux lacets fantaisie ou le brillant à lèvres à la pastèque vu à la télévision et acheté d'urgence en ville. Ornées de perles roses ou violettes, les bagues dentaires aussi étaient source de comparaison. *La plupart doivent avoir été installées par Natalie*, s'amusa Malvina. Les banlieusards assimilèrent le *school bus* jaune à une attraction de fête foraine, surpris de voir tout une file de voitures patienter sans râler dès qu'il stoppait. Parmi les élèves locaux, la délicieuse Melissa McKenna, dite Missy, référence absolue, blondinette gracieuse première en tout, sans contestation possible la plus *preppy* d'Emerson, sortait chaque matin de chez elle comme des pages d'un exemplaire de la revue *Seventeen* pour grimper dans le car telle une ballerine. Quelle tenue avait-elle choisie aujourd'hui ? Son style commanderait celui d'une multitude d'adolescentes qui pourraient, grâce à elle, rivaliser avec celles des lycées huppés de Boston. Missy McKenna minaudait un peu à force de recevoir des éloges, mais sa gentillesse valait bien qu'on la défende des grincheuses. Le chauffeur déposait d'abord les petits à l'*Elementary*. Après leur tour de manège, les élèves français logés loin du centre descendirent au terminus et se firent la bise sous l'œil dubitatif de leurs correspondants. Parmi la foule, dans l'allée menant au bâtiment, couverte d'un long auvent en dur, Malvina chercha à localiser Doriane. Elle ne croisait que des visages lui évoquant ceux d'ancêtres venus de Dublin ou Stockholm. Un étourdissement surgit lorsqu'elle visualisa l'océan qui la séparait des siens, au sens propre, puis la disparition d'Anthony derrière les portes de l'ascenseur, reprenant un taxi pour rejoindre son hôtel. Comment renoncer à un bonheur goûté si intensément, parti aussi vite qu'il était venu ? Comment tenir encore trois semaines sans la proximité chaleureuse de sa maman et de son frérot chéris ? Elle tomba sur Stéphanie A, Sacoche, Thierry et leurs correspondants respectifs, puis sur Dodo et Melissa, juste après le sas conçu pour contenir les assauts du froid. Rassérénée, elle complimenta l'Américaine sur sa beauté, et l'expression de sa meilleure amie lui redonna de l'énergie. Elles se confièrent leur étonnement devant le nombre de beaux garçons athlétiques qui passaient dans leur champ de vision. Mabel arriva et ne comprit pas l'exclamation « gueules carrées à tribord ! » La sonnerie interrompit les présentations. Une fois en classe, les élèves récitèrent, la main sur le cœur, le serment d'allégeance au drapeau des États-Unis diffusé par haut-parleurs dans tout l'établissement, puis s'assirent pour le premier cours. Mabel chaperonnerait Malvina, qui suivait de son mieux l'introduction en anglais. Monsieur Arbogast, jeune et bel enseignant muté d'Idaho, dont c'était la première affectation, assurait cette heure d'histoire. Il fut adoré dès la rentrée par 100 % des filles, qui jalousaient mademoiselle Chalmers auprès de qui elles le voyaient baguenauder. Puis il y eut sciences avec le principal Rayton, le genre femme d'affaires, moins avenante, et qui savait tenir une classe. Au changement de manuel, les Français se retrouvèrent devant les vestiaires métalliques à cadenas repérés tant de fois à la télévision. Tous trouvaient ça très pratique, et surtout cool, autant que les chaises à tablette incorporée ou les fontaines à eau. Ils se retrouveraient au self-service pour le déjeuner.

— Alors ma Grenadine, ça s'est bien passé avec ta famille ? C'est loin ? demanda Doriane.

— Pas trop, l'arrêt d'après Marjo. Ils sont géniaux, j'ai l'impression d'être chez eux depuis un mois. On pourrait tenir debout à plusieurs dans le placard de ma chambre.

– La mienne n'a pas de placard, je t'expliquerai…

– Ils m'avaient préparé un énorme buffet de pâtisseries : cassage de ventre. J'ai honte d'avoir mangé autant. Ici on est obligé d'aimer la cannelle, je m'y mets. Les parents sont super arrangeants, les filles adorables. Mabel a une sœur de l'âge de Bouli, Rebecca, une petite chanteuse, danseuse aussi. Lui est ingénieur, elle dentiste, mais quelle simplicité ! Tu imagines, la maison est en pleine forêt et ils ne verrouillent même pas leur porte. Et toi ?

– Moi je la verrouille ma porte, à Tremblay !

Melissa est comme sur la photo tu vois (l'Américaine bavardait avec d'autres élèves).

– Brune aux yeux bleus, comme Brooke. Je lui ai dit, elle est vraiment belle.

– Ça oui. Elle est gentille mais a sans arrêt peur de mal faire, alors c'est une vraie maniaque. Elle est super gâtée, tu comprendras quand tu verras sa chambre et sa voiture, je n'y crois toujours pas…

Tout en parlant, Doriane crayonnait un portrait saisissant de sa correspondante, dont les traits se prêtaient à merveille au style de Charles Gibson, l'artiste qui l'influençait le plus.

– Et les autres ?

– Ils sont bien tombés eux aussi, les Américains sont vachement accueillants ! Ah, j'ai vu le copain de Mabel, Daniel.

– Raconte ! Il est beau ?

– Très, mais pas trop ton genre, plutôt le mien !

Alors : Mabel me propose de faire sa connaissance et, au lieu de lui passer un coup de fil, elle commande des pizzas par téléphone.

– Par téléphone ?

– Oui oui. Elle appuie sur une touche et le téléphone compose tout seul le numéro ! Devine qui nous les a livrées… Daniel prévoit d'arrêter ses études. En plus des cours il travaille à la pizzeria familiale, celle qui est près de la station-service. C'était romantique de les voir s'embrasser en catimini parce qu'il lui restait des livraisons. Il a été très gentil.

– Quel bol ils ont de conduire ! Et les parents de Melissa ?

– Les parents sont cools eux aussi, et marrants, ils vendent des matelas ou un truc comme ça, rentrent super tard. Il paraît que le père passe à la télé. Et leur maison : un pa-lais, juste pour nous deux, en face du lycée. Plus centrale on dormirait dans la cour. Quand je lui ai dit que nous n'avions que trois chaînes, elle a compris trois télévisions et trouvé ça chouette.

– Tu as vu : ils adorent le faux bois ! Sur les murs, les tableaux de bord, les portières des breaks, les distributeurs, les radios-réveils, le téléphone, la télé, le lave-vaisselle, les cartons d'archives.

– Oui, même dans les arbres. Le plus étonnant est qu'ils ne se font pas la bise, mais que parents et enfants s'embrassent sur la bouche.

– Tu as raison, je vois mal ton père te faire un smack.

– Beurk !

Thierry, qui avait intercepté le sujet de la conversation, s'y imposa :

– Très joli ton dessin Dodo, dommage que toutes les filles ne soient pas aussi canons que Melissa. Les Américaines ont de gros seins mais les fesses plates, l'inverse de vous, les Françaises.

Le double regard décoché suffit à lui signifier le caractère déplacé de sa remarque.

– Qu'est-ce que tu fais avec tous ces journaux ? demanda Stéphanie A, arrivée entre-temps, suivie de Mumu.

– Je les ai piqués au distributeur. Une fois le capot ouvert, il n'y a qu'à se servir !

– Tu es complètement con : que vas-tu faire de cinq exemplaires identiques ?

– Il va pouvoir apprendre des trucs, il reste encore plein de place dans son cerveau ! dit Muriel qui s'essayait à l'humour.

À la cantine, les lycéens français échangeaient leurs impressions sur leur nouveau foyer, tous enchantés de la gentillesse et de la simplicité avec lesquelles on les recevait.

Les Américains n'attendaient que son arrivée pour désigner à leurs correspondants la détentrice du titre envié de « fille la plus populaire du lycée », Anna-Beth D'Amato. Mieux coiffée que Farrah Fawcett, irréprochable de la tête aux pieds, la sculpturale Italo-Texane faisait son entrée au réfectoire, en cours, au Scoops ou dans les boutiques comme si elle venait d'être sacrée à Westminster. Tous les midis elle allait s'asseoir avec son petit ami Matt, lui aussi souverain des lieux, un vrai gladiateur, qui lui concédait un furtif baiser puis continuait de discuter football avec les sportifs. Sur le modèle ouest-allemand, les cours se terminaient tôt pour laisser place aux activités annexes. On pouvait s'inscrire à la rentrée au club des inventeurs, au base-ball, à la rédaction de l'*Emerson Standard*, le journal du lycée, à l'initiation à l'informatique, à la fanfare, etc. Mabel et Melissa membres assidus des *cheerleaders* (pom-pom girls), encourageaient les équipes sportives lors des derbies. Mabel aimait la GRS et, captivée par les championnats du monde qui venaient, par hasard, de se dérouler à Strasbourg, elle proposa aux filles de leur prêter des tenues le temps d'une démonstration de gymnastique à la française. Malvina et Doriane, d'abord surprises, se laissèrent convaincre puis allèrent se changer. Elles revinrent du vestiaire un peu gênées mais conquérantes, en jupette plissée et pull moulant bordeaux marqué des grandes lettres jaunes entrelacées « EH » (Emerson High). Elles se mirent d'accord d'un regard pour démarrer leur enchaînement habituel, celui du gala, synchronisées à la perfection dès les premiers mouvements. Cette fois-ci, leur entraîneur, monsieur Ozanne, aurait été fier d'elles. Les filles présentes regardaient incrédules, leurs pompons en berne. Quant aux garçons, vêtus en guerriers, ils interrompirent leur entraînement pour s'approcher en hâte afin d'admirer ces corps d'Européennes aux cuisses fuselées et aux bustes troublants, surtout pour des gars de 17-18 ans en ébullition hormonale permanente. Parmi eux, Matthew Prentiss, le copain d'Anna Beth, et son meilleur ami, Wayne Jørgensen. Le vers était dans le fruit.

Monsieur Beaucourt avait prévenu : « Vous verrez, les Américains ne font qu'un repas par jour en fin de compte, ils mangent du matin au soir. »

De retour à Carlisle, Malvina eut la confirmation du rôle de phare du foyer joué par la vaillante petite ampoule du frigo géant. Quand madame Maroney n'avait pas le temps de cuisiner, chacun le rejoignait tel un bateau en perdition pour se préparer un saladier de glace recouverte de chantilly, arrosée de sauce chocolat, un roboratif sandwich à la mortadelle *Bologna*, un autre au beurre de cacahuètes-confiture, ou les trois. Incorporé à la porte « façon bois », un distributeur de glaçons permettait de repartir avec son vase de *Kool Aid Tropical Punch*, succulent jus de fruit en poudre. On picorait des poussins en guimauve *Peeps* devant la télé, des crackers

Goldfish en forme de petits poissons, des ramequins de gelée « goût framboise », sans oublier de piocher au passage dans le *cookie jar* (pot à biscuits) de délicieux petits gâteaux ronds aux morceaux de chocolat, produits sur place en quantité industrielle. Lorsque son mari ou l'une des filles ressortait de la cuisine avec sa ration de glucides, Natalie jubilait : « Futurs patients, futures voitures. Merci mes amours, grâce à toutes ces caries j'aurai toujours le dernier modèle ! »

Cette façon de vivre originale, ces produits exotiques aux emballages criards et aux multiples adjuvants radioactifs avaient tout pour séduire le duo Mina-Dodo, et fournissaient une trop belle occasion d'initier leurs hôtes en remerciement de leur hospitalité.

Melissa et Doriane arrivèrent chez les Maroney à bord du fameux bolide. Si jouer à « Un régal ! » était marrant avec des aliments français, ça ne pouvait que l'être encore plus avec la nourriture américaine.

Mabel et Melissa défendirent fièrement leurs couleurs jusqu'à déposer chacune une quiche. Intriguée par l'animation inhabituelle, Becca vint aux nouvelles : deux tortues sur le dos, incapables de s'arrêter de rigoler, les Américaines se tortillaient sur le carrelage près de leur vomi. La petite sortit de la pièce apeurée. Puis, les ventres vidangés, les Françaises leur apprirent à marcher sur les mains.

En ce début de séjour, la lycéenne, tout de suite surnommée « Joie de vivre », formule connue des Américains, se trouvait, surprise, de plus en plus à l'aise. Les Maroney appréciaient son abord simple, continuaient de s'adresser à elle sans la moindre condescendance, la traitant en troisième fille depuis son arrivée. « She's a bon vivant », disaient-ils, étonnés de sa gourmandise en regard de sa stature. Ils lui demandaient si tout était « OK », si elle avait des nouvelles de sa mère, de son petit frère, la laissaient appeler la France à volonté. Becca seule avait perçu un certain désarroi chez cette grande…

En plus de la GRS, Malvina et Mabel se trouvèrent vite des points communs. Elles fuyaient la foule, le bruit et le conflit, préféraient à cela lire, étudier ou écouter de la musique. Mumu avait conseillé : « Dans la journée, j'emploie plusieurs fois de suite les nouveaux mots que j'apprends. » Bien qu'il soit humainement impossible d'en retenir autant qu'elle, Malvina adopta cette technique astucieuse. Mabel, qui se préparait au *Spelling Bee* régional, ardu concours d'orthographe, fut enthousiasmée par son sérieux. La Française devait analyser *La lettre écarlate*, ouvrage le plus connu de Nathaniel Hawthorne. Mabel lui prêta ses *Cliff Notes*, les analyses de livres à la fameuse couverture jaune, synthétiques et pratiques, comparables aux Annales Vuibert. Face au lycée, le Scoops, un joli *ice cream parlor* rose bonbon, QG des élèves à l'heure des repas, après les cours ou le week-end, servait des milk-shakes, des pâtisseries gourmandes, neuf fois sur dix à la cannelle, et des banana-split gargantuesques. Rien à voir avec les pains au chocolat maigrichons de la boulangerie du bahut, à Tremblay. Les vacances approchaient mais, au lieu d'y perdre un temps compté, Mabel et Malvina travaillaient avec assiduité dans la chambre. Avant d'être conduite à la danse, Rebecca chantait dans la sienne en tutu, micro en main. Sa poupée spectatrice, elle aussi costumée en danseuse, parmi une foule de peluches, elle reproduisait la chorégraphie de Village People, qu'elle ne loupait jamais à la télévision. Puis elle rejoignait les filles essoufflée et, une fois la chaise escaladée, admirait ces deux génies en silence. Appuyé sur le porte-partition, le gros étui avait titillé la curiosité de Malvina. Mabel lui apprit qu'il s'agissait d'un alto et non d'un violon, et lui en fit une démonstration magistrale sur une pièce de Berlioz. La virtuosité et la concentration extrême de la jeune Américaine la laissèrent pantoise. Elle repensait au temps consacré à sortir de pauvres notes de flûte au CES, au *Cantilège 1.z* indéchiffrable…

– J'aimerais tant savoir jouer d'un instrument, mais j'en suis incapable ! Dodo, elle, fait des merveilles au piano et chante presque aussi bien que toi Becca. Quant à déchiffrer les notes…

– C'est plus simple qu'on le croit. Attends, je vais te montrer.

Mabel céda sa place, bloqua l'alto au creux du cou de son élève, plaça ses doigts sur les cordes, décomposa le mouvement de base de l'archet :

Malvina était bien inapte.

En dehors de cela, la jeune Américaine, un an de plus, admirait son ouverture d'esprit et son chic parisien. Lectrice de revues européennes achetées par son père à l'aéroport de Boston au retour de ses déplacements, elle voyait toutes les Françaises « so sophisticated », pensait que Malvina, avec son charme et sa chevelure aux reflets châtaigne, pourrait sans difficulté faire la « une » des magazines de mode les plus glamour, surtout depuis qu'elle lui avait confié avoir rencontré Brooke Shields en personne, et au Studio 54. En extase devant le soin porté à sa coiffure, elle s'éclipsa pour rapporter de la salle de bain son shampooing au nom tarabiscoté, le *conditioner*, ainsi que son parfum, romantique et sucré, évocateur d'une brassée de gardénias. Très touchée, Malvina lui offrit son *Eau jeune*, best-seller des adolescentes françaises, ainsi que sa montre Snoopy. Mabel n'y aurait pas préféré un parfum Guerlain et une Cartier. La jeune fille, tels sa mère et la majorité des Américains, se faisait une image idéalisée et obsolète de la France : la France c'était Paris, et Paris une petite ville calme peuplée d'amoureux oisifs aux terrasses des cafés, de mimes en marinière et d'accordéonistes joviaux. Rebecca, d'abord effarouchée par sa toute première Française, l'intégra dans son imaginaire de petite fille comme sortie d'un de ses *contes de l'oncle Remus*. Son attention sincère, sa beauté irréelle et sa crinière de princesse en faisaient une apparition. Après avoir tressé quelques mèches à sa poupée, mêlées de fils colorés, elle tendit ses accessoires à la fée qui logeait depuis quelques jours sous son toit, lui fit comprendre sans un mot que ça lui irait à elle aussi. Malvina se laissa faire. Assise sur le lit, elle coiffait Becca, sur un tabouret, qui coiffait Arabella, sur son siège de poupée.

Vers 18 heures, on repassait au frigo puis on se réunissait dans la *family room*, enjouée d'épices et de flammèches des bûches incandescentes, parcourue de guirlandes et autres décorations de Noël. On parlait de ce qu'on avait fait, de tout et de rien, de la France, du réveillon qui arrivait. Natalie suivait *Eyewitness News* un cocktail à la main, Dun, toujours fourré chez RadioShack pour en rapporter de nouveaux jeux, s'initiait à *Air Raid* en terminant son Irish coffee, puis feuilletait son livre consacré à Hopalong Cassidy. Sur le canapé devant des séries palpitantes, un jeu où le candidat devait deviner le prix des objets à gagner, on dépliait les *TV trays* (plateaux sur pieds) le temps d'avaler un *TV dinner*, repas complet surgelé, un *mac and cheese*, macaroni au fromage phosphorescent, couleur Casimir, qu'on aurait pu déguster dans le noir.

Anthony, revenu sur ses pas, ouvrait une à une toutes les portes de l'étage, jusqu'à tomber sur le dortoir de Malvina, stupéfaite de le revoir après l'épisode de l'ascenseur. Elle sécha ses larmes, il l'emmena dans le petit matin, en pyjama. Étaient-ils retournés en 1977 où, selon le patron du restaurant Angelo, le blizzard avait empli les rues d'un mètre de neige ? Au lieu de Manhattan, ils progressaient avec peine en plein Labrador canadien, mais elle ne ressentait pas le froid. Elle s'éveilla de ce drôle de rêve incertaine. Elle était dans sa chambre à Carlisle, les branches dansaient toujours au plafond. Malgré le chauffage, elle tremblait.

Les jours suivants, chacun des lycéens avait trouvé sa place, dans sa famille et dans cette société provinciale bien plus rassurante que New York. Doriane et Malvina assistaient aux cours avec de plus en plus de plaisir et d'aisance. Elles s'étaient offert leur Trapper Keeper, celui de l'artiste personnalisé avec une photo de son petit chien, celui de sa sœur d'un dessin réalisé à cette occasion : sa mère et son frère, reproduits de tête à la perfection. Les enseignants appréciaient qu'elles fassent l'effort de parler anglais entre elles en leur présence. Elles se seraient bien vues terminer l'année au lycée, y mener ce quotidien orchestré, à la fois studieux et distrayant.
Thierry tomba sur Muriel, qui fouillait dans son casier, stressée.
– Tu as perdu quelque chose ?
– Mon livre de sciences. Et le cours qui commence dans cinq minutes…
– Ton livre de sciences ?
– Tu l'as vu ?
– Oui, il vient de passer à l'angle du lycée et de Patriot Street.
– C'est malin.

Les Maroney assistaient peu à la messe. En revanche, ils tenaient à ce que, pour perpétuer la tradition, leurs filles participent aux actions de charité de la paroisse. Comme son petit ami, Mabel conduisait depuis deux ans, une auto vert émeraude qui laissa Malvina perplexe. Elle l'avait prise, vue de face, pour une grosse Ford. De profil, après avoir contenu un rire, elle s'amusa à imaginer une voiture américaine typique dont on aurait coupé net l'arrière, une part de gâteau. Bouli adorerait la forme rigolote du véhicule et surtout le diabolique petit personnage du badge, qu'elle s'empressa de lui photographier. Conduire, un symbole qui la faisait rêver depuis des années. Sur leur cahier de textes, Dodo et elle s'échangeaient le nom des modèles qu'elles auraient voulu s'acheter. En France, elle devrait patienter un peu pour passer son permis, pas mal pour emprunter l'italienne de sa mère, et encore plus pour posséder sa propre voiture. En attendant, en plus des arrêts pour l'essence, au retour des courses, sa mère la laisser garer la sienne en marche arrière.

Sur la route du centre-ville, Mabel et Mina firent halte dans une station-service Amoco afin de prendre vingt dollars d'essence, des *Twinkies* et des beignets *Krispy Kreme*, sur l'argent personnel de la jeune Américaine, qui elle aussi donnait des cours particuliers aux petites classes. Elle n'y était évidemment pour rien, mais s'excusa de la marée noire causée par le naufrage d'un tanker de cette compagnie. Au printemps, sur les côtes bretonnes, de Portsall à Saint-Brieuc et au-delà, englués de pétrole, des milliers d'oiseaux et presque tous les poissons avaient péri asphyxiés, la flore aussi. Une catastrophe écologique, un scandale international sans précédent. Malvina, séduite deux ans plus tôt par la beauté sauvage de la Côte d'Émeraude, en avait été affectée.

Pendant que Mabel manœuvrait son drôle d'engin, elle passa un bref coup de fil à Cannes, où il était déjà 20 h 30. Bouli répondit « yes » à l'opératrice qui demandait si le correspondant acceptait le *collect call*. Il attendait le réveillon chez ses grands-parents, et n'avait, d'après lui, pas encore déclenché de calamité, satisfait d'avoir emporté ses talkies-walkies pour piéger sa mamie.

Le récepteur placé dans le buffet fermé à double tour, il appelait au secours depuis le balcon et se tordait de rire en observant mémé Irène chercher la clé pour le libérer. Le frère et la sœur furent fous de joie de s'entendre de si loin. Leur mère, en plein service, ne pourrait pas être joignable avant la fin de soirée à l'heure de Paris.

Malvina reconnut à la caisse les tubes de brillant à lèvres parfumé et en acheta un au Dr Pepper pour Mabel, et un à la cerise pour elle, bien utiles pour se protéger des morsures du froid. Au sous-sol de la Lakeside Presbyterian Church, un vieux bâtiment de style Tudor, elles retrouvèrent Doriane, sa correspondante Melissa et quelques autres élèves affairés, dont Missy McKenna, toujours aussi pimpante les doigts pleins d'encre. Une odeur entêtante saturait l'air déjà confiné. Les sœurs n'étaient séparées que depuis la veille mais se sautèrent au cou. Une petite chaîne de production s'activait, montée pour la tombola organisée en vue d'offrir un repas de Noël aux familles démunies du comté. La première personne versait l'encre visqueuse, la deuxième actionnait la presse, la troisième massicotait à la bonne dimension les tracts ronéotypés et les suivants les classaient par secteur dans des casiers en bois. D'autres lycéens prendraient le relais pour la distribution. Cet esprit de solidarité qui plaisait tant aux filles leur rappela leur feuilleton favori sans qu'elles aient à se consulter. Dodo fit comprendre en levant les yeux au ciel que Melissa était, ici aussi, la reine des enquiquineuses, pinailleuse sur chaque détail, par exemple le sens de rangement des imprimés, qui n'avait aucune espèce d'importance. «Elle bichonne sa voiture comme si sa vie en dépendait», confia-t-elle perplexe. Dans une vitrine sur pied, le *Livre des dons* répertoriait les bienfaiteurs qui, en plus des manifestations caritatives ponctuelles, assuraient la subsistance de la paroisse. Chaque dimanche lors de son service, le pasteur montait le registre en chaire et énonçait les derniers noms des donateurs, qui se rengorgeaient l'un après l'autre. Vers 15 heures, le travail achevé, les Américains proposèrent aux Français d'aller voir *Superman* au Cinerama. L'idée remporta l'adhésion générale. Impatiente de retrouver son actrice préférée sur grand écran, Malvina brûlait de savoir si l'on passait aussi *Le Roi des gitans*. Ils furent rejoints par les distributeurs en fin de tournée et partirent en un convoi de trois voitures, avec un *stopover* chez 7 Eleven qui, comme son nom l'indique, était ouvert de 7 heures à 23 heures, sept jours sur sept. Ils firent provision de barres chocolatées et de sodas, tinrent à rassurer les Tremblaysiens : on pouvait acheter le complément dans le cinéma.

Le fait de manger n'importe quoi à n'importe quelle heure continuait de plaire aux Français, cependant un peu agacés par les allées et venues incessantes au stand du hall durant toute la séance, dont chacun revenait avec son seau débordant pour grignoter du pop-corn dans la salle bien trop fraîche. « Comment peuvent-ils suivre l'histoire ? » Ils respectaient la façon de vivre de leurs hôtes et ne leur firent pas part de ces travers finalement sans conséquences. Seul hic : l'odeur familière de cannabis, remarquée par les filles au lycée, flottait couramment, ça n'était pas de leur goût… Son film annoncé pour mercredi, Malvina s'empressa de demander à Mabel si elle serait d'accord pour l'accompagner. Mabel, qui admirait elle aussi Brooke Shields, accepta volontiers.

Bien que née à Rapid City, au centre du pays, Natalie semblait, avec ses cheveux blonds délavés maintenus par un foulard, débarquer d'une plage californienne. De son cabinet toujours bondé émanait beaucoup moins de stress que de n'importe quel autre de la région, ce qui suscitait quelque jalousie de ses confrères. En dehors du sérieux requis par sa profession, elle parvenait à prendre les choses avec humour et légèreté, dans l'ordre où elles se présentaient. Pondérée, arrangeante, elle dénouait les conflits avec aisance et prononçait à leur issue, de sa voix rauque d'ex-fumeuse, un « totally fine » (tout va bien). Dès qu'un nouveau gadget était proposé à la télévision, elle sautait sur son téléphone pour le commander. Après le micro sans fil réquisitionné par Becca, elle venait de recevoir le drôle d'ustensile conçu pour battre les œufs un à un, étrenné au petit déjeuner, la méthode la moins pratique et la plus longue. L'entente fut immédiate entre Natalie et Malvina, qui l'accompagna volontiers au Wallmart du coin afin de remplir placards et frigo. Il fallait bien un van pour cela, qu'elle conduisait comme elle aurait piloté une sportive. Une fois sur place, la jeune Française partit en exploration, la moitié de la liste à la main. Elle fut emballée par la variété infinie de produits alignés au cordeau dans les rayons : une bonne vingtaine de parfums de glace, autant de marques de lessive, de sodas… et même des pizzas surgelées. Pourquoi aller au restaurant ou appeler Daniel ! Sa mission accomplie, elle demanda à Natalie si elle pouvait prendre une canette de Dr Pepper, lorsqu'elle en vit une bouteille d'un gallon (3,8 litres) au fond du caddie, ainsi qu'une boisson brune inconnue. Madame Maroney lui demanda si elle connaissait la *root beer*. Elle lui répondit non, qu'elle n'aimait pas trop la bière (pas du tout en réalité). Natalie préparait un tour à sa façon. Passionnante, l'étude ethnologique continuait à la caisse, la lycéenne étonnée de la vitesse à laquelle l'employée passait chaque article devant une petite vitre au lieu de taper son prix sur les touches. Les achats placés par un préposé dans de larges sacs en papier, un dernier salarié aidait à les charger dans le coffre, sur le parking.

De retour à la maison, Natalie endossait son costume d'alchimiste : son tablier. Elle entrait en cuisine avec les courses et en ressortait une ou deux heures plus tard précédée de mets savoureux, dont elle avait découpé la recette dans les revues de sa salle d'attente. On dînait mexicain, chinois ou italien. Pour les plats nationaux, seule l'*apple sauce* (compote de pomme) associée à la viande pouvait rebuter le convive étranger.

Depuis son arrivée, à temps perdu, Malvina traçait machinalement des « Anthony » sur tous les supports qui lui tombaient sous la main en reprenant la typographie des panneaux promotionnels du supermarché. Elle s'interrompait pour aider, continuait à s'étonner de tant de confort : grâce au broyeur incorporé à l'évier, plus besoin de jeter les fonds des assiettes avant de les mettre au lave-vaisselle ! Pour réchauffer un plat, il suffisait de placer le Tupperware dans un petit four qui réglait ça en trois minutes en restant froid. Toujours dans la cuisine, le téléphone à touches et son long fil torsadé représentait un autre must. Duncan Maroney, lui, n'intervenait qu'en fin de repas, pour confectionner ses boissons fétiches. Depuis qu'on lui avait offert *Les cocktails du Plaza* pour ses 38 ans, il s'était acheté un bar d'angle au magasin des parents de Melissa et mis en tête de réaliser l'un après l'autre tous ceux du sommaire. Selon son épouse, en dehors de cette marotte, la seule recette qu'il eût été capable de réussir était celle de la tartine. « Si je lui laisse ma cuisine, on saura que c'est prêt en entendant la sirène des pompiers. »

On n'avait jamais eu à dire à Malvina de débarrasser ou refaire son lit. Prise en extra pour se faire un peu d'argent de poche, le patron de sa mère lui avait dit : « Si un jour vous souhaitez nous rejoindre, votre place vous attendra. » Le menu du réveillon, bouclé d'une année sur l'autre, serait préparé d'avance, car les Maroney consacreraient la journée du 24 à cuisiner puis servir le repas de Noël aux nécessiteux dans la salle de la paroisse. Natalie lui demanda cependant si elle voulait bien se charger du dessert, de préférence « un classique français »… Il faudrait convertir les onces en grammes et se débrouiller avec le sirop de maïs utilisé à la place du sucre dans les recettes.

Trois soirs par semaine, le frère de Natalie, Eugene, un policier placide aux cheveux comme des brins de laine, passait déposer son petit Chadwick, huit mois. D'astreinte un jour sur deux, il pouvait être appelé à toute heure par le central. Sa femme Tallulah faisait les trois-huit à la caisse d'Amoco. Malvina, folle des bébés depuis la naissance de son petit frère, ne put résister une seconde au minois qui lui souriait de son unique dent en lui tendant les bras, un accroche-cœur sur le front. *Baby Chad* ressemblait à Mimosa, le fils de Popeye. Il ne marchait pas encore mais progressait rapidement à quatre pattes. Elle compara ses mains potelées à celles de Bouli au même âge. *Avec les fossettes sur le dessus, on dirait des petits-beurre.* Elle prenait le nourrisson contre elle, sa tête maintenue dans le creux de sa main. Becca, jamais bien loin, reproduisait simultanément ce geste instinctif sur son Arabella. Natalie adorait son frère et sa belle-sœur, mais la mollesse de celui-ci la faisait bouillir. Elle disait que, s'il était un jour muté à Boston, les braqueurs auraient le temps de dépenser leur butin avant même qu'il mette le contact de sa voiture de service. Ses gestes étaient lents, décomposés, expliquer la moindre intervention lui prenait un temps fou. Elle confia en aparté à Malvina le surnom qu'elle lui avait trouvé, et qu'il était le seul à ignorer : « Sloth ». La jeune fille enregistra ce mot qu'elle ne connaissait pas, pour l'employer dès que possible. Le lendemain, à la bibliothèque du lycée, elle ne put retenir un éclat de rire devant la photo d'un paresseux sous sa branche, enrobé et hirsute, qui ressemblait trait pour trait à Eugene.

À chaque échange, les enseignants programmaient « les achats » très tôt, car les lycéens avaient tendance à dépenser tout leur budget en futilités, incapables ensuite de rapporter les incontournables souvenirs à leurs proches. Situé à la sortie de Belmont, peu avant Boston, le *Tri-State Mall*, plus grand centre commercial de Nouvelle-Angleterre, tenait son nom de sa zone de chalandise, très étendue : Massachusetts, New Hampshire et Connecticut. Le lieu idéal : tout était réuni sous le même toit, sur six niveaux climatisés, tellement à voir que cela faisait un après-midi complet de loisirs dans un périmètre sûr et limité, autant de stress en moins. Les profs y lâchaient les jeunes Français, libres jusqu'au soir. Là aussi on grelottait l'été et étouffait l'hiver. Les correspondants, restés à Concord, suivaient pendant ce temps-là leurs derniers cours de l'année. Malvina, sa liste terminée depuis un moment, avait prévu des Ray Ban style années soixante pour sa mère – paraît-il bien moins chères ici –, sa crème *Re-Nutriv*, efficace mais hors de prix, le Garfield en peluche conseillé par Mabel pour Bouli, un personnage qu'on pouvait allonger en tirant sur ses bras sans jamais le déformer, un réveil *Rue Sésame*, des personnages *Star Wars*, la fameuse voiture de Kojak et pourquoi pas d'autres trouvailles.

Au lycée, entre deux cours, ragots et prises de bec perduraient. Stéphanie B n'avait pas pu s'empêcher de la ramener : «Nous on se donne du mal alors que Mademoiselle a trouvé un petit ami dans l'avion avant même d'arriver, et maintenant toutes les gueules carrées lui courent après.» L'autre Stéphanie, qui revenait de la fontaine à eau, répliqua à temps après avoir croisé Doriane : «Toi, ta vie sentimentale c'est le Titanic, et il n'y a aucun survivant!» Dans cette high school comme à Paul-Langevin, Malvina remportait l'approbation des enseignants, et il est vrai un succès notable auprès des garçons, surtout depuis l'épisode de la gym. Les jumelles se retrouvèrent malgré elles en tête du classement secret des filles les plus mignonnes, le *Cute-O-Meter*. À Tremblay, Malvina était déjà sortie avec deux ou trois d'entre eux pendant les slows des boums mais, idéaliste, les considérait plus éléments de son quotidien que sa priorité, surtout après ce que lui avait raconté sa mère sur Roméo et Juliette. L'amour ne pouvait être qu'intégral, parfait, idéal. Elle observait les couples de son entourage et en avait une vision assez pessimiste. Son univers, sa famille et sa sœur passaient avant et, quoi qu'il en soit, ses pensées allaient vers un seul garçon. On lui transmettait des petits mots depuis le premier jour, ce qui lui faisait quand même très plaisir, en particulier lorsque Mabel ou Melissa lui en désignaient les auteurs, des gueules carrées. Malgré tout, quand elle sortait de son passeport la photo de Brooke Shields, elle continuait à se trouver bien fade, surtout depuis qu'elle l'avait rencontrée en personne, sublime, tellement à l'aise, et grande. Il faudrait mettre Mabel au courant... La lycéenne parlait volontiers à ceux qu'elle croisait entre deux cours. Les adolescents qui prenaient ça pour une «ouverture» se trompaient. Quand les Françaises retournèrent à l'entraînement des cheerleaders, l'affluence avait doublé comme par hasard. Les littéraires du *Standard* découvraient le gymnase, dans lequel ils n'avaient jamais mis les pieds. L'un de ceux qui s'étaient d'abord ébaubis du corps de « la petite » (Wayne, le blond) continuait de préférer les filles plus «femmes», avec des formes, et ne quittait pas Doriane des yeux. Pour une fois, c'est Malvina qui lui avait donné l'information, et pas l'inverse. Son meilleur ami, Matt, délaissait à présent

Anna Beth : depuis que la « petite brunette » lui avait demandé un renseignement au détour d'un couloir, il était sous le charme.

Alors que Malvina multipliait les « ANTHONY », Dodo remplissait son cahier de textes de portraits de Wayne…

Après à peine quelques jours, Rebecca commença à revenir à la maison accompagnée de trois ou quatre bambins. Leurs parents, étonnés de son épanouissement au contact de « la Française », avaient appelé les Maroney pour lui confier leurs enfants. Ainsi qu'elle le faisait à Tremblay, elle les assistait dans leurs devoirs, ici à titre bénévole.

La poupée de Becca complétait la classe dans ses habits d'écolière.

En dépit du réconfort apporté par ces rencontres, et de ses découvertes palpitantes, tout manquait à Malvina : la tendresse de sa mère, les bêtises puis les câlins de son diablotin, les séjours chez ses grands-parents. Seul l'amour aurait pu la consoler, mais celui-ci s'était définitivement évanoui dans la nuit new-yorkaise.

À l'abri sous les draps, la maison assoupie, elle pleurait tous les soirs.

X.
La machine
à remonter le temps

Dès le décollage, Wahl essaya de s'occuper l'esprit, sans succès. Impossible de se concentrer pour lire, écouter de la musique, et encore moins travailler. Le couloir aérien longeait d'abord la Nouvelle-Angleterre, puis les côtes canadiennes, avant d'entamer la traversée de l'Atlantique en quête d'un vent porteur. Il regardait par le hublot les terres s'éloigner, repensant à l'indication reçue à l'aller, s'imaginant l'immensité d'Atlantic Bay.

Bien sûr il retournerait à New York un jour, irait dîner au Windows on the World, puis danser au Studio 54. Mais privé de ce sourire, à quoi bon ? En fin de vol, une hôtesse croisée en chemin, il alla au vestiaire, plongea sa main dans la poche intérieure de son manteau, en sortit son pince-billets. Il revint s'asseoir et alluma son spot de lecture.

Sur le morceau de menu de l'*Angelo Diner*, elle lui avait recopié son adresse chez les Maroney et à Tremblay. Il sourit, attendri par cette écriture si appliquée, les « 1 » et les « 7 » sans barre, des traces d'encre laissées par sa gauchère : *Mlle Malvina Dhaucourt, c/o famille Maroney, 1562 Maple Drive, 01741 Carlisle, Mass. USA. 164, avenue Marcel-Cachin 93290 Tremblay-lès-Gonesse.* L'adresse était suivie d'une timide flèche qui invitait à tourner la feuille. Il poursuivit sa lecture au verso :

Merci merci merci cher Tony. Je te regarde parler de dos, si charmant, au patron de mon restaurant grec préféré, aimerais tant que tu me croies : je n'ai jamais été aussi heureuse que ce soir. Ces heures que tu m'as offertes resteront inoubliables. Tu n'imagines pas à quel point je

rêve de te revoir, le plus vite possible en réalité, tout de suite quand tu te retourneras pour revenir à notre table, demain matin, demain soir, chaque jour de ma vie. Ma tête ne comprend pas bien ce qui m'arrive, mon cœur si. Toute la soirée j'ai eu envie de t'embrasser, mais je ne sais pas si un garçon tel que toi peut s'intéresser à une simple fille de banlieue. J'aurais tant voulu que tu me prennes dans tes bras dès les premiers instants, dans le hall de la YMCA ou notre refuge des tours jumelles. Quel temps perdu depuis l'avion !
Tu me trouves juste sympa, peut-être originale ? Je ne le sais pas et ne le saurai peut-être jamais. Ce dont je suis certaine est que nous nous correspondons à merveille et que je t'aime de tout mon cœur.

Ta Malvina.

Elle avait griffonné son petit Snoopy à droite de sa signature, perché tout triste en haut d'une tour.

Paris, Orly sud. Wahl jr. atterrit à 9 h 45. Il courut à travers le hall bondé, sortit une pièce d'un franc de sa poche, passa un coup de fil d'une cabine. Il semblait donner des explications, raccrocha, l'air contrarié, appuyé contre la paroi, indifférent au vacarme de l'aérogare. Personne n'avait intérêt à se présenter pour téléphoner ! Il rappela un quart d'heure plus tard. Son célèbre sourire s'esquissa. Il se rua dehors et demanda à son chauffeur, Armand, qui commençait à s'inquiéter avec ces valises chargées sans leur propriétaire, de le conduire « rapidement » à Roissy, à l'opposé de la capitale. L'homme, aussi efficace que discret, savait ce que « rapidement » voulait dire chez les Wahl. Sans la moindre question, ils arrivèrent porte d'Orléans en un éclair. La partie n'était pas gagnée pour autant. Depuis le départ, Anthony, le service réservations d'Air France en ligne sur le radiotéléphone, attendait une place sur le vol de onze heures, espérant un « no show » : qu'un passager ne se soit pas présenté à l'embarquement. Le sol sec, la circulation de la matinée pour une fois fluide leur permirent de parcourir la moitié du périphérique extérieur pied au plancher, pleins phares, puis d'atteindre l'aéroport où le chauffeur pila pour déposer son patron au niveau *Départs*. Wahl jr. sortit en trombe de la grosse 604 sans en refermer la porte et se précipita vers la salle d'attente du Concorde, son seul porte-documents à la main. L'hôtesse, qui l'attendait avec un billet établi à son nom, l'escorta en courant jusqu'à la porte de l'appareil, où il fut le dernier à boucler sa ceinture.

New York, Kennedy Airport. Grâce aux formidables performances du supersonique et au décalage horaire, Wahl jr. atterrit à 8 h 39, avant même d'être parti ; une façon coûteuse mais efficace de voyager dans le temps. Il loua la première voiture disponible et prit la route en direction de Boston. Quatre heures plus tard, il dépassait le panneau « Concord, Massachusetts, fondée en 1635 ».

Il ne devait pas y avoir plusieurs lycées dans une si petite ville, aussi tomba-t-il sans difficulté sur la Ralph Waldo Emerson High School. Un groupe d'enseignants qui discutaient sous l'auvent le renseigna : les Français, partis toute la journée pour « les achats », se trouvaient au Tri-State Mall.

Arrivé sur le traditionnel parking, il rangea son auto parmi des douzaines d'autres semblables, tantôt marron comme la sienne, tantôt bleu clair, et pénétra dans l'ambiance bruyante et surchauffée du centre commercial. Le panneau lumineux *Directory* de l'entrée principale ré-pertoriait des dizaines d'enseignes classées par genre et ordre alphabétique. Par où commencer ? Son enquête méthodique débuta au cinquième et dernier étage. Il scrutait d'un œil exercé l'intérieur de chaque boutique pour y distinguer, sinon la silhouette de celle qu'il cherchait, du moins celles de ses camarades, qui auraient pu l'aiguiller.

Trois étages plus bas, son rythme cardiaque s'emballa comme jamais. Trois tables réunies à l'intérieur d'un glacier au nom scandinave, plus guindé que le Scoops. Les Français étaient là, chacun son énorme coupe devant lui, des sacs remplis à ses pieds. La conversation semblait animée, sans qu'on y dénote cependant le moindre conflit, car un éclat de rire général en fusait toutes les cinq secondes.

Parmi eux, Malvina.

Sa doudoune sur le dossier, les coudes sur la table, une part de cheese-cake entamée, elle buvait un milk-shake à la paille en observatrice, son regard mobile sautant d'un intervenant à l'autre. En un éclair son visage se déforma. Ses yeux emplis d'effroi, elle éclata en sanglots, fit s'arrêter net les débats. Les têtes se tournèrent et ses amis, désemparés, s'empressèrent de lui demander ce qu'il lui arrivait. « Mina, dis-nous ce qui se passe ! », « Tu as mal quelque part ? » Doriane paniquait. Le corps entier de son amie tremblait au point d'en défaillir, elle la soutenait par les bras de peur qu'elle s'effondre. Avait-elle avalé de travers ? Quelqu'un l'avait-il blessée par ses paroles ? Ils la savaient trop sensible mais ne l'avaient jamais vue comme ça. Les yeux et la bouche grand ouverts, une expression de terreur, la sidération l'empêchait de répondre. Soudain, elle se leva avec vigueur, repoussa sa chaise en arrière au point de la faire tomber, passa la porte, courut vers celui qu'elle venait d'apercevoir derrière la vitre, un mirage. Elle se jeta de tout son élan dans les bras d'Anthony jusqu'à le percuter. Doriane pleurait de joie.

Un intense étourdissement commun fit s'escamoter aux yeux des amoureux l'ensemble de ce qui les entourait. Centre commercial, foule, New Hampshire puis monde entier s'effaçaient un à un de leur conscience, telle une rangée de dominos. Ils ne pouvaient plus parler, juste se serrer fort l'un contre l'autre.

Les lycéens n'avaient pas tous eu le temps de réaliser, ils ne comprenaient toujours pas le déroulement de cette situation perturbante. Le mystère s'éclaircit lorsque Doriane leur révéla l'identité du bel inconnu.

Anthony embrassait les pommettes trempées, le front, le cou, les lèvres. En apnée jusque-là, il la respirait de nouveau. Elle, ne pouvait s'arrêter de pleurer, mais ses larmes étaient d'eau de rose et non plus d'acide.

La lycéenne aperçue plus tôt à ses côtés finit par se manifester d'une tape légère sur l'épaule, les yeux embués.

– On y va.

Sans attendre sa réponse, elle se tourna vers Anthony, lui demanda, ou plutôt lui imposa :

– Vous rentrez ensemble.

Il lui répondit « oui, merci » avec un sourire plein de reconnaissance et d'un peu d'embarras. Il se rappela la jeune fille dégourdie de la YMCA. Son regard compréhensif le laissait imaginer qu'elle avait dû en entendre beaucoup – énormément plutôt – sur « le garçon de New

York », « le mannequin ». Dodo ajouta à l'attention de Malvina, ailleurs quoique toujours soudée à son Tony, les bras entourant sa taille, la tête posée sur son buste :

– T'inquiète, on s'arrangera, je prends ton skate et tes affaires.

Rien n'intéressait moins Malvina que sa planche et ses achats.

Il serait enfantin pour une fille aussi débrouillarde que Dodo de trouver un subterfuge afin d'expliquer cette absence aux accompagnateurs. Ils étaient venus avec un minivan et plusieurs véhicules personnels, on dirait que Malvina était montée dans une autre voiture et, sous un quelconque prétexte, qu'elle rentrerait un peu plus tard. Le tour était joué !

Malvina reprit juste assez ses esprits pour confesser à l'oreille d'Anthony des mots qu'elle n'aurait jamais imaginé prononcer un jour :

« – Depuis quand ?

– Depuis l'avion. Et toi ?

– Depuis toujours. »

Après de longues minutes à se fixer pour s'assurer qu'ils ne rêvaient pas, ils furent appelés par l'extérieur de cet endroit trop artificiel en la circonstance. Le ciel uniformément blanc, le froid, le vent représentaient plus que jamais à leurs yeux la liberté, la jeunesse, l'avenir, le souvenir indélébile de leur première nuit à travers New York. Ils se tenaient la main, s'arrêtaient tous les dix pas pour se dévisager, être bien sûrs, puis se dire « je t'aime » et s'embrasser, incrédules, leurs tout premiers vrais baisers. Pas question de porter des gants, le contact de la peau de l'autre serait désormais indispensable. Plus rien d'autre ne comptait.

Sur le chemin du retour, *If I can't have you* à la radio, ils se sentaient, au-delà de l'euphorie, transportés par une joie absolue sans le moindre horizon. Malvina se ressaisit juste assez pour lui demander combien de temps il était resté à New York après leur séparation, et ce qui l'avait fait revenir. Il lui révéla qu'elle occupait toutes ses pensées, ne dit pas que c'est une seule heure qu'il avait passée à Paris, le temps de changer d'aéroport, ne parla pas de l'attente intenable d'un siège sur le Concorde. Il repensa au *no-show* qui lui avait permis d'embarquer in extremis, à son soulagement face au sourire de l'hôtesse qui l'attendait, mais ne mentionna évidemment pas le prix indécent du billet, celui de cinq voitures neuves.

« – Parfois, des passagers ne prennent pas leur vol. Ils sont en retard ou se sont disputés. C'est grâce à cela que j'ai eu une place. »

Elle pensa que les billets inutilisés pouvaient être cédés aux bons clients :

« – C'est miraculeux, en pleines fêtes de Noël. On peut remercier celui qui va rester à Paris pour réveillonner. Après tout, il retrouvera bien une petite amie ! »

Anthony aurait fait envoyer des fleurs au naufragé, un Paris – New York en première classe, suivi d'une semaine dans le palace de son choix.

Elle plaisantait de nouveau mais sa bonne fortune la forçait à intégrer le brusque déclassement généré par la passion, souveraine et puissante. À dater de ce jour, de cette seconde où il avait reparu dans le Mall, rien n'aurait plus d'importance que leur amour, concentré à l'extrême, enfin éclos. Elle repensa au chef-d'œuvre de Franco Zeffirelli tant vanté par sa mère, Roméo et Juliette, pinacle de l'amour idéal tel qu'elle n'avait jamais osé se l'imaginer.

Il lui raconta qu'il avait remarqué in extremis la petite flèche après les adresses, retourné le papier, lu ses lignes bouleversantes.

– Une fois à Orly, hors de question de ne pas te revoir. J'ai parcouru l'océan dans l'autre sens mais je me serais rendu n'importe où pour te retrouver.

Elle osa lui dire à quel point elle avait été malheureuse, désespérée à partir de leur séparation dans le hall de l'auberge de jeunesse, « devant ce maudit ascenseur », que son existence lui semblait fade depuis lors en dépit des satisfactions qu'elle éprouvait. Elle trépignait de tout lui raconter, la photo du pont dans son livre, le car jusqu'à Concord, l'accueil inespéré des Maroney. Il n'attendait que cela.

Elle ne manifesta aucun reproche. Il apprécia son tact et lui promit de lui expliquer pourquoi il n'avait pas pu s'engager au-delà d'un poster de Sinatra. Et surtout qu'il n'avait pas simplement décidé de la revoir, mais aussi de renoncer à s'installer à Hong Kong pour rester toujours auprès de cet ange.

Elle sortit son passeport de son jean, puis le set de table plié à l'intérieur de celui-ci.

Sans quitter la route des yeux, il extirpa de sa poche intérieure le morceau manquant sur lequel elle avait écrit et le lui tendit.

Elle reconstitua le puzzle.

Il venait de retraverser l'Atlantique à 2 200 km/h pour retrouver celle qu'il aimait. La décision d'Anthony Wahl venait de bouleverser deux vies, tout pouvait recommencer.

XI.
Quelques jours en Nouvelle-Angleterre

« Tu verras, ils sont très accueillants. »

Une fois à Concord, impatiente de montrer son univers américain, malgré son état second, Malvina parvint par miracle à indiquer la route jusqu'à Maple Drive.

Dès l'entrée, les portraits réalisés chez le photographe évoquèrent à Anthony ses séjours à Brentwood, en Californie, dans la famille de sa mère. Ici aussi ça sentait le caramel. À l'étage, elle l'invita d'un geste théâtral à découvrir sa chambre. Il cachait dans son dos le paquet qu'il avait pensé à prendre sur le siège arrière. Bien sûr il aurait été impossible de faire les boutiques à Orly, et encore moins à Roissy. En vol, alors qu'il cherchait une idée pour marquer l'événement, sa voisine, séduite par l'initiative, lui avait indiqué qu'on vendait ce genre de souvenirs à bord.

– Ça n'est pas un vrai cadeau, juste une petite chose pour l'occasion.

Elle dénoua le ruban, pleine de curiosité, débarrassa de son emballage un coussin rectangulaire brodé du logo *Concorde*. Son attrait pour ce qui concernait l'aviation n'était pas tombé dans l'oreille d'un sourd…

Elle le remercia d'un long baiser.

– J'ai aussi piqué une petite cuillère, ça t'en fera trois !

Malvina ne pouvait se figurer le couvert en argent, également à l'effigie du supersonique, qui allait enrichir sa maigre collection…

Seuls deux yeux brodés dépassaient de la couverture. Elle écarta son oreiller et déposa avec délicatesse sa poupée de tissu vichy sur son nouveau matelas de velours orange. Anthony se rappela le petit traversin dans l'avion. Elle le devança et fit les présentations :

– Nano, voici Anthony, mon chéri. Nano : mon lapin. Inutile de te préciser qu'il a déjà entendu parler de toi.

Le brushing et le lapin. Il fit le lien avec celui évoqué par Doriane à la YMCA. Nano souriait, usé par les baisers, son regard bleu étonné de cette visite. Sans oreilles ni pattes, plutôt en forme de molaire, rigoureusement rien d'un rongeur, Nano avait ainsi pu passer sans difficulté le contrôle des douanes à JFK. Anthony perçut à la douceur avec laquelle elle le manipulait la valeur qu'il devait revêtir à ses yeux et interrogea sans ironie :

– Il aime bien son confort.

– Ça oui, répondit-elle tout sourire en sautillant, les mains jointes. Il dormira bien, merciii !

Elle se haussa sur la pointe des pieds et passa les bras au cou de Tony pour lui offrir un autre baiser appuyé. Il nota sur le bureau le casque jaune relié au dictaphone, un cahier posé à l'envers, un crayon avec un petit personnage mordillé à son extrémité, quelques cookies couverts de papier alu. Certes il ne se trouvait pas dans sa « vraie » chambre mais, pressé d'en savoir plus sur les habitudes de celle qu'il aimait tant, cet aperçu l'enchantait déjà.

– C'est ton journal ma chérie ?

– Non, pas besoin, répondit-elle en désignant le lapin à carreaux, mon journal, c'est lui.

Du bruit au rez-de-chaussée. Malvina s'engagea vers l'escalier. Anthony tendit le bras pour l'arrêter dans son élan, la saisit par la taille et l'engloba (elle avait de nouveau les mains jointes contre sa poitrine) pour profiter encore du contact de son corps fiévreux, de son parfum. Elle se laissa faire. Ils furent accueillis par les chaleureux « hi ! » des Maroney, pas plus étonnés que ça de la présence d'un étranger chez eux, qu'ils prirent pour un enseignant. La voiture passe-partout garée dans l'allée ne risquait pas d'éveiller les soupçons et, par chance, sa maîtrise de la langue coïncidait avec ce mensonge par omission. De businessman international il devenait prof d'anglais en Seine-Saint-Denis. Malvina fit les présentations, puis Dun proposa de s'installer au salon, le temps de préparer ses fameux *eggnogs* (laits de poule), sans rhum pour les plus jeunes. Anthony précisa par précaution que sa mère Donna était née *Masterson* à Los Angeles. Les Maroney revenaient d'une réunion paroissiale, ils indiquèrent la valeur, pour eux comme pour tant d'Américains, de leur implication en faveur des démunis, surtout en cette période de fêtes. Wahl jr. connaissait depuis toujours la notion de « charity » car, au fil des générations, les Masterson demeuraient l'archétype de la gentry californienne, avec ses codes. La famille sympathisa tout de suite avec le jeune enseignant que Mabel, sous le charme, ne put s'empêcher de comparer à ses collègues du lycée. Elle n'avait jamais vu de professeur aussi jeune et beau, *à part peut-être monsieur Arbogast*. D'habitude observatrice, elle s'étonna de ne pas l'avoir repéré plus tôt. Si on interrogeait Anthony sur l'échange ou le programme des terminales, il allait falloir noyer le poisson, car Malvina ne lui en avait que peu parlé. La gentillesse de ces gens et l'harmonie de leur foyer le séduisirent tout de suite. Son amour près de lui, il n'en demandait pas tant.

…

– Carlisle, ça me dit quelque chose. N'avez-vous pas une structure en rapport avec la musique dans la région ?

– Bien sûr, répondit toute fière Natalie. Billy Joel et Genesis enregistrent chez nous. Enfin je veux dire à Carlisle, pas dans le salon. (rires)

– C'est amusant, parce qu'Elton John et David Bowie viennent, eux, à Paris.

Malvina, fan absolue des noms cités, dressa l'oreille. Il ajouta l'air de rien à son intention :

– D'ailleurs les Bee Gees ont produit *Saturday Night Fever* dans le Val-d'Oise.

– Les Bee Gees dans le Val-d'Oise, ah ouais ?

– Eh oui ! Malgré le succès de leur célèbre chanson, ils n'ont jamais mis les pieds ici : la sonorité de « Massachusetts » leur a plu, c'est tout !

– Est-ce vrai que le tempo de *Stayin' Alive* a sauvé des vies ? intervint Mabel auprès de ce professeur qui semblait calé.

– Exact. Si mademoiselle Dhaucourt (il regardait Malvina) est amenée à sauver quelqu'un, il lui suffira de chanter en faisant son massage cardiaque.

Les Maroney parlèrent de leur vie en Nouvelle-Angleterre, des liens historiques qui unissaient les deux pays, de La Fayette à Omaha Beach, de la guerre d'Indépendance au Débarquement, en passant par la statue de la Liberté. Cultivés, férus de tout ce qui provenait de France, ils appréciaient de pouvoir converser avec un enseignant et une élève dotés d'autant d'attention et de curiosité. Dun sortit tout fier de la bibliothèque *Le Monde du silence*, best-seller du commandant Cousteau, et un ouvrage sur l'épopée Concorde, ses deux dernières acquisitions. D'autres livres sur le général de Gaulle, Tocqueville ou le mime Marceau confirmaient les goûts de ces hôtes lettrés. Malvina, les cours magistraux de Muriel retenus, maîtrisait ces sujets à un niveau honorable, des grands auteurs à l'histoire. Elle ne se doutait de rien pour le Concorde. Elle écoutait et, en confiance, se lançait parfois en posant des questions, ou donnait son avis dans un anglais de bonne tenue. Duncan et Natalie lui attribuèrent la nationalité américaine à titre honoraire, firent des éloges sur sa faculté d'adaptation, confirmés par Anthony qui, amusé de ce malentendu, alla jusqu'à la qualifier d'« élève modèle ». Malvina piqua un phare dans son verre.

Natalie Maroney compléta :

– « Joie de vivre » est parfaite, elle mange les mêmes cochonneries que nous, les Américains… les boit aussi.

La lycéenne faillit recracher sa boisson dans un éclat de rire. Devant l'étonnement d'Anthony, elle expliqua :

– Ah, la root beer, vous m'avez bien eue, j'ai cru mou-rir ! J'aurais dû faire le rapprochement avec la chanson de Billy Joel. Désolée, mais, sérieusement, comment pouvez-vous en boire ? Elle se tourna vers l'invité :

– Ça a exactement le goût de l'Hextril, chez nous ça ne se vendrait qu'en pharmacie !

Anthony détestait aussi ce soda infect, sans une goutte de bière. Les Maroney riaient encore de leur canular.

Les sœurs, complotistes, s'étaient éclipsées. Postée près de la chaîne hi-fi, l'aînée, au signal convenu, interrompit la rigolade générale pour la démonstration par sa cadette de ses talents de chanteuse. Chacun se mit à entonner le refrain de *Boogie Oogie Oogie* afin de l'encourager. Entre deux pas de danse, la petite futée jetait de discrets coups d'œil alternatifs aux deux invités. Son show fut très applaudi. Elle salua puis vint s'installer avec sa poupée près du beau professeur qui, à l'inverse de Malvina, parlait comme ses parents, et pas avec ce drôle d'accent. Pendant que le micro circulait de main en main pour entraîner Mabel à son Spelling Bee, Dun commentait à l'invité surprise ses vieux clichés de Corée, où il avait été mobilisé, aux Transmissions, début 53, sous les ordres du général MacArthur en personne, figure de la Seconde Guerre mondiale. Malvina, finaude, releva à son tour l'attention particulière manifestée par Anthony à ce sujet. Son amitié avec Garth évoquée dans la cafétéria de Columbus Circle, il ne s'était pas attardé sur ses états de service, vingt ans plus tard, mais elle se rappelait avoir vu, à New York, l'affiche de l'avant-première de *Voyage au bout de l'enfer* et savait extrapoler. Mabel avait arrangé, dans le couloir qui menait de l'entrée au séjour, un véritable petit musée photographique retraçant l'épopée familiale, composé de cadres disparates répartis avec style. Dans le plus ancien, un tirage sépia sur lequel on distinguait, encore à Ellis Island, les visages graves des ancêtres de Duncan, Dearbhla et Eolann Mhic Rónáin, simplifié en « Maroney » par le préposé aux arrivées, qui avait dû voir passer plusieurs fois ce nom sur son registre dans la journée et ne voulait pas s'embêter. Menacés par la Grande Famine, ils avaient quitté leur lande et abandonné leur maison de pierre pour, en 1849, rejoindre des cousins. À peine débarqué du Galway, le couple posait en habits du dimanche au bas de la passerelle devant une malle et un baluchon, ses seuls bagages. Malvina s'attardait sur cette scène lorsqu'elle passait, se demandait qui avait bien pu la figer dans le temps. Un parent ? Un compatriote ? Un journaliste ?

« Le bébé dans les bras de Dearbhla, dix-neuf ans à l'époque, est mon arrière-grand-père », commenta Duncan, pensif. La foi de ces véritables aventuriers, plus fervente que celle de leur descendant ingénieur au MIT de Boston, les rapprochait de facto des colons déjà enracinés, révoltés contre l'autorité de l'Angleterre, partis fonder leur propre pays. À eux aussi l'Amérique avait offert un horizon, le leur jusque-là enténébré par la misère, puis, aux générations successives, une trajectoire de plus en plus brillante. Les Maroney étaient fiers de la devise de leur État : « Spirit of America », l'esprit de l'Amérique. Sur le tirage suivant, Natalie et

Duncan posaient à leur tour, superbes le lendemain de leur mariage, aux chutes du Niagara, devant une Cadillac Eldorado louée avec le smoking et la robe de bal. Quelques photos plus loin, dans trois cadres à pois, Natalie et ses filles bébés, leur minois quasiment identique au même âge.

« Existe en trois tailles », disait Malvina.

Sur la dernière en date, un instantané pris trois semaines plus tôt, Rebecca, rigolarde sur le perron déguisée en Bianca, du dessin animé *Bernard et Bianca*. Manteau et toque parme, son sac de bonbons à la main, des moustaches tracées au khôl, un cercle rouge sur son petit nez, des dents sous son oreiller en l'attente du passage d'une autre souris.

L'universitaire avait expliqué à sa pensionnaire les origines de la fête d'Halloween, importée aux États-Unis en même temps que ses aïeux. Elle se remémora l'épouvante de *La Petite fille au bout du chemin*, la scène du gâteau emballé par Jodie Foster pour les enfants qui sonnaient à sa porte.

...

Les amoureux se regardaient à la dérobée, leurs mains se frôlaient dès que possible, leurs lèvres aussi, dans le couloir, à la cuisine où ils se rejoignaient alors qu'ils n'avaient rien à y faire. Quel délice !...

Sans point de chute ni vêtements de rechange, Wahl jr. annonça à regret qu'il devait partir. Impatient de retrouver Malvina, il n'avait pas jugé utile d'appeler Jill à New York. Ses chemises repassées de frais par la lingerie du Stanhope l'attendaient à Paris dans le coffre de la Peugeot.

« Pourquoi ne viendriez-vous pas réveillonner avec nous ? », proposa un Dun jovial.

Anthony s'abstint de consulter son élève, accepta de bon gré l'invitation et, entouré des membres de la sympathique famille, qui lui souhaitaient « bon voyage ! », prit congé. Malvina enfila un manteau pour raccompagner son professeur à sa voiture, la moindre des politesses. La porte refermée, ils s'étreignirent sur le perron, puis au pied de l'escalier, complices de l'innocente mascarade qui rendait l'expérience encore plus exaltante. Séparés une semaine, une poignée d'heures leur paraissaient maintenant une épreuve.

– Demain on quitte à 13 h 30. À 13 h 30 sur le parking du lycée ?
Un sourire fit office de réponse.

– Ça sera notre tout premier rendez-vous.

Elle remonta les marches quatre à quatre pour voir le plus loin possible en remuant les bras jusqu'à ce que les feux arrière eussent disparu dans la forêt noire. Wahl jr. si organisé, si prévoyant, se fichait comme de sa première Ferrari de faire le cas échéant de sa voiture de location une chambre d'hôtel. Il emportait sur son manteau le parfum sucré, sur ses lèvres le goût fruité du gloss. Quoi de plus important ?

Arrivé dans le centre de Concord, il trouva à la petite ville endormie un charme qui, en ces instants étourdissants, ne l'étonna pas. Un *convenience store* encore ouvert jouxtait la poste. Il proposait tout ce qui est utile dans ces cas-là : snacks, brosses à dents, sous-vêtements… Le caissier qui somnolait à l'approche de la fermeture informa son client imprévoyant qu'il n'y avait pas d'hôtel à Concord même, mais un *Econo-Motel* sur la route de Billerica, dont il lui dessina le trajet au dos d'un bon de livraison. Anthony reconnut le chemin qu'il avait emprunté pour rejoindre le Tri-State Mall et, en vue de son enseigne en néon, repéra l'établissement, où il passa la nuit à réaliser, à repenser à ces derniers jours et à se projeter dans le futur, toute notion de temps abolie depuis le choc du glacier. Bien qu'épuisé, il prenait avec la plus grande bonhommie cette soirée improvisée dans un environnement sans le moindre cachet.

Il descendit tôt à la réception où un petit déjeuner en libre-service attendait dès 5 heures les représentants qui faisaient étape au bord de la nationale : café et jus de pamplemousse en poudre, biscuits industriels. Il apprécia le café, qui n'était que chaud et aurait fait un thé correct, puis reprit la route l'esprit et l'estomac également légers, moins impatient de retrouver son univers confortable que celle qui lui manquait déjà.

Après son coup de fil à Wahl sr. à peine atterri à Orly – le plus long quart d'heure de sa vie –, Anthony avait été autant satisfait que surpris par la réaction de son père à son argumentation. Il s'interrogeait sur cette mansuétude inhabituelle. Feu vert accordé pour décaler son retour, il n'y aurait rien à redouter de Wahl sr., la cohérence en personne, qui savait que son fils ne perdrait pas de vue ses obligations professionnelles. Le téléphone et le fax permettraient de travailler à distance quelques jours.

Il se mit en quête d'un « vrai » hôtel d'où il pourrait communiquer avec Paris, n'eut à rouler qu'une quarantaine de minutes avant d'atteindre l'entrée de Boston. Parvenu au Crown Palace Hotel, il donna instruction au réceptionniste de contacter un loueur pour changer sa Cutlass contre une Cadillac ou une Lincoln dotée d'un radiotéléphone. Une fois dans sa suite, il demanda qu'on lui monte le meilleur radiocassette de chez Panasonic puis rédigea ses directives, aussitôt transmises par télécopieur à son bureau parisien.

Quatre heures à Boston le lendemain matin. Chardin, toujours aussi professionnelle, s'en tint à lui énoncer le suivi des affaires courantes.

...

– Ah, j'oubliais : votre père veut savoir s'il vous faut du renfort.

– Merci Chardin, je suis en sécurité ici.

– Il est temps que vous rentriez.

Wahl jr. tapotait son stylo sur son menton, penché sur ses notes. « Il est temps que vous rentriez. » Comment interpréter cette dernière phrase ? Manquait-il à Chardin, qui le connaissait depuis des lustres et l'avait vu une semaine plus tôt ? Il s'absentait sans arrêt, et elle n'était pas du genre à s'épancher ainsi. Sa fugue était-elle à ce point préjudiciable à la WIPE pour qu'elle lui en fît la remarque ? Son père le lui aurait dit au lieu de lui accorder une semaine.

Sortant s'aérer et compléter sa garde-robe par des effets dont le standing lui serait plus familier, il passait en revue les cadres qui pourraient le remplacer au pied levé pour lancer Hong Kong. *Célibataire, brillant et ambitieux* : le nom de Berset s'imposa. En plus, son origine genevoise ne gâcherait rien. Les Wahl appréciaient l'efficacité et la sobriété des Suisses, leur sang-froid.

Un ressenti singulier commençait à investir cet homme d'ordinaire tout en puissance et en maîtrise, un flot intense d'adrénaline diffusé en circuit fermé dans son corps, jusqu'au cerveau, au-delà du nécessaire vital. Il allait falloir réviser la béatitude qu'il raillait chez ses amis lorsqu'ils tombaient amoureux, car cette fois-ci, c'était son tour. Il se figurait l'emploi du temps de l'instigatrice de son trouble avant les retrouvailles de 13 h 30, l'imaginait en cours, attentive, à son casier, au self entourée de sa bande.

Mais ce qui l'enchantait le plus était de savoir avec certitude que l'adorable Malvina ne pensait qu'à lui.

Dernier jour de cours, enfin les vacances pour 58 millions d'élèves américains, dont ceux de l'EHS. Malvina dopée par la passion, les sœurs bavardaient dans leur dernière salle de cours.

— Mina, tu sais comment les petits poulets auxquels tu fais cours t'ont surnommée ? « Mademoiselle Beadle ».

— Ah ouais ? C'est plutôt flatteur, mais j'espère me marier avant elle !

— Moi, le mariage, à moins de rencontrer le grand amour, polope !

— Je me demande ce que je pourrais offrir à Anthony pour Noël ? Il va me gâter c'est certain, et moi je n'ai rien prévu. Il me reste combien ?

En réalité, ses dépenses basculées depuis New York sur celles de Doriane, il ne devait rester à Malvina qu'une dizaine de dollars en poche.

— C'est l'occasion d'utiliser nos prospectus ! Quelqu'un qui peut tout s'offrir appréciera plus un cadeau fait maison par celle qu'il aime qu'un truc acheté. Je pourrais t'aider si tu veux, j'ai pensé à quelque chose. Si ton cadeau lui plaît, tu lui préciseras que c'était mon idée, s'il est déçu on dira que c'était la tienne.

— Génial ! Tu viendrais avec Melissa après la fête ?

— Bien sûr. Avec elle, tu peux être sûre que les immeubles ne se casseront pas la figure…

— Les immeubles ?

— Tu verras…

Dodo retrouvait la vraie Mina, transfigurée, la passionnée, faite pour le bonheur, la fille au cœur de cristal qui méritait le moins au monde de souffrir, à la fois sensible et forte, plus qu'elle dont on lisait l'admiration dans le regard. En plus de voler à son secours, elle brouillerait encore les pistes pour lui permettre de s'évader jusqu'au soir avec son chevalier : si on cherchait Mina à la fête des *cheerleaders*, elle avait opté pour celle des journalistes amateurs. Si on ne la trouvait pas à la paroisse, c'est qu'elle devait faire des courses à la supérette.

Isolée des rafales glacées du parking, Malvina patientait dans le sas, parée, aux aguets, bonnet sur la tête, sac US en bandoulière. Son premier rendez-vous amoureux, ainsi qu'elle l'avait qualifié.

Anthony préféra se garer en dehors du lycée et terminer à pied, le pas pressé.

Dès qu'elle le vit, elle poussa les portes avec force et courut se plaquer contre lui.

…

– J'adore ton nouveau parfum.

– C'est celui de Mabel, elle me l'a offert.

– Je l'avais remarqué hier. Comme dirait Dun, tu es en train de te transformer en Américaine !

Ils en avaient à se raconter mais, pour rester discrets, n'échangèrent que quelques mots et quelques baisers dans l'allée principale, puis allèrent se cacher dans un recoin.

– Nous n'étions pas loin l'un de l'autre cette nuit, j'ai dormi au motel, j'arrive de Boston.

– Si j'avais su j'aurais fugué en pyjama pour venir te rejoindre. Tu as trouvé un bon hôtel ?

– Oui oui. Tu m'as tant manqué mon amour.

– Toi aussi, je comptais les heures. Je viens d'apprendre que nous irons camper, du temps en moins pour nous deux, quelle barbe !

…

Sensation exquise, il enserrait la main et le poignet, remarqua qu'elle ne portait plus sa montre en plastique. L'ultime sonnerie de l'année les interrompit, qui annonçait la fermeture du portail. Mille élèves étaient sortis sans qu'ils y aient prêté la moindre attention. Anthony plaça ses mains de part et d'autre de la jolie tête, rappel de Pomander Walk, mais aussi du cauchemar de leur séparation. Ses doigts remontaient sous le bonnet dans les cheveux brillants, le long des tempes qui battaient. Il déposa un baiser sur son front, sur ses pommettes puis sur ses lèvres. De retour, le bonheur s'était insinué sous le froid pour les envelopper tous les deux, les protéger. Il lui confia à l'oreille :

– Tu as doublé tout le monde.

Il ôta sa montre et lui plaça dans la main en la refermant.

Ce baiser envahit Malvina d'une sérénité qu'elle ne connaissait pas, une plénitude parfaite, juste perturbée par un sentiment d'éblouissement tant elle était heureuse.

— Quelle montre magnifique, tu me la prêtes ?

— C'est pour être sûr que nous ne perdions pas une minute.

— Aucun risque.

Ils regagnèrent la voiture, une des rares encore stationnées près de l'établissement.

— Tu t'es arrangée pour cet après-midi ? Où veux-tu aller ?

— Dodo est aux commandes : je serai partout à la fois, donc pas de problème. Si ça ne te dérange pas, j'aimerais bien voir ta chambre.

Elle rêvait depuis leur rencontre de découvrir le cadre parisien de son amoureux, ses goûts, qu'elle commençait à appréhender. Sa chambre d'hôtel ferait une entrée en matière idéale.

...

— Je n'avais pas exagéré, ma famille est géniale, non ?

— Charmante en effet. On leur dira la vérité.

— Oui, ça me gêne d'avoir menti.

— Par omission.

— Oui. D'autant plus que Becca se doute de quelque chose à mon avis, c'est une coquine.

— Doriane est imaginative, telle que tu me l'avais dépeinte, il faudra la remercier.

— Plutôt deux fois qu'une ! À propos, il y a un garçon d'ici qui louche sur elle. Génial non ?

— Bonne nouvelle. Et elle, elle est intéressée ?

— Oui, elle adore les blonds androgynes, du style Tadzio dans *Mort à Venise*. Le prétendant est viril mais il s'appelle Wayne Jørgensen, alors... En plus il vient de rompre avec Mollie, la correspondante de Stéphanie B ; je pense que c'est pour ça d'ailleurs. Il la trouve très bien, surtout en tenue de cheerleader, je te raconterai.

— Volontiers, car je n'ai rien compris à ce que tu viens de me dire.

...

— Vous avez fait les photos du *yearbook* (annuaire du lycée) ?

— Oui. D'habitude je n'aime pas trop les photos de classe, on a toujours l'air cruche. Mais là, ça fera un beau souvenir, avec les noms et les dédicaces. Dans vingt ans, en l'an 2000, je serai sans doute contente de le feuilleter.

Anthony s'attendrissait de ces récits, dont il était censé connaître les tenants et les aboutissants. Il n'avait aucune idée de qui pouvait bien être Stéphanie B.

– Avant ton retour, Dodo m'avait demandé si ça me gênerait qu'elle sorte avec un lycéen américain. Je lui ai dit non bien sûr, il n'y avait pas de raison pour que nous soyons deux à être malheureuses.

– Si ça c'est pas une amie !

– Euh… ça n'est pas la même voiture qu'hier ?

Installée dans un véritable fauteuil de cuir plus confortable que celui d'un salon, la jeune fille ne savait plus où poser les yeux. Un téléphone dans une voiture ? Elle regardait tantôt la route à travers l'énorme pare-brise panoramique, tantôt les nombreux boutons, compteurs, commandes et voyants, mais surtout Anthony, au profil si séduisant, qui, au volant, ne pouvait refréner sa béatitude. Elle passait le doigt sur le cadran octogonal de sa nouvelle montre, devenue son bien le plus précieux, après Nano naturellement.

– Je peux ? dit-elle en désignant l'autoradio.

– Bien sûr. Jette un œil dans la boîte à gants avant…

Elle l'ouvrit et en sortit le tant convoité modèle réduit de la Buick du lieutenant Kojak, « Deluxe Edition », avec ses deux petits personnages, un chauve et un frisé, et le gyrophare en plastique.

– « Badge de détective inclus, bruitage de coups de feu. » Tu es fou ! Comment l'as-tu trouvée ? Ils n'en avaient plus au Mall. Bouli ne sait même pas que ce modèle existe, il sera aux anges. Merci !.

– Je l'ai trouvée ce matin par hasard dans un magasin de jouets, c'était leur dernière.

– C'est trop, je te rembourserai.

Elle tira de son sac une cassette marquée « Maison ».

Les airs préférés de maman et Bouli, ça me permet de m'endormir. Tu connais *Starmania* ?

– Ah, je me rappelle ton interprétation de *La serveuse automate*. Oui, c'est très bon. Avant l'émission sur Antenne 2, le disque ne se vendait pas.

– Ah bon ? En réalité maman n'aime pas que Sinatra et les chansons en anglais, mais aussi Michel Berger, William Sheller, Françoise Hardy, Laurent Voulzy, Véronique Sanson, Duteil, Jonasz, Cabrel… Moi aussi, mais je la traite de snob, ça l'énerve ! « Donnez-moi madame s'il vous plaît du ketchup pour mon ham-bur-ger ! »

Elle sortit une seconde cassette intitulée « Slows », qui entrait trop facilement dans l'autoradio incorporé au tableau de bord, se tourna vers Anthony.

– C'est un lecteur huit pistes, pour de grosses cassettes. J'arrangerai ça. Il y en a dans l'accoudoir, sers-toi !

Aux premières notes de *Follow you, follow me*, de Genesis, il lui prit encore la main pour la lui caresser du pouce avec douceur.

– Coïncidence : j'adooore cette chanson, maman aussi !

Elle se déchaussa et s'installa en tailleur tout en basculant son siège en arrière grâce à l'une des manettes de l'épaisse portière.

C'est marrant que les Américains mettent des autocollants avec leurs opinions politiques sur leur pare-choc.

– C'est moins tabou qu'en France. Et tu as vu, les publicités ne donnent jamais le prix des voitures ?

– Oui, Dun m'a dit que personne ne payait comptant, on achète en leasing.

– C'est un genre de location. Le bien ne t'appartient pas, mais tu peux l'acheter au terme du contrat.

Je me sens si bien. Quand nous partons en voyage, la petite voiture de ma mère me berce dès les premiers kilomètres, alors avec celle-là…

Au Scoops, au lieu de profiter du début des vacances de Noël, certains ne trouvaient rien de mieux à faire que s'immiscer dans les affaires des autres.

« J'espère que Malvina n'y a pas été habillée en garçon. Il va rigoler avec ses cassettes. Pour elle, Abba c'est du hard rock ! »

Mabel se sentait désarçonnée, elle ne savait pas comment réagir.

Daniel Imperato, son petit ami, devait travailler le soir dans le restaurant familial. Il passa l'embrasser en coup de vent et interrompit de ce fait les ragots. Muriel désapprouvait ceux-ci, en souffrait, mais, avec la meilleure volonté qui soit, était incapable d'intervenir. Se trouver au milieu d'autres lycéens dans un lieu clos représentait déjà pour elle un effort considérable. À Tremblay, elle était la seule à n'être jamais entrée chez *Tête de Chat*, le café des étudiants de Paul-Langevin. Sa sélection d'auteurs locaux en tête, elle tenta une diversion :

– Mina m'a rendu *Walden ou la vie dans les bois* hier. Je lui ai passé *Les Quatre filles du Docteur March*, il me reste l'Edgar Poe et le *Nature* d'Emerson : quelqu'un les veut ?

– Ça doit être difficile à conduire une voiture comme ça ?

– Pas du tout, ça se conduit comme un vélo. Un vélo de deux tonnes. Tu voudras essayer ?

– J'adorerais, mais je n'y arriverai jamais.

Devant l'hôtel Crown, Malvina fut impressionnée par son monumental escalier, garni d'un tapis rouge, *comme au festival de Cannes* pensa-t-elle. Un jeune voiturier en uniforme s'empressa de lui ouvrir la porte de la limousine, l'aida à s'en extirper, puis prit place au volant pour aller la garer au parking du palace. Le temps de la contourner, elle compta ses pas le long de la carrosserie et réalisa encore mieux la taille déraisonnable de l'auto.

– Deux mètres sur six, douze mètres carré ! Plus grande que ma chambre !

– On déjeune ici avant de se promener ?

– Tout ce que tu veux du moment qu'on reste ensemble.

Parmi les multiples dons relevés par Anthony chez Malvina, son discernement. Il lui permettrait, espérait-il, confiant, de ne pas modifier ses habitudes ni d'avoir à cacher son train de vie hors normes, dont elle s'apprêtait à avoir un aperçu. L'argent pouvait offrir de belles voitures, certes, mais n'induisait aucun lien avec leur connexion ô combien spirituelle.

Ils gravirent main dans la main les marches menant à la réception.

– C'est autre chose que mon auberge de jeunesse !

Anthony lui tendit le menu du restaurant. Pendant qu'elle le traduisait, il consulta les fax reçus en son absence et passa un coup de fil à Jill. Il devait patienter pour appeler Paris, où il était 21 h 35.

Malvina, en chaussettes sur l'épaisse moquette, parcourait la suite tel un musée, et eut sa confirmation. *Oui, il est bien installé.* Entrée dans la salle de bain pour se recoiffer, avec tout ce marbre et ces accessoires en cristal, elle s'imagina téléportée chez les Ewing du nouveau feuilleton *Dallas*. Elle s'empressa de respirer la fragrance capiteuse d'un flacon du mystérieux parfum de son hôte, qui la ramena aussitôt au sommet du World Trade Center, en mémorisa le nom qui l'intriguait tant. Elle huma avec délectation les produits d'accueil. La voir revenir si enjouée de son tour du propriétaire fit sourire Anthony, qui ne put se retenir d'étreindre son exploratrice. Ce qui la rendait heureuse le rendait heureux.

– Je pourrais prendre le petit savon s'il te plaît ? Pour ma mère.

– Bien sûr mon amour, sers-toi. Je vais faire monter ce qu'il faut.

– Et tu penses que je pourrais arracher le sèche-cheveux du mur ?

Sans rien dire, Anthony désignait du doigt un grand carton sur un siège, dont elle s'approcha, incrédule.

– Un radiocassette ! C'est à toi ?

– Non, à toi. Là c'est le bon format pour les tiennes. Quand nous serons séparés quelques heures, tu ne m'oublieras pas le soir avant de t'endormir. Il y a aussi un casque digne de ce nom, la prise est sur le flanc.

– C'est vrai que le soir je n'ai pas trop pensé à toi ces derniers temps.

Elle se pendit à son cou…

– Merci, mais c'est beaucoup beaucoup trop, tu es fou ! C'est Dodo qui a mes sous – il vaut mieux –, je lui en demanderai.

Malvina se rappela en avoir vu, de moindre qualité, dans les rues de New York, et admiré de similaires à 300 dollars en vitrine de magasins spécialisés. Elle essaya de faire une estimation de la somme qu'il lui restait, y renonça, puis s'empressa d'aller chercher sa cassette « Disco » pour étrenner le casque, en choriste de Donna Summer.

En sortant, elle remarqua les housses *Botany 500* sur le portant à roulettes et la ligne de bagages qu'on venait de livrer. Le fait que son amoureux soit coquet et voyage avec autant de tenues ne la surprit pas vraiment. Au restaurant de l'hôtel, « La Brasserie », la lycéenne revint des toilettes interloquée.

– Je n'y crois pas : avant que j'aie le temps de dire ouf une dame m'a ouvert le robinet et versé du savon en gel. Après elle m'a tendu une petite serviette toute douce et proposé de me parfumer. Il y avait tout un assortiment de flacons sur un plateau, plus chers que celui de Mabel ! Au départ je voulais juste me laver les mains.

Après un frugal déjeuner, ils réalisèrent du haut des marches, face au blanc soleil hivernal, que c'était leur première sortie en amoureux déclarés, qu'aucune porte d'ascenseur ne viendrait plus jamais interrompre.

– Muriel – tu sais, le génie – nous dit que Boston est un peu le prologue de l'Amérique. Elle peut paraître prétentieuse, c'est juste qu'elle est de nature passionnée.

– Passionnée comme toi. Elle a dû vous le préciser, la ville est vite devenue la capitale officieuse du pays, avant Washington, avant même que les États-Unis existent. Tu vois la ligne de briques rouges incorporée au sol ? C'est la *Freedom Trail*, la piste de la liberté. Il suffit de la suivre pour ne manquer aucun des endroits intéressants en rapport avec la guerre d'indépendance. Pratique, non ?

– Et là-bas ? (Elle désignait un bâtiment de béton qui n'avait rien d'historique.)

– La mairie. C'est spécial comme architecture.

– Du brutalisme comme à Manhattan ! commenta-t-elle en experte.

– Ah oui, je me rappelle, nous en avions parlé. Les Orgues de Flandres. La tour au loin a rencontré des pépins comparables à ceux du Citicorp : les fenêtres se détachaient de la façade !

– John Hancock Tower : style international. Tu vois, moi aussi je me suis renseignée…

Nous arrivons à Quincy Market, tu as froid ?

– Un peu.

Emportée par son enthousiasme, Malvina se rendit compte qu'elle était frigorifiée.

– Viens, nous allons prendre quelque chose.

– Tu as vu, c'est l'architecture de la…

– Jumel Mansion de New York, compléta Anthony. Quel œil ! Une architecture d'Italie du Nord.

– Nous avons manqué de temps pour la visiter.

Ils entrèrent dans les anciennes halles, interprétation de temple romain, transformé en temple de l'hédonisme. De jolis stands implantés par spécialités abondaient de sandwiches au homard, *clam chowders* (velouté aux palourdes), desserts consistants, beaux livres et souvenirs artisanaux de la région. D'appétissants arômes de grillades et de pâtisseries se répandaient dans les allées.

– C'est magnifique, apprécia Malvina. La société de consommation dans toute sa splendeur : j'a-dore. Même si rien ne vaudra jamais l'Angelo's Diner !

Ils s'installèrent à la Poznań Bakery et commandèrent deux chocolats chauds dans lesquels surnageaient de petites guimauves. Elle louchait sur les viennoiseries.

– Tu devrais manger ma chérie. Avec ce temps…

– Je n'ai plus faim, mais tout fait tellement envie. Allez…

Il la regardait attendre son tour, un pied sur l'autre, cette posture qui l'avait tout de suite séduit.

Malgré des moyens plus traditionnels que ceux d'Anthony, fière de lui acheter pour la première fois quelque chose, elle rapporta quatre petits roulés de pâte feuilletée bien dorés.

– *Rugelachs* ! Chocolat-noisettes et… cerise.

– Cerise bien sûr !

– Ah, j'en voulais aussi... Notre première dispute !

Rires.

J'ai eu du mal à comprendre l'anglais de la vendeuse, c'est normal ?

– Merci mon amour. Oui, je doute qu'elle soit polonaise, cela dit il y a un accent bien spécifique ici, un peu comme chez nous, en province. D'ailleurs, les autres États s'en moquent, disent qu'il est prétentieux.

– Ils avaient aussi des friands au bacon, mon légume préféré.

À propos, Natalie m'a demandé si je pouvais préparer un dessert pour dimanche. Je ne sais faire que des choses simples, je me vois mal servir des crêpes au réveillon…

– N'oublie pas que tu m'as promis un clafoutis aux cerises ! Tu n'as qu'à appeler ta mère, elle verra ça avec le chef pâtissier de son restaurant.

– Idée géniale, merci !

...

– J'avais peur que les Maroney m'interrogent sur ton programme, il faudra que tu me le donnes.

– L'échange comprend des terminales C et des A. Nous sommes partis un peu avant les vacances de Noël, c'est pour ça que, en plus des cours en anglais du programme américain, nous aurons quelques heures de rattrapage. Je demanderai le polycopié à monsieur Yvinec.

Malvina, aussi enflammée que réservée, parvenait à se lancer quand le sujet en valait la peine à ses yeux. La première surprise, elle y allait alors sans détour.

– Mon chéri, il y a une chose qui me trotte dans la tête, je peux te poser une question ?

– Bien sûr.

– Voilà, euh, c'est pas facile. Tu m'as expliqué comment tu avais déduit notre destination, à Roissy. Mais, dans l'avion… qu'est-ce qui t'a fait t'arrêter à mon niveau ?

Wahl jr., qui d'ordinaire pouvait répondre à tout, s'en tint au registre de la franchise.

– Pour être honnête je n'en sais toujours rien. Tu étais l'une des rares à avoir laissé ton spot de lecture allumé, et on ne distinguait que ta casquette dans la pénombre. Si j'avais vu ton minois plus tôt, dans l'aérogare, ça serait l'explication (Malvina rougissait), mais là… Si tu n'avais pas levé la tête de ton livre nous ne serions pas ici.

– Je n'ose pas y penser. Moi non plus je ne sais pas ce qui m'a fait réagir. D'habitude, quand je suis absorbée par ma lecture…

– Je connais un petit personnage qui pourra peut-être te renseigner ce soir, car il restera pour toujours le témoin de notre rencontre.

– …

– … Il doit dormir sur son coussin orange.

– Mon Nano !

Je peux te poser une autre question ? Qu'est-ce qui t'a fait me rechercher une fois arrivé ?

– Là c'est plus simple : sur le moment nous n'avons pas parlé mais ton si beau sourire, ton comportement m'ont laissé imaginer que tu avais quelque chose à me dire, moi aussi par conséquent. Et je n'aime pas les malentendus. Par la suite, jusqu'à mon hôtel, ton image ne quittait plus mes pensées. C'était plus fort que moi, tu ne pouvais pas devenir un souvenir. C'est ce qu'on doit appeler « love at first sight », le coup de foudre.

— Love at first flight plutôt !

— Il fallait que je te retrouve. La suite tu la connais. Ton expression quand tu es arrivée sur ton skate dans le hall de la YMCA a porté l'estocade. Je n'avais jamais vu plus beau sourire. On n'a pas idée d'être aussi charmante ! D'ailleurs je ne sais toujours pas pourquoi tu conservais cette distance. D'autres filles moins jolies que toi auraient minaudé !

— Ça n'est pas de la fausse modestie, mais, même si je doutais, j'étais loin de m'imaginer qu'un homme comme toi puisse s'intéresser à une fille de banlieue, même sublime. En fait, j'ai éprouvé e-xac-te-ment la même chose : quand nos regards se sont décrochés et que tu es reparti t'asseoir, ton Coca à la main, je voyais comme un destin m'échapper, je n'avais jamais ressenti ça, ni pensé à cette idée. Et Dodo qui dormait. Je me délectais qu'un si beau garçon se soit ainsi attardé sur moi, et luttais contre un malaise indéfini, mais tellement agréable. J'ai imaginé, jusqu'à la tour, que ton intérêt avait un rapport avec mon père. Et toi, pendant notre nuit ?

— Après le choc de ton arrivée, c'est quand tu es montée te changer que j'ai commencé à comprendre. Puis dès le taxi, quand le chauffeur a dit « les amoureux ».

— Monsieur Désinor !

— ... et dans la salle de réunion. Je me retenais de te prendre dans mes bras et de t'embrasser. Cela aurait été un cas de légitime défense, te dire « je t'aime » aussi.

Les yeux de Malvina brillaient.

— Je n'osais pas l'espérer. Moi aussi je n'attendais que ça, je me serais laissée faire. Et à l'ascenseur ?...

— Quel cauchemar ! Tu sais que je suis venu à New York pendant des années pour développer mon entreprise. Il était prévu que je fasse la même chose à Hong Kong, et c'était mon dernier aller-retour. Je ne parvenais pas à t'en parler et ne voulais pas te mentir, j'étais piégé par les circonstances. Les jours suivants je ne pensais qu'à toi, jusqu'à en parler à mon meilleur ami.

– Celui de Tampa ?

– Quelle mémoire !

– Qu'est-ce qui t'a décidé alors ?

– Lui, et ton magnifique petit mot surtout (il posa la main sur la poche de son manteau, où le papier se trouvait toujours). Avant de lire le verso, je croyais que tu m'y avais juste noté ton adresse, je l'avais sorti pour savoir où je devais t'envoyer le poster de ta maman. Notre avenir dépendait d'une minuscule flèche.

Malvina fut contrariée.

– Tu ne vas plus à Hong Kong ?...

– J'ai appris le chinois pour rien, la belle affaire…

Il retira une miette sur la lèvre inférieure de son interlocutrice, qui ne savait plus quoi dire, et commenta, entre sourire et larmes :

– J'en mets partout quand je mange, ridicule.

– Mais non voyons. Avec ou sans miettes, tu es si belle.

Moi aussi j'aimerais savoir.

Malvina s'inquiéta, mais ne décela rien de tragique dans l'attitude d'Anthony qui, après cet échange pour le moins intimidant, souhaitait la détendre.

Il y a une énigme : pourquoi tes amis portent-ils tous une montre Coca-Cola ?

– C'est grâce au père de Dodo.

Un raccourci à la Malvina…

*
**

Jean-Pierre Malméjac ne regardait pas *La Petite Maison dans la prairie* mais, attaché comme sa fille aux notions de courage et d'investissement, faisait travailler le duo dans son supermarché, les après-midi, les week-ends ou les vacances. Quand elles n'étaient pas affectées au même rayon, les filles se rejoignaient dans la salle de repos à la pose, arrivaient et repartaient à deux, quitte à ce que celle qui sorte plus tôt s'entraîne au

216

chariot élévateur, attende l'autre à la déco ou dans les allées du centre commercial. À la fin du mois, Malvina se rendait à la comptabilité en sifflotant, toujours étonnée d'en ressortir avec son chèque. Elle aurait travaillé gratuitement. Le plus amusant ? Participer à l'inventaire semestriel. Après la fermeture, une équipe alignait les produits pour faciliter leur comptage, une seconde relevait alors les quantités sur des cartes perforées destinées à l'ordinateur central, un bond dans le futur. Malvina-l'Américaine avait pris l'habitude de supprimer, à l'anglo-saxonne, la barre des « 1 » et des « 7 » pour permettre la lecture automatisée de ces cartes. L'inventaire se déroulait dans une ambiance joyeuse, en musique, il était suivi du « gueuleton », pour lequel chaque chef de rayon apportait ses meilleures spécialités : pâté aux noisettes, langouste, vins fins, champagne, mille-feuilles au Cointreau. Deux orgies par an, mais plus raisonnables qu'*Un régal* ! Le père de Dodo tenait cependant à ne pas favoriser les filles outre mesure. Elles pouvaient ainsi être amenées à peser des patates pendant des heures, à vendre des radios-réveils aussi bien que se retrouver « caddie-girls », chargées de rassembler les chariots sur le parking, jusqu'à parcourir les cités en fourgonnette avec le chef de la sécurité afin de récupérer ceux qu'embarquaient les indélicats. Juste après, le débroussaillage des abords, le *garden* et surtout la consigne se révélaient les jobs les plus ingrats. Sodas, bières, vins de table, dans une odeur de vinasse poisseuse, les clients déposaient en continu par un guichet leurs bouteilles de verre consignées sur le plateau rotatif de la « machine Tomra », vite saturé, qu'il fallait répartir en coulisse à flux tendu dans des cageots, à la manière des artistes de cirque qui font tourner des assiettes au bout d'une perche en ne devant surtout pas en casser une seule. Mina se portait volontaire et suscitait l'admiration générale des employés titulaires, contents d'être déchargés de cette corvée, inconscients du nombre insensé de points Coca-Cola laissés par les clients sous les capsules le temps de la promotion.

Les points envoyés soi-disant par les membres de sa bande, chacun reçut sa montre à domicile, douze au total.

Dans cet univers d'adultes, la « déco », petite pièce magique d'où sortaient à la chaîne les panneaux promotionnels. Ses responsables, Véro et Didier (Véronique compagne secrète de Didier), apprenaient aux filles à utiliser les gros marqueurs professionnels pour tracer d'artistiques chiffres avec pleins et déliés sur les flèches de carton fluo, la perspective, ou la technique d'impression en sérigraphie. À la différence de sa collègue, au départ caissière, formée sur le tas mais très douée, Didier avait fait les Beaux-Arts et s'enorgueillissait de transmettre son savoir à ses disciples, encore plus studieuses ici qu'en cours. Procédés de base et trucs d'artiste vite intégrés, Dodo se distinguait, surtout dans les portraits, où Didier reconnaissait qu'elle le distançait.

En dépit des émanations chimiques, dont celle, addictive, des marqueurs Onyx, et du bla-bla assommant de la sonorisation, qui diffusait ses messages promotionnels en boucle, les filles pouvaient passer des heures à la déco, entourées de grandes feuilles vierges, de lettres à transférer, d'une kyrielle de feutres, de fusains, de Rotring pour l'encre de Chine, de portemines Criterium, de carte à gratter, règles à tracer les lettres, bref de tout ce qu'il faut et plus. Elles ne sortaient que le temps de prendre un esquimau au distributeur, en oubliant la réalité. À la fermeture, la grande surface plongée dans l'obscurité, la lumière qui filtrait sous la porte rappelait au patron que, depuis la fin de leur service, elles y étaient encore. Il raccompagnait Malvina en voiture, Dodo les suivait à cyclo-moteur.

*
**

– Ma mère nous laisse de plus en plus Antoine pendant qu'elle fait les courses, nos séances de travaux manuels lui font beaucoup de bien, car il a du mal à communiquer dehors, surtout à l'école. Il est bon élève pourtant, il sait lire et écrire depuis plus d'un an. Le pauvre ne se sent en sécurité qu'en pyjama à la maison, et se met à buter sur les mots dès qu'il n'est plus en confiance, avec les gens qu'il ne connaît pas.

Ils flânaient le long de la Charles River qui, autant qu'en été, donnait à la grande ville un côté provincial, à cinquante mètres de la voie rapide. Une myriade de fragments transparents parsemaient le fleuve, qui se rejoignaient en couche de glace la nuit venue, pour se désagréger de nouveau aux quelques heures du soleil de décembre. De rares canards mandarins au plumage métallique semblaient attendre le prochain vol groupé pour les Caraïbes, portés sans s'en faire par un courant imperceptible. En patrouille le long de la berge, les pas des chevaux de la police montée crissaient sur le bitume enneigé.

– Tu sais que je suis la plus heureuse du monde, mais tu vas tellement me manquer d'ici à notre retour en France, tu ne peux pas savoir. Nous aurons le temps de nous dire au revoir mercredi ?

– Ne t'en fais pas. Moi aussi je rêve d'être avec toi 24 heures sur 24 maintenant que nous sommes réunis, mais prends-le du bon côté : tu vas encore découvrir d'autres choses, tu as tes amis, et nous pourrons nous échapper d'ici là. Mercredi je décolle de Boston en fin de soirée, vous devriez être rentrés du camping, non ? Il n'y aura qu'une dizaine de jours à attendre, ça passera vite crois-moi. Après – quand j'aurais rencontré ta mère bien sûr – nous nous verrons autant que nous voudrons ! Le samedi de ton retour, tu seras mon invitée d'honneur.

– J'espère que maman dira oui, avec les cours qui reprennent lundi…

« Invitée d'honneur », quelle idée prometteuse…

Anthony, qui ne parvenait pas encore à mettre de visages sur les noms, et encore moins de noms sur les visages, réclamait des précisions sur l'entourage de Malvina.

– Je finis par m'y perdre. Qui est qui ? Qui sort avec qui ?

– Bon Dodo tu connais, c'est ma sœur.

– J'aime bien son air catastrophé. Je ne l'imaginais pas comme ça lorsque tu m'en as parlé à New York, je veux dire pas dévouée à ce point. On voit tout de suite combien elle tient à toi.

– La fille par-faite je te dis.

À la YMCA il devait y avoir Stéphanie A, la petite rousse baba cool – il y a une autre Stéphanie, je te raconterai – et Sacoche, je veux dire Jean-Michel, celui qui est très souriant. Le pauvre a de l'asthme, c'est sa mère qui nous donne des places de cinéma, son père est cariste au supermarché. Mumu c'est celle qui a le front de génie.

– Que font ses parents ?

– Ils se disputent. En vrai ils sont tous les deux douaniers à Roissy, mais comme ils n'ont jamais les mêmes horaires, ils ne font que se croiser.

Et ils se disputent. Ils s'occupent bien d'elle mais il y a de l'eau dans le gaz à propos de ses études.

… Enfin il y a Thierry, le séducteur, gentil mais vraiment lourd parfois, tout le temps même. Et Marjorie, super timide, la brune aux beaux yeux verts. Son père est gardien à la prison de Villepinte, elle n'en parle jamais.

Qui sort avec qui ? Je crois que Marjo aime bien Tim, le correspondant de Jean-Mi, Stéphanie A sort avec un garçon par boum, elle est géniale ! Stéphanie B avec aucun. J'espère que Dodo plaît à Wayne. Quant aux dossiers *top secret* : Jean-Mi veut sortir avec Muriel, qui est folle de Thierry depuis qu'il se sont embrassés à « chiche ou vérité » pendant la traversée entre Calais et Douvres. Il complexe car ses parents ne peuvent s'offrir que des *Produits libres*, c'est bête.

Malvina mettait à l'épreuve la mémoire imbattable d'Anthony.

– Qu'en pense Muriel ?

– Je sais que Thierry aussi l'aime bien, Jean-Mi n'est pas du tout son genre de garçon : elle se moque de son niveau social mais dit qu'il énerverait un car de bouddhistes ; Thierry est plus dynamique !

– Il y en a bien qui veulent sortir avec toi, vu que tu es la plus jolie ?

– T'es bête. Il y en a surtout qui ne me remarquent pas, me trouvent trop jeune, ou trop petite. De toute façon j'ai mon imprésario. Avant de te rencontrer, avoir un petit ami n'était pas ma priorité, je m'en fichais un peu.

– Et maintenant ?

– Maintenant les autres garçons sont devenus invisibles, je m'en fiche complètement.

Pour Malvina, Anthony représentait l'homme idéal, tel qu'elle n'avait jamais osé se le figurer, un homme sur qui compter, une source de savoir et d'expérience à laquelle s'abreuver sans fin. Enfin un garçon qui ne se souciait pas que de lui, ou de l'image qu'il pourrait donner au bras de telle ou telle. La preuve, il l'avait choisie, elle, alors qu'il devait d'habitude sortir avec des filles « bien mieux », matures, et surtout avec plus qu'un 85 B. Lui était avide de la regarder s'exprimer avec son inépuisable entrain, sa diction si particulière, la percevait en jeune fille équilibrée, réservée mais entreprenante, ouverte aux autres. Malvina étonnée, Malvina dans la file d'attente, Malvina applaudissant les mains parallèles,

Malvina soucieuse : enfin près de lui, le moindre de ses profils la rendait cent fois plus attirante. Quoi qu'il en soit, elle dans son univers, Anthony concentré sur son métier, leurs destins à peine fusionnés, tous deux pouvaient remercier le destin d'avoir dirigé son phare sur eux.

Alors qu'il lui décrivait un autre quartier où la Société historique de Boston avait été jusqu'à préserver les réverbères à gaz, une mimique bien répertoriée le fit réagir. Il consulta l'heure qui filait.

– OK, nous avons le temps.

– Bientôt on n'aura même plus à se parler, ça fonctionne la télépathie on dirait.

Anthony la taquina d'un « oui » de la tête, sans prononcer le moindre mot. Ils rirent de bon cœur.

– Et voilà : Beacon Hill, le plus beau quartier de Boston.

Elle se tourna vers lui, interdite.

– Ça ressemble à… notre Pomander Walk.

L'entrée de la ruelle aux maisons cossues, le sol à gros pavés disjoints et les lampadaires d'époque évoquaient en effet le point d'orgue de leur nuit new-yorkaise.

– Viens !

Malvina prit son amoureux par la main et l'entraîna.

À l'autre extrémité de Willow Way, elle enleva son bonnet et se blottit dans ses bras, les yeux mi-clos, apaisée, passionnée :

– Finies les séparations, tu peux m'embrasser.

*
**

À l'occasion du programme franco-américain, l'événement, son point d'orgue, commençait toujours par un échange de cadeaux entre les représentants des municipalités jumelées, suivi des longs discours protocolaires, ceux de la principale, du sénateur Jenkins, du gouverneur Foggerty et de Darrin Peck, maire octogénaire dévoué qui honorait du mieux qu'il pouvait son sixième mandat. L'après-midi ouvert à tous, la petite ville entière et ses environs en étaient, le *Community Center* bondé, une immense salle intercommunale très haute de plafond, chapeautée d'une charpente apparente de galion renversé. Les volontaires l'avaient paré la veille de fanions, cocardes en papier crépon et ballons aux trois couleurs communes, avec au-dessus de l'estrade la bannière de bienvenue de l'aéroport Kennedy. Les jeunes musiciens attendaient le *top* pour intervenir.

Dès qu'elles arrivèrent, Chapi et Chapo partirent d'un rire mémorable. « Les Dents de la mer ! »

La décoration, les élus et les notables en tenue de soirée, le saladier de punch, le *marching band* qui jouait *Downtown* comme dans le long-métrage : tout y était. Il ne manquait plus que la piscine et la miss locale.

« Accueillons maintenant Miss Emerson High School ! » annonça le maire émoustillé, qui retrouvait ses soixante-dix ans.

Anna Beth D'Amato fit son entrée sous les applaudissements de l'assemblée, qui couvraient à peine les sifflets concupiscents des garçons. Doriane et Malvina pleuraient toujours de rire, sans que les lycéens les plus proches comprennent pourquoi. Entre deux spasmes, Dodo les rassura : elles ne se moquaient pas mais, la situation proprement irrésistible, les mains devant les yeux, ne pouvaient plus s'arrêter. Une fois calmées, elles leur apprirent que le réalisateur de ce second volet était français, en profitèrent pour surjouer le chauvinisme et relancer ainsi leur rigolade irrépressible, une vraie voiture à friction. Les jeunes Américains n'auraient pu aller voir ce film classé « R » (*restricted*, public restreint) qu'accompagnés de leurs parents. Après son passage, la fanfare du lycée laissa sa place à l'orchestre country, autre facette du patrimoine chérie par les citoyens de toutes générations. Concord se rassembla sur la piste en bon ordre, maire et personnalités compris, pour l'introduction à la *square dance*, proche du quadrille des westerns. Les filles riaient toujours en pensant cette fois-ci à une scène du *Daisy Town* de Lucky Luke. Profs et élèves, les Américains conviaient les Français, s'évertuaient à leur apprendre des enchaînements moins aisés qu'il n'y paraissait. On brûlait de savoir si John Arbogast allait inviter mademoiselle Chalmers. La musique enlevée évoqua aux filles à peine calmées les épisodes de leur feuilleton dans lesquels Charles Ingalls, à Walnut Grove, ressortait son précieux violon pour animer sa maisonnée. 1976, 1977, 1978… Comme chaque année, Henri Beaucourt et Jocelyne Pilar, un peu éméchés, tentaient de retenir la chorégraphie sophistiquée et faisaient n'importe quoi.

Le projet qu'Anthony fomentait l'obligeait à se montrer des plus discrets. Il localisa des lycéens du Mall avec qui, malgré le niveau sonore, il parvint à discuter un instant. Prénoms et liens enregistrés, il avait plus de mal avec les visages. D'après les descriptions de Malvina, il reconnut Muriel, « le cerveau », Marjo, rouge pivoine dès qu'un garçon lui parlait, Stéphanie A et son écharpe violette, sans doute Stéphanie B et Jean-Michel, alias « Sacoche », mollasson, et enfin Melissa, alpaguée par un lycéen de Lexington. Malvina se trouvait réquisitionnée par des garçons, ravis qu'elle leur ait fait la bise et non serré la main. Dans la cohue, il s'adressa à une Stéphanie pour lui demander si elle avait vu Doriane. *La baba cool, donc Stéphanie A.* Elle lui désigna le pilier à droite de la scène, auquel Dodo s'était adossée et tapait du pied dans l'espoir que Wayne l'aperçoive. Mais il ne semblait pas avoir été assez motivé ne serait-ce que pour venir. Anthony la prit par le bras. Elle pensa qu'il l'invitait à danser, mais il l'emmena à l'écart. Au détour d'un couloir plus calme, il lui demanda contrarié :

– Dodo, Malvina m'a parlé de ta maladie, je suis désolé. Je peux faire quelque chose ? Il y a d'excellents endocrinologues à Boston.

La jeune fille passa de l'étonnement à l'hilarité.

– Sacrée Mina ! Je lui ai souvent expliqué, elle s'inquiète trop pour moi. C'est une simple paresse de la thyroïde, rien de méchant, que je soigne depuis des années avec des cachets.

– Ah, tu me rassures.

– J'ai des courbatures et ça me fait parfois prendre du poids. C'est embêtant, mais c'est tout. Tu voulais me dire quelque chose ?

– Oui, pardon de sauter du coq à l'âne. Aurais-tu une idée s'il te plaît pour que nous puissions nous évader avant mon départ ? Je veux dire pendant une journée complète, et surtout sans que ça se sache, un genre d'alibi. Je voudrais lui faire cette surprise. Pas évident…

– L'alibi ? C'est moi qui l'ai inventé. Elle va être folle de joie.

Par chance, quelques jeunes Américains d'un autre établissement – déjà fans d'elle – continuaient d'échanger avec Malvina, adossée suffisamment loin des couloirs. Wayne venait d'arriver, conduit par Matthew, qui s'enlisait un peu plus car, parti à la dernière minute de chez lui, il s'était encore habillé n'importe comment et avait manqué la prestation de sa petite amie, la cherchait des yeux en jouant l'indifférence. Il localisa sa nouvelle passion entourée de prétendants. Wayne, lui, espérait saisir l'occasion d'approcher la jolie Doriane, pour l'heure invisible. Il pestait contre son ami de l'avoir mis en retard et imaginait sa Française occupée ailleurs avec un petit malin qui l'aurait pris de vitesse.

Un Américain, costaud, la vingtaine, s'adressa à la délicate Marjorie chaussé de ses gros sabots :
– Bonsoir mademoiselle, j'ai rêvé de nous.
Il avait dû préparer son bla-bla. Marjo, seule, ne savait pas où se mettre.
… Nous étions à Venise, sur le Grand Canal…
Stéphanie A, qui estimait qu'il valait mieux rester dans les parages pendant les boums, accourut à son secours et retourna au garçon :
– Faux numéro. Ni Venise ni gondole ce soir, même pas d'eau.

– Ça y est, j'ai trouvé ! Tu dois le savoir, lundi, la famille de Stéphanie A nous emmène pêcher le saumon dans le New Hampshire, leur tradition annuelle. Ils disent qu'ils rendent hommage aux Indiens Nashaway, pourquoi pas ? Avec un camping-car de la taille d'un bus, tu parles d'un retour aux sources ! Heureusement, nous devons dormir dans des bungalows chauffés et pas avec les parents. Bref, il suffira de demander aux Keegan d'inviter Malvina et Mabel, sinon « je mourrais d'ennui », puis de leur dire que Mina arrivera plus tard « car à cause du verglas elle est tombée sur le coccyx en sortant de la maison ». Pendant ce temps-là, elle sera avec toi. Personne ne nous soupçonnera : comment nous joindre en pleine cambrousse ? Attends, Steph m'a donné l'adresse pour l'administration, tiens (elle lui remettait une feuille de cahier). Tu la ramènes le soir sans te montrer… ni vu ni connu !
Anthony fut impressionné de la célérité à laquelle ce plan astucieux était sorti du cerveau de l'inimitable Doriane.
– Mais, si elle est blessée, même légèrement, comment Mina pourra-t-elle se rendre de Concord au camping ? objecta-t-il.
– Ah oui… Dans ce cas on pourra dire que Mabel est restée avec elle

et qu'elles nous ont rejoints avec la part de gâteau. D'ailleurs je vois mal Mabel laisser Mina à Carlisle, elle trouvera bien à s'occuper.

– La part de gâteau ?

Doriane présentait le même syndrome que son amie : leurs alliés étaient censés connaître tous les détails de leur quotidien.

– Oui, la voiture de Mabel. Elle vous retrouve à l'entrée du camping pour que Malvina passe de ta voiture à la sienne, et elles arrivent comme si de rien n'était, Mina tordue de douleur. Je suis certaine que Mabel ne demandera que ça : à ses yeux, Mina et moi sommes de vraies délurées !

– Au cas où, on peut fixer le même rendez-vous le lendemain, car nous allons loin. Il suffira qu'on prévienne Mabel.

– Loin ? Sans problème.

– C'est toi le génie, pas Muriel !

Dodo, elle aussi intuitive, voyait bien qu'Anthony répugnait à mentir, mais c'était «pour la bonne cause», le conforta-t-elle, l'occasion ou jamais d'offrir à sa sœur une escapade à la hauteur de leur passion. Toujours élégante, elle ne chercha pas à en savoir plus malgré l'emballement suscité.

Anthony fut facilement rallié à la cause, acquiesça et fit deux bises à sa bienfaitrice, qui vira du rouge au fuchsia.

«C'est pas ce soir que je passerai à la casserole.»

Ceux qui se tenaient près de Marjorie crurent avoir mal entendu.

– Qui t'a appris cette expression ? demanda Stéphanie A.

– C'est toi, tu l'emploies depuis que « tu l'as fait ».

Stéphanie A regrettait parfois (pas souvent) son langage cru.

– Ça alors... On lui donnerait le bon Dieu sans concession, dit Thierry.

– Sans confession, corrigea Stéphanie.

Un peu à l'écart, Stéphanie B, entourée de quelques suiveurs, continuait à déblatérer.

– Il distribue les billets comme des prospectus, mais je parie qu'il l'a emmenée dans un motel pour ne pas trop dépenser et l'a baratinée pour se la faire dès cet après-midi. Il la larguera après Noël.

– Tu crois ? Mina est parfois naïve, mais elle a du répondant, on n'en fait pas ce qu'on veut.

– Pas si naïve d'ailleurs. Je dirais plutôt qu'elle est très ouverte d'esprit. Son bon fond peut l'empêcher de voir la réalité, c'est tout.

– Justement, il l'a compris et va en profiter au maximum avec son expérience. Il a les moyens pour ça Plastic Man. J'aimerais bien y être quand il verra son lapin idiot qu'elle trimballe partout avec elle ! Ils ont les mêmes dents.

– Merci de ce que tu fais pour elle, elle le mérite tu sais. On ne se connaît que depuis deux ans, mais nous ne pouvons pas nous passer l'une de l'autre, on a l'impression d'avoir du temps à rattraper.

– Mina m'a dit cela aussi à propos de vous deux

– « L'amitié c'est l'amour sans le sexe. »

Malgré sa boutade, au changement de mine fugace de Doriane, Anthony crut percevoir, au-delà de leur merveilleuse complicité, un secret partagé par les deux amies. En rapport avec le fond sombre que Malvina affichait parfois ?

Elle poursuivit :

Elle donne le change en faisant la fille sûre d'elle, mais elle est si pure, si sensible. Le bonheur des autres la fait pleurer de joie, il va falloir me l'endurcir ! Mes parents l'adorent, mon père dit qu'elle a en permanence un nuage de confettis autour d'elle, et crois-moi, c'est loin d'être un poète ! Quand elle s'attaque à une personne médisante ou méchante, certains prennent encore ça pour de la prétention, c'est simplement que l'injustice lui fait horreur. Le potentiomètre de nos émotions est sur cinq, le sien sur dix. Tu verras : si elle parle de quelqu'un dans son dos, ça sera pour en dire du bien. Bref, mieux ça serait trop !

– Je l'ai observé en effet. Je commence à me demander si c'est elle qui est trop sensible, ou nous trop endurcis...

– Ah, Malvina... Après le massacre du Guyana, elle a fait des cauchemars pendant une semaine. Quand on sort du cinéma par exemple, elle veut savoir comment tel personnage a pu faire du mal à tel autre. Elle se fait le sien de cinéma, et sa salle est ouverte 24 heures sur 24. Dans la réalité la violence lui fait horreur, pour cela on la prend à tort pour une baba, ça la fait bien rire. Lorsque nous avons vu *Marathon Man*, je l'observais se poser des questions pendant la scène où Dustin Hoffman se venge du vieillard qui l'avait torturé… Un ancien nazi quand même ! Pourtant elle a aimé le film. Forcément, ça se passe à New York. Je n'arrive pas toujours à lui ouvrir les yeux, mais j'adore ce trait de sa personnalité. Une autre fois, je marchais un peu derrière elle en ville, elle ne m'avait pas remarquée. Eh bien je l'ai vue devant le fleuriste ramasser un seau tombé sur le trottoir, y remettre les fleurs une à une puis continuer comme si de rien n'était. Malvina est une idéaliste, elle a tendance à repeindre la réalité en rose… Je ne crois pas l'avoir entendue prononcer le moindre gros mot, à part « sapristi », quand elle est vraiment en colère.

Anthony buvait ces paroles et comprenait pourquoi les comparses s'entendaient à ce point.

– Merci de ta confiance, ça me rassure que tu veilles sur elle.

– Elle aussi veille sur moi. Elle sait ce qu'elle veut, se montrer forte, elle te racontera les heures qu'on a passées à chercher la casquette de Jodie Foster, et le prix qu'elle l'a payée chez Courrèges… Elle est si généreuse. À chaque fois que nous achetons des biscuits je l'appelle « Madame Plus » en pensant au « Monsieur Plus » de la publicité. Plus d'affection, de sensibilité, de compassion, c'est Malvina !

– Tu peux transmettre aux autres – je veux dire aux intimes – qu'ils n'ont pas à s'inquiéter : j'ai l'intention de la rendre heureuse et de la protéger.

– C'est déjà fait. Moi je ne m'inquiète pas, mais alors pas du tout.

Ils ne tardèrent pas à retourner à la fête afin de ne pas éveiller les soupçons de Malvina, très perspicace, sans doute un peu jalouse depuis qu'elle avait vu tant de mâchoires féminines se décrocher au passage de son chéri.

Le visage de Wayne s'égaya d'un sourire *Ultra Brite* lorsqu'il aperçut Doriane qui sortait seule du couloir, quelques pas avant Anthony. Moins sûr de lui qu'on le pensait, mais drivé par le roi Matthew, il remisa sa timidité et s'avança à sa rencontre.

Après avoir remercié Stéphanie-la-rousse d'une bise à la volée, à laquelle elle n'eut pas le temps de réagir, Anthony passa devant un banc de lycéens qu'il laissa déçus lorsqu'il leur enleva Malvina.

Les amoureux purent à leur tour s'éclipser pour bavarder, et surtout s'enlacer. La plupart ravissantes, quoique endimanchées dans leurs robes au tissu bleu électrique, les Américaines ne pouvaient pas lutter. Les garçons, eux, portaient chemise à jabot, nœud papillon et costume trois-pièces en acétate, tout aussi brillant et hautement inflammable.

Pour l'occasion et surtout pour les yeux de son amoureux, Malvina rayonnait dans une robe Liberty bois de rose, col et bas brodés, empruntée à la romantique Marjorie qui lui avait cousu l'ourlet et prêté ses ballerines à talon ; un vrai petit mannequin de chez Laura Ashley. Anthony, en tenue décontractée, caban et bottines marron, n'était jamais en reste en matière d'élégance.

Dodo papotait avec Matthew, dont les traits de conquérant viking et la dégaine américaine la séduisaient de plus en plus. Marjorie louchait vers Tim.

Près du buffet, Jean-Mi, qui avait assisté à la conspiration de Stéphanie B, en toucha deux mots à Stéphanie A et Thierry.

— Je ne comprendrai jamais pourquoi elle s'acharne, réfléchissait-il tout haut, proche de la crise d'asthme, Mina ne lui a rien fait.

Stéphanie résuma :

— Plus que de la jalousie, pour moi, c'est de la bêtise pure. Avec un peu plus de recul, la B aurait tout pour elle. Au lieu de ça il faut toujours qu'elle la ramène. Ne perds pas ton temps. L'écouter, c'est comme regarder la peinture sécher.

Depuis le départ Anthony posait sur Malvina des yeux chastes et em-preints de respect, mais comment ne pas admirer ses jolies jambes et des épaules si bien dessinées par la nature, rendues parfaites par la gym, sa peau de pêche si douce à effleurer, sur laquelle on retrouvait la suite des taches de rousseur de ses pommettes ? Quel fossé par rapport aux jeunes femmes qu'il fréquentait depuis toujours... Les plus séduisantes, habillées en Balmain ou Dior, n'atteindraient jamais ce chic inné, son port de dan-seuse et sa spontanéité.

« C'est Marjo qui m'a convaincue pour la robe. J'ai une peau de rousse : en vacances, je commence à bronzer quand nous mettons les bagages dans le coffre en repartant. »

Après s'être essayés à la square dance et, avec plus ou moins de succès, au jeu de la séduction, les Français s'étaient regroupés. Leurs correspondants vinrent les rejoindre, tous finirent par de défouler sur du disco, plus accessible. Malgré la cruelle absence de bière, ils passaient un après-midi mémorable. Thierry avait arraché une danse à Muriel, sa première.

Mademoiselle Chalmers et monsieur Arbogast ne réapparurent pas.

Wayne et Doriane revinrent main dans la main, ils croisèrent Jean-Mi, sorti inhaler sa Ventoline.

*
**

Malvina, qui pouvait mieux que personne lire à livre ouvert dans le regard de sa sœur, subodorait qu'il se tramait quelque chose. Le lendemain, au lycée, elle essayait de lui tirer les vers du nez.

Les deux filles rêvaient d'avoir leur propre répondeur et n'en finissaient pas de préparer le texte qu'elles y enregistreraient. Dodo esquiva en déclamant sans raison : « Bonjour vous êtes bien chez Doriane Malméjac. Je refais le monde chez Tête de Chat avec Malvina Dhaucourt, mais vous pouvez laisser un message après le bip. » Malvina éclata de rire et comprit qu'elle ne saurait rien, persuadée que ce mutisme était pour la bonne cause.

Tous les matins, les jeunes Français se retrouvaient entre eux au lycée déserté afin d'y poursuivre leur programme, la priorité donnée aux deux matières à plus fort coefficient pour les bacs A et C : philo et maths. Le professeur Janáček qui, à l'inverse de ses collègues, ne paraissait pas accaparé par les préparatifs du réveillon, s'était mis cette année encore à la disposition de ses homologues français. Il se présentait à l'appel rasé de frais, sentait bon l'*Old Spice*. Au-delà de sa maîtrise dans la recherche des restaurants, monsieur Beaucourt le réquisitionnait pour celle des maths, et mademoiselle Ulrich pour sa connaissance des grands philosophes européens, qui semblait infinie, et qu'il évoquait dans un français académique. Chaque fois qu'il décortiquait avec emphase le logarithme népérien, la pensée de Kant, Platon ou Spinoza, l'attention des jeunes gens montait automatiquement d'un cran. Une prouesse, une représentation théâtrale captivante qui facilitait grandement la tâche des profs français. Le vénérable enseignant, qui discutait d'égal à égal avec Muriel en lui apprenant des rudiments de tchèque, venait de trouver le moyen de la réintégrer un minimum dans le cursus en prononçant le nom magique : « Einstein ». 350 de QI à eux deux, ils se rejoignaient sur le déterminisme du savant pour qui « un joueur de flûte invisible » régissait l'ensemble des composants de l'Univers, du moustique à l'étoile. Des forces occultes dont il aurait été stupide de tenter d'infléchir la marche.

Son équipe – Doriane, Malvina, Thierry – pensait que c'était cet « aquoibonisme » qui rendait Mumu si résignée.

Finaud, Broni lança un défi à sa jeune collègue : elle devait faire comprendre la théorie de la relativité à ses camarades, qu'elle ne dédaignait pas, mais dont elle se trouvait justement aussi éloignée que l'étoile la plus proche de la Terre, Proxima du Centaure... située à 10 000 ans de vol en avion de ligne.

Elle trouva le biais dans la minute, qu'elle exposa dès la pause suivante au milieu de lycéens attentifs :

– Le temps s'écoule plus lentement si on est en mouvement, quand on se rapproche, même de façon infime, de la vitesse de la lumière. On fait la course avec lui. Sans le savoir, nous voyageons en permanence dans le passé. Par exemple, quand je vous regarde, le temps que votre image met à atteindre mon nerf optique, puis mon cerveau, vous avez déjà vieilli d'une fraction de seconde ! Donc, je vous regarde tels que vous étiez *avant* : je voyage dans le passé. Imaginez ce raisonnement avec un vaisseau qui irait aussi vite que la lumière, ou encore plus vite... Les rayons du Soleil par exemple mettent huit minutes à nous parvenir, le simple fait de le regarder nous fait voyager dans le passé.

– Et quand le temps est couvert ?

La sonnerie du cours suivant épargna à Thierry les moqueries habituelles.

Malvina et le mensonge ne faisaient pas bon ménage. Après l'heure, elle demanda, tendue, à madame Pilar si elle pouvait lui accorder une minute. Avant que le traître s'en charge, elle lui confia absolument tout, de Brighton Beach à sa crise au Mall, en passant par la visite de Boston et le coup de fil à sa mère au petit déjeuner. Elle lui dit à quel point elle était amoureuse, à quel point ce garçon la respectait, combien leur histoire était sérieuse, n'avait rien d'une passade, et lui proposa de répondre à ses questions. L'enseignante rendit son verdict après un laconique « bien… », suivi d'un bref temps de réflexion.

« Je sais à quel point, contrairement aux apparences, tu es réfléchie. Si ta mère est au courant et rencontre cet homme à Tremblay, je n'y vois pas d'objection, mais méfie-toi des faux amis, et pas un mot à mes collègues. Je te félicite de ta franchise, reviens me voir au cas où. »

Après les cours, les lycéens goûtaient à fond le plaisir de se réunir sans aucun encadrement au Scoops, devenu leur QG, puis leurs correspondants les rejoignaient et ils inventaient leur programme pour le reste de la journée. Ceux qui conduisaient filaient à Boston ou au Mall, certains improvisaient une fête, d'autres préféraient s'éterniser dans le salon de thé. Quel que fût leur choix, ils se sentaient plus libres que jamais, pas pressés de rentrer à Paris.

Peu après être rentrée, Malvina entendit au loin le vrombissement du dragster de Melissa. Elle et Dodo étaient allées se changer pour l'occasion. Le cœur de Doriane battait la chamade, non par peur de la vitesse, mais en pensant à ce tête-à-tête proposé par Wayne le lendemain au glacier. Quel meilleur moment que celui de l'amorce d'une histoire ? Mais quelle angoisse ! Les filles étaient autorisées à veiller pour le premier *sleepover* des vacances, ou soirée pyjama, consacrée en l'occurrence à la mission cadeau. Mabel désormais au fait de l'opération (et ravie à l'idée de jouer les rebelles), la nouvelle n'était pas encore parvenue aux oreilles de Melissa, qu'il fallait mettre dans la confidence, autant pour le projet artistique que pour le stratagème de la fugue amoureuse. Plus organisée qu'un comptable suisse, l'impératrice des enquiquineuses, sans idée du sujet confidentiel de cette réquisition, avait apporté tout ce qu'elle possédait de cartons, colle, accessoires de découpe, Scotch double-face, ainsi que son gros livre sur New York, qu'elle s'apprêtait à sacrifier de confiance. À l'écart des parents, Becca couchée, le quatuor se mit au travail dans le garage, transformé en atelier par Mabel, la main laissée à la principale intéressée pour les choix principaux : format de l'œuvre, motifs, couleurs dominantes…

L'action des *Quatre Filles du docteur March* se déroulant à Concord, son auteur, Louisa May Alcott, d'ailleurs inhumée au cimetière local, Mabel, Melissa, Doriane et Malvina se surnommèrent en toute logique « les quatre filles du docteur Maroney ».

Au petit matin, du livre de Mel ne subsistaient que des lambeaux mais, reconnaissante de la confiance qu'on lui avait témoignée, elle se félicita du résultat obtenu, qu'elle jugea « très satisfaisant ». Grâce à son équipe, Malvina tenait le cadeau rêvé, allégorie d'une grande originalité, un cadeau que Tony ne risquerait pas d'avoir en double.

Ne sachant pas avec précision à quelle heure ses affaires le libéreraient, les amoureux étaient convenus de se retrouver à Carlisle.

Les filles reparties comme des zombies en pyjama, Malvina s'était mise à la pâtisserie puis, semble-t-il toujours pas lassée des travaux manuels, assise en tailleur à la table basse du salon, à la découpe des derniers marque-place, tandis que Becca, appliquée, pliait les cartons multicolores puis recopiait de sa plus belle écriture les prénoms des convives du réveillon avec ses feutres à paillettes. Le cadeau d'Anthony finissait de sécher à l'étage, caché dans le dressing de la chambre sur l'étagère du haut. Il ne resterait plus qu'à l'encadrer.

À bout de forces, la jeune fille alla s'allonger en cueillant au passage le petit Chadwick, qui n'attendait que cela et agita son hochet de contentement.

Les volutes provenant de la fenêtre de la cuisine entrouverte firent déduire à Anthony, avant de sonner, qu'une appétissante préparation à base de Philadelphia et de vanille cuisait dans cette maison... et que Dun Maroney n'était pas rentré ! Rebecca lâcha son ouvrage et courut vers la porte, se haussa sur ses pointes de danseuse pour atteindre la poignée. L'air canaille, elle désigna au beau géant le fauteuil dans lequel Malvina s'était vite assoupie, les jambes sur le repose-pieds. Son papa, Eugene-le-paresseux, appelé sur une gravissime affaire de parcmètre cassé, avait déposé Baby Chad qui, bien calé, gazouillait d'aise en suçotant son bavoir. Malvina entrouvrit les yeux, s'illumina quand son cerveau identifia l'image encore floue du visiteur de l'entrée. Becca se faufila pour le devancer et récupérer le petit, qui s'agrippa à elle sans broncher, tel un bébé aï d'une branche à l'autre, tout le portrait de son père. Malvina bondit de son siège et se jeta dans les bras de Tony, articula à voix basse « mon amour ! » Ils rejoignirent Natalie dans sa cuisine qui, pour cause de sieste, terminait le coulis de cerises à la place de sa pensionnaire. Duncan Maroney rentra peu après de Cambridge, surpris de la présence d'une voiture si imposante dans son allée.

– Tu as invité le gouverneur Foggerty, darling ?

On débattait sur la découverte de l'Amérique. Le professeur Maroney, toujours informé des avancées scientifiques, remettait en question l'histoire de Christophe Colomb. Vers l'an mille, donc 500 ans avant lui, venus du Groenland, des Vikings auraient accosté au Canada.

Anthony confirmait :

– Je vous rejoins Dun, ils ont laissé des traces probantes à Terre-Neuve.

– Pas un mot à Dany surtout, pria Mabel, il est si fier de ses racines, et chatouilleux sur le sujet.

Malvina fit le service, son cheesecake le plus proche possible de celui de chez *Junior* à Brooklyn. Anthony n'en avait jamais mangé d'aussi bon.

« J'ai utilisé les bons crackers... »

Natalie avait-elle vécu une histoire comparable dans son Dakota natal, avant son mariage, ou plus tard ? Sans lui en avoir touché mot, son époux, lui, était persuadé d'avoir déjà vu Anthony dans une publication scientifique. Une complicité subtile liait les deux couples. Alors que Malvina et Anthony s'habillaient pour sortir, Natalie leur glissa un « totally fine ! » : elle avait compris dès le premier soir.

– Tu ne me demandes pas où nous allons ma chérie ?

– Où tu voudras, je te suis aveuglément.

– Nous pourrions longer la côte jusqu'à Newport, il paraît qu'elle est splendide en hiver.

– …

Malvina ne répondait pas, incrédule au milieu d'un tel environnement, sous un ciel d'azur uniforme, la forêt blanche omniprésente de part et d'autre du Concord Turnpike (l'autoroute), et surtout, dans cet habitacle vitré, l'illumination soudaine, bien connue des amoureux, celle qui magnifie la réalité et rend tout si évident.

– Alors je te laisse nous guider, la carte est dans le vide-poche.

Direction Rockport.

Elle localisa le nom prometteur sur le plan puis prit une voix exagérée de robot : « Pour aller à Rockport, continuer tout droit pendant 25 miles. Au rond-point, prendre la deuxième sortie. »

– Merci, tu es le plus joli copilote que je connaisse. Tu n'as rien remarqué hier soir en te couchant ?

Elle vérifia dans le miroir de courtoisie : rien à signaler sinon des traits tirés et des yeux fatigués.

– Rendez-vous, vous êtes cernés !

Pas de changement dans la voiture non plus.

Ah, tu as fait remplacer l'autoradio ! Merci beaucoup.

Puis elle scruta les traits d'Anthony, par bonheur les mêmes que la veille, qui restait hermétique.

– Enlève ta montre et regarde au dos du cadran mon amour…

Elle déclipsa le bracelet et lut à haute voix le texte gravé au verso du boîtier.

« Félicitations à notre cher fils. R. et D. Wahl, Genève, samedi 30 juin 1973. »

– « R. et D. » ?

– Raymond et Donna, les prénoms de mes parents. C'est le cadeau qu'il m'ont offert pour la fin de mes études, ma préférée, celle que je porte le plus. On échange ?

Sans quitter la route des yeux, il lui présentait, à la manière d'un Gérard Majax, sortie d'on ne sait où, une montre en tout point identique à celle qu'elle avait en main, le modèle femme, un tiers plus petite.

Maintenant tu peux retourner la tienne.

– « La mienne » ? Nooooon !

Avant de s'exécuter, l'eau vint noyer les yeux de la jeune passagère, qui lut d'une voix chevrotante : « Malvina et Anthony ».

Impossible de poursuivre, l'eau perlait sur ses joues. Souriante un instant plus tôt, l'émotion la faisait grimacer.

– Ne pleure pas, nous ferons mettre le bracelet à ta taille tout à l'heure.

Malvina renifla puis se reprit avec bravoure et poursuivit :

– « ... vol Paris – New York, au-dessus d'Atlantic Bay, mercredi 13 décembre 1978. » C'est tellement beau, comme toujours avec toi. Quelle bonne idée d'avoir choisi ce texte. Tu te rends compte que ça ne fait que dix jours ?

– Tu te rappelles dans le World Trade Center ? À mon tour de fêter un anniversaire. Toi c'était pour nos vingt-quatre heures, moi c'est pour nos dix jours. Un proverbe perse dit : « Ispahan est la moitié du monde ». Eh bien toi, en dix jours, tu es devenue tout mon monde.

Ils quittèrent l'autoroute peu avant l'agglomération de Boston, au panneau *Rockport 2 miles*. Après *Venise va mourir*, qui lui fit penser à sa mère, la cassette apportée par Malvina jouait *Year of the Cat*, l'une de ses chansons préférées. De la neige partout, personne dans les parages, ni hommes ni animaux. Malgré un temps radieux, le paysage restait, immuable, figé par le froid. La mer apparut à l'issue d'une voie pentue en lacets, tracée jadis à travers bois. Impossible d'aller plus loin, Anthony se rangea sur le bas-côté.

Malvina chérissait déjà son cadeau, qu'elle parcourait du bout des doigts pour en apprécier le subtil dessin. Elle refrénait son élan depuis des kilomètres. Le frein serré, elle bondit hors de l'auto et courut se réfugier dans les longs bras, quitte à glisser. Anthony ressentait un plaisir extrême à chaque fois qu'elle se lançait ainsi contre lui. Ils fermaient les yeux.

Un homme d'une telle importance avait pris la peine de dénicher une montre suisse en Nouvelle-Angleterre, et surtout d'y faire graver ce texte magnifique… pour elle. C'était donc lui qui, venu si tôt dans sa vie, allait lui apporter la confiance qui lui manquait, et tant d'autres choses, seulement imaginables dans des romans ? Elle lui raconta la démonstration de Muriel sur la théorie d'Einstein et lui dit que le temps que son image parvienne à ses yeux était du temps perdu.

Les amoureux progressaient main dans la main le long d'un chemin qui débouchait sur une darse digne d'un conte pour enfants. Amarrés à des pontons de cèdre rouge, à l'abri de l'océan, des goélettes effilées, deux ou trois bateaux de pêche donnaient à cette petite station le charme concentré de son caractère maritime.

– Magnifique, on dirait un peu la Bretagne. Nous avons visité la côte d'Émeraude avec maman, nous logions à Saint-Briac, ça sentait bon les algues.

– C'est vrai qu'il y a une ressemblance, répondit Anthony, séduit lui aussi.

– L'autre jour nous avons pris de l'essence chez Amoco avec Mabel, elle avait honte pour la marée noire.

– Elle n'y est pour rien.

– C'est ce que je lui ai dit.

Dès la belle saison, les Bostoniens fortunés venaient passer leurs week-ends à Rockport. Plus on regardait, plus on distinguait de demeures opulentes disséminées dans les épaisses forêts dominant le bassin. Chaque voilier devait correspondre à l'une d'entre elles. Chic ultime, il en reprenait les couleurs. Près de l'eau, un hangar abritait des pêcheurs occupés, porte ouverte, à recoudre leurs filets pour la campagne suivante, ou à calfater leur embarcation à coups de maillet. Anthony s'adressa à l'un d'eux, sur le point d'y entrer, lui demanda s'ils étaient au bon endroit pour parler à un certain monsieur Goodridge. Mina s'interrogeait, sourcils froncés : quelle surprise son chéri pouvait-il lui réserver ? Si cela était encore possible après la montre. L'autochtone lui désigna l'un des derniers appontements, où devait logiquement se trouver la personne recherchée.

Pourvu qu'il n'ait pas dépensé d'argent pour moi…

– Bonjour, êtes-vous monsieur Goodridge ?

– Pour vous servir, répondit l'homme, pull à col roulé, casquette de capitaine sur la tête, mains ravinées par le travail, vieux loup de mer à qui on ne la fait pas. Je parie que vous êtes venus voir mon Salty ?

– Oui, si cela ne vous dérange pas.

– Qui est Salty ? demanda-t-elle à voix basse.

– Un bon garçon avec une belle moustache mademoiselle, répondit tout haut l'homme, jovial, en adressant un clin d'œil complice à Anthony. La grimace de la jeune étrangère exprimait son interrogation sans qu'elle ait besoin de poser de questions. Une chope de bière et un perroquet sur l'épaule auraient complété le personnage, qui devait avoir l'habitude de ce genre de visites.

Il ne lui fallut pas longtemps pour comprendre, et offrir une énième expression, inédite, celle de la jeune fille qui voit débarquer une soucoupe volante.

– Nooon ! Comme il est mignon !

Un petit phoque gris perle venait de débouler en trombe, pour se hisser avec souplesse sur les planches qu'il imbibait à présent d'eau. Il regardait alternativement son maître de ses grands yeux, ronds comme des billes, puis ces personnages qu'il n'avait jamais vus.

Malvina oublia sa phobie des animaux et répondit à l'invitation de Salty : elle se mit à lui caresser le dessus du crâne du dos de la main, avec prudence, les doigts repliés. Elle tourna la tête vers monsieur Goodridge pour recueillir son assentiment. Les mains sur les hanches, il souriait.

Une scène d'une telle sincérité, qui correspondait au caractère insatiable et câlin de son amour, ne pouvait que combler Anthony.

– Il n'a pas de famille ? s'inquiéta-t-elle en continuant de cajoler l'animal, aussi surpris qu'elle.

– Vous l'avez devant vous. Notre pépère est arrivé ici il y a bien longtemps, la tête empêtrée dans un piège à homards. Mon collègue ne voulait ni abîmer son matériel, ni le blesser encore plus, le petit souffrait et gigotait. J'ai tout de suite coupé les liens qui commençaient à l'étouffer, l'ai ramené à la maison et déposé dans la baignoire le temps de désinfecter ses plaies. Il était jeune et blanc à l'époque, c'était pas joli joli... Il ne se débattait même plus. Avec Jolene, madame Goodridge, nous en avons pris soin comme de notre fils. En deux heures nous nous étions attachés. Puis on l'a relâché, à regret : il devait vivre sa vie de phoque... Mais sa famille était déjà loin, il n'a jamais voulu repartir au large. J'ai racheté un casier neuf à mon pote et, depuis, ce beau bébé vit parmi nous dans le port. Seize kilos.

– Il semble en forme, avança Mina, qui prenait un peu d'assurance.

– Je veux. On le connaît dans le comté. Michael Douglas est venu tourner ici l'an dernier, mais le plus populaire, c'est mon Salty ! Dommage qu'il ne puisse pas signer d'autographes, je les vendrais à prix d'or et pourrais m'offrir un nouveau bateau. On lui apporte des menus trois-étoiles : truite arc-en-ciel, saumon, fruits des bois, Indian Pudding. Il doit être le seul phoque à manger des Starbar aux cacahuètes, sa récompense favorite. Depuis l'article dans *USA Today*, nous en recevons de tout le pays par la poste ! À part l'été, c'est rare qu'il reste hors de l'eau. Il vous a à la bonne miss, pour sûr.

Malvina sentit sa poitrine se serrer.

Ils demandèrent s'ils pouvaient faire une photo puis remercièrent le père adoptif de sa gentillesse, et dirent adieu à Salty, qui les accompagna le plus longtemps possible le long du quai.

– Ça me revient le film avec Michael Douglas, c'est *Morts suspectes*, nous l'avons vu avec ma mère à Vélizy 2. J'adore Geneviève Bujold, super jolie, je l'ai découverte dans *Obsession*, encore plus effrayant !

– Ta mémoire fonctionne encore malgré ton âge avancé.

– C'est que j'aime bien les sujets de société.

– Il en tourne un sur les centrales nucléaires en ce moment. Tu as dû voir *Network* l'année dernière alors ?

– Bien sûr. *Les Trois Jours du Condor et Les Hommes du président*, aussi, les deux avec Redford. Et *À cause d'un assassinat*, avec Warren Beatty. Une vraie révolutionnaire je te dis !

– Qui aime bien les beaux acteurs...

– T'es bête ! En plus ce sont des vieillards, ils ont quarante ans.

De tous les trésors de la côte est, Plymouth restera le plus symbolique. Un soir de l'hiver 1620, une poignée de pionniers venus d'Angleterre parvinrent, après une traversée cauchemardesque, en vue des côtes du Nouveau Monde. En pleine tempête, ils ne furent saufs qu'après s'être amarrés à l'abri de l'anse du cap Cod. Rapidement, la moitié de l'équipage périt de malnutrition et de maladie, mais les survivants, nourris par les Indiens de dinde, de castor et de maïs, fondèrent une minuscule colonie qui allait devenir les États-Unis d'Amérique.

Un petit monument abritait le *Plymouth Rock*, symbole de la naissance d'une nation, préservé de génération en génération.

Malvina s'empressa d'appliquer sa paume sur un gros rocher gravé de la date historique.

– Ça veut dire que, presque 360 ans plus tard jour pour jour, je suis en train de toucher le rocher sur lequel le capitaine du Mayflower a posé le pied en débarquant ?

– Exact. D'ailleurs, Tocqueville, dont nous parlions l'autre jour chez les Maroney, le mentionne dans ses écrits. Il raconte que, comme pour les reliques des rois de France, le moindre éclat de ce rocher, jusqu'à sa poussière, représente beaucoup pour 220 millions d'Américains. En dehors de la marque de voitures, il y a des Plymouth partout aux États-Unis ! Et tu sais qui descend des Pères pèlerins ?

– Aucune idée. Quelqu'un que je connais ?

– Pas personnellement, mais tu m'en as déjà parlé.

– …

– Doriane l'aime bien aussi.

– Un personnage de *La Petite Maison dans la prairie* alors. Pas Laura quand même ?

– Eh si, la vraie Laura Ingalls Wilder !

– Mince, quand je lui raconterai ça…

– Il y a aussi Christopher Reeve et ton acteur dans la liste. Tu sais, Richard Gere, « le beau garçon ». Warren Beatty je ne sais pas...

– Allons allons !

– Leurs ancêtres à tous les trois étaient du voyage, ils ont débarqué ici.

New Plymouth n'avait pas été choisi par les colons anglais pour son agrément, mais offrait une beauté saisissante, sauvage, à la lisière du fantastique. Des falaises abruptes dominaient les plages, vierges, enchâssées dans leurs anfractuosités, accessibles uniquement par la mer. L'océan redoutable venait s'y fracasser en fin de course. On ne pouvait s'empêcher de s'imaginer à la place de ceux qui, à la pire saison, avaient découvert un tel panorama, les éléments déchaînés derrière eux, vivants par miracle, l'inconnu absolu en surplomb, dernier obstacle à franchir avant la rencontre avec les Indiens Wampanoag, qui observaient d'en haut leurs premiers hommes blancs.

Le vent laissa au couple un répit inattendu qui lui permit de déambuler dans la petite ville portuaire. Les maisons d'épicéa, plus modestes que les villas mais charmantes, se paraient de couleurs vives pour être repérées de loin par leurs propriétaires depuis la mer. Anthony tenait Malvina par l'épaule, elle par la taille. Ils s'arrêtaient pour communier en silence, les yeux dans les yeux, puis cessaient toute résistance et s'embrassaient.

– Je voudrais ralentir le temps juste pour rester ici avec toi. L'amour est beau au grand jour, mais encore mieux loin de tout. C'est fou de savoir que certains ont enduré des épreuves si difficiles ici, et qu'on peut y être aussi les plus heureux.

Une scène étrange les interpella : sans qu'ils s'en soient aperçus, les autochtones s'étaient mis à évoluer vêtus de façon singulière, et les activités de 1978 avaient laissé place à celles d'un passé très lointain. Une fillette en guenilles les dépassa. Elle brandissait une girouette qui tournait grâce au vent, et dans l'autre main un ouvrage de brodeuse. Descendu d'un enclos à quelques mètres, le maréchal-ferrant repartait avec des fers à cheval liés d'une corde de chanvre, tout juste martelés par un forgeron. Un bœuf musculeux tirait une carriole instable chargée d'agneaux bêlants, sans doute en route pour l'abattoir. Une femme aux habits élimés, un bonnet de coton sur la tête, tenait un maigre stand de couvertures artisanales, une autre plus corpulente de piteux légumes d'hiver. Des étals rudimentaires proposaient cruches vernies, manteaux de laine teintée, paniers d'osier, bouquets de fleurs séchées, jolies bougies ou oranges enrubannées.

Anthony devança Malvina :

– Nous ne sommes pas loin de Salem, mais ça n'est pas de la sorcellerie. Toute l'année, des bénévoles du comté participent, chacun leur tour, à une reconstitution de la vie locale au 17e siècle. Tu as vu, ils ne portent même pas de montre. Chaque détail est fidèle à l'existence très dure d'alors.

– Comment as-tu trouvé ?

– Je suis passé à l'office du tourisme.

– Quelle idée géniale. Après Salty, j'ai cru que j'avais des visions. Oh regarde !

La petite miséreuse venait de rejoindre une dizaine d'enfants d'âges variés, eux aussi costumés, assis en rond sur la paille à l'entrée d'une grange, occupés à confectionner des souliers. Elle s'entraînait à broder les lettres d'un abécédaire. Oubliés leur vélo-chopper et leur télévision, consciencieux, certains cousaient les pièces, d'autres peignaient des motifs sur le cuir, les plus grands plantaient des clous dans les semelles.

Malvina, captivée, reprit :

– Ils auraient pu être de la même famille, elles comprenaient couramment huit ou dix enfants à l'époque, qu'ils mettaient au travail très tôt, les pauvres. Je n'imagine pas mon petit frère comme ça…

Elle s'adressa à l'homme maigrichon qui endossait le rôle du menuisier. De son échoppe garnie de sabots, de cadrans solaires et d'ustensiles de cuisine provenait l'odeur incomparable des copeaux frais, dont certains avaient trouvé refuge dans sa barbe.

– Excusez-moi monsieur. Les enfants de l'époque n'allaient pas en classe, n'avaient-ils pas de jouets ? Ils ne faisaient donc que travailler ?

– De l'époque ? D'aujourd'hui vous voulez dire ? De quel pays venez-vous miss ?

– De France.

– Ah, la France… Louis XIV, Molière, *la crème de la crème*. Si si mademoiselle : ça n'est pas tout à fait Versailles chez nous, mais nous avons une école et, rassurez-vous, ils jouent. Avec des poupées, à des jeux d'adresse, à cache-cache, même aux dames ! C'est vrai que nos journées sont très difficiles. Nous faisons du troc avec les Indiens qui nous donnent des conseils pour les récoltes, mais à la mauvaise saison la famine revient, la maladie aussi. Réalisez donc : l'hiver dernier, les réserves vides, nous avons fini par mâcher notre cuir.

Malvina remercia l'artisan affable, qui, fier de son héritage, parlait étrangement au présent à des Français qui n'avaient que 1 500 ans d'histoire d'avance.

Un peu plus loin, elle s'étonna de voir des oranges, parcourues d'artistiques motifs de clous de girofle, suspendues à un arbuste utilisé pour l'exposition. Elle s'approcha du stand.

– À quoi servent-elles s'il vous plaît ?

– Il m'a raconté une vieille légende indienne : autrefois il y avait sur cette terre une orangeraie si belle que les guerriers les plus féroces n'osaient s'y rendre, seuls les amoureux en avaient le droit. Au milieu de celle-ci, un arbre isolé, tout sec. Une fée apparaît qui le transforme en homme, mais pour un an, pas plus. Il rencontre alors la plus jolie fille qui soit et ils vivent le grand amour. Mais, les douze mois passés, avant la date fatidique, l'arbre devenu homme avoue tout à sa promise : il est sur le point de redevenir épicéa. La jeune fille décide d'aller trouver la fée et lui demande de la transformer elle aussi en arbre pour l'éternité.

– C'est vrai ?

– Non, j'ai tout inventé à partir d'une légende japonaise. Mais la plus jolie fille, c'est moi. J'ai les circonstances atténuantes : je ne savais pas comment te dire à quel point je t'aime. Pour toi, je me transformerais en arbre sans hésiter.

– ...

– Tu sais comment ils appellent ces oranges ? Là ça n'est pas une légende : *Pomander* ! Ça vient de « pomme d'ambre ». Elles seraient les ancêtres de nos boules de Noël, ils s'en servaient pour parfumer leur intérieur. J'ai dit au monsieur que ça devait être super long de les décorer une à une. Il m'a répondu : « Nous n'avons pas l'heure, mais nous avons le temps. »

À Concord, les duos de correspondants s'occupaient du mieux possible, les Américains se mettaient en quatre pour faire plaisir.

Jean-Miet Tim arrivaient chez Rich, hôte de Thierry, qui prévoyaient d'alléger le bar des parents de quelques verres. Après, ils dégageraient l'allée pour faire un tour dans les environs, pousseraient peut-être jusqu'au Cinerama ou au Mall. Doriane en avait marre de regarder Melissa faire briller son tableau de bord. Elle lui suggéra une balade dans le centre de Lexington, où pouvait se trouver Rudy, qui intéressait de plus en plus la jeune maniaque.

Tout au bout de l'Amérique, la côte de dentelle s'engage dans l'océan jusqu'à son dernier grain de sable en une ultime langue de terre, que termine la localité de Provincetown.

En route, Malvina, carte sur les genoux, découvrait les merveilles de la Nouvelle-Angleterre maritime, des plages sans fin, une mer toujours verte, qui pouvait se montrer aussi amicale qu'effrayante avec, successivement, ses rouleaux mousseux en colère, son horizon monstrueux puis son rivage rassurant.

– Je ne pensais pas que la nature pouvait être à ce point préservée par ici.

Elle reprit sa voix de robot :

« Truro, tout droit. Attention : l'ordinateur demande un bisou. »

Anthony déposa un baiser sur le dos de la main de l'ordinateur et baissa sa fenêtre.

– Tu sens l'air du large ?

– Oui, la mer nous appelle. Dire que les gens sentaient la même chose il y a trois cents ans !

Des ornements fortuits interrompaient le déroulement du paysage en y apportant leur beauté simple et frappante : dunes plantées de barrières, propriétés de conifères grisés, passerelles éprouvées par le sable pour mieux contempler l'Atlantique, restaurants de plage à demi-enfouis…

On délaissait la côte pour s'avancer dans l'eau au rythme de la topographie tourmentée du cap, ponctué de stations balnéaires préservées, sans la moindre trace de modernité hormis quelques cabines téléphoniques grignotées par le sel.

– Tu me fais découvrir des endroits de rêve où je me sens tout de suite à l'aise. J'ai caressé un vrai phoque cet après-midi ! Ma propre mère ne voudra pas me croire quand je lui raconterai ça, Doriane n'en parlons pas. Heureusement qu'on a la preuve. Je te remercie du fond du cœur, tu me traites comme une princesse.

– Tu en es une ma chérie. Tu consacres tellement d'attention aux autres, à ton tour d'être gâtée.

– Ah, je parie que Dodo a encore frappé !

Après avoir dépassé Sagamore, Brewster et Namskaket, ils entrèrent dans Truro, dont Malvina avait déjà entendu parler, par Dodo bien sûr, admiratrice d'Edward Hopper qui venait y peindre dans les années trente. Ils s'arrêtèrent le temps de quelques photos.

– On dirait vraiment les peintures qu'elle m'a montrées dans son livre, c'est fou.

Des phares désaffectés, des moulins, des maisonnettes perchées sur des collines agrémentaient la nature sauvage.

Il paraît que Hopper ne s'embêtait pas : il restait parfois dans sa voiture pour faire ses croquis, qu'il allait jusqu'à supprimer des détails pour améliorer ses compositions ! Je fais mon intéressante mais je n'y connais rien.

À peine plus loin, Provincetown. La station huppée avait peu à peu remplacé la petite ville de pêcheurs, à l'instar de Saint-Tropez. Si ses habitants déambulaient habillés normalement, les maisons de brique rouge et de bois évoquaient avec grâce le passé, leurs enseignes, bordeaux et beige, ou dorées sur fond noir, de véritables œuvres d'art. Au rez-de-chaussée, les vitrines proposaient de luxueux objets de décoration, des peintures d'artistes locaux, des antiquités, des mets fins, pâtisseries ou conserves de fruits.

Après un nombre incalculable de coups de fil, *l'homme aux clés d'or* du Crown avait trouvé ici le seul point de vente agréé par la marque fétiche d'Anthony qui disposait d'un exemplaire du modèle, livré à l'hôtel à la première heure.

Malvina faisait miroiter sa montre pour la détailler sous tous les angles.

Le joaillier empesé, qui revoyait l'un de ses plus coûteux articles, ne put retenir un sourire attendri. La lycéenne, sans se figurer le prix d'un tel sommet de précision, se sentit plutôt embarrassée lorsque le directeur en personne accompagna sa plus jeune cliente jusqu'à la porte, qu'il lui maintint ouverte en la saluant.

– En rentrant je demanderai à ma mère de te rembourser, car je ne dois plus avoir assez de dollars, tu veux bien ?

– Elle te plaît ?

– Je n'en ai jamais vu d'aussi jolies, merci mon chéri (elle la portait à son oreille pour écouter le balancier du mouvement automatique). C'est génial que nous portions la même !

– Alors c'est le principal.

Les restaurants affichaient des menus plus tentants les uns que les autres. Les amoureux choisirent pour reprendre des forces un salon de thé au décor original. Il reproduisait une boutique généraliste (*general store*) du 19ᵉ siècle, avec ses rayons muraux pleins d'anciens produits alignés, et son imposante caisse métallique qui trônait sur le comptoir.

Oleson's mercantile, pensa Malvina.

– J'adore l'odeur des salons de thé. C'est la même ici qu'à Paris !

Devant leur collation pas encore entamée, sans un mot, leurs paumes se touchaient.

Ils se promenèrent sur le port où d'opulents yachts dont les seuls noms des ports d'attache évoquaient cette Nouvelle-Angleterre idéale, son parfum d'épopées navales, ses racines tantôt anglaises, tantôt indiennes : Narragansett, Duxbury, Seabrook, North Haven, Cranberry Isles, Algonquin, New Brunswick, Delaware, Quinnipiac, Montauk, Pamplico, Nantucket... Les lettres dorées effacées par des décennies d'embruns amplifiaient encore leur légende supposée.

« Nantucket ? Moby Dick ! » s'exclama Malvina à la hauteur d'un schooner, dont le nom ciselé autrefois sur une platine de bois exotique était à présent illisible.

Elle esquissa un sourire. Anthony comprit tout de suite.

– OK, s'il y a un bateau qui y va.

Il rebroussèrent chemin jusqu'à Hyannisport, le berceau de la famille Kennedy.

Peu après, ils se tenaient sur le pont du transbordeur menant à l'île du roman d'Herman Melville. Malvina se doutait que, sans cette navette, son héros aurait été capable de barrer un voilier de location. Lui seul pouvait l'emmener dans de tels lieux pour le seul but de lui faire plaisir.

Il pointa le doigt au loin.

– Regarde chérie, c'est Martha's Vineyard, où a été tourné *Un été 42*.

– De l'autre Mulligan ! *Un été 42,* et surtout l'Amity des *Dents de la mer* ! Nous sommes passés par la route côtière pour aller de New York à Concord.

Elle se mit à fredonner la ritournelle effrayante puis s'interrompit.

Magnifique *Un été 42*. L'actrice... et la musique. Encore du Michel Legrand. Tout est beau ici, tu as vu la taille de ces villas !

Elle chantonnait :

« C'était l'été 42
J'avais quinze ans
Tu étais belle
C'était l'été
De mon premier amour »

Le capitaine jeta l'ancre dans le port. Nantucket était plus authentique, moins sophistiqué que Provincetown.

– On imagine tout de suite les baleiniers prêts à partir en campagne, leurs équipiers en épaisses vestes bleu marine armés de harpons. Dodo n'aimerait pas.

– C'était cruel c'est vrai, mais alors une question de survie. Seule la baleine pouvait fournir des ressources aussi variées à autant d'habitants, l'huile surtout. Tu te rappelles les bougies du village, les becs de gaz. Saumons et homards pullulaient et ne servaient que de garniture.

Le soir pointait, il fallait rentrer. Sur la route du retour, le panneau qui souhaitait la bienvenue à Providence – dans l'État de Rhode Island, le plus petit du pays – invitait la lycéenne à demeurer dans ses songes. Sa cassette en était à *Hotel California*.

– Waow ! Une affiche de Frank Sinatra ! Il a donné un tour de chant ici en octobre dernier. Quand je raconterai ça à maman…

C'est lundi que les Keegan nous emmènent camper je ne sais où pour pêcher le saumon, le truc qui m'intéresse le moins au monde. Dodo a cru bien faire en nous faisant inviter, je préfèrerais être avec toi.

Anthony ne pouvait pas répondre et dévia la conversation :

– Tu donnes encore des cours aux petits de maternelle, mademoiselle Beadle ?

– Tu la connais ? Ah, je devine qui a vendu la mèche ! Elle a pris ses congés pour les vacances.

– La félonne m'a aussi montré son cahier de textes, enfin le tien.

– À quoi l'as-tu reconnu ?

– À la citation en exergue : « Être content sans vouloir davantage, c'est un trésor qu'on ne peut estimer ».

– Ah, Clément Marot...

– Cela te ressemble tellement. Et c'est très gentil d'avoir écrit mon prénom en lettres de supermarché, j'espère juste ne pas être soldé !

Elle lui répondit d'un baiser.

Il abandonna la route principale pour emprunter une longue voie qui menait, le long d'un canal, à un parking désert utilisé les mois d'été. Malvina se tourna vers lui, faussement suspicieuse.

– Tu rêves toujours de conduire ?

Sans lui laisser le temps de paniquer, il se gara pour se glisser à la place du passager et lui passer le volant.

Intimidée par les dimensions de l'auto alors qu'elle en faisait le tour, Mina brava son appréhension pour s'installer côté conducteur. Elle releva le siège au maximum : ses pieds n'atteignaient pas les pédales. Elle le baissa et ne voyait plus la route. Grâce aux commandes électriques, elle trouva de justesse une position intermédiaire.

– Relâche le frein en tirant la manette, appuie sur la pédale de gauche et mets le levier du volant sur « D ». N'accélère pas surtout. Quand tu vas lever le pied, la voiture avancera toute seule.

C'est ainsi qu'une banlieusarde d'un mètre soixante-trois se retrouva au volant d'une Lincoln Continental Biarritz de six mètres de long et deux mètres de large – la superficie de sa chambre –, sous la férule de son moniteur d'auto-école favori.

Avant de repartir, Anthony fut chargé de faire les photos-témoin.

– Demain tu nous rejoindras chez Melissa ? Comme ça tu verras les autres.

– Avec plaisir. Et le soir, réveillon dans ta famille. Quel programme !

– Et quel bonheur de pouvoir se dire « à demain ». Mais ça m'ennuie que tu retournes à Boston ce soir, tu ne veux pas rester dormir ici ?

– Ne t'en fais pas chérie, c'est l'affaire d'un coup d'autoroute et des télécopies doivent m'attendre. Je continuerai à écouter ta cassette sur le chemin.

Les amoureux de Nouvelle-Angleterre profitèrent d'un arrêt, peu avant l'allée des Maroney, pour s'embrasser une dernière fois. Leur périple côtier était terminé, mais il leur avait tant offert qu'ils savaient à coup sûr à quoi rêverait l'autre en s'endormant.

Avant de partir, la jeune fille installait son lapin sur son coussin rebondi, comme chez elle à Tremblay, bien bordé. Elle avait noué à son cou la cravate d'Anthony. À l'inverse de tous les autres, à son image, non seulement l'intensité de ce parfum ne diminuait pas, mais il sentait encore meilleur à mesure qu'il s'évaporait. Revenue dans sa chambre, elle s'aperçut que Nano avait eu de la visite. Arabella, calée dos au mur, veillait sur son sommeil. Becca, qui devait avoir guetté son retour, tapota sur le montant de la porte puis apparut dans l'encadrement, les doigts entortillés.

– C'est pour qu'il ne s'ennuie pas dans la journée, éclaircit-elle de sa voix fluette.

Malvina, très touchée, embrassa l'enfant qui, en chemise de nuit, eut plus que jamais l'impression de se trouver dans les bras d'une fée. La fillette sur les genoux, elle lui apprit que Nano était un lapin, un lapin debout, sans oreilles ni pattes de devant. Becca semblait incrédule car pour elle – et pour tout le monde – un lapin ressemblait plutôt au Panpan de Walt Disney, ou au Pierre de Beatrix Potter, avec au moins des oreilles, et en tout cas jamais de cravate de chez Charvet. Mabel avait expliqué que le « bébé » de sa sœur était la coqueluche des petites Américaines. Ces poupées dodues, exemplaires uniques hors de prix, vendues avec leur acte de naissance, changeaient de prénom à chaque minimaman : il n'existait qu'une seule Arabella. Il fallait ensuite retourner au magasin, sous peine de drame national, acheter des tas de tenues et d'accessoires. Becca, cinq ans et demi, prenait Arabella pour sa fille et reproduisait les gestes maternels observés à la télévision ou avec Baby Chad.

Avant de s'endormir, en musique, Malvina vida dans une enveloppe, pour sa collection, le sable qu'elle avait ramassé à Plymouth.

On y était : Noël 78. Les heures à venir s'annonçaient exceptionnelles. Mabel et Becca s'activaient en cuisine sous la direction d'une maman joyeuse et accommodante, tandis que des vapeurs de dinde rôtie aux épices et de purée de patate douce finissaient d'emplir d'histoire les pièces de la maison. Assurance de la réussite des plats, Dun était parti au Kmart avec Malvina pour les achats de dernière minute. Il lui demanda d'aller chercher des *mac and cheese* à l'autre bout du magasin, alors qu'elle était sûre d'en avoir aperçu dans le placard.

Tout était prêt pour le soir. Mina avait offert aux sœurs de piocher dans le carton de produits d'accueil rapporté par Anthony de son hôtel, plus prévu pour tout un étage du palace que pour trois coquettes de Carlisle, Massachusetts. Il ne fallait pas oublier le verre de lait et les biscuits pour Santa Claus, le père Noël américain, ainsi que des carottes pour ses rennes et, cette année, le lapin à carreaux. Après que Natalie eut vérifié une dernière fois, les Maroney partirent vers la salle paroissiale en emmenant Rebecca, qui regimbait un peu. Les filles se préparaient à la réunion de l'après-midi chez Melissa, coutume qu'elle venait d'instituer de son propre chef, avec sans doute une idée derrière la tête.

Melissa, mètre-ruban en main, tenait à ce que les ballons soient gonflés à la même taille, et que les guirlandes aient toutes la même longueur. Dans la demeure des Lindqvist, la plus cossue de Concord, et du comté, Doriane et Wayne, secondés par Stéphanie B et sa correspondante Mollie, achevaient, perchés sur des escabeaux, la décoration de la fête. Wayne se fichait de tout maintenant qu'il sortait avec Dodo. De nature conciliante, Doriane aurait elle aussi accepté n'importe quoi depuis qu'elle était avec Wayne-le-Viking. Ils devenaient inséparables. Monsieur et madame Lindqvist, à la tête d'une chaîne de magasins d'ameublement qui empiétait sur les États voisins du Connecticut et du New Hampshire, venaient de s'offrir des spots publicitaires hors de prix matraqués sur plusieurs réseaux régionaux, à la radio et à la télévision. Grâce à sa bille de clown et à son bagout de camelot, Mortimer Lindqvist, ancien charpentier de Floride, augmentait ses ventes à chaque diffusion. Au fil des saisons, les plus belles pièces de ses collections meublaient son domicile, qui finissait par ressembler à un showroom. Une fortune durement acquise n'avait pas estompé le naturel rigolard de ces nouveaux riches, ni leur naturel mais, fille unique arrivée sur le tard, Mel était depuis sa naissance submergée de biens matériels, dont un *waterbed* (matelas empli d'eau), une garde-robe qui occupait tout une pièce et sa spectaculaire Porsche 928, garée devant la porte par le concessionnaire régional le matin de ses seize ans. Trépignant à l'idée d'enlacer son futur boyfriend, elle soufflait d'agacement (toutes les trois minutes) en levant les yeux au ciel à chaque fois que Doriane s'interrompait pour redescendre les quatre marches afin d'embrasser goulûment son bel Américain, qui maintenait l'escabeau de ses biceps d'athlète.

Anthony prenait des forces dans sa suite car, en plus de cette longue journée, qui serait couronnée par le réveillon, un véritable marathon l'attendrait dès le lendemain, la surprise concoctée pour Malvina qui, assurée d'avoir déjà touché du doigt le Paradis, ne pouvait se douter de rien, pourvu que les filles tiennent leur langue… Il demanda à être appelé à midi par la réception et, après un déjeuner rapide et une heure passée à s'avancer, prit la route de Concord.

Certains dans un canapé, dans des fauteuils club, d'autres avachis sur les épais tapis à motifs égyptiens modèle 79, une quinzaine de lycéens paressaient au son du dernier Abba dans la *family room* des Lindqvist. Pour la première fois Malvina ne verrait pas au petit matin les stigmates d'une maman dévastée par quinze heures de travail continu, tellement rassurants, venue les réveiller elle et son frère pour déballer leurs cadeaux. Elle demanda à Melissa si elle pouvait appeler Paris en PCV avant que Nadine entame son service le plus éprouvant de l'année. Melissa, encore moins concernée qu'elle par la notion d'argent, fut étonnée de cette question. Simple rectangle de plastique, son *American Express* lui permettait de tout s'offrir avec une simple signature.

Matthew Prentiss formait avec Anna Beth le duo parfait, mais la pauvre boudait, informée du coup de foudre du sportif pour Malvina. Son meilleur ami, à peine séparé, venait de conclure avec la meilleure amie de celle-ci, alors pourquoi pas lui ? Il en profita pour aller avec aplomb au-devant de la jeune Française qui raccrochait.

– Tu as appelé ta famille ? Ça va ?

– Oui, merci. Ma mère travaille dans un restaurant, j'ai juste eu le temps de lui souhaiter un joyeux Noël, un peu en avance.

– Quelle heure est-il en France ?

– 19 heures 10.

– Waow ! Ça c'est de la montre ! Et ton petit frère ?

– Il est chez mes grands-parents, à Cannes. Tu sais, la ville du festival.

– Oui, *Pretty Baby*, la Palme d'or.

– Tu as aimé ?...

– Je ne l'ai pas vu, mais Brooke Shields… Bien qu'elle soit trop jeune, et bien moins belle que toi.

En français ou en anglais, Malvina baissait le regard à chaque louange qu'elle recevait – c'est-à-dire souvent – et rougissait d'autant plus qu'elle se trouvait surestimée, dans ce cas plus que jamais. Elle n'aimait pas trop cependant que l'on ait d'elle l'image simpliste d'une fille timorée. Le compliment venait certes d'un dragueur patenté, un garçon trop sûr de lui, mais considéré comme le plus beau parti des environs… et qui s'y connaissait en cinéma. Melissa, qui offrait de pièce en pièce une tournée générale des glaces débordant de son freezer, présentées dans un large saladier par couleur et parfum, la sortit d'affaire. Malvina piocha un esquimau et en profita pour suggérer en souplesse au jeune don juan américain de rejoindre les autres.

Libérée de sa corvée de décoration, Doriane, lovée contre son amoureux, jubilait. Leur tête-à-tête au Scoops avait été des plus romantiques, elle ne regrettait rien. Avant de partir réveillonner chez sa belle-famille de Boca Raton, madame Lindqvist passa, lunettes de soleil sur la tête, sac en raphia à l'épaule, le temps de voir si tout allait bien, puis laissa les jeunes gens à leur réunion.

– On va mettre un film maman, ne t'en fais pas, rassura Melissa, en train d'aligner ses cassettes vidéo.

Malvina, impressionnée par le choix, repensa aux paroles d'Anthony à Brighton Beach et comprit l'idée d'« acheter un film ». Elle se dit que ça serait fantastique d'en avoir comme ça une trentaine, la machine adaptée, et de pouvoir les regarder quand on veut, y compris après la fin des programmes. Melissa demanda son avis à ses invités tout en enfournant son film préféré dans le magnétoscope, *The Kentucky Fried Movie* (*Hamburger, film sandwich*), qui la faisait hurler de rire dès les premières images. « Je l'ai tellement vu que je pourrais souffler leurs répliques aux acteurs », s'amusait-elle à préciser. Elle abandonna tout sur place lorsqu'on sonna à l'interphone.

En plus de son sang scandinave, Rudy Nystrøm conviendrait aux parents sourcilleux de Melissa, car sa famille appartenait à la bonne société de Lexington. Il ne la ferait pas redescendre d'un cran. Mais il fallait

d'urgence faire quelque chose pour ses vêtements, Missy ayant tranché :
« Il s'est habillé dans le noir ou quoi ? »

Le beau Rudy arrivé, Mel dans ses bras, dos à l'écran, Malvina vérifiait l'heure et, un peu triste, prenait son mal en patience. Dodo l'avait rejointe pour lui tenir compagnie. Mine de rien, sûre de ses choix, s'afficher avec un garçon plus vieux qu'elle ne lui posait pas de problème existentiel, mais c'était une première – une de plus –, elle n'avait jamais présenté de petit ami. En vue du réveillon, elle reprenait le look de Diane Keaton dans *Manhattan*, « le préféré d'Anthony ». Doriane portait un ensemble en jean bi-ton sur un tee-shirt *MASH* offert à New York par sa sœur. Serrées l'une contre l'autre dans un fauteuil, elles dégustaient à deux pailles un Dr Pepper comme un grand cru en attendant l'arrivée d'Anthony. Dodo racontait son tête-à-tête amoureux minute par minute. Elle savait de Melissa que c'est la peur de manquer qui avait fait de ses parents les meilleurs clients de tous les supermarchés du coin. Jusqu'à leur réussite, depuis l'installation de leurs ancêtres venus de Göteborg par Ellis Island en 1892, les Lindqvist étaient passés par bien des épreuves... On avait prévenu Dodo qu'elle devait s'attendre à une « certaine profusion », et Malvina, d'après Doriane, à une « profusion certaine ». Malgré cette mise en garde, si Mina était restée médusée devant la contenance du frigo des Maroney, ça n'était rien comparé aux réserves de leurs hôtes, qui tenaient table ouverte. Un réfrigérateur de collectivité accolé au congélateur assorti regorgeait de victuailles de toutes sortes. Quel que soit le placard, il débordait de conserves de haricots à la tomate, de biscuits ou de sauces. Contigu à la vaste cuisine, un cellier réfrigéré, lui aussi plein à craquer, approvisionné en permanence, offrait plus de choix que le Shopi de Tremblay. En cas de crise du meuble, les Lindqvist pourraient toujours ouvrir une épicerie fine, et leur fille une boutique de prêt-à-porter.

Melissa et Rudy se bécotaient.

Les filles se tenaient près du frigo.

– Ils sont très beaux tous les deux, ils vont bien ensemble comme toi et Wayne. Si vous faites des petits, réservez-m'en un, dit Malvina.

– Merci ma Grenadine. Je n'y manquerai pas. Je sais pourquoi Tony aime tant le Dr Pepper : le goût de cerise. Tu t'y es mise, encore un signe ! Et Nano, il a toujours de la compagnie ?

– Un petit roi sur son coussin.

– Comme tu as de la chance, moi mon doudou c'était une serviette.

– Becca lui amène tous les jours son Arabella, elle dit qu'elle lui apprend l'anglais. Après, il récupère pour écouter mon récit du jour, le pauvre.

Les jumelles s'étaient avoué leur amitié très tôt. En plus du secret du « sent bon » au muguet, après que Dodo eut confessé qu'elle parlait à son chien, Malvina révéla tout raconter à son lapin depuis toujours.

– Et donc, avec Wayne, après le glacier ?

– Tu avais vu juste, il est différent de l'image qu'il donne quand il traîne avec Matt. Il faut qu'il mûrisse, mais quel gentil garçon. En sortant il m'a acheté des chocolats *Kisses* (elle faisait une grimace éloquente), et il était arrivé avec une orchidée dans une petite boîte. Puis nous nous sommes baladés. Si ça c'est pas du gentleman.

– Je suis super contente pour toi !

– Si tu ne m'avais pas donné ton accord, je serais passée à côté de quelque chose. Rien à voir avec Luc. Bien sûr, devine qui est venu jouer les oiseaux de mauvais augure ?... « Pourquoi sortir avec un Américain ? Un blond aux yeux bleus, il n'y avait pas plus cliché ? Dès que tu seras partie il t'aura oubliée et se remettra avec Mollie », « bla-bla-bla ».

– Ne t'occupe pas d'elle, profite du présent.

– Ils me manquent, mais je suis bien près de lui, loin des parents. Avec ou sans le feu vert de Melissa, on fait ce qu'on veut, je me sens libre, tu ne peux pas savoir.

– Si, je peux le savoir…

La sonnerie du portail retentit, Malvina se précipita pour actionner l'ouverture électrique sans demander qui était là. Toute la bande arrivée, ça ne pouvait être que lui.

Elle l'accueillit avec fougue, impatiente de le retrouver malgré le peu d'heures de séparation. La plupart ne se seraient attachées qu'à son physique, alors qu'elle appréciait avant tout, plus que quiconque, sa personnalité magnétique. Elle se sentait fière, et prête à faire les présentations.

– Tu es jolie habillée comme ça, on dirait Diane Keaton.

Anthony nota que Malvina avait ajouté à sa coiffure quelques tresses garnies des liens de couleur offerts par Rebecca, prélevés des accessoires de sa poupée.

J'aime bien, ça te rajeunit.

Avant de retourner vers la grande salle, elle lui tendit un paquet de biscuits sorti de son sac kaki déposé à l'entrée. Natalie Maroney avait eu le nez creux, car il les appréciait beaucoup, ceux à la cannelle et surtout ceux à la cerise.

– Merci beaucoup, je les adorais quand... euh... « j'avais ton âge ». Comment as-tu deviné ?

– Une idée de Natalie. Je te redis qui est qui et après on va les goûter ?

Malvina ne lâchait la main d'Anthony que le temps qu'il serre celle des garçons, ou qu'il fasse la bise aux filles, celles qui ne le connaissaient pas stupéfaites d'une telle perfection. Les autres le trouvaient encore plus beau que dans leur souvenir, toutes rougissaient. Un peu espiègle, Doriane se leva pour l'embrasser de bon cœur en lui tenant la tête à deux mains. Elle se rassit et apaisa aussitôt la jalousie bien naturelle de son Wayne d'un smack plus explicite. Stéphanie A et sa correspondante Sue Keegan, Muriel et Darlanne, Stéphanie B et la pauvre Mollie Parsons, Thierry et Rich Snyder, Jean-Mi et Timmy Riddle, Anna Beth, renfrognée, et enfin Missy McKenna étaient de la fête. Sans correspondante ni petit ami, tous appréciaient sa compagnie virevoltante et, promue *personal shopper* par Melissa, elle pouvait emporter ou commander ce qu'elle voulait à l'aide de la carte magique. Un peu plus jeune que la moyenne, on l'aimait autant pour sa gentillesse et son humeur primesautière que pour son œil et ses conseils sur les nouvelles tendances et les derniers colifichets à la mode. Si elle affichait parfois une image superficielle, elle raisonnait plutôt bien pour son âge, ce qui l'avait automatiquement rapprochée de Malvina. « Elle ne mérite pas moins que nous un garçon bien. » D'après Missy, Rudy, en plus de n'avoir aucun goût, devait se coiffer chaque matin avec une brosse à bougies. Allongée par terre sur le ventre, elle cochait dans le catalogue *Sears* les photos des looks qui lui conviendraient le mieux.

Anthony, expert en psychologie, qui savait mettre ses interlocuteurs à l'aise, quels qu'ils soient, avait hâte de découvrir d'autres facettes de la personnalité de sa chérie à travers les membres de sa bande. Rares sont les fois où une première rencontre s'était mal déroulée. Protecteurs, ceux-ci percevaient son naturel. Wahl jr. pouvait aussi bien communiquer avec un enfant des favelas qu'avec un avocat international. Ça n'est pas la moindre aptitude qui faisait se pâmer Malvina. Quoique moins expérimentés en relations sociales, les proches de la jeune fille agréaient cette sincérité, et constataient surtout l'épanouissement inespéré de leur amie. Ils présentaient en général une qualité qu'elle appréciait infiniment : la bienveillance. Hormis Stéphanie B, seul Thierry semblait émettre des réserves sur cet amour. Malgré son emploi d'ami fidèle, il aimait Muriel plus que jamais, parfaite, placée sur un piédestal, et devait se sentir frustré. Elle, depuis le slow, continuait de l'ignorer.

L'accueil offert par les jeunes gens permit au visiteur de se sentir accepté en douceur, sans mesquinerie. Matthew Prentiss joua l'indifférence, mais une jalousie toute virile pointait derrière son sourire. Plutôt décontenancé par l'ouverture d'esprit du copain de Malvina, il prit son Anna Beth par la taille et ne la lâcha plus de l'après-midi. Elle, peinait à pardonner.

Malvina partie dans l'entrée chercher les biscuits, Stéphanie confia à Anthony.

– Elle est amoureuse ! Ce matin, elle sonnait occupé. Encore plus rêveuse que d'habitude.

– J'espère ne pas trop la distraire de ses études.

– Tu rigoles ? Malvina est déjà nostalgique de ce qu'il s'est passé la veille, alors là... Mais on s'en occupe.

Muriel, curieuse, intervint :

– Amoureuse et coquine : elle t'as parlé de mes cours sur les États-Unis, mais a oublié de te dire que nous sommes allées ensemble à Beaubourg pour préparer le voyage. Elle a une sacrée mémoire !

Les amoureux s'éclipsèrent dans la cuisine où un massif grille-pain les attendait, prêt à ingurgiter quelques *Pop-Tarts*. Comme le café, alors qu'elle n'aimait pas du tout les chewing-gums *Freshen-up* fourrés à la cannelle liquide… elle s'y faisait !

En se réchauffant, les fines délices répandaient un parfum de pâtisseries juste sorties du four. Accoudés au comptoir, leur soda posé près d'eux, ils évoquaient le périple de la veille.

– Je n'ai pas pu m'endormir avant deux heures du matin tellement je revoyais tout ce que nous avons fait hier mon chéri. Merci, merci. Et ma montre… Je ne la quitte pas : la nuit, sous la douche, en révisant.

– Moi aussi, j'ai éteint la télévision en fin de nuit. Heureusement j'ai récupéré, je suis en pleine forme. C'était une découverte, mais je me sens bien partout à condition que je te voie.

– J'appréhende ton départ, c'est plus fort que moi.

Il la cajolait, sa main derrière la tête, posée sur son buste, les doigts dans ses cheveux.

– Il ne faut pas, tu as encore beaucoup à voir ici.

– Sans toi…

– Mais tu as Dodo, et tous tes copains, dont je commence à mémoriser les traits.

…

– Madame Pilar est dans notre camp, j'ai préféré tout lui dire.

– Bravo ! Tu avais raison, il y a des adultes qui n'oublient pas qu'ils ont été jeunes et ne prétendent pas détenir la vérité.

…

– Il y a longtemps que je n'en avais pas mangé, peut-être dix ans. Tu aimes ?

– Délicieux. Les Maroney m'ont fait aimer leur café, la cannelle obligé. Et avec toi, je ne jure plus que par les produits à la cerise. Dun est prévenant, il m'a pris de la confiture de griottes au supermarché, j'ai fini le pot à la petite cuillère en travaillant dans ma chambre. Tu es mon gourou, hare Krishna !

– Mabel n'est pas là ?

– La pauvre est privée de fête, avec Becca et ses parents ils distribuent des repas aux démunis. J'aurais bien aimé les aider.

– Et son copain ?

– Dany ? Lui aussi aide ses parents, au restaurant. Il a déposé l'alcool italien pour les gâteaux, et m'a confirmé que c'était encore meilleur que le kirsch.

Dodo passa la tête.

– Je peux ?

Elle entra avec une retenue plutôt rare, un tube de carton entouré d'un nœud rouge sous le bras, qu'elle tendit avec timidité à Anthony.

« Pour monsieur et madame Wahl, mon cadeau de Noël. »

On devinait qu'elle avait préparé sa phrase, car la circonstance faisait briller ses beaux yeux bleus, son regard plus aimant que jamais.

Dans la confidence, Malvina guettait la réaction d'Anthony et voyait elle aussi poindre l'émotion.

Il prit le tube et, après en avoir ôté le capuchon, en sortit une feuille cartonnée qu'il déroula pour découvrir un surprenant portrait au fusain, d'un réalisme proche d'une photo noir et blanc. Dodo n'avait opportunément mis en couleur que les yeux héliotrope de Malvina, son expression malicieuse restituée à la perfection.

Anthony ouvrit grand les bras pour enlacer les deux amies, qui ne cherchaient plus à contenir leurs larmes.

– Merci Dodo, un portraitiste professionnel n'aurait pas fait mieux, et des portraits, j'en ai vu. Tu aurais pu signer Charles Gibson. D'ailleurs, il faut que tu signes, ton œuvre peut prendre de la valeur ! Tu as réussi à la faire poser ou tu es partie d'une photo ?

Dodo renifla et ânonna.

– De mémoire. Puis, se tournant vers Malvina :

Je la connais par cœur ta bouille ! Vous êtes mes poissons-anges, les seuls qui restent en couple toute leur vie.

L'artiste, qui ne savait parler qu'avec le cœur, déclencha une seconde cascade lacrymale chez son amie.

Ils revinrent s'asseoir dans un canapé profond.

Anthony confia à l'oreille de Malvina :

– J'ai pris une bouteille de cognac, une lettre de De Gaulle pour Natalie et Dun, et un petit quelque chose pour les filles, ça te convient ?

– Bien sûr mon chéri, merci mille fois. Tu me diras combien ça fait.

Avant la fin de journée – de soirée pour la France – entendre la voix de son frère l'enchanta. Bouli en était au dessert et, d'après ses grands-parents, pas encore coupable de trop de bêtises, à part être resté coincé dans un baril de Super Croix. S'il était sage, ils l'emmèneraient à San Remo le lendemain.

Wayne, de plus en plus épris de Doriane, transportait dans une housse son costume de la square dance. Ils demandèrent à leur hôtesse s'ils pouvaient « aller se préparer pour le réveillon ». Alors qu'ils se dirigeaient vers sa chambre, démesurée, Melissa, toujours occupée, comprit et lança à voix haute un inattendu « do not disturb » (ne pas déranger). Elle ajouta : « Ne percez pas mon matelas quand même » et fit ainsi pour une fois rire l'assemblée.

Après avoir discuté, dansé, embrassé, chacun s'apprêtait à regagner son foyer. Français et Américains se saluèrent dans la bonne humeur en se souhaitant un joyeux Noël.

Tallulah surveillait les cuissons, tandis qu'Eugene, plus vif que jamais, après avoir mis un certain temps à accoler les deux tables pour n'en former qu'une, hésitait entre installer les chaises de jardin encore empilées dans le garage et allumer la cheminée. Devant la lenteur de son époux, elle demanda à Anthony et Malvina d'abréger ses souffrances. La table fut dressée en deux temps trois mouvements. Le policier en remercia son invité français d'un « voilà ! » dans le texte, lui affirmant qu'il n'avait jamais vu quelqu'un d'aussi prompt et agile. Malvina était heureuse de pouvoir câliner son petit Chad qui, sanglé à sa chaise haute, lui faisait signe de loin. Parfumé au talc *Johnson's,* il portait un body imprimé d'un smoking en trompe-l'œil. Elle le prit contre elle et lui montra, écrit par sa cousine, l'étiquette à son nom posée devant son assiette en plastique, puis il désigna le sapin de son minuscule majeur, dont les lumières multicolores l'émerveillaient. Tony les rejoignit.

– Je suis comme Chadwick, j'adore les sapins. À la maison le nôtre est prêt le jour de mon anniversaire, et pas question de le défaire le 26 !
Les Maroney n'arrivèrent qu'une heure plus tard, avec dans les jambes une journée harassante à servir des dizaines de repas. Natalie s'éclipsa et revint, radieuse, dans l'ensemble d'*executive woman* new-yorkaise suggéré par sa jeune complice, un genre de smoking à la Saint Laurent. Duncan, lui, portait son éternelle cravate de laine, celle des *conventions* du MIT, avec son chic tout britannique. Il avait fixé sur la cheminée une cinquième chaussette, brodée à temps au Kmart au nom de Malvina pendant qu'elle cherchait les macaronis. On les remercia d'héberger l'événement avec tant de générosité. Les filles de la maison arboraient

leur plus jolie robe, maquillées, nimbées du luxueux parfum français *Eau jeune*, disponible dans tous les supermarchés.

– Ses parents m'ont assurée qu'ils libéreraient Dany dès que possible, j'ai hâte qu'il nous rejoigne ! dit Mabel à Malvina.

– Je suis sûre qu'il ne pense qu'à ça pendant qu'il sert les clients. C'est une experte en relations conjugales qui te parle.

Les amoureux remirent à quatre mains un cognac « Vieille Réserve » à leurs hôtes, daté de 1957 – année de leur mariage – ainsi qu'une lettre autographe du général de Gaulle adressée à Eisenhower, qu'il venait de faire Compagnon de la Libération. Les Maroney en restèrent muets et se mirent à détailler la relique.

« Pour vous mesdemoiselles », dit Anthony en tendant les deux paquets cadeaux à Malvina. Les sœurs s'empressèrent de les ouvrir. L'organza enveloppait de somptueuses boîtes à musique, la plus petite garnie de moire grenat cachant une délicate ballerine, la grande de satin ivoire faisant office de coffret à bijoux. En en soulevant le couvercle-miroir, ces chefs-d'œuvre de marqueterie jouaient l'une une valse viennoise, l'autre le *Milord* d'Édith Piaf. Leur père, confus, interrompit son déchiffrage pour expliquer à ses filles qui était la célèbre chanteuse française, qu'elle s'était produite jusqu'à New York, avant même la naissance de Mabel en 1961. Il leur cita *La Vie en rose* qu'elles connaissaient pour en entendre la reprise de Grace Jones, imitée par Becca au micro dans son français imaginaire. Les sœurs se faisaient face, décontenancées, éblouies. Elles embrassèrent leurs invités comme du bon pain. Malvina, gênée elle aussi, remercia Anthony de sa touchante attention, lui dit qu'elle venait de comprendre : le document signé de la main du Général était un original, et non un quelconque fac-similé.

– C'est toi qui m'a donné l'idée quand tu m'as parlé de la lettre de ton arrière-grand-père.

Tous ces présents sélectionnés par Chardin chez les antiquaires du Village suisse avaient été réceptionnés au Crown après avoir traversé l'Atlantique dans un avion de fret.

Si le repas remporta tous les suffrages, les deux forêts-noires ne firent leur effet que le temps d'être ratiboisées, les instructions envoyées par le chef pâtissier de La Tour d'Argent sur le fax du cabinet de Natalie suivies à la lettre. Et comme la recette suggérée par ce Meilleur Ouvrier de France comportait du sirop de marasquin et des griottes, trois parts comblèrent particulièrement un certain convive amateur de cerises.

Mina amena Anthony à l'étage où, porte fermée, fébrile, elle lui tendit son cadeau.

– J'espère que ça te plaira. L'idée est de Dodo. Elle, Mabel et Melissa m'ont beaucoup aidée. Nous nous sommes surnommées « les quatre filles du Docteur Maroney » !

Il tenait, bluffé, la ligne d'horizon de Manhattan dans son sous-verre, reconstituée avec maestria à l'aide d'une quantité de prospectus, billets d'entrée, coupures de presse savamment découpés, de photos irrémédiablement prélevées du livre de Melissa et, symbole, de la carte d'embarquement du vol Paris – New York, qui formait les *1* et *2 World Trade Center*. Sur la tour sud on lisait la date du coup de foudre. Chaque immeuble emblématique de la célèbre *skyline*, dont le Citicorp, figurait à la bonne place, avec une infinité de détails, l'arrière-plan peint aux couleurs de l'hiver couvert d'un rideau de neige. Les artistes en herbe s'étaient relayées une partie de la nuit pour en tracer les centaines de flocons.

Un cœur rouge désignait l'emplacement de Pomander Walk.

– Ça alors ! Tu es douée ma chérie, c'est carrément du Pop Art.

Dodo avait vu juste une fois de plus. Il n'était encore venu à quiconque l'idée d'offrir à l'homme d'affaires un cadeau « maison ».

– Rien ne pouvait me faire plus plaisir, je l'exposerai dès mon retour. Entre le portrait de Dodo et ton chef-d'œuvre je suis un homme comblé. Navré, mais mon cadeau à moi ne tenait pas dans le coffre.

– Euh, je croyais que c'était la montre mon cadeau ?

Elle pensa qu'il lui avait commandé quelque chose d'exceptionnel, qui peut-être n'était pas parvenu à temps, ou ne rentrait pas dans le coffre de la limousine, ce qui l'intriguait d'autant plus.

La réponse était négative pour les deux cas de figure.

Tallulah m'a dit à la cuisine qu'elle aussi avait compris pour nous deux, sans que Natalie lui en parle. Tes réponses au Spelling Bee leur avaient mis la puce à l'oreille. Elle a ajouté que, le temps qu'Eugene s'en aperçoive, nous en serions à notre deuxième enfant !

Ils redescendirent. Mabel retrouvait le sourire au bras de son Daniel, fournisseur officiel de marasquin, très amoureux, arrivé avec un assortiment de desserts, dont le tiramisù découvert à Little Italy, et de succulents cannoli siciliens.

Malvina passa un coup de fil à Dodo, qui débarqua à son tour dans la voiture de Wayne avec Melissa et son Rudy, élégant mais ébouriffé, et Missy, à l'arrière, qu'on ne laissait pas tomber.

Les filles auraient beaucoup à se raconter. Dodo voulait connaître la réaction d'Anthony à la découverte de son cadeau. Malvina pensait sans grand enthousiasme au camping du lendemain et appréhendait la séparation mais, selon les conseils de son Tony, profitait à fond de ce réveillon fabuleux.

Melissa, Doriane et Mabel riaient sous cape, mais parvinrent à garder le silence. Elles savaient quelle aventure inimaginable attendait la quatrième fille du docteur Maroney.

XII.

Atlantic Bay

À 5 h 30 le lendemain matin, alors qu'il faisait encore nuit noire et que le froid ne plaisantait pas, les filles attendaient au bord de la route, sac aux pieds. Au lieu du camping-car des Keegan, c'est une large calandre qui se profila au loin, à la sortie du virage. Malvina l'identifia tout de suite et tourna la tête vers Mabel qui, en guise d'explication, ne lui renvoya qu'un sourire entendu, accompagné, sans un mot, d'un « bye bye », main levée, doigts ouverts puis fermés. La jeune Américaine tourna les talons et partit se recoucher.

Le moment du cadeau de Noël était venu. Un cadeau qui, en effet, n'aurait pas pu être expédié, et encore moins tenir dans le coffre d'une voiture.

Anthony ouvrit celui de sa limousine, aussi logeable qu'un entrepôt, y cala le bagage de son invitée parmi des équipements déjà en place.

— Bonne idée d'emporter une enclume ma chérie, c'est toujours utile en vacances.

Une fois installée au chaud, Malvina explosa de joie et le couvrit de baisers. Elle finit par se reprendre et demanda avec son petit air de défi :

— Euuuh, à propos, où va-t-on ?

— Pas loin, au Canada.

La main devant la bouche, elle dut fournir un effort pour dominer son émoi et parvenir à s'exprimer.

— Je comprends maintenant pourquoi je ne devais pas être trop triste à l'idée que nous soyons séparés aujourd'hui. C'est Dodo qui t'a dit que je pensais souvent au Canada ?

– Rappelle-toi, c'est toi qui m'en as parlé, à Brighton Beach. Il faut croire que ce que tu me racontais m'intéressait déjà…

– Et que j'étais sous le charme.

– Non seulement nous allons au Canada, mais en plus à Enchanted Valley, la région de ton poster, au Labrador.

– Je t'ai parlé du poster aussi ? Je ne m'en souviens pas.

– Non, là j'ai mes sources habituelles.

– C'est fou. Heureusement que j'ai pris mon sèche-cheveux : le matin sans mon brushing je ressemble à Nina Hagen.

Mais Stéphanie ? Les Keegan ?

– Ne t'inquiète pas, tout a été orchestré par Doriane, une mécanique de précision, plus que celle de nos montres. Les Keegan doivent passer dans une heure. Mabel les appelle pour leur dire que tu ne peux pas venir, car tu as fait « une petite chute sans gravité ». Au retour, elle nous attendra à Nashua et tu n'auras qu'à les rejoindre. N'oublie pas de boiter ! Stéphanie ira au dispensaire à ta place ce matin dès l'ouverture. Natalie et Dun sont dans la combine, ça les a beaucoup amusés.

– Mais c'est super loin le Labrador, non ?

– Ça oui, il va nous falloir une machine plus rapide que ce tank…

– Roulez petits bolides !

La jeune fille commençait à intégrer qu'avec la créativité et les moyens d'Anthony il vaudrait mieux à l'avenir renoncer à toute notion de rationalité. Elle se rappelait lui avoir parlé de ses rêves de grands espaces, de Jack London, mais pas d'une façon aussi éloquente. Grâce à cet homme, elle allait découvrir le royaume de neige qui accompagnait le début de ses nuits depuis ce soir où elle avait rapporté son affiche des Champs-Élysées. Comme lui, elle pensait posséder tout ce qu'il lui fallait, l'amour en prime ! Anthony avait par conséquent remisé l'idée d'un cadeau acheté dans une boutique. Décidé à emmener son amour à la source du vent qui, en ce Noël 78, vitrifiait le nord-est du continent américain, il s'apprêtait à abattre les kilomètres, jusqu'aux confins des fameuses Provinces de l'Atlantique.

– Mais toi, ça te plaît ?

– Cela fait des années que je survole cette région et, depuis peu, certains signes m'ont incité à m'y intéresser, additionnés aux confidences de la plus intrépide lycéenne de la banlieue nord. Dans quelques heures, pour le coup, nous y serons vraiment, au nord. Dire qu'avant Roissy je n'étais pas superstitieux…

Chacun attaché à son confort – impliquant en général de la chaleur – quelle force indéfinie pouvait-elle les appeler vers une nature si radicale ?

Malvina, assise en tailleur, farfouilla dans son sac et en sortit une cassette identifiée « Crooners ».

– C'est à maman. Avant de dormir, je la passe sur le poste que tu m'as offert. Tu aimes ? Je peux la mettre ?

– Tu es chez toi !

Au début de *Mister Bojangle*, Tony prit le boîtier en main pour en parcourir la jaquette.

– « Sammy Davis Jr., Frank Sinatra, Tom Jones, Johnny Mathis, Nat King Cole » : nous emmenons du beau monde.

Le rêve commençait par la traversée de l'État, puis du New Hampshire, jusqu'au Maine, frontalier du Canada. La végétation dense, ininterrompue, bordait le ruban sans fin où l'on ne croisait que de rares semi-remorques alourdis de grumes des forêts d'Ontario. La limousine climatisée assurait une stabilité idéale, mais Anthony y avait par prudence fait monter des pneus cloutés. Malgré son excitation, il manquait, après un 24 décembre chargé, des heures de sommeil à Malvina, qui finit par s'assoupir vers North Hampton, son Mastermind allumé, bercée par les voix enjôleuses des idoles de sa mère. Le son de l'autoradio réglé au minimum, les haut-parleurs diffusaient *Times of your life*, de Paul Anka, l'une des chansons préférées de madame Dhaucourt… et d'Anthony.

Si en plus d'être en harmonie avec la fille il avait les mêmes goûts que la mère !

Il tournait parfois brièvement la tête pour s'émouvoir des traits détendus de sa passagère, assise en tailleur, lui caressait le poignet avec le pouce. Il remarqua sur le bracelet-montre un minuscule cœur autocollant.

Malvina rouvrit les yeux 300 kilomètres plus loin, souriante et fraîche, devant un aérodrome provincial isolé, le plus à l'est du continent, là où se lève le premier soleil de l'Amérique.

– Où sommes-nous ?

– À Damascus, dans le Maine. Le Québec est à 500 mètres, là-bas.

– Pardon d'avoir dormi : quand je n'ai pas mes dix-huit heures de sommeil, je ne démarre pas. Je suis en pleine forme !

Pour un pays plus vaste que les États-Unis, « Canada » était encore loin de vouloir dire « Labrador »…

Anthony avait fait affréter le bon appareil par son bureau de New York. Après avoir accepté un café du directeur, prévenant auprès de ce client qui payait plein tarif en toute connaissance de cause, il signa le contrat de location et prit possession des documents de bord d'un Embraer 110. Il aurait été plus rationnel de décoller de Boston, mais l'assistante, avant de choisir, s'était assurée que ce modèle à la fiabilité éprouvée serait bien disponible. Parfois de passage à Reims, Wahl connaissait les ingénieurs qui l'y avaient conçu, et le plastique de la WIPE équipait à foison cet avion brésilien de belle taille. Plan de vol déposé, il fit le tour d'inspection – hélices, feux, trains, volets – puis, dans le cockpit, procéda aux autres vérifications d'usage en les détaillant à Malvina, bien réveillée et demandeuse. Il boucla son harnais puis lui remit la carte de navigation.

– Je mets le casque ?

– Oui, c'est toi notre radio, OK ?

– OK.

Elle s'interrogeait sur l'envergure de l'avion, qui embarquait jusqu'à huit passagers et leurs bagages. Anthony sortit des lunettes de soleil de son blouson.

– Des lunettes de soleil en hiver ?

– Oui, c'est à cause de la réverbération. Les ultraviolets sont bien là, même par temps couvert, la neige les réfléchit vers la cornée. C'est très dangereux, on risque l'ophtalmie, ou pire.

– J'en avais entendu parler au ski, mais je pensais que c'était une légende.

Il lança les turbines qui se mirent instantanément à vrombir.

– Lapin à bord mademoiselle Dhaucourt ?

– Affirmatif, confirma-t-elle, son Nano déjà debout sur le sac US, emmailloté dans une manche de pull comme un rôti. Ils obtinrent la *clearance* (autorisation de décoller) de ce terrain qui ne devait pas voir beaucoup de mouvements à cette période de l'année, direction Gaspé.

Malvina, le doigt sur la carte, se signala en français au contrôleur aérien, habitué à échanger en anglais avec les pilotes de long-courriers arrivant d'Europe après la traversée de l'Atlantique. Le français langue officielle de la *Belle Province* depuis un an, celui-ci n'émit pas d'objection et lui souhaita bon vol.

Au-dessus du filtre des rares nuages, le soleil métallique tapait fort, bien plus qu'au sol. Ils survolèrent l'embouchure du Saint-Laurent, puis l'île d'Anticosti, toute petite sur le plan mais plus grande que la Corse. Aussitôt commençait le territoire des Indiens Naskapis : on changeait de pays et de civilisation.

– Nous verrons des aurores boréales ?

– C'est plus au nord, je ne pense pas qu'il y a en ait là où nous allons.

– Alors on rentre.

Elle avait emporté la *lunch box* Garfield prêtée par Becca, dont elle sortit le gobelet, des cookies et deux briquettes de lait chocolaté.

– J'adorerais avoir une boîte Snoopy comme ça pour mettre un en-cas ou d'autres affaires.

– Tu l'emporterais au lycée ?

– Bien sûr. Ceux qui me jugeraient sur ça, je les plains d'avance…

Elle s'interrompit. Dubitative, elle passait de la carte au hublot :

– Bizarre, plus aucun nom n'est imprimé.

– C'est qu'après Anticosti, il n'y a plus rien.

Au-delà de Saguenay débutait l'interminable forêt boréale, couverte neuf mois sur douze d'un épais manteau immaculé, le paysage gommé par la neige, ni faune ni flore visible, et encore moins de villages, ne serait-ce qu'un hameau.

– Où sont passés les gens ? Les animaux ?

– Les autochtones ne sont plus très nombreux. Leurs campements minuscules, seuls les anciens sont restés. Les jeunes ont rejoint les grandes villes depuis longtemps ou les familles ont purement et simplement disparu. Quant aux animaux, ceux qui n'hibernent pas se sont rendus invisibles au fil du temps pour échapper à leurs prédateurs. En dessous de nous ça grouille d'ours, de renards, de lynx, de loups, d'orignaux, de ratons laveurs, de castors... et même de lapins arctiques, tout blancs !

– Waow ! Mon pauvre Nano se ferait vite repérer avec ses carreaux !

– Tu connais tout mon héros. Mais par ce froid, on ne risque rien avec de telles distances ?

– Tu sais, l'avion est un moyen de transport banal ici, beaucoup d'endroits ne sont accessibles que par les airs. Rassure-toi, les hélices on fait leurs preuves, celui-ci est increvable. Tant que le givre n'alourdit pas les ailes, nous sommes tranquilles. Les nôtres bénéficient d'un système de dégivrage incorporé, que les appareils plus petits n'ont pas, et ont été traitées à Damascus.

…

– D'après Muriel, au retour, nous mettrons moins de temps pour faire New York – Paris que Paris – New York.

– C'est probable, il suffit que le pilote s'insère dans un courant-jet, un genre de gros tube qui fait office de soufflerie. La rotation de la Terre et le vent dans le bons sens font le reste, on peut gagner trois quarts d'heure, et on économise du kérosène.

– D'habitude j'ai un peu le vertige…

– C'est parce que nous ne sommes pas en contact avec le sol, tu n'as plus ce repère comme dans les immeubles.

– Cela dit, au World Trade Center, je ne l'avais pas du tout. Et si nous devions nous poser ?

– Notre plan de vol est sur le bureau du directeur, et Paris sait toujours où je me trouve. Regarde à droite : c'est Blanc-Sablon, où Brigitte Bardot a sauvé les bébés phoques. Tu pourras en parler à Doriane, ça lui plaira.

Malvina plaqua son appareil photo contre la vitre.

– Génial ! Elle a conservé le Paris Match. Et si Salty venait de là ?

– Qui sait...

– Et l'Oiseau blanc ?

– On ne saura jamais. L'océan fait 4000 mètres de fond dans ces zones-là… Le Titanic aussi peut être dans les parages.

Les redoutables rayons se réfléchissaient sur une succession sans fin de plans d'eau de formes et de tailles variées, miroir brisé en petits éclats, un aperçu du million de lacs que compte le Canada. L'ombre de l'appareil rebondissait sur les rares irrégularités de la taïga. Le long de la façade atlantique, érables, bouleaux, forêts de pins ou d'épinettes, trois mètres d'une neige opaline arasait une végétation qu'on ne pouvait que deviner. Malgré la concentration requise pour piloter et le paysage prometteur qui défilait sous ses ailes depuis le départ, Anthony imaginait ce que pourrait être leur destination.

Enfin apparut au loin le fleuve Churchill, repère naturel des pilotes depuis toujours. Nu, rugueux, le relief annonçait la zone septentrionale, évocatrice de conditions de plus en plus inhospitalières. Là commençait l'aventure. Wahl indiqua à sa passagère le bien nommé phare de Point-Amour, ultime jalon tout au bord de l'Atlantique. *Combien d'aviateurs égarés dans la purée de pois ont-ils dû se remettre à respirer en apercevant son faisceau ? Qui sait ? Nungesser et Coli l'ont peut-être manqué de peu ?*

Quinze minutes plus tard, une main ferme sur le manche, sans quitter ses cadrans des yeux, il sortit les trains et avisa le contrôle. Une ligne de lumières intenses poignit sous la couche nuageuse en vue de l'unique piste d'Enchanted Valley, « la vallée enchantée », le lieu qui, après le survol d'un tel désert, portait le mieux son nom.

Malvina, un peu tendue, continuait à suivre le chemin tracé sur la carte. Son index s'arrêta sur l'ultime nom imprimé : Atlantic Bay.

Le vent cisaillant – le plus piégeux – ballottait le lourd appareil, se matérialisant sur la piste en tourbillons de neige, obligea le pilote à se présenter de biais, « en glissade », puis s'aligner à la dernière seconde pour précipiter l'atterrissage. Quoique prévue, la manœuvre n'en était pas moins délicate, et angoissante pour tout passager. La jeune fille se remit à respirer quand toutes les roues eurent touché terre. Tony amena le vaillant Embraer jusqu'au stationnement, le long du marquage jaune à peine visible du taxiway. L'avion vint se ranger parallèlement à un énorme DC-3 de la guerre. Malvina, enivrée par les circonstances, réalisait qu'elle arrivait à l'endroit de ses rêves, auprès d'elle le garçon qui occupait son cœur et son esprit du matin au matin.

Le petit aérodrome, en fait un club de pilotes amateurs venus jadis des Laurentides qui, passionnés, avaient tout aménagé eux-mêmes au fil des décennies, ne consistait qu'en un rustique bâtiment principal, un hangar prolongé d'un atelier de maintenance en épaisse tôle ondulée et sa citerne de kérosène. Très jeune, Anthony avait appris à tout piloter – du coucou à l'hélicoptère – à Prunay, dans la Marne, puis en Californie et au Viêt-Nam, l'une des habilités de base exigées par Wahl sr. L'ambiance fraternelle des aéroclubs lui était familière. L'opérateur radio, sorti de son réduit, leur indiqua avec un accent difficile à décrypter où ils pourraient louer le tout-terrain indispensable à la suite de leur voyage.

« Prendre une marche en cette saison ? Niaisez-vous ? »

Il leur révéla avoir craint l'arrivée d'hommes d'affaires, avant l'apparition de Malvina qui, avec son bonnet à pompon et sa poupée sous le bras, n'avait rien d'un promoteur. Maintenant qu'il était rassuré, on décelait sans peine ses pensées derrière son amabilité : *Que viennent faire cet Américain et cette jeune Française, sans fusils, dans un coin où il n'y a rien à faire pour des touristes à cette période de l'année ?* Il leur confia un chariot pour transporter leurs bagages. Au sortir du bâtiment, le bourg sans nom était aisé à appréhender : une unique rue à peu près déneigée, en face un *dépanneur*-armurier, un bar en préfabriqué encadrés de quatre ou cinq habitations rudimentaires construites par leur propriétaire. Cette bribe de civilisation s'arrêtait net après l'ultime bicoque. Dans le sens opposé, la route filait vers Enchanted Valley, un nom prometteur, mais pour l'instant un brin oppressant en regard de l'immensité qui s'annonçait.

Tremblay dépanneur. Quelques véhicules en épi le long de sa vitrine, en haut d'un court escalier, la boutique proposait vivres et équipements. Un grand choix de fusils et d'arbalètes, quelques affiches publicitaires des années soixante et surtout de nombreux caribous et autres trophées empaillés en ornaient les murs. Gaillard à la peau parcheminée et au nez busqué, le patron les accueillit dans son domaine avec une défiance certaine. *Il doit avoir du sang indien*, pensa Malvina, les personnages de Tom Sawyer en tête.

...

– Paris au Texas ?

– De Tremblay-lès-Gonesse. Près de Paris, intervint-elle.

– Paris... en France ? Tabarnak !

Le visage de l'homme se détendit. Mélange de québécois appuyé, d'anglais et d'autre chose, sans doute un dialecte local, il fallait tendre l'oreille pour comprendre la langue dans laquelle il s'exprimait.

Tremblay ? Mais c'est mon nom ! *Normand Tremblay*. On s'appelle tous comme ça au Canada français ! Où allez-vous donc ?

Son interlocutrice n'en savait rien, elle se tourna vers Tony.

– Voir la baie, précisa-t-il sobrement.

L'homme afficha une mine circonspecte, imité par Malvina.

Wahl jr. enchaîna sûr de lui :

– Les 4 × 4 garés devant sont-ils à louer s'il vous plaît ?

– Pigez celui que vous voulez. J'aurais juste besoin de vos pièces d'identité. Pas pour le contrat, pour identifier les corps.

Monsieur Tremblay réalisa que sa jeune cliente ne savait pas sur quel pied danser et partit dans un éclat de rire de ténor, content de son effet.

– Ça prend un gros char pour arriver, sinon vous aurez d'la misère. Ça descend pis après ça r'grimpe !

Ils prirent possession d'un énorme pick-up GMC – qui avait été rouge, et neuf, un jour – équipé de larges pneus à crampons et d'un treuil, transférèrent leurs affaires dans sa benne.

« Le Sierra du chef Brody ! », s'enthousiasma Malvina.

Le patron les avertit qu'à un moment la route s'arrêterait, qu'ils devraient continuer à pied. Il les prenait de toute évidence pour des originaux ou des fous.

– Il fait moins vingt-cinq. Cet hiver il doit bien y avoir un mètre de glace. Un autobus pourrait passer, mais pensez quand même à détacher votre ceinture et à baisser les vitres en traversant le lac, on ne sait jamais. Sauf si vous avez l'goût de vous baigner... La location ne vient pas avec des gilets de sauvetage !

En plus des « grosses bêtes », Malvina, partagée, avait à peine osé regarder les autres animaux plus petits, tout aussi immobiles et effrayants, qui semblaient l'attendre, leurs babines remontées sur des crocs puissants.

Elle s'efforçait de ne rien laisser paraître.

…

– Des piastres ?

– Ils disent ça pour dollar. Et « sous » pour cents.

Ils s'engagèrent sur l'unique route et parvinrent en trois quarts d'heure à l'embranchement qui menait au lac, baptisé *Réservoir aux Bretons*. Il n'en fallait pas autant à la lycéenne pour visualiser des chercheurs d'or vêtus de peaux, à peine plus avides qu'elle de découverte. Elle se rappelait avoir touché la statue de Jacques Cartier à Saint-Malo.

Pendant la traversée, Anthony conduisait en souplesse, sans le moindre à-coup. Normand Tremblay disait vrai : rendus à l'autre rive, ils furent stoppés après quelques mètres par une congère himalayenne qui barrait le chemin sans alternative.

Un panneau indiquait pour les moins observateurs « Severe winter road conditions ahead » (attention, route impraticable en hiver). Personne derrière, personne devant. Ils abandonnèrent leur véhicule sous les arbres pour continuer à pied. Anthony savait Malvina opiniâtre, mais il la rassura en levant le pouce. Partie pour aller camper, elle s'était pourvue d'une tenue de ski, mais il avait prévu des combinaisons grand froid, ainsi que des écharpes, des gants spéciaux, des tuques (chapkas), et tout le barda nécessaire. Couvrir jusqu'à ses oreilles était indispensable, au risque, dixit encore Normand Tremblay, qu'elles deviennent « cassantes comme du verre ». Cet équipement professionnel rappela à la jeune fille la vitrine du Vieux Campeur, sauf qu'elle se trouvait à 4 300 kilomètres du Quartier lapin et de ses cafés chaleureux.

« Question froid, New York et Concord étaient des succursales, ici c'est la maison-mère », ironisa Anthony. Ils se dépêchèrent d'enfiler leurs panoplies d'aventuriers par-dessus leurs vêtements, à l'abri d'un kiosque de pierre. Sur la pointe des pieds, Malvina offrit à son Tony un dernier baiser glacé, juste avant de lui remonter son écharpe et que cela ne devînt impossible.

Le froid se montrait plus implacable que jamais, sans commune mesure avec le climat pourtant difficile de la côte est-américaine. Sorties d'une soufflerie invisible, de vigoureuses rafales les testaient sans forcer. Engoncés dans leur uniforme, ils partageaient cette équipée en explorateurs associés partis à la découverte de terres inconnues, ne parvenaient plus à se tenir la main comme ils l'aimaient, tant leurs moufles étaient épaisses, mais progressaient côte à côte en se percutant malgré eux, tels deux beaux sumos bleus. Ils n'avaient jamais vu neiger autant. Sans leurs lunettes d'alpinistes, il leur aurait été impossible de garder les yeux ouverts pour s'orienter.

L'ascension devint une réelle épreuve. Non qu'il y eût de la glace ou que la déclivité fût vraiment trop forte mais, à chaque pas, la masse de neige les engluait tels des sables mouvants, annulant leurs gestes, les faisant redescendre sans arrêt et s'aider mutuellement.

Après une heure accablante, une flèche de bois surmontée d'un petit toit laissa entrevoir le nom prometteur d'*Atlantic Bay*.

Plus qu'une ultime pente à franchir et ils y seraient.

Au sommet de la colline, le panorama qui jaillit devant eux rendit leur prouesse peccadille, déclassa d'un coup toutes les merveilles qu'ils avaient admirées ensemble jusqu'alors : New York vue d'en haut, les longues plages de Nouvelle-Angleterre, les forêts du Maine, grandioses, les méandres du Saint-Laurent…

Atlantic Bay est une gorge immémoriale imposée au relief, libérée autrefois par un colossal glacier qui aura mis des millions d'années à excaver, et autant à s'évaporer. Arrivées d'on ne sait où, ses eaux sombres progressent inexorables vers l'Atlantique, accompagnées de bourrasques terrifiantes qui s'engouffrent dans son goulot d'étranglement pour finalement venir rider de force l'océan, survolé par quelques fous de Bassan hurleurs. Quelques glaçons rescapés flottent à sa surface, leur couleur bleutée indique leurs 100 000 ans d'âge. Ici, les solides conifères ne résistent pas aux assauts du vent lorsqu'il est en furie. C'est la pierre nue, caressée d'une lumière rouge à la fin du jour, qui continue sous l'eau.

Quelles entités avaient-elles pu imaginer un paysage aussi suffocant ? Tulock, le guerrier vengeur transformé en étoiles ? Sedna, déesse des animaux aquatiques ? Quelque chaman persuadé que la Terre est le lieu où les âmes mortelles font face aux éléments ?

Deux forêts distinctes, blocs compacts d'arbres géants alourdis de neige, l'une abrupte, encore un peu éclairée, l'autre déjà dans la pénombre, encadraient les eaux saphir de la baie étincelante, prolongée vers l'horizon au point qu'on n'en voyait pas l'extrémité.

Auxiliaire de cette féerie prenante, un halo de vapeur colorée flottait au-dessus de l'onde trop calme, chargé de poussière de montagne, irisée des coquillages qu'elle recélait depuis des millénaires. Hormis cette énigme géologique, rien, ni pelages ou plumages blancs, ni la moindre plante. L'air stérile ne propageait aucune odeur. Au loin, seul un refuge prisonnier des branches indiquait qu'on était venu. Mais quand ? Qui avait osé s'avancer dans un lieu si isolé qu'il semblait se refuser à toute visite ? Anthony maintenait sa Malvina par l'épaule dont, il le savait, les larmes irrépressibles coulaient à l'intérieur de son écharpe. Elle pensait donc juste ? C'était cela le bonheur parfait, être deux dans ce concentré d'absolu caché loin de tout, à la fin de la planète, là où l'Amérique finit dans l'océan. Mais au commencement d'un avenir flamboyant…

Le vent infernal interrompit la contemplation. Sur la grève, les amoureux ne rêvaient que de s'embrasser pour célébrer cette découverte initiatique.

Soudain, un grondement terrifiant venu du versant le plus obscur attira leur attention. Un pygargue, bec crochu, envergure démesurée, s'échappa des arbres pour tournoyer quelques mètres au-dessus d'eux, sans un cri. Ils pensèrent à des coups de feu, mais n'avaient pas croisé de chasseurs en chemin, et la déflagration avait été bien plus puissante qu'un tir de fusil. Le sol se mit à vibrer, plus que les sabots de mille orignaux enragés. Un tremblement de terre ? Se trouvaient-ils dans une zone sismique ? En observant bien la végétation, Wahl se remémora d'un coup ce phénomène, relaté dans l'une de ses lectures. Le faîte de certains arbres frémissait, secoué par des démons invisibles, puis ils disparaissaient, comme aspirés par la Terre. Des troncs de vingt tonnes encore alourdis par le poids de la neige finissaient par rompre un à un, dévalaient droit vers l'eau à une vitesse effarante, jusqu'à transpercer la glace avec fracas pour s'évanouir à jamais dans les profondeurs. Anthony dut crier et donner par gestes l'explication à la pauvre Malvina, qui n'en menait pas large. Il essuya son masque, la rapprocha de lui par les épaules, un sourire suffit à l'apaiser.

La représentation impensable qui venait de s'offrir à eux était seule digne de leur histoire.

La baie s'effaçait maintenant dans la brume à vue d'œil, une lumière rouge en frôlait les sommets, l'intensité des projecteurs surnaturels diminuait : il fallait rentrer. Ils purent retrouver leur chemin malgré le jour déclinant, mais les éléments n'en avaient pas fini avec eux : il faudrait redescendre la pente, en prenant garde de ne pas s'y laisser piéger ni de la dévaler jusqu'en bas, marcher près d'une heure puis contourner la congère, et enfin repérer dans l'environnement remodelé par la tempête l'édicule où ils s'étaient changés.

Revoir la silhouette du tout-terrain fut un soulagement, tant progresser dans ce blizzard enfoncé jusqu'aux genoux, parfois jusqu'à la taille, avait été une épreuve. On ne pouvait plus que deviner ses contours. Il fallut encore un bel effort pour en dégager au mieux les portes à la pelle, puis le pare-brise. Mina ne rechigna pas à épauler son compagnon dans cette tâche, de ses seules moufles et d'une branche ramassée. Le haut marchepied escaladé, une fois à bord, pendant que le moteur faisait fondre la neige accumulée sur le capot, il la devança et lui confia :

– Mon Amour. Tout ce que j'ai fait avant de te rencontrer n'existe plus. Je t'en prie, reste surtout la même, toujours.

L'émotion, beaucoup trop forte, le força à s'interrompre. Elle essayait de sourire, ne parvint qu'à murmurer :

– Ça sera toujours aussi beau ?

– Je te le promets.

Il mit sa main derrière la petite tête pour la rapprocher doucement de sa bouche. Elle la pencha sur le côté, les yeux clos. Ils échangèrent alors leur baiser le plus exquis, au beau milieu de la nature déchaînée du plus vaste boudoir du monde.

Leurs lèvres se séparèrent et ils se répétèrent «je t'aime».

De retour à l'aérodrome, au moment de préparer l'avion et le plan de vol, on leur annonça un orage supercellulaire en approche, «présentement sur Terre-Neuve», une perturbation aussi rare que dangereuse qui clouait réglementairement tous les appareils au sol, y compris les gros porteurs redirigés vers Gander, sur l'île de Terre-Neuve. Au lieu de les tourmenter, cette nouvelle les rendit hilares. Enfin, la météo était avec eux. Ils se tournèrent l'un vers l'autre et éclatèrent de rire, le technicien encore plus perplexe qu'à leur arrivée. « Prenez pas d'chance, dit-il. Avec la poudrerie qui s'en vient, il vaut mieux attendre une coupe de jours ». Anthony passa le coup de fil prévu à Mabel pour décaler le rendez-vous de 24 heures, lui demanda de dire à Dodo que tout allait bien, un euphémisme. Pour la première fois, Malvina-l'organisée ne savait pas où elle allait dormir, ni quel serait le programme des heures à venir. Le radio-serveur appela le mécanicien, un autochtone lui aussi dubitatif devant ces étranges touristes, qui leur conseilla la pourvoirie Paquette, un *lodge* « pas trop loin » fréquenté en saison par les chasseurs et pêcheurs québécois, des gens de Toronto ou des Américains aisés. Il revint du bureau avec la photocopie d'un plan succinct sur lequel il traça au Stabilo l'itinéraire jusqu'à cet établissement de Terre-aux-Piastres.

« Vous ne pouvez pas vous tromper, il n'y a qu'une piste pour aller là-bas, la ligne des trappeurs. Mais elle trop étroite pour votre truck, il vous faut l'échanger pour des skidoos. »

Il traversèrent la rue et retrouvèrent Normand Tremblay,

« Osti d'tabarnak de câââlisse d'osti de crisse de saint sacrement de saint ciboire, mes aventuriers ! J'capote ! »

Il fut amusant d'observer son étonnement à la réapparition de ses clients, tout sourire et décontractés, enchantés de leur excursion, qui, alors que la nuit allait tomber, au lieu de repartir vers la civilisation, en redemandaient et réclamaient d'autres véhicules à louer.

…

– Voilà pour vot' sœur, dit le patron, la main sur la selle d'un petit Polaris. C'est plus l'fun à chauffer et ça marche full bien. Et pour vous mon Bombardier, révisé d'même.

Il lui tendit une carabine :

– Et ça c'est mon gun à moi. Je ne voudrais pas que mes meilleurs clients badluckés finissent dévorés par un ours… et ne plus revoir mon matériel !

Dans ce territoire grand comme l'Italie, « pas trop loin » recouvrait une autre signification qu'en Europe. Et le plan de l'aérodrome, qui ressemblait aux dessins de Bouli, cinq ans, n'était pas stricto sensu à l'échelle.

Le chemin, invisible aux yeux novices, commençait à la sortie du village, perpendiculaire à celui qui parcourait Enchanted Valley. Dès les premiers mètres on remarquait les empreintes creusées par les sabots des orignaux en quête de lichen, ainsi que des pas d'animaux plus furtifs. Malgré la prodigieuse densité d'arbres, d'étroites sentes partaient encore de la piste, qui devaient conduire à des cabanes à sucre ou à des lieux d'affût pour la chasse. Sans la moindre indication, seules les traces ténues de motoneiges précédentes confirmaient qu'on ne s'était pas égaré. Aux commandes de l'imposante machine, Tony ouvrait la voie, le regard sans cesse dans son rétroviseur. Malvina lâchait le guidon pour lever le pouce et lui adresser un sourire de satisfaction, caché par sa grosse écharpe et ses lunettes de ski. Elle qui n'avait jusqu'à présent conduit que le Chappy de Doriane s'en sortait très bien.

Dans une quasi-obscurité, le faisceau des phares éclairait le rideau ininterrompu de flocons. La silhouette d'un grand cervidé – orignal ou caribou – se dessina au passage à une vingtaine de mètres en retrait du chemin, son unique animal sauvage en dehors d'un zoo, pas commode. Malvina préféra rester concentrée sur la piste. Pas le temps de réfléchir à la situation : depuis une heure, la traversée d'une forêt canadienne à la tombée du jour, loin de tout, à cheval sur un scooter des neiges, la routine auprès d'Anthony.

Au terme d'un parcours exaltant et physique à égalité, il klaxonna pour attirer son attention sur l'enseigne pyrogravée qui marquait l'entrée du lieu-dit Terre-aux-Piastres. Elle lui répondit. Des baraques sommaires en rondins ou tôle rivetée, dont quatre mobil-homes immobilisés pour longtemps, résumaient le hameau, implanté dans une clairière retirée. Un peu à l'écart, avant que la forêt reprenne, des traces de chenilles jusqu'à une maison flanquée de quelques chambres de plain-pied alignées à la manière d'un motel, des motoneiges garées devant leur porte, confirmaient qu'on se trouvait bien à destination. L'établissement n'avait été édifié que pour les activités de trappeurs. Aucun commerce dans les parages, que des arbres et de la neige, à perte de vue, et une multitude de lacs et de rivières poissonneux alentour, des trous dans la glace pour l'omble de l'Arctique, le saumon ouananiche, des affûts perchés pour le « big game » : orignal, caribou des bois et ours noir. Et sans doute, le long de la ligne de trappe, une autre quantité de pièges à castors et à loutres.

Après le lodge, la piste reprenait pour s'enfoncer dans la nuit.

Où diable finissait-elle ? À Vancouver, 5000 kilomètres plus loin, côté Pacifique ?

Parvenus à bon port, fourbus, les amoureux n'aspiraient qu'à profiter de cette équipée inespérée. Ils se présentèrent à Réjean Paquette en personne, grosse bedaine et grosse moustache, qui leur attribua la chambre 6.

« Vous serez bien dans la 6, les breuvages sont au frais, je viens juste d'allumer le foyer. J'fais toujours eud'même au cas où des étrangers arriveraient. Tenez, un spray anti-ours. On ne sait jamais, le monde oublie souvent ça. Mais faites-vous-en pas, nos portes s'ouvrent vers l'extérieur. »

L'humour local consistait-il à terroriser les clients ?

Il leur offrit d'emporter avec eux l'unique plat du jour, accompagné de patates pilées (purée), idéal pour « se bourrer la face ». Irrésistible, le fumet du ragoût d'élan de madame Paquette emplissait toute la réception. Ils acceptèrent volontiers sans chercher à en savoir plus. L'hôtelier leur indiqua qu'ils pourraient garer leurs engins à l'abri sous l'appentis, le long des chambres, ne leur posa aucune question, pensa en voyant l'arme qu'ils s'en iraient chasser à l'aube. Après l'entrée pourvue d'un rack à fusils et d'un improbable sèche-bottes électrique, une seconde porte ouvrait sur une copie de chalet suisse, murs et plafond en planches de bouleau vernies, impeccable et décorée avec goût. Un quilt fait de carrés de tissu dépareillés venait recouvrir l'édredon rebondi. Une odeur de bois fraîchement scié parfumait la pièce surchauffée. Les amoureux ôtèrent manteaux, écharpes et pulls pour, enfin, s'enlacer avec délice, s'embrasser, leurs corps bouillants soudés l'un à l'autre. Ils finirent par s'écarter, juste assez pour se regarder dans les yeux sans avoir à prononcer le moindre mot. Comment exprimer son bonheur après cette expérience ?

Elle finit par dire :

– Au bord de la baie, j'aurais presque voulu que le temps se fige, quitte à tout arrêter là.

– Moi aussi, mais ç'aurait été dommage, il nous reste tant à vivre à partir d'aujourd'hui.

Anthony alla se doucher, tandis que Malvina, bien qu'exténuée, ne put s'empêcher d'allumer la télévision, dont l'image et le son avaient comme les rares clients « de la misère » à parcourir une telle distance.

On n'y devinait qu'un flash d'information de CBS, car la neige s'invitait jusque sur l'écran. De Genève, le journaliste annonçait l'échec des négociations du plan SALT II, qui devait théoriquement mettre fin à la Guerre froide. Elle se rappela en avoir entendu parler par mademoiselle Ulrich, son professeur d'histoire-géographie, avant de partir. Sa barquette de ragoût, un délice, fut rien moins que dévorée, accompagnée d'une canette providentielle de Dr Pepper, bref aller-retour dans la réalité. La languette du soda rejoignit son auriculaire.

Quand Tony revint dans la chambre en s'essuyant les cheveux, sa belle dormait profondément au bord du lit, éclairée par les images fantômes. *Elle a dû dîner puis s'effondrer en cinq minutes.* Il remarqua avec amusement le petit compagnon familier qui dépassait de son sac, s'agenouilla près d'elle, en oubliant sa faim de loup. Il prenait un plaisir indicible à la contempler, ses longs cils immobiles, à écouter sa respiration paisible et régulière, heureux qu'elle puisse enfin récupérer d'un périple commencé quinze heures plus tôt, éprouvant pour elle aussi, sans qu'elle se soit plainte une seule fois. Malvina vulnérable et accrocheuse, Malvina juvénile et féminine. Il la revoyait sourire et rire dans la journée, émerveillée de tout, curieuse, concentrée, avec cette expression résolue qui n'appartenait qu'à elle. Ne jamais renoncer sur le chemin d'Atlantic Bay, ni sur celui de la pourvoirie, son regard embué sur le rivage, cette joie de vivre inépuisable. Il lui effleura la joue, plaça une mèche derrière sa jolie oreille, déposa un baiser sur le front chaud, puis le «M» sous le petit nez. Il ne revenait toujours pas d'aimer si fort sa petite voyageuse, dont le nom n'avait été inscrit sur son planning ni par Chardin, ni par Jill. Pourquoi un bonheur d'une telle intensité le désignait-il, lui, déjà si privilégié, telle une pluie sucrée le long d'une plage tropicale ? Qui venait-il de lui amener un tel être, épargné par miracle de la grossièreté ambiante ? Ne parvenant plus à raisonner, il se releva, à contrecœur, fit le tour du lit puis vint s'allonger en douceur. Elle se recula pour se lover d'instinct contre lui.

Il l'entoura de son bras, lui prodigua un dernier «je t'aime», un dernier baiser sur ses cheveux, puis s'effondra à son tour.

Malvina s'éveilla la première. Les rideaux restés ouverts, la puissante lumière de l'aube frappait le mur face au lit. Elle se dit qu'il devait être tôt, se sentait sereine et vivante comme jamais malgré des avant-bras endoloris par les tressautements du guidon, souriait sans autre spectateur que son Nano, qui patientait sagement depuis des heures. Son amour endormi auprès d'elle, un quart de seconde lui fut nécessaire pour réaliser qu'elle ne rêvait pas dans cette situation irrationnelle, et naturelle. Le quart de seconde suivant, elle s'imagina mariée. Il récupérait sur la plage de Cannes après une baignade à deux. Pas d'enfants dans les parages. Aucun doute n'interférait dans sa vision bien nette. La surprise à l'arrêt de bus, le vol, elle passa en revue les précieux présents que son Tony lui avait offerts la veille depuis Maple Drive, couronnés par leur découverte d'Atlantic Bay. Tant de soirées hypnotisée par ce poster… et maintenant, elle y était ! Impossible de faire des photos dans la tempête, mais une photo pouvait-elle plus que des paroles restituer la magie ? Comment le remercier un jour de l'avoir amenée dans le paysage le plus grandiose de la Terre ? Elle était, en outre, admirative de sa résistance physique hors normes : il avait conduit, piloté et marché pendant des heures sans faiblir une seconde. Elle se redressa en souplesse sur les coudes. Avant de se rendre à la salle de bain, elle saisit le fameux lapin, l'embrassa et le déposa à sa place sur l'oreiller de plumes bien mérité.

Tony entrouvrit les yeux et sourit face aux carreaux bleus. Il entendait l'eau de la douche. Lui qui menait l'existence la plus agréable qu'on puisse imaginer ne s'était jamais senti aussi bien que dans cette chambre spartiate, sans marbre ni *room service*. La frêle jeune fille qui chantonnait derrière la porte vitrée pouvait tout dérégler d'une pichenette, et repousser de sa seule présence la limite du bonheur.

Elle entra dans la pièce, corps cambré, cheveux humides, vêtue d'un long tee-shirt qui laissait deviner la forme de sa poitrine haute, des fesses rondes, et ses jambes aux cuisses galbées. Cette vision érotique provoqua chez Wahl un remords fugitif. Son respect l'empêchait presque de détailler cette silhouette désirable, comme il eût été normal de le faire avec toute autre femme moins jeune. Ils échangèrent un sourire puis elle sauta sur le lit pour se réfugier contre lui. Elle embaumait le savon blanc qu'on trouve dans les motels.

– Tu as bien dormi mon amour ?

– Jamais aussi bien. Je voulais voir un film après les informations, mais impossible de lutter, je me suis endormie. J'ai rêvé que nous étions à la plage, à Cannes. Pendant ce temps-là, ma grand-mère faisait le ménage à fond pour te recevoir. Rassure-toi, quand tu feras la connaissance de mes grands-parents, je t'éviterai les patins. Et toi ?

– Je suis ressorti chasser quelques ours puis pêcher des saumons pour notre petit déjeuner.

En réalité je t'ai rejointe peu après, moi aussi j'étais claqué !

– Bien sûr tu ne m'as pas regardée dormir ? Je devais être bien bouffie.

– Si les anges le sont, alors oui. J'en ai même embrassé un avant de m'assoupir, et un beau.

– J'ai repensé à ce paysage merveilleux. Il y a un mois on m'aurait dit que j'y serais si bien, je ne l'aurais pas cru. Cela dit j'apprécie beaucoup le fait d'être en pleine nature, même dans le petit bois sur le chemin du lycée, et surtout dans l'Esterel. Je m'allonge et ferme les yeux, un retour aux sources. Dire que j'ai une dissertation sur l'hiver pour la rentrée : c'est de la triche !

Réglisse, champignons odorants, mousse vert tendre des sous-bois, si l'été, depuis toute-petite, Malvina rentrait de la Côte d'Azur chargée de fleurs séchées, de sable et de coquillages, l'automne lui réservait ses feuilles mordorées, dont elle faisait des tableaux ou des herbiers, des pommes de pin, des marrons joufflus, d'autres plantes réunis en petits paniers d'osier tressés, pots-pourris qu'elle disposait dans l'armoire de mémé, sur les piles de draps ou de mouchoirs, distribuait aux proches…

Il régla la note. Madame Paquette était déjà sur le pont, aussi affable que son mari qu'elle relayait, loin de s'imaginer les quelques heures magnifiques que « la 6 » venait de vivre. Plus perspicace que son époux, elle s'adressa à Anthony :

– Bon matin ! Vot' blonde doit épaissir un peu, voulez-vous de mes bonnes queues de castor avant d'aller récolter l'caribou ? Ça vient avec la chambre.

Des queues de castor ? Au petit déjeuner ? pensa Malvina.

La mademoiselle fait une face bizarre. J'niaise pas, ils goûtent bon l'sirop d'érable !

– Avec plaisir, madame, j'en ai goûté à New York.

– De l'érable à New York ? Pantoute ! C'était du sirop de poteau, c'est poche !

Ils acceptèrent une tasse du chocolat chaud proposé aux clients matinaux ainsi que, soulagés, quelques-uns de ces délicieux gâteaux à la place des tartines. Ils en emballèrent dans des serviettes en papier pour les finir sur le chemin du retour et n'omirent pas de complimenter la patronne sur son exquis *moose stew*. La neige accumulée pendant la nuit devant la porte, Malvina remarqua des traces de pattes sur la selle de son skidoo, a priori celles d'un petit oiseau.

– Heureusement que le fauve est parti : j'aurais pu rester une semaine le temps qu'il se décide, ou même attendre le dégel.

– Ne t'en fais pas, les animaux ont plus peur que nous, et nous avions du spray anti-ours !

La tempête laissait place au « grand beau ».

Aurait-il pu en être autrement ?

Le duo rebroussa chemin, avec l'espoir – mesuré – que la piste soit de nouveau praticable.

Juste avant d'embarquer, ils apprécièrent une boisson au foyer coopératif, où l'on déposait sa participation dans un vieux bidon d'huile marqué « caisse ». Alors que Tony lui faisait signe que tout était prêt, Malvina pensa qu'à défaut de photos, envoyer une carte postale ferait un excellent souvenir. Mais aucun chasseur ne réclamait ce genre d'article. Elle griffonna un mot sur une documentation de matériel de camping qui représentait la région en été, et son adresse à Tremblay-lès-Gonesse, « 93290 », à l'emplacement du cachet du revendeur. L'employé de service comprit ce qu'elle voulait faire et lui promit de lui trouver un timbre pour expédier sa carte postale de fortune en France.

Ils purent décoller sans encombre, pas pressés de retrouver la civilisation.

Atlantic Bay. Les amoureux laissaient derrière eux ce coin de la planète devenu le leur, sanctuaire à ciel ouvert, un secret éternel dont ils seraient à jamais les deux seuls dépositaires. Les aurores boréales auraient été superflues. La jeune fille savait maintenant ce que l'horizon cachait. Qui d'autres que son Tony pour l'y emmener ? À la restitution de l'avion, à Damascus, alors qu'il paraphait les documents, il l'observait à travers la vitre, les pieds sur la piste mais encore en altitude, la main à plat sur la carlingue. Il savait.

L'intensité de ces péripéties ineffables, loin de les rendre seulement nostalgiques, leur donnerait une force à toute épreuve. L'avenir leur appartenait, ils pourraient tout faire, tout surmonter. Ils étaient devenus invincibles.

Malvina et Tony retrouvèrent Mabel et sa Gremlin verte sur une aire de pique-nique, peu avant le portique qui marquait l'entrée du camping. En les attendant derrière son volant, la jeune Américaine les avait imaginés main dans la main dans quelque paysage enchanteur. Elle pensait à son Dany, espérait qu'il lui fasse de tels cadeaux pour Noël, un jour. Melissa, Mabel, Stéphanie A et Sue s'étaient montrées de vraies amies en s'accordant sur le petit scénario bien ficelé ourdi par Dodo, et en conservant le silence. Juste avant de sortir, Malvina embarquant dans la Limousine, Mabel avait appelé les Keegan de l'étage pour leur annoncer la nouvelle : leur invitée venait de faire une mauvaise chute, elle allait la conduire pour des radios. Alors que les fugueurs survolaient la frontière, Stéphanie s'était présentée au dispensaire de Concord sous le nom de Malvina Dhaucourt. Malgré ses grimaces et ses cris de douleur, rien n'apparaissait aux rayons X, un cas jamais rencontré par l'interne de garde en six ans de vacations aux urgences. Prévoyante, Mabel s'était munie à Nashua d'un flacon de Tylenol. Plus de peur que de mal pour la jeune Française, courageuse de supporter ainsi la souffrance, accueillie en héroïne par les Keegan avec ses béquilles.

Il y aurait pour toujours un trou de 48 heures et 3000 kilomètres dans son emploi du temps.

...

« Il dit qu'on a moins le vertige lorsqu'on n'est plus en contact avec le sol, comme dans un immeuble. »

Une fois dans leur bungalow, les lycéennes peinèrent à contenir leurs gloussements. Le calme rétabli, Malvina leur racontait son odyssée. Jamais *Seventeen* n'aurait osé publier une telle histoire. Plus divertissant que se tordre de douleur dans une infirmerie, elle revenait d'un voyage de star à travers trois États, en *limo* puis en avion privé, échouée au fin fond du Canada dans un lodge de chasse au milieu de nulle part avec le plus séduisant garçon qui soit, entourée de bêtes sauvages affamées. Elle mentionna le nom d'« Atlantic Bay », mais préféra réserver les autres détails à Dodo. Les adolescentes, stupéfaites de ce récit, ne s'interrompaient que pour d'innombrables « did you ? » (c'est vrai ?). Elles verraient à l'avenir Malvina comme la voyait Becca, plus jeune de dix ans : une princesse sortie d'un livre.

Au dernier « did you ? », devant les œillades tendancieuses, l'héroïne tint à préciser :

« Non, nous avons juste dormi ensemble, il ne s'est rien passé. »

Les filles, émoustillées, un peu déçues de cette conclusion trop sage, se souviendraient de cette soirée dans un camping perdu du New Hampshire, hommage aux Indiens Nashaway. Elles se demandaient quel goût pouvait bien avoir les queues de castor.

Bien qu'excitante, la traversée d'un océan à bord d'un Boeing confortable ne permettait pas d'apprécier la distance parcourue. À l'inverse, mille kilomètres de paysages admirés le nez au hublot d'un petit appareil donnèrent d'un coup à Malvina accès à la vraie nature, infinie, intacte, souveraine. Sans parler de la forêt affrontée à moto-neige, de ses animaux, invisibles et libres, puis de ce panorama suffoquant qui faisait payer son dévoilement au prix fort.

Elle s'interrogeait toujours, c'est bien normal, sur ce qui devrait à l'avenir compter ou lui causer du souci, petits obstacles ou grands événements. Fort de son expérience et de l'influence de son ami Garth, Anthony lui avait conseillé de prendre du recul sur toute chose : elle s'y mettait.

Il faudrait encore du temps à l'adolescente pour réaliser que ce qu'elle avait vécu était bien réel. Où qu'elle se trouve, elle repenserait à chaque étape de cette expédition, une réponse flagrante à son questionnement permanent, un enseignement sur le sens de la vie, sa propre place dans la société. Tant d'éléments qui mirent du jour au lendemain ses problèmes en perspective, qu'elle jugea d'un seul coup mineurs. Sans compter les infimes possibilités offertes à une femme d'évoluer dans un tel cadre avec « le bon compagnon ». Elle espérait que la chance dure, et qu'elle étreigne un jour tous ceux qu'elle aimait.

XIII.

Loin des yeux
près du cœur

Wahl jr. décolla de l'aéroport Logan à 23 h 50.

Dans leur recherche permanente de records, les Wahl n'attachaient pas grande importance aux vacances ni aux jours fériés. En plus des affaires courantes gérées depuis son hôtel, la formation de son remplaçant s'annonçait un gros morceau pour Anthony, près d'un an de travail à transmettre. Certes, la période des fêtes ne représentait pas la haute saison à la WIPE, mais, pour ses insatiables leaders, la haute saison… c'était toute l'année !

Au cœur de la nuit, alors que son avion faisait la course avec les fuseaux horaires, il ne trouvait pas le sommeil, ses pensées parasitées par la réalité la plus crue qui l'attendrait à Paris, mais conscient que, sans avoir percuté la trajectoire de sa voyageuse, jamais il n'aurait envisagé situation plus enthousiasmante.

En fin de vol, il se demandait encore pourquoi son père s'était montré si tolérant à son égard et repensait à l'énigmatique déclaration de Chardin quelques jours plus tôt : « Il est temps que vous reveniez. »

Un cauchemar infernal allait lui fournir sa réponse.

À Concord, Malvina, Rebecca et Baby Chad, classés par taille sur le canapé devant la télévision, riaient à gorge déployée aux facéties du petit Arnold : lui et sa sœur d'adoption Kimberly venaient de passer à la machine le smoking de leur père, monsieur Drummond, ressorti rétréci de moitié. Pendant ce temps-là, le niveau du sachet de Peeps sur lequel lorgnait le bébé baissait à vue d'œil. À la fin de l'épisode, les filles, la langue jaune, avaient décimé tout une couvée. D'abord abattue, la lycéenne, décidée à ne pas laisser la tristesse prendre le dessus, gardait en mémoire les paroles d'Anthony : «Profite des jours qu'il te reste sur le sol américain. »

On entendait Mabel de la cuisine s'entraîner à voix haute pour son concours d'orthographe. Après, on emmailloterait le bébé pour lui faire faire son tour de luge, puis les filles rejoindraient les autres au Scoops.

Le temps passait trop vite.

Malvina, à son bureau, méditait sur son amour en mordillant le Snoopy fiché sur son crayon, repensait à Atlantic Bay, à quel point la vie devenait simple avec Anthony. Il suffisait de décider pour réaliser. Elle couchait ses pensées sur le papier.

Comment sait-on qu'on aime ?

Quand on aime, on passe d'un coup du noir et blanc à la couleur, notre échelle de valeur est décalée : ce qui nous semblait capital n'est plus qu'important, l'important devient mineur, et les choses mineures ont disparu comme par enchantement.

Quand on aime, on est rêveur. Depuis longtemps, sans me l'avouer, la nuit, je rêvais à l'homme idéal. D'abord imaginaire, inaccessible, il se présenta à moi, une nuit de décembre, dans un avion.

Quand on aime on ne tient pas en place. Tu t'absentes quelques heures, tu me manques, le temps que tu clignes des yeux, ton regard me manque.

Ce matin je me réveille et, même éloigné, tu es bien là. Si tu m'aimes, je n'ai besoin de rien.

Tous les jours j'enverrai un baiser au soleil et, six heures avant, tu n'auras eu qu'à l'attraper en tendant les lèvres.

Bientôt j'aurai rendez-vous avec toi, je saurai alors comment on aime.

Wahl, accueilli devant Orly sud par le chauffeur, repéra une 504 blanche garée le long du trottoir central, deux silhouettes à son bord.

– Tu as vu, Armand ?

– Oui Monsieur Tony, votre père a appelé du monde, je n'en sais pas plus. On a fait livrer la Pantera au bureau suivant vos instructions.

Ils rejoignirent la porte de Bagnolet à une allure plus conventionnelle que la fois précédente.

– Alors, tu te demandes pourquoi je t'ai si facilement donné le feu vert quand tu m'as appelé pour décaler ton retour ?

Père et fils s'étaient isolés dans le « petit bureau », un vrai gymnase, pourtant moins spacieux que celui de Wahl sr., Anthony installé dans un fauteuil de visiteur les pieds sur un pouf, CIC en bras de chemise, penché les deux mains à plat sur l'épais plateau de verre. Les stores avaient été baissés.

– Eh bien voilà, entama-t-il avec solennité.

Anthony, impatient d'obtenir des explications, à commencer par l'escorte, ne comptait pas interrompre son père.

– D'abord, comme tu ne t'es jamais dérobé devant tes obligations, ne me réclames aucune faveur et que j'ai confiance en ton jugement, je me suis dit : « Il veut rentrer plus tard, sa raison doit être valable. (...) S'il ne s'agit pas d'un pépin de santé… » Avec toi, j'ai pensé à une femme. Tu n'aurais jamais bouleversé tes plans pour l'une de tes conquêtes : elle doit être exceptionnelle.

Wahl jr. jubilait qu'un autre évoque ainsi sa Malvina, trouvait son père plus perspicace que jamais. Wahl sr., lui, savait qu'il aurait été vain de chercher à lire quoi que ce soit sur le visage de son fils, élevé à bonne école. Il fit quelques pas vers le petit salon aménagé dans un angle de la pièce et poursuivit :

Je vais te faire une confidence qui devra rester entre nous.

Cette fois-ci, Raymond Wahl attendait un signe de tête pour continuer, forme de serment que Tony, suspendu à ses lèvres, fournit aussitôt en se redressant.

Peu avant de rencontrer ta mère, en 49, j'étais fiancé à Jacqueline, la fille de Gautry, l'entraîneur de Touques.

Tony connaissait, il acquiesça.

… une jeune femme sublime qui ressemblait à Lucia Bosè, excellente famille ; bref tout allait bien. Un samedi après-midi, alors que j'allais partir en Normandie demander dans les formes la main de Jacqueline à Émile, avec mon plus beau costume et mes gants beurre frais, je reçois un coup de fil. Une voix féminine, croisée une seule fois à un rallye de l'Alliance française du boulevard Raspail, dont j'ignorais le nom, mais n'avais oublié ni le timbre ni l'accent, charmant. Et elle ne parlait pas pour ne rien dire. Mais sœur d'un copain, six ans de moins que moi… Bref, elle m'invite à son anniversaire. Son ton peu assuré mais sa manière décidée de s'exprimer, tout m'indiquait qu'elle venait de faire un effort notable ne serait-ce que pour décrocher son téléphone – c'était il y a trente ans. Tout à coup, le sentiment étrange ressenti lors de notre conversation à la salle Foch durant cette soirée, sa grande beauté, son naturel, sa gentillesse, tout a refait surface d'un coup et l'avenir m'est apparu clair comme de l'eau de roche. J'ai arrêté de réfléchir, accepté son invitation et rangé mes gants. Deauville m'attend encore.

Un mois plus tard je les ressortais pour demander en mariage la jeune fille de l'anniversaire.

Cette jeune fille, c'était ta mère.

À la manière d'une certaine personne, Anthony Wahl ne put retenir un « waow ! » de stupéfaction. C'était bien la première fois que son père lui faisait une confidence d'une telle portée, une confidence tout court. Sans avoir encore entendu le moindre mot à propos de Malvina, Raymond Wahl avait vu juste sur sa personnalité unique et sur ce qu'il s'était passé outre-Atlantique.

Tony commenta malgré tout :

– Merci papa, je n'arriverai jamais à comprendre comment tu fais pour deviner à ce point, je ne me rappelle pas t'avoir envoyé un PV par télécopie avant de venir ? La personne en question est en effet d'une grande beauté, plus jeune que moi, mais surtout exceptionnelle, comme maman devait l'être à votre époque ; j'ai hâte de vous la présenter.

– Deviner ? Déduire plutôt. Patrimoine génétique, on n'y peut rien ! Il faudra organiser quelque chose, tu verras ça avec ta mère.

Wahl sr. inviter une fiancée de son fils chez lui ? Encore une première.

Entre-temps, il s'était assis au bureau.

Pour te remplacer à Hong Kong, j'ai pensé à Berset.

– Moi aussi.

C'est cette aptitude rare à ne pas s'embarrasser de palabres qui avait permis à CIC de progresser à un tel niveau vers le succès, habilité transmise à son fils de manière évidente. Anthony n'aurait pas à justifier plus avant son retour décalé et, en conséquence, il devenait logique qu'il ne parte plus aux antipodes. Rassuré sur ce point, il maintint sa concentration sans difficulté malgré la fatigue. Cela était préférable en regard de ce que son père s'apprêtait à lui révéler. Depuis quelques minutes, Anthony recevait les informations sans ciller, et ça n'était pas fini.

– Bon, maintenant, passons aux choses sérieuses.

Nous avons eu vent de menaces, c'est pour ça que j'ai demandé s'il te fallait du renfort à Boston. Il n'était pas utile de t'en parler avant ton retour, mais je prends le tuyau au sérieux, d'où ton escorte à Orly.

– Et le store baissé, compléta Tony en tournant la tête vers la fenêtre. Wahl sr. se contenta d'opiner.

– Quel genre de menaces ?

– Des menaces d'enlèvement, de mort, qui m'ont été rapportées par Bousy, le gars des Renseignements généraux. Nos deux noms figurent sur une liste.

– Qui est au courant ?

– Chardin, Armand, toi et moi, c'est tout.

– On sait d'où ça vient ?

– Rien de précis. Politique ? Crapuleux ? Vendredi nous avons un point avec les officiels, nous devrions en savoir plus. Ta mère et ta sœur sont protégées bien entendu. En attendant, ce soir, les hommes de Marc resteront avec toi. Demain tu prendras une voiture plus discrète que les tiennes. Allez, en piste !

La résistance d'Anthony venait d'être mise à rude épreuve. Après une traversée transatlantique sans fin, la révélation sur la rencontre de ses parents, la première entrevue avec Berset, les points sur les dossiers majeurs et ces ennuis qui s'annonçaient, il se trouva replongé sans surprise dans le concret le plus coriace. Lorsqu'il verrouilla les locaux, il croisa le vigile, le personnel avait pointé. Ça n'est qu'à la sortie du parking qu'il s'aperçut que le soir était tombé. Il pleuvait de la neige fondue.

Le moindre trajet, même avec une escorte aux basques, représentait une forme d'apaisement pour Wahl jr. Conduire lui permettait de «maîtriser l'adrénaline», isolé des perturbations d'une société souvent plus noire qu'une nuit de janvier. Dans la pénombre de l'habitacle, éclairé des voyants lumineux du tableau de bord, la bruine chassée par les essuie-glaces, seul le jazz pouvait s'assortir à l'instant. Il se rappela avoir évoqué le musicien à Malvina et, sans quitter la route des yeux, tendit le bras pour trouver du Mulligan dans la boîte à gants. Il lui réserverait la cassette pour son retour.

Montreuil, Vincennes, Bercy, les portes du périphérique sud se succédaient. Une Peugeot identique à celle du matin suivait à distance fixe, la forme caractéristique de ses phares bien identifiable dans le rétroviseur, de gros sourcils fâchés. Régénéré à l'idée d'entendre tout à l'heure la voix de son amour depuis la cabine téléphonique de Maple Drive, l'ambiance confinée de sa voiture de sport conjuguée au grésil du Paris nocturne et pluvieux lui permit sans trop de mal d'oublier le marasme.

À minuit pile, une opératrice installée quelque part sur la côte est lui demanda s'il acceptait le PCV de «Miss Malvina from Concord, Massachusetts, USA». Après Garth à Brooklyn, écouter une parfaite inconnue prononcer ce prénom devenu si cher à son cœur fut un premier bonheur.

– Mon p'tit amour. Comment vas-tu ?
À peine altérée par 6000 kilomètres de câble sous-marin, la voix chaleureuse déclencha le second.
– Tu me manques tellement, articula-t-elle tout bas, la gorge serrée.
Il se redressa et cala son dos à l'aide de gros oreillers, comprit qu'elle ne pouvait déjà plus parler.
– Ne pleure pas ma Mina, tu sais que nous sommes connectés maintenant, même loin l'un de l'autre.
– Oui, répondit-elle avec vaillance.
Il improvisa :
– Devine ce que je regardais sur Antenne 2 en attendant ton appel…
– Je ne sais pas.

– Shake, *Trocadéro bleu citron* !

– J'adore cette chanson… Je suis tellement bien ici, si tu pouvais être près de moi.

– Tu me manques aussi infiniment ma petite chérie, mais je suis décidé à distraire mon esprit grâce au travail. Je t'engage à en faire autant, les journées passeront plus vite. Étudie, profite des merveilles de la région, de tes amis. Qu'as-tu fait aujourd'hui ?

– Oh, rien de spécial. Je suis tes conseils, mais c'est difficile. J'étais devant la télé avec les petits, Chad a fait de la luge puis Mabel et moi avons rejoint les autres au Scoops. Au retour nous avons fait griller des Chamallows avec des biscuits et du chocolat, c'était délicieux. Et pas bourratif. Heureusement qu'ils sont là. Nous avons vu le dernier Brooke Shields. Pas génial mais la retrouver sur grand écran m'a suffi ! Elle portait le collier du Studio 54 ! Ah, j'ai remercié Natalie et Dun, ils ont été si compréhensifs pour Atlantic Bay. Samedi ils réveillonneront aux chutes du Niagara, côté canadien justement. Ça doit leur rappeler de bons souvenirs à eux aussi. Ils veulent m'emmener chez leur photographe avant de partir, « une surprise »…

Ton vol s'est bien passé ? Et ton travail ? Ton père t'a donné la raison de son accord ?

Elle lui parlait, Tony l'imaginait en bas de l'allée cavalière, avec son inusable doudoune et son bonnet à pompon, accoudée, sans doute un pied sur l'autre.

– Le vol, un peu long. Je te raconterai pour mon père, lui aussi a vécu un coup de foudre avec ma mère, pas le genre de sujet qu'il aborde.

C'est la deuxième fois qu'il emploie « coup de foudre ».

– Tu sais, ça m'ennuie toujours tant de dépenses, de t'appeler en PCV.

– Ne t'en fais pas pour ça, je m'en remettrai.

– Ma banquière t'embrasse. D'après elle, je n'ai plus un centime. Je donnerai des cours en rentrant.

Sur des sujets cruciaux ou futiles, ils auraient pu converser des heures. Le principal ? Maintenir ce lien essentiel, entendre leurs voix respectives.

– Ah, j'ai mis ta tenue aujourd'hui, avec la chemise sur mon jean et le gilet. Dun voulait me montrer pour le nœud de cravate, mais c'est Natalie qui les lui fait depuis toujours, il s'habille comme il cuisine. Je dors avec ta montre, Dodo dit que je vais user le cadran à force de la regarder.

– Moi aussi, merci mon amour, je t'imagine tout à fait. Tu es la plus jolie et la mieux habillée. J'aimerais rester au téléphone toute la nuit. Bientôt nous pourrons papoter et nous faire des confidences l'un contre l'autre.

…

À demain 18 heures, et n'oublie la bise au lapin de ma part !

Après avoir raccroché, Malvina s'élança dans le froid et, avant de rejoindre les Maroney au salon, fit un crochet par sa chambre…

Anthony, lui, repensait régulièrement à la bonne étoile qui les avait fait se rencontrer, au bien-être indicible que lui procurait chaque conversation, aux retrouvailles qui arriveraient vite. Il se surprenait à s'intéresser aux menus détails du planning de sa chérie, qui faisaient de lui l'homme le plus heureux. Il l'imaginait sur les hauteurs de Cannes. L'*embrasser c'est boire l'eau fraîche d'une fontaine en plein été à la montagne.*

Tôt le lendemain, il quitta la tour Super-Italie au volant d'une banale Renault 18 équipée d'une radio de police, suivi d'une nouvelle escorte, aux aguets, qui, pour rejoindre Bagnolet, respectait le parcours indirect établi à travers Paris. Arrivée à destination, la voiture ouvreuse pénétra seule dans le parking des Mercuriales. Tony guettait les appels de phares du véhicule de queue pour s'engager à son tour au sous-sol en sécurité. Bien qu'exigeant un sang-froid certain, ces procédures lui étaient familières, il y avait été formé par des agents du Mossad, qui instruisait lui-même, officieusement, le Secret Service et la CIA.

La salle de réunion commençait à s'enfumer, Armand le chauffeur finissait d'installer les chaises en arc de cercle, face à un tableau blanc, les Wahl n'attendaient plus que leurs intervenants. Patientaient Le Guennec, représentant du ministère de l'Intérieur, celui de la BRI – Brigade de recherche et d'intervention –, Bousy, des Renseignements généraux, et Michel Bogaert, directeur de la société de protection présente à Orly, chargé d'ordinaire de leur sécurité. Les professionnels se levèrent à l'arrivée de leurs hôtes, qui les saluèrent un à un en les remerciant de leur présence.

À leur invitation, Guy Roussin, sous-directeur de l'Antigang, planta le décor :

– Messieurs, à l'heure qu'il est, je ne peux pas vous donner d'informations sûres à 100 %. Le travail des RG nous oriente plutôt vers une menace d'origine politique (il regardait Bousy pour confirmation). Cela dit, Broussard a logé Mesrine et Besse il y a peu à Vaujours. Jacquot en cavale, il lui faut du liquide, il peut donc aussi bien monter au braquage que se choisir un autre Lelièvre. Ça ne peut pas venir de la RAF nous affirme Bonn, mais rappelez-vous Schleyer l'an passé, Mallet ou même le baron Empain : ces enlèvements ont pu donner des idées à d'autres cinglés sans conscience politique…

Wahl jr. intervint :

– D'où provient la liste sur laquelle nous sommes nommés, monsieur Roussin ?

– Le document a été trouvé lors d'une perquise chez un drôle de gus, un ancien des Brigades rouges calibré jusqu'aux yeux, un accordéon épais comme un bottin. Le type donnerait maintenant dans le droit commun, plus rentable. Filoché.

– Bref, ça peut venir de n'importe qui, n'importe quand, résuma le PDG. Que nous conseillez-vous monsieur le Chargé de mission ?

– Je vous propose que les policiers assurent votre protection d'ici deux heures, H 24, et renforcent celle de vos proches. Le fait que vous ayez du personnel en vacances devrait nous faciliter la tâche. Une équipe s'est déjà transportée devant vos domiciles respectifs, nous prenons le relais monsieur Bogaert. Mais ton appui sera le bienvenu.

Marc Bogaert, ex-capitaine de police, ancien collègue de Guy Roussin, ratifia la mesure.

– Bien sûr nous restons sur le coup, indiqua le sous-directeur de la BRI. Vos locaux vont devenir une vraie forteresse messieurs. Je vous propose de nous revoir ici lundi même heure pour faire le point.

Wahl sr. se tourna vers son fils qui acquiesça, puis conclut, stoïque :

– OK pour nous.

Les visiteurs quittèrent la tour, l'escorte privée gardait la porte des bureaux de la WIPE en attendant la relève de la Police judiciaire.

L'attaque aurait lieu dans cinq jours.

Mabel, à moins d'une semaine de sa compétition, s'y concentrait autant qu'au sport ou à l'alto. Elle se disait trop distraite par les sentiments, alors Malvina remplaçait Dany à ses côtés. Le boyfriend faisait grise mine. Du petit déjeuner aux rayons du Wallmart, au volant, la jeune Française avait pour mission expresse de l'interroger à partir d'une liste de dix pages dactylographiées recto verso des mots les plus « piégeux » de la langue anglaise.

Partie tôt du glacier ou rentrée directement après les cours, de retour d'une sortie quelconque, Malvina appréciait aussi de se détendre seule dans la grande maison calme, tournait l'attente à son profit. Ainsi, elle mettait la dernière main à son nouveau poème.

Un café toute seule, non merci
S'ils veulent qu'on s'esseule, non merci
Ma main sans ta main, non merci
Mon corps sans tes mains, non merci
Une tour sans nous deux, non merci
Pomander Walk adieu, non merci
Un coup de fil d'un autre, non merci
La vie sans mon autre, non merci
Un vol assoupie, non merci
Atlantic Bay de nuit, non merci
L'avenir sans toi… non merci
L'avion pour Paris ?… me voici !

Elle montait lire ou, allongée sur le dos, enfilait le tee-shirt laissé à sa demande par Anthony et se figurait l'avenir. Elle repensait à la déclaration solennelle que lui avait fait sa mémé, vers ses treize ans : « Quand tu tomberas vraiment amoureuse, tu n'auras plus de questions à te poser. » C'est précisément ce qu'il lui arrivait. Épanouie, confiante, elle ne s'interrogeait que sur les premiers jours de son retour : sa mère la laisserait-elle s'absenter ? Comment Anthony organiserait-il leurs retrouvailles ?

Allait-il lui faire visiter son repaire comme on le fait avec des acheteurs dans l'immobilier ? Feraient-ils l'amour ? Chacun pensait qu'il valait mieux attendre. Le bruit de la porte la sortait de sa réflexion et c'est pleine d'énergie qu'elle descendait à la rencontre des premiers rentrés. Quand Eugene passait lui déposer son petit Chadwick, c'était l'occasion de s'étendre à nouveau dans le canapé, le bébé vite assoupi au creux de son épaule, de se délecter de ces pauses méditatives en reprenant là où elles s'étaient interrompues. Et Bouli ? Elle espérait surtout ne pas rendre les siens malheureux en ayant accueilli un quatrième pensionnaire dans son cœur.

– Allô, pourrais-je parler au président Carter s'il vous plaît ?
– Qui le demande ?
– C'est de la part de Garcimore.
– Polope, il est dans son bain. Ça va pomme de terre ?
– Oui, je sors du Scoops. Pas moyen de se décider et Wayne est à son entraînement. Je partirai sans avoir rien compris aux règles du base-ball. J'ai préféré t'appeler pour être sûre de ne pas te déranger. J'ai pris des Hawaiian Punch...
– Me déranger ? T'es zinzin ma pauv' fille. Il fallait commencer par là, j'en boirais dans le caniveau. Moi j'ai fait des cookies. Aboule !
De ce jus de fruit découvert par hasard chez Lakeside Foods, la supérette du centre-ville, les filles disaient : « On boit des bonbons. »
...
– Dommage que je dépende de Melissa, ah si j'avais mon Chappy...
Dodo adorait son « cinquante » à petites roues, qu'elle utilisait pour un oui ou pour un non. Beaucoup le raillaient en le comparant au 103 Peugeot, plus conventionnel. Seule à ne pas avoir retiré sa chicane ni décalaminé son pot d'échappement pour gagner cinq kilomètre-heure, elle se fichait qu'on dise dans son dos qu'elle conduisait « plus lentement qu'une grand-mère ».
...
– Tu as vu, il y a *Dallas* sur CBS ?
– Bon tu viens ?
L'écran de télévision attirait toujours autant Ceinture et Bretelles,

comme deux moustiques près d'une ampoule en juillet. Calées dans le sofa ou allongées par terre sur le ventre, un bol de glace à la main, elles aimaient découvrir les séries inédites en France – *Laverne et Shirley*, *Welcome back, Kotter*, *Mork & Mindy*, *La Croisière s'amuse*, *Arnold et Willy*, ou se délecter avec trois ans d'avance des épisodes de celles qu'elles suivaient déjà : *Drôles de dames*, *L'Île fantastique*, et surtout *La Petite Maison dans la prairie*, qui déclenchait à Concord les mêmes larmes qu'à Tremblay. Dodo adorait en particulier les aventures du grizzly Benjamin, tournées dans les espaces sauvages de l'Arizona, qui véhiculaient leurs belles valeurs, tandis que Malvina suivait les enquêtes de Barney Miller, à travers New York bien sûr. À la manière de mémé Irène, son *Bonne Soirée* sur les genoux, les deux surlignaient dans le *TV Guide* de la semaine ce qu'il ne fallait pas manquer.

De la télévision américaine elles appréciaient aussi les interruptions publicitaires incessantes, dont elles profitaient pour reprendre le fil de leurs conversations, débattant sans fin de leurs sujets favoris.

Parmi ceux-ci, l'archétype du couple idéal.

Doriane n'avait pour exemple que le duo formé par ses parents, union sans nuages. Malvina, son père dans la nature, ne se prononçait pas et admirait les personnages fictifs de Bobby et Pamela Ewing. Elle n'attendait que d'expérimenter la vie à deux chez Tony, qui affirmait, c'est étrange, qu'il valait mieux habiter chacun chez soi. Mais les amoureux se rejoignaient sur la passion à préserver avant qu'elle soit supplantée par le quotidien. Quant à la mesquinerie, pas de problème, elles n'étaient pas concernées. Doriane enviait Malvina de son self-control, elle qui n'avait pas pu résister à l'appel de la chair et, de nature romantique, s'en voulait parfois.

– Hier soir nous avons dîné chez les Nystrøm avec Mel. Tu te rends compte, ils sont mariés depuis quinze ans, à peine moins que mes parents ! Ils sont très accueillants mais, à table, en plus de se tenir la main pour les grâces, il a fallu exprimer sa reconnaissance à propos d'une chose positive : on se serait cru chez les Ingalls.

– Tu as dit quoi ?

– Une chose positive dans ma vie ? La télé bien sûr ! Mais non petite sotte, ma sœur.

– Moi j'aurais dit la télé. Et Melissa ?

– Elle devient folle de Rudy, elle l'a cité bien sûr, il a rougi.

– Wayne n'était pas là ?

– Si si, il a dit mon prénom aussi, j'étais gênée mais ça m'a fait plaisir. Apparemment, Matt en pince encore pour toi. Ah, Marjo bassine Sacoche à propos de Tim. Il faut la protéger. Il est gentil, mais elle est si innocente, et nous repartons bientôt… Elle m'a dit qu'on passait *Le Prince de Central Park* sur ABC, avec Brooke Shields, je te l'enregistrerai si tu ne peux pas le voir.

– Brooke Shields ? Jamais entendu parler.

Malvina continuait d'apprécier la compagnie de sa mère par intérim, elle rêvait que les deux femmes se rencontrent un jour. En quête d'un autre cadeau à rapporter à sa « vraie » mère, Natalie Maroney lui recommanda *Enjoli*, le parfum qu'elle venait de s'offrir, aussi sucré et tenace que son *Jontue*, mais plus adapté à la femme active des années 70. La publicité annonçait d'ailleurs : «Le parfum qui tient huit heures pour la femme qui tient vingt-quatre heures» : le profil exact de Nadine Dhaucourt !

Jamais elle ne se sentait jugée, et les analyses apaisantes de son mentor la rendaient plus assurée au fil des jours. La lycéenne espérait devenir aussi équilibrée et sûre d'elle, goûtait autant sa fantaisie, conservée de sa jeunesse, que son sérieux lorsque la situation le réclamait. Natalie accourait parfois pied au plancher à son cabinet en pleine nuit pour recoudre une arcade fendue, elle était de ces gens pleins de ressources, dont on peut attendre une surprise, mais sur lesquels on peut compter en toute circonstance. Et sa position de confidente lui donnait accès aux ragots les plus croustillants de tout le comté…

Il y a peu, Natalie s'était arrêtée devant le temple et, profitant de l'absence du pasteur, y avait fait descendre Malvina au sous-sol. Dans la pièce encore chargée de vapeurs d'alcool à brûler, elle avait commis le sacrilège de soulever le capot transparent du *ledger*, le registre des donateurs.

Sans rien dire, elle désignait le livre du menton avec un sourire entendu. La lycéenne parcourut la liste du doigt, qu'elle arrêta avec un recul sur le nom d'*Anthony Wahl*, en regard duquel figurait la somme conséquente de mille dollars.

– Tu le savais ?

– Pas du tout. Je me rappelle que vous en aviez parlé avec Dun.

– Il est génial ton Tony, non ?

Quitte à ressortir, Malvina passait chercher Natalie vers 17 h 30 pour le plaisir de revenir avec elle à travers bois, une glace Dairy Queen ou un hamburger carré du White Castle à la main. Invisibles, les gardes du corps assignés par Anthony devaient conduire vite pour suivre le mouvement.

– Qu'est-ce qui t'a fait deviner pour lui et moi ?

– Zéro faute au Spelling Bee de Mabel, pas le moindre accent, et ses « 7 » et ses « 1 ». À part toi, seul un Américain pouvait les écrire sans barre, pas un enseignant français. Je sais qu'une élève peut tomber amoureuse de son prof, mais pas avec ce regard… Et sa voiture de location immatriculée à New York...

– Tu es plus perspicace qu'Angie Dickinson dans *Police Woman* !

Madame Maroney, qui s'y entendait en musique, les conseils de Tony retenus, s'était rendue au Mall avec sa protégée pour lui acheter *Kings of Jazz*, cassette éditée par K-tel, société spécialiste des compilations à thème et des gadgets dont elle raffolait. La lycéenne en avait profité pour rapporter un flacon d'Enjoli.

De retour à Carlisle, sur le perron.

– Ton mari ne nous a pas attendues, il a cuisiné.

– Aïe ! J'aurais dû prendre l'antidote à la pharmacie, nous allons mourir ce soir dans d'atroces souffrances.

Natalie sortit un sachet de sa poche.

– Tiens, ça te sera encore plus utile que ta cassette.

Elle lui remit discrètement sa première boîte de pilules, prescription demandée par téléphone depuis Paris…

Avant le repas, Malvina étudiait au son des meilleurs jazzmen, presque aussi efficaces pour se concentrer que son Nano, debout sur le bureau, qu'elle ne pouvait s'empêcher d'étreindre à intervalles réguliers. Dans ces circonstances, alors que d'habitude elle en avait un peu marre, la voix unique de Frank Sinatra la rapprochait symboliquement de sa mère, qu'elle remercierait pour la pilule. Elle entamait sa première plaquette, réfléchissait encore aux retrouvailles.

Pendant les dessins animés du samedi matin, entre le chien karatéka de *Hong Kong Phooey* et celui de *Scooby-Doo*, la publicité conseillait avec insistance à Becca de courir en ville acheter les produits de beauté pour petites filles. Après quelques descentes en luge le temps d'attendre le bus, elle et Mina avaient fait une razzia à la supérette, dont elles étaient revenues avec un coffret comprenant parfum, lotion, savon, et les fameux vernis qu'on enlevait sans dissolvant, en les pelant. La petite continuait de voir en Malvina la fée des emballages Tinkerbell. Alors qu'elles jouaient à l'esthéticienne dans la petite chambre, Natalie désigna la denture parfaite de sa pensionnaire pour rappeler à sa cadette qu'il fallait se brosser les dents trois fois par jour si elle voulait obtenir un tel résultat. Après la manucure, Malvina reproduisit la coiffure de la chanteuse Jeane Manson sur la magnifique chevelure blonde de son admiratrice, aussitôt dupliquée sur sa poupée.

À Bagnolet, les jours suivants furent tourmentés. Des échos un peu plus précis remontaient de l'OCRB jusqu'à Bousy, qui secouait ses indicateurs de plus en plus fort dans l'espoir de leur tirer les vers du nez.

L'information finit par tomber : l'ex des Brigades rouges recrutait.

Au départ peu nombreux, les hommes de l'Antigang s'installèrent à chaque point stratégique de la société : parking, réception, bureaux. Le niveau de menace montait jusqu'à exiger que des voitures banalisées planquent 24 heures sur 24 de la porte de Vincennes à celle des Lilas, prêtes à intercepter tout véhicule signalé suspect. Les appartements des Wahl restaient placés sous surveillance, leur téléphone sur écoute. Sortir faire une simple course dorénavant exclu, il fallait établir des plannings, les transmettre aux autorités et s'y tenir.

Depuis des années, le réveillon du Nouvel An s'organisait en grande pompe chez Donna et Raymond Wahl, avenue Hoche, à deux pas du parc

Monceau. Les bureaux de la société plus faciles à sécuriser que ce quartier aux multiples voies, il fut convenu qu'il aurait lieu – à la guerre comme à la guerre – dans ce lieu aussi incongru qu'excentré : le dernier étage de la tour Levant, porte de Bagnolet.

Afin de minimiser au maximum les trajets – et donc les risques – c'était maintenant aux clients et aux fournisseurs, impressionnés par la présence de tant d'uniformes, de se déplacer. Anthony parvenait malgré tout à ignorer le péril qui maraudait et abattait un travail conséquent. Les accès à son appartement bénéficiaient d'une protection encore renforcée. Une fois rentré, deux policiers passaient la nuit sur son palier, un troisième à l'accueil de la résidence, d'autres au sous-sol, épaulés à l'occasion par le commissariat de quartier, avec chaque matin un horaire, une voiture et un itinéraire différents.

Au sommet de la tour, c'est à minuit qu'arrivait d'un coup de fil le réconfort, sans égal. Tony restait vague sur ses activités, il excluait bien sûr d'évoquer les circonstances funestes qu'il endurait. Malvina racontait ses journées, fière de les remplir pour tenir le coup. Elle retournerait bientôt à Boston avec le lycée, et Dun leur avait proposé, à elle et Muriel, de les emmener voir son labo du MIT (Institut de technologie du Massachusetts). Mumu comptait les jours qui la séparaient de cette visite privilégiée, Mina ceux qui la séparaient de son samedi.

– J'ai fait développer tes photos : celle où tu caresses Salty en trois exemplaires, à la fois dans mon salon, sur mon bureau et dans mon portefeuille, ma préférée. Ton cadeau est déjà au mur chez moi, et le dessin de Dodo sur ma table de nuit. Tu vois, tu n'auras pas à te précipiter pour venir.

– T'es bête ! Merci merci merci. Si on mettait toutes les photos que j'ai prises bout à bout, on obtiendrait un court-métrage ! Ah, j'ai encore essayé l'alto.

– Ma petite virtuose…

– Tu parles d'une virtuose. Mabel dit que je manie l'archet comme une scie, que le crissement d'un ongle sur un tableau noir serait plus mélodieux. En échange nous lui apprenons les bases de la GRS avec Dodo. Bien sûr, elle est douée pour ça aussi.

– Tu manges à ta faim ?

– Ah oui ! Ce midi Natalie nous a fait une salade Ambrosia en dessert – fromage blanc, ananas, mandarines, noix de coco, marshmallows aux fruits : un délice des dieux, diététique en plus ! J'oublie le plus important, tu ne devineras jamais ce qui est arrivé à Mumu hier.

– Elle va bien ?

– Disons qu'elle revient de loin.

Dodo et Wayne étaient partis pour la journée faire du patin à glace dans le Connecticut…

*
**

De retour de la patinoire, à l'entrée de Concord, Doriane et Wayne, impatients de raconter, furent intrigués par les gyrophares qui les doublaient. D'après Wayne il ne se passait jamais rien dans sa ville, alors ça devait être grave. Plus ils progressaient vers le centre, plus le nombre de voitures de police augmentait. Le jeune Américain fit deux tours de pâté de maisons pour trouver une place, en vain. Melissa, devant chez elle avec Rudy, proposa son garage, plus stressée que jamais. Elle leur apprit la nouvelle : Muriel avait disparu.

Dans la foule, ils tombèrent sur des lycéens aux traits verrouillés par l'inquiétude.

L'un d'eux – Olivier – vint à leur rencontre :

– Nous avions rendez-vous à l'arrêt de bus du lycée à deux heures, on devait décider ce qu'on allait faire. Deux heures et demie : toujours pas de Muriel. On l'a attendue au bus suivant. Quelqu'un a fini par appeler chez Darlanne : Mumu lui avait bien dit qu'elle passait l'après-midi avec nous. Les Gustafsson ont tout de suite téléphoné au shérif.

– Mais pourquoi tant de gens ? s'inquiéta Dodo. Il y a du nouveau ?

– Rien de rien. Les flics ont demandé qui la connaissait et nous ont posé un tas de questions sur sa personnalité. On a bien été obligés de dire qu'elle était… spéciale. Du coup, le shérif a appelé le maire et les gardes forestiers, qui ont carrément prévenu la police d'État, d'où la quantité d'uniformes. Ils sont en train de tout ratisser avec des chiens ; ça la ficherait mal qu'il arrive quoi que ce soit à une participante de l'échange…

– Vous savez où est Mina ?

– Aux Collines, ils organisent une battue. Matt y est aussi, Wayne. Sacoche et Steph sont avec eux.

Wayne ne lâchait pas Dodo car, au fur et à mesure qu'Olivier déroulait le fil de l'histoire, il sentait la panique monter et sa main le serrer.

« Bon, je vais proposer nos services. »

Il revint peu après.

– Venez avec nous, j'ai quatre places dans ma voiture, il leur faut des volontaires.

Près d'un véhicule tout-terrain de la brigade de l'environnement identifié *Massachusetts Fish and Game Dept.*, le groupe tomba sur lycéens et gens du coin qui, suivant les instructions, commençaient à former des binômes. Eugene, le beau-frère de Natalie, en était. Privés d'une source olfactive, les chiens excités ne faisaient qu'aboyer sur place. Doriane se rappela qu'elle avait fait porter son parfum à Muriel lors de sa transformation. Elle ôta son écharpe et la remit aux spécialistes.

« Les Collines » s'étendaient sur une zone importante, il faudrait être plusieurs pour les explorer. Chaque duo, muni d'une carte d'état-major sur laquelle un épais trait de feutre rouge précisait le périmètre assigné, devait les escalader sans s'en écarter, tout en fouillant la végétation enfouie sous la neige. En prévision de la nuit qui arriverait vite, les gardes distribuaient aux volontaires parkas, gilets phosphorescents, bottes, lampes de poche et sifflets. La pente prononcée, caillasses piégeuses et ronces cachées freinaient la progression. Malvina fit équipe avec Jean-Mi, en pleine crise d'asthme, Thierry avec Stéphanie A. L'équipe Dodo-Wayne quant à elle, toujours main dans la main, grimpait le plus vite possible depuis près de quarante minutes. Les yeux de la jeune fille s'embuaient de façon irrépressible. Épuisée, elle voyait s'annoncer l'obscurité, et le pire. Elle savait que Mumu n'aurait pas les bons réflexes en cas de danger. Malvina aussi pleurait. La disparue pouvait être tombée et, même si elle était sauve quelque part, elle ne tiendrait pas quand la température redeviendrait négative. Thierry, à une vingtaine de mètres, la rassurait tout en continuant à ouvrir la marche telle une machine. Étrangement, les chiens renifleurs semblaient vouloir s'éloigner.

Les volontaires parvinrent, fourbus, au plus haut point de la colline. Personne. L'un des gardes prit la parole :

– Merci à tous les amis. Vous pouvez rentrer chez vous. Des renforts arrivent du New Hampshire et du Connecticut, nous allons poursuivre les recherches, toute la nuit s'il le faut. Si elle n'est pas aux collines Thoreau, votre amie est peut-être vers Barretts Mill, au nord, ou à la rivière.

Soudain, un puissant coup de sifflet interrompit le gradé.

« Mais qu'on est cons ! » cria Thierry qui, jusque-là, ne s'était pas manifesté. « Qu'on est cons ! »

Il avait soufflé tellement fort et tant hurlé de rage que tous s'étaient tournés vers son visage écarlate, en attente de ses explications.

– Grouille-toi, dis ce que tu as à dire ! lui intima Stéphanie A, à cran.

– Les collines qu'on vient de se taper s'appellent « Thoreau » et on ne le savait pas. Ça ne vous dit rien ?

Melissa, les nerfs à vif elle aussi, comprit immédiatement et demanda aux hommes, munis de talkies-walkies :

– Vous avez des collègues à l'étang ?

Rudy percuta à son tour et traduisit aux Français. Il n'y avait personne à l'étang mais, le QG installé au lycée, une patrouille pouvait y être en vingt minutes. Les officiers avisèrent leurs équipiers.

« Elle sait nager au moins ? », demanda un officiel.

Dans la pénombre balayée par le seul faisceau des torches, l'attente n'en finissait pas, quand on entendit d'un haut-parleur le *bip* annoncer un appel.

« Nous sommes avec la jeune fille française, tout va bien ! »

Dodo, folle de joie, sauta au cou de Thierry, imitée par Malvina et la dizaine de personnes présentes. Les Américains amateurs d'hommages, les officiers lui donnèrent à leur tour l'accolade et tous l'applaudirent.

Il expliqua. Dodo traduisait aux policiers :

– Ça fait trois mois que Mumu nous saoule avec ses écrivains.

– … à la con, ajouta Stéphanie A. Cette année, elle a lu cent livres.

– Ça fait cent de plus que moi. Vous n'avez pas remarqué qu'elle faisait une fixation sur l'un d'eux ?

– Thoreau ! s'exclamèrent en chœur les lycéens, un peu vexés mais heureux.

– Eh oui. C'est Thoreau qui m'a réveillé, elle nous a bien bassinés avec celui-là aussi.

Les jeunes gens riaient.

Une fois à l'étang, pour qui avait lu l'auteur, localiser l'endroit où récupérer Mumu fut aisé : une dizaine de voitures officielles y étaient arrivées entre-temps, dont celles du maire et du gouverneur, ainsi qu'une ambulance venue de Lexington. Leurs phares éclairaient la nature comme en plein jour.

Muriel, assise à l'arrière du véhicule de la *Regional Medical Response*, une couverture écossaise sur les épaules, un gobelet de soupe entre les mains, souriait, plus lunaire que jamais, étonnée qu'autant de gens s'intéressent à son sort. Elle semblait la seule à n'avoir pas bien saisi les répercussions de sa bévue et la mobilisation déclenchée par celle-ci. On la sermonnerait plus tard. Une femme médecin vérifiait ses constantes, un reporter bondit hors du van de la chaîne Greater Boston Newscasts, suivi par son caméraman. L'égarée en bonne forme, l'urgentiste donna son accord pour une brève interview. Muriel répondait en anglais, détendue, prenait le temps de choisir ses mots et de complimenter les téléspectateurs sur leur patrimoine littéraire. Suivi un charabia sur Platon, Le Corbusier et Diogène, ses inspirateurs ermites.

« Décidément, elle n'a pas toutes ses frites dans le même cornet » commenta Olivier en s'essuyant les yeux.

« Avec elle on ne sait jamais sur quelle face la pièce va tomber », renchérit Stéphanie.

Thierry en avait assez de patienter : il joua des coudes pour franchir la ligne de sécurité matérialisée par un ruban de plastique jaune, qui céda sous son élan. Rien n'aurait pu l'arrêter. Il courut vers l'ambulance dont la porte se refermait, bouscula un infirmier, se rua vers Muriel qu'on sanglait sur un brancard, l'entoura de ses bras et l'embrassa à pleine bouche. Elle se laissa faire en le serrant elle aussi très fort, manquant d'arracher sa perfusion. Ils s'avouèrent qu'ils s'aimaient.

Le tensiomètre indiquait une valeur très élevée, mais compréhensible, l'oxymètre affichait « 100 % ».

Au dispensaire, prenant en charge l'imprudente, l'interne reconnut Stéphanie A, sa patiente au coccyx fracturé, en train de gambader, sans ses béquilles… Il fronça les sourcils. Les journalistes furent autorisés à accéder au box de la jeune vedette, qui donna enfin toutes les explications avec ingénuité.

Partie en avance afin d'être à l'heure, elle faisait le tour du lycée pour tuer le temps. En contrebas du parking passait l'autoroute. Attirée par le panneau géant « Cimetière de Sleepy Hollow » alors qu'elle entamait des statistiques mentales sur les couleurs de voitures les plus répandues en Nouvelle-Angleterre, c'est là que le cerveau de Mademoiselle Muriel avait fait une erreur d'aiguillage : obnubilée, elle était sortie de l'enceinte, avait longé la grille, descendu le talus, et en toute quiétude traversé les six voies pour suivre la direction indiquée. Une fois sur la *crête des Auteurs*, devant la tombe de son maître à penser, elle raconta avoir eu une « illumination » : Henry Thoreau, bien vivant, lui donnait la clé pour comprendre sa quête. Il fallait pour cela reproduire sa retraite à l'étang de Walden. Pourquoi ne pas s'y mettre tout de suite ?

Les indications de l'écrivain mort en 1862 retenues, elle était parvenue sur place de la neige jusqu'aux mollets, s'était promenée sur la rive « une heure ou deux. Ou trois », puis dans les bois alentour, avant de découvrir la célèbre cabane. Assise sur le perron, elle rêvassait, se récitait des strophes entières de *Walden ou la Vie dans les bois* avec des écureuils pour seul auditoire, jusqu'à ce qu'une file de véhicules, sirènes hurlantes, viennent l'extraire de sa torpeur. Heureusement bien vêtue, seuls ses joues carmin, ses lèvres bleuies et ses doigts gourds indiquaient le temps enduré dans le froid.

L'avis de recherche diffusé tout l'après-midi par les télévisions locales, l'interview passait en boucle. Elle y avait casé une citation de son auteur : « Il faut être perdu, il faut avoir perdu le monde, pour se trouver soi-même. » La lycéenne, qu'on ne remarquait pas d'habitude, fit la « une » de tous les journaux du lendemain. La municipalité organisa sans délai une remise de médaille pour Thierry, devenu l'un des héros tant appréciés de la population, avant tout celui de sa nouvelle petite amie, congratulé par les autorités, jusqu'au gouverneur Foggerty en personne.

En dépit des événements et de l'effectif réduit, les locaux de la

WIPE bouillonnaient sans répit. Pendant que les équipes bûchaient sur l'implantation au Japon et les prototypes d'Abbott International, des appels d'offres arrivaient d'Italie pour la fabrication de pièces auto ou du Brésil pour celle de meubles design teintés dans la masse, qui devraient être à l'épreuve des UV. Parmi ces affaires prometteuses, les Wahl trouvèrent le temps d'intercaler le cas Manning.

– Votre escroc a déjà sévi dans d'autres États, il est a minima recherché en Californie et au Nevada. La réaction des autorités puis l'instruction de son dossier prendraient des mois, surtout qu'il y en a eu d'autres avant vous. Nous vous avons préparé un plan d'action plus rapide, et surtout plus efficace que la voie normale.

Au téléphone depuis Phoenix, l'homme d'affaires déchu ponctuait le discours d'Anthony de « oui-oui » nerveux, sans l'interrompre. En expert, il savait écouter et objecter mais, honteusement floué, se laissait guider, penaud, par ces pointures françaises.

Wahl jr. poursuivit :

Je viens de faire partir un titre de propriété à votre nom : vous possédez désormais une tour de bureaux en voie de livraison à Tucson, qui vaut le double du capital placé. Dès réception, vous appellerez votre gars, il sera intéressé. Ne le relancez pas sur la disponibilité de vos avoirs. Vous serez aux abois, prêt au pire, les huissiers à votre porte, je vous laisse improviser. Vous lui proposerez de lui vendre le bâtiment, « seul moyen de vous renflouer », son tarif sera le vôtre. Ne marchandez pas longtemps, ne descendez pas en dessous de 50 % du prix du marché, réalisez. Tout est régulier : faites mettre l'acte à son nom par Grant Riddell, c'est un avocat incorruptible dont il connaîtra la réputation. Une fois la transaction enregistrée et les dollars en sécurité sur votre compte, prévenez-moi. Je vous exposerai la seconde partie des festivités. Si tout se passe bien, vous pourrez conforter votre implantation en Europe, et, en prime, venir trinquer avec nous ici à Paris, ou mezcal ou à l'alcool de votre choix.

Fournisseurs performants, clients au long cours, montages financiers imparables, André Berset n'était pas le plus ancien élément de la WIPE, mais son travail tout en discrétion et en efficacité continuait de convaincre les Wahl, détecteurs de champions, qui envisageaient d'en faire leur prochain fondé de pouvoirs. Ce cadre de haut niveau, divorcé depuis peu, sans enfants, s'avérait l'homme idéal pour remplacer Anthony. Sorti major de sa promotion à Polytechnique Genève, l'accent traînant qu'il conservait, son physique de garçon de café tranchaient avec son dynamisme et sa débrouillardise. Rond, les cheveux bouclés, sa perpétuelle cravate desserrée, ses vestes en velours lie de vin Renoma plus souvent sur le dossier de son siège que sur ses épaules, son flair de truffier lui faisait en effet cumuler mine de rien de nouvelles opportunités, choisir les meilleures options en faveur de ses employeurs qui, depuis quatre ans, gagnaient des masses d'argent grâce à lui. Depuis le retour d'Anthony, les deux hommes s'enfermaient chaque jour de 10 h à midi, ou de 17 h à 19 h. Berset aussi était protégé car, outre ses revenus de ministre liés aux commissions perçues, plus la transmission progressait, plus il détenait d'informations sensibles qui pouvaient en faire une cible juteuse. Son ex-femme mise à l'abri en province, il changeait également de voiture et d'itinéraire chaque matin.

En raison de leurs plannings respectifs toujours chargés, Wahl n'avait eu Enguerrand en ligne que quelques minutes à la rentrée, puis quelques autres mi-décembre, le temps de lui annoncer l'arrivée de Malvina. Il mourait d'envie de partager son histoire. Hormis une bienveillance réciproque, ce second vrai ami l'exact opposé de Garth, la situation faisait jubiler Anthony chaque fois qu'il observait les deux hommes se côtoyer et, par on ne sait quel mystère, s'entendre comme larrons en foire. Loin de la discipline militaire, Enguerrand du Thérec de Saintons, né coiffé, une titulature interminable, revendiquait Louis IX pour ancêtre, pour cousin Sa Majesté le roi d'Espagne Juan Carlos Ier, et par conséquent plus ou moins toutes les cours d'Europe, du Luxembourg à l'Espagne. Le sang bleu des Bourbons coulait dans ses veines au débit du curaçao de ses Blue Lagoon, sa boisson fétiche. De nature plutôt joviale, ce bretteur pouvait désintégrer d'une réplique tout détracteur hostile par principe à la noblesse. Au conflit il préférait cependant la fête et les jolies filles, ses pôles d'attraction principaux. Lui et Wahl jr. s'étaient connus à Eton, fuie avant la fin du cursus, le lien fraternel vite établi entre eux jamais rompu. Anthony était resté dans le Berkshire jusqu'à l'obtention de son diplôme d'ingénieur. Depuis, rentier sans complexes, Enguerrand passait son temps à honorer des invitations à travers le globe, dont sa boîte aux lettres foisonnait, puis rendait la politesse, ce qui lui offrait l'occasion de croiser Tony dans les aéroports, et d'embarquer pour la nouba suivante, la dernière fois à Rio. L'esprit retors, il avait par provocation fait sien le credo de Karl Marx : «Le domaine de la liberté commence là où s'arrête le travail déterminé par la nécessité.»

Assigné à résidence, Wahl jr. n'avait obtenu du commandant divisionnaire Paolucci qu'une seule soirée, à son domicile. Le va-et-vient perpétuel de jolies filles, période révolue, aurait en temps normal compliqué la tâche des policiers. Enguerrand arriva porte d'Italie habillé en Louis XV, son aïeul, ce qui, après le chauffeur de taxi, déstabilisa plus les hommes de la BRI, pourtant informés du profil fantasque du personnage, que le changement de programme. Ceux-ci ne pouvaient pas se douter de l'authenticité du costume à broderies guipées d'or véritable.

– Dis donc, tu ne m'avais pas menti en me parlant de protection, la PJ semble connaître mon arbre généalogique mieux que moi.

– Oui, tu ne m'en voudras pas, j'ai dû t'annoncer pour qu'ils aient le temps de faire les vérifications nécessaires, sinon c'était niet. Tu nous présentes ?

Enguerrand fréquentait depuis trois mois une jeune femme d'une grande beauté, argentée elle aussi, brillante mais, contrairement à lui, travailleuse acharnée.

– Tony, voici Clo, mon ex-voisine de la rue de Passy, un diamant trouvé sans le moindre coup de pioche. La pauvre aime bosser, elle est chef de projet chez Mercer Advertising, et ma fiancée. Beau CV non, à 26 ans ?

Clotilde feignit d'être vexée et répliqua :

– Tu exagères, je ne suis pas une fille facile, et heureusement que mon âge n'est pas un secret. Mais c'est gentil pour le diamant.

Elle se tourna vers son hôte.

J'avais vu une photo de vous deux chez Engué à l'époque d'Eton, mais je dois dire que vous êtes encore plus beau garçon aujourd'hui. Nous aurions pu nous voir à New York, j'en reviens.

Enguerrand fit mine de mal le prendre à son tour.

– Je vais vous laisser.

– Merci mademoiselle, c'est très gentil.

Le jeune oisif impossible à déstabiliser, si la nature ne l'avait pas autant servi que Tony, séduisait sans trop d'efforts par ses manières Grand Siècle. Plus trapu mais aussi athlétique, un peu trop mince, la bouche lippue, le nez busqué, un regard d'aigle, il en imposait sans rien dire, y compris en tenue de ville. Il excellait en matière d'équitation, pilotait les mêmes bolides que son ami, jouait du piano en concertiste et aurait pu commander à boire en grec ancien.

...

– Nous devons avoir un tas de choses à nous raconter depuis la dernière fois, mais parle-nous de ta Malvina d'abord ! C'est elle ?

Il désignait une photo sur une table basse dans le prolongement du canapé.

– Oui, c'est elle.

Enguerrand tenait le cadre, Anthony ressentit une manière de fierté.

– Du style en effet, et quelle spontanéité dans le sourire, quels yeux malicieux. Je ne parle pas du phoque bien sûr. Elle n'est pas de chez nous par hasard ? Comment s'appelle-t-elle ?

– Dhaucourt. De chez vous ? Je ne pense pas. À part à la basilique, je doute qu'il y ait beaucoup de Capétiens en Seine-Saint-Denis.

Tony retraça sa jeune histoire dans les grandes lignes : l'énigme de l'avion, la nuit à Manhattan, le demi-tour en Concorde, les escapades au bord de l'océan, Atlantic Bay. Sans surprise, nul besoin de se justifier avec Enguerrand, ni avec sa compagne d'ailleurs, plus captivés par la singularité de cette rencontre que par la différence d'âge ou de milieu, des considérations ressassées et ennuyeuses à leurs yeux.

– Elle est fort jolie mais… ne correspond pas à tes critères habituels, non ? commenta Clotilde.

– Ce manant t'a parlé de Quitterie ! C'est sans doute ça qui a attiré mon attention. Malvina déborde de naturel et, sans en jouer, de séduction. Elle peut se permettre n'importe quelle tenue, et lorsqu'elle fait un effort, elle devient une princesse. Elle ne vous servira pas votre café sans sa soucoupe, dit « pareillement » si on lui souhaite une bonne journée, se lève quand on lui présente quelqu'un… Qui ne la connaît pas ne sait pas ce qu'il perd, et pourrait la prendre pour une adolescente banale. Pourtant elle écoute, est très réfléchie, choisit ses mots et a de l'humour, ce qui ne gâche rien. Rien à voir avec Quitterie donc… Avant-hier, je lui demande ce qu'elle emporterait sur une île déserte. Elle me répond « un frigo ». Bref elle a tout, mais n'est pas du genre à penser que la Terre a commencé à tourner le jour de sa naissance. Dans mon métier rien n'est sûr à 100 %, mais avec Malvina je suis sûr à 100 %.

– Nous sommes chanceux mon Tony, nous avons croisé deux joyaux, tant pis si elles sont roturières !

Enguerrand savait amener un compliment… d'autant mieux qu'on le constatait sincère. En compagnie de ses amis, son aimée en photo sous les yeux, Anthony était satisfait de l'avoir présentée ainsi, conscient de ce que le destin lui offrait, de retrouver bientôt cet univers fait de sentiments, d'esprit de famille, de spontanéité, de rêves et de lapins.

– Elle connaît ton train de vie ?

– Euh, pas vraiment ; je la préparerai, petit à petit.

– Tu feras bien. Après les circonstances de votre rencontre, la pauvre risque d'avoir un second choc !

– Et cette menace alors ? Ça ne rigole pas.

– Le gars qui t'a contacté nous assure maintenant que quelqu'un frappera, mais on ne sait pas qui, ni quand. Je te laisse imaginer la pression dès mon retour de Boston.

– Et ta chérie ? Ton père ?

– Elle est sous protection et ne sait rien. Quant à CIC, tu le connais : impénétrable.

Minuit. Anthony s'éclipsa le temps d'un bonsoir à sa correspondante habituelle, qui lui dit avoir hâte de rencontrer Enguerrand.

Les deux complices et la jeune femme, noctambules patentés, refirent le monde au Cristal Roederer jusqu'au petit matin. Ils se promirent de se voir plus souvent, se donnèrent rendez-vous de l'autre côté de l'année pour un dîner à quatre.

Malvina n'avait pas eu à lui énumérer toutes les habilités de Muriel pour que Dun accepte, avant de lui faire visiter son lieu de travail, de lui laisser les commandes de son Tandy aux performances phénoménales.

Perplexe devant un tel niveau, quelques minutes de conversation pendant le dîner finirent de le convaincre.

Survoltée à l'idée de visiter MIT, elle sortait d'une nuit blanche, d'ailleurs passée chez les Maroney par sécurité, occupée jusqu'à quatre heures du matin à reprogrammer l'ordinateur. Le monstre abritait 48 Ko de mémoire vive et 1,6 Mo de stockage grâce aux quatre lecteurs de disquettes révolutionnaires montés en série à la place des cassettes ! Après avoir lu dans son *Science et Vie* une quantité d'articles consacrés à la conquête spatiale, puis arpenté en somnambule le planétarium de New York, elle s'apprêtait, à vivre «en vrai» ce qu'elle considérait comme l'épisode fondateur de sa carrière.

Dun Maroney sortit à Cambridge, peu avant Boston. Une imposante arche de pierre marquait l'entrée du campus, où la jeune surdouée se projeta instantanément. Les Muriel emmitouflées qui se hâtaient dans toutes les directions rappelèrent aux filles qu'en plus de son statut de laboratoire scientifique le plus réputé de l'époque, le Massachusetts Institute of Technology incluait une université, aussi cotée que Yale ou Harvard. Au lieu de suivre le parcours tout tracé qui l'attendait en France et divisait sa famille, Mumu se vit revenir ici après son bac, passer d'un amphithéâtre pour étudier à un labo pour y mener ses recherches. Les contingences ne la concernaient pas.

Le scientifique se gara sur l'emplacement le plus proche de la porte d'entrée, marqué au pochoir « Reserved for Prof. Duncan G. Maroney ». Incrédules, les filles se regardèrent à la dérobée. Après le salut du planton, un agent de sécurité leur remit un badge *Visitor-All Area* en échange de leur passeport. Elles s'empressèrent d'arborer leur Légion d'honneur. Au-delà d'un portique d'aéroport où elles durent aussi déposer, à contre-cœur, leurs appareils photo, Dun Maroney ouvrit la marche et dépassa un panneau *Restricted Area, authorized personnel only* (zone à accès restreint, réservé au personnel) jusqu'à une porte, au fond d'un couloir d'hôpital, support d'une plaque gravée : « Duncan G. Maroney, Robotic Exploration of the Solar System, Executive Director ». Les lycéennes se regardèrent de nouveau : malgré son style provincial et son attitude tout ce qu'il y a de plus normale, leur hôte n'était pas qu'un simple universitaire, il chapeautait tout un département du MIT, et pas des moins pointus ! Il déambulait dans cet endroit fascinant comme s'il allait se chercher une bière au frigo, chaque personne croisée lui donnant du « bonjour professeur Maroney ». Au lieu du bureau exigu auquel elles s'attendaient, elles pénétrèrent dans une pièce sans fenêtres qui aurait pu contenir un dirigeable, sol et murs carrelés de blanc, l'énorme espace divisé en sections spécifiques, juste matérialisées par des pointillés adhésifs, parfois closes d'une chaîne, dans lequel flottait dès l'entrée une curieuse odeur de plastique neuf et de produits chimiques inconnue de leur mémoire olfactive. Malvina la rapprocha de la panoplie d'astronaute reçue par son petit frère pour ses cinq ans. Le bureau du chef n'occupait qu'une modeste estrade dans un coin, à la manière d'un prof de lycée. C'était son jour de congé, il en profiterait pour « liquider la paperasse ». Un parcours dans les règles attendait ses protégées, qui furent présentées à différents responsables de secteur ou à leur adjoint. Dun Maroney leur confia les filles puis annonça, peu motivé, qu'il allait s'y mettre.

Le niveau de recrutement de l'Institut était si élevé que chacun de ces chercheurs aurait fort bien pu diriger à lui seul une faculté de moindre influence. Ils commençaient par expliquer leurs attributions, exposaient l'objet de leurs recherches et répondaient volontiers aux questions qui fusaient. Les porteurs de blouse avaient l'air d'employés de banque à cheveux calamistrés, les autres, coiffure improvisée, de savants fous. L'Administration devait les laisser exprimer leur créativité de 9 heures à 17 heures puis, le soir venu, les raccompagner dans leur chambre capitonnée.

Si Malvina se passionnait, Muriel exultait, le sentiment de passer d'une attraction à l'autre dans la fête foraine de ses rêves. Enfant, réveillée en pleine nuit pour assister à la télévision au premier pas de l'homme sur la Lune, le *Rencontres du Troisième type* de Steven Spielberg l'avait tourneboulée et là, elle se retrouvait au cœur de l'action, dans un lieu où la réalité rejoignait la fiction de façon évidente. Les illustrations des livres les plus pointus du futur professeur Alexis s'animaient sous ses yeux ! Parmi les projets les moins spectaculaires, une équipe mettait au point des aspirateurs sans fil miniaturisés, destinés à récolter les échantillons lunaires pour le compte de la NASA. Sous une loupe de joaillier, une jeune femme soudait de minuscules composants dans une espèce de savon en plastique au bout d'un câble conçu, indiqua-t-elle, pour donner ses instructions à son ordinateur à la place du clavier. Au poste de travail suivant, une machine identique contrôlait un bras-robot assez délicat pour manipuler de petits objets sans les briser. Muriel lâcha au passage d'un ton assuré : « D'ici dix ans on pourra commander les ordinateurs à la voix, par gestes, ou on écrira directement sur l'écran avec le doigt. »

Lorsqu'elle se fut éloignée, les savants affichaient une mine incrédule. Seuls les vrais passionnés pouvaient savoir cela.

On expliqua aux filles qu'on pourrait un jour arrêter de fumer grâce à un simple pansement qui libérerait des doses de nicotine. Mark Bowes, l'un des pontes, leur apprit qu'il avait travaillé sur le satellite d'observation des mers *Seasat*, lancé en juin, dont Mumu connaissait évidemment beaucoup de détails. Dun Maroney refit une brève apparition et eut plaisir à compléter en indiquant que les sondes *Voyager* évoquées sur la route avaient été en partie conçues dans ces locaux. Agnostique, Muriel eut alors le sentiment d'être la plus fervente des chrétiennes accueillie à Lourdes par Bernadette Soubirous en personne. On leur montra pêle-mêle un plastique inrayable destiné à la fabrication des lentilles de contact du futur, ainsi qu'un autre promettant des prothèses à la fois légères et solides. Malvina pressentait que la WIPE pouvait ne pas être étrangère à certaines de ces innovations. Le responsable indiqua : « Le disque embarqué par les sondes, condensé de notre civilisation à l'intention d'éventuels habitants du cosmos, recèle une part de savoir-faire français en matière de gravure. » Il adressa un clin d'œil à la jeune Française, qui obtint sa confirmation.

Elles reconnurent leurs interlocuteurs à la cantine. Criblés de questions, leur bœuf Stroganoff lyophilisé refroidissait mais, cerveaux de l'ombre, ils furent ravis que des lycéennes venues de si loin s'intéressent autant à leurs travaux, à la portée souvent universelle. Au dessert, Mumu, curieuse de recueillir leur point de vue, ne put se retenir de leur dispenser sa théorie sur la probabilité de l'existence d'extraterrestres. Ils lui répondirent qu'ils avaient négligé ce paradoxe et quittèrent la table piqués au vif en se grattant la tête.

Leur hôte revint dans l'après-midi et leur désigna au loin, derrière une paroi vitrée, le clou du programme, le plus impressionnant des laboratoires, le *STS, Space Transportation System*, ou système de transport spatial, qui travaillait sur la navette Columbia, dont le lancement était prévu sous trois ans. Elle décollerait comme une fusée et se poserait comme un avion. Pour entrer dans la pièce stérile, les jeunes VIP revêtirent sans rechigner une combinaison intégrale puis passèrent par un sas conçu pour aspirer la moindre particule de poussière.

Peu importe si elle n'avait pas pu prendre de photos : la mémoire phénoménale de Muriel conserverait chaque détail de ces heures irremplaçables, qui promit à Mina qu'elle lui en serait éternellement reconnaissante. Les deux amies auraient désormais ce souvenir en commun.

Avant de partir, monsieur Maroney passa un coup de fil sur un téléphone de service fixé à une colonne. Un employé subalterne arriva peu après muni de deux boîtes anodines. Elles les ouvrirent avec précaution et prirent en main, incrédules, un *Space Pen*, l'authentique stylo à encre gélifiée qui permettait aux astronautes en apesanteur d'écrire dans tous les sens. « Avant son invention, le crayon à papier était l'instrument le plus fiable de la NASA », dit Mumu.

Au poste de sécurité, elle lança : « Préviens mes parents, fais-moi suivre mes affaires : je reste. »

Au moment de récupérer les appareils photo, le professeur leur donna une ultime information excitante :

— Kodak travaille sur une pellicule en forme de disque, un peu comme le View-Master, qui permettra sous cinq ans d'avoir des boîtiers encore plus plats que les vôtres.

— Je pense qu'un jour le support physique disparaîtra, osa Muriel.

— Je ne comprends pas, dit Malvina.

Mumu lui résuma un reportage qu'elle avait lu en mars 76 sur ce sujet :

— Un jour nous n'aurons plus à les donner à tirer : nos photos seront enregistrées en langage informatique. On pourra même les imprimer à la maison et se les envoyer d'ordinateur à ordinateur, pourquoi pas par les ondes, sans fil. La musique aussi.

Malvina, confiante mais sceptique, se tourna vers Dun, qui devait être dépositaire d'un tas de secrets et confirma.

De retour près du break familial, les filles, pleines de reconnaissance et d'admiration, embrassèrent leur guide, chacune sur une joue. Bien au-delà de leur stylo et de leurs attentes, il venait de leur faire un cadeau inestimable. Un jeune chercheur subalterne qui passait par là remarqua la scène, amusé.

Mumu avoua à Malvina avoir profité de l'inattention de leur accompagnateur pour archiver dans sa mémoire un document *Top Secret* traitant d'Arpanet, un système de communication militaire hautement sécurisé. Elle avait aussitôt imaginé un genre de poste civile qui permettrait de s'écrire de Lille à Nice sans papier ni timbre.

Le lendemain, veille du réveillon. Dernière activité du séjour, un bus emmenait les lycéens sur les traces des célèbres sorcières de Salem.

À la fin du 17e siècle, les jeux innocents de trois fillettes de la région prirent une ampleur inouïe : elles accusèrent certains habitants, d'après elles «émissaires du Diable», de les posséder. Sans aucun fondement, de plus en plus de quidams furent mis en cause, à tel point que beaucoup durent abandonner travail, biens et famille pour fuir ce qui devenait une réelle et implacable persécution. Jusqu'à ce procès historique, vingt exécutions furent menées, par pendaison ou écrasement de la cage thoracique.

Aujourd'hui encore, on ne connaît pas la source du délire collectif sans précédent ni équivalent qui s'empara de la colonie de la baie du Massachusetts. Mais, trois siècles plus tard, les répercussions de cette affaire subsistent. Elle avait affaibli d'un coup le poids de la religion dans la société américaine, et forgé les principes fondateurs des États-Unis modernes. Complot ? Simple superstition ? On ne le saura jamais.

Sur sa visite du MIT, ce sujet et le reste, Muriel, remise de son aventure au lac, puisqu'elle ne s'était rendu compte de rien, réservait, avant d'en faire profiter l'assemblée, la primeur de ses réflexions à Thierry, très amoureux et de plus en plus captivé. À propos de cet épisode tragique, elle tablait sur les propriétés hallucinogènes du seigle, comparables à celles du LSD, charrié par l'eau contaminée, à l'instar du plomb de la Rome antique, soi-disant responsable de sa décadence, puis de son extinction.

À travers les rues de Boston, les lycéens savouraient au maximum les ultimes heures de leur échange. Ceux auxquels Muriel avait prêté *La Maison aux sept pignons* connaissaient la légende de cette maison-labyrinthe, qui existait vraiment et qu'on n'eut à regret que le temps d'apercevoir. Alors que le car dépassait le Crown Palace Hotel New England, Malvina repensa à son premier contact avec l'univers de Tony, dans sa suite, à leur après-midi à deux, loin de la réalité et de ses obligations, à leur conversation devant un chocolat chaud, chaque minute gravée sans sa mémoire à jamais. Les enseignants faisaient suivre la Freedom Trail pour son utilité pédagogique, dont Quincy Market était l'une des étapes. Au retour, elle désigna Willow Way à Doriane et évoqua ce baiser à la lumière vacillante des réverbères, sentiment ambivalent d'impatience et de spleen.

Pour ce *New Year's Eve* (réveillon du jour de l'an), les Maroney retrouvaient leur hôtel romantique des chutes du Niagara. Becca déposée chez son oncle et sa tante sur le chemin de l'aéroport, on lui avait assuré, pour anticiper toute rébellion, qu'elle était maintenant assez grande pour s'occuper de son cousin Chadwick.

Une première, Mabel bénéficiait de la maison pour elle toute seule et pouvait faire ce qu'elle voulait, « dans les limites du raisonnable », avaient précisé ses parents sans réelle conviction, qui se rappelaient avoir eu dix-sept ans eux aussi. Elle attendait l'énergique brigade franco-américaine formée par Melissa, d'office aux manettes. On la laissait faire pour la majorité des fêtes car, malgré son comportement parfois (tout le temps) pénible, on lui reconnaissait cette aptitude à s'occuper de tous les postes en même temps.

Les voitures commencèrent à s'aligner vers 16 heures le long du chemin enneigé, car les préparatifs répertoriés par le chef d'orchestre sur son bloc à pince s'annonçaient conséquents. Suivant le programme dactylographié, il fallait laver, éplucher, détailler, tartiner, composer les salades, cuire plats et gâteaux, monter le buffet et la cabine du DJ, regrouper les meubles dans le garage, décorer jusqu'au dernier recoin, etc.

L'abus d'alcool improbable, ceux qui projetaient de se dévergonder avaient quand même emporté leur sac de couchage afin de dormir sur place, pour repartir le lendemain en sécurité. Mel gérait aussi la cagnotte. Malgré la participation modique réclamée (chacun savait qu'elle compléterait), pour une telle occasion, saladiers de chips et préparations en poudre, qu'elle tolérait, magnanime, lors de soirées mineures, anniversaires ou victoires au base-ball, furent bannis.

Les courses avaient été bouclées la veille. Un convoi disparate formé de la Porsche du général Lindqvist et du pick-up de Matt, rejoints par la camionnette Imperato, s'était transporté jusqu'à la zone industrielle de Boston pour la tournée des enseignes spécialisées : le grossiste alimentaire de la pizzeria, le loueur de sonos, la boutique d'articles de fête. En plus de son aspect symbolique, l'événement – on passait à l'année suivante – représentait une parenthèse privilégiée aux yeux des couples existants, qui pourraient durant quelques heures s'essayer à la vie d'adulte, d'après eux sans contraintes ; et une opportunité en or pour les *singles* (célibataires) d'en repartir à deux. Marjorie, arrivée un peu en retard, un temps fou consacré à se choisir une tenue pour plaire à Tim, qui ne la remarqua toujours pas, en était plus éprise que jamais. Elle portait un chemisier chic orné d'un ruban noué en lavallière, rentré dans un pantalon blanc aux larges bretelles assorties, style inspiré de la jeune actrice Kristy McNichol, vénérée par Cherie comme Malvina vénérait Brooke Shields. Son regard bleu clair, son carré noir sur le satin rose rendaient Marjo très séduisante.

Elles prirent leurs instructions auprès du général et se joignirent au duo Malvina-Mabel, occupé en bavardant à punaiser des guirlandes de fanions « Happy New Year » en haut des murs de la discothèque improvisée. D'autres s'affairaient en cuisine, mitonnaient la clam chowder ou mélangeaient les ingrédients du Grape-Nuts pudding, gâteau roboratif aux céréales, raisins et noix et à la crème pâtissière.

À chaque soirée, certains, assignés à la manutention ou à la plonge, jouaient le jeu à fond, tandis que d'autres s'arrangeaient pour faire semblant. Ces spécimens, par bonheur peu nombreux, considéraient indigne le fait d'être cantonnés aux basses œuvres, en coulisse, ne daignaient se déplacer que pour profiter du travail d'autrui, allant jusqu'à le critiquer avec aplomb. Anna-Beth se montra une fois de plus championne de la discipline : Mademoiselle n'avait rien trouvé de mieux qu'appliquer juste avant de partir son nouveau vernis, *Rosewood by Revlon*. Impossible de conduire, et encore moins de participer à une quelconque corvée. En revanche, bien calée dans le canapé, son rouge à lèvres assorti ne l'empêchait ni de formuler ses commentaires, ni d'attaquer le Joe Frogger (autre gâteau léger aux épices fourré à la confiture) prévu pour le petit déjeuner du 1er janvier, grappillé au passage lors d'un contrôle de la cuisine. Ses remarques agacèrent vite, y compris Matt, arrivé avec des sacs de glaçons, occupé à éplucher les fruits du punch sans rechigner.

Chacun déposait ses effets dans l'entrée puis confiait ses meilleurs disques à Tim, qui se familiarisait avec la table de mixage, tout fier d'avoir été reconduit disc-jockey officiel. La tête penchée sur les platines haut de gamme, casque sur les oreilles, il prenait sa mission très au sérieux, opérait un classement des 33, 45-tours, et maxi 45, en composait une liste de lecture d'expert. Marjo le voyait dans ce rôle tel le Steve McQueen de Concord, « le roi du cool ». Les filles pour une fois en robe, les garçons influencés par les larges cols, les bottines à talon et les jeans moulants de John Travolta, produisaient leur effort d'élégance annuel. Certains Tremblaysiens, leurs habitudes conservées, portaient pulls UCLA manches remontées, fines cravates en cuir, gilets de garçon de café et mocassins sur chaussettes blanches. Malvina consulta sa montre, se précipita dehors en attrapant au passage le premier manteau venu. L'allée descendue en trombe, indifférente aux frimas, elle appuya à 17 h 59 sur la touche « zéro » et dicta à l'opératrice le numéro de la WIPE, que Tony lui avait donné.

Au sommet de la tour Levant, la totalité des vitres masquées, seuls les néons d'une salle de réunion restaient allumés. L'ambiance du réveillon des Wahl avait déjà été plus élégante, les visages moins cadavériques, mais il était peu probable que la vingtaine de convives (uniquement des Wahl, ou des Wahl par alliance) terminent la soirée en faisant la chenille sur les succès de La Bande à Basile.

Donna Wahl discutait dans un coin avec son fils et son frère, arrivé de Californie. Elle revoyait Anthony pour la première fois depuis son retour de Boston. En France depuis trente ans, elle ne s'était jamais départie de l'accent qui avait tant séduit son « Ray » à l'Alliance française, et le séduisait encore. L'occasion de s'exprimer dans sa langue maternelle ne se présentait guère. Ainsi, Wahl jr. prenait-il toujours plaisir, comme sa mère, à basculer sur l'anglais.

– Ta chérie revient bientôt ?

– Vendredi Mum. Si sa mère est d'accord, elle me rendra visite dès samedi.

– C'est bien de rencontrer la maman. Ton père m'a incitée à sa façon à passer quelques jours en famille à Los Angeles, je repars avec ton oncle. Quand tout cela sera réglé, tu n'auras qu'à lui proposer une soirée chez nous.

– Merci, c'est très gentil. Tu verras, elle est exceptionnelle, comme tu devais l'être à son âge, d'après CIC.

– Ray m'a dit qu'il t'avait raconté nos débuts, je ne pouvais pas le croire.

Donna Wahl s'était remise à parler français, son frère ne suivait plus.

– Oui, il a tout de suite compris le motif qui m'a appelé à retourner aux États-Unis.

– Impressionnant.

Elle maintenait relevé un angle du papier scotché sur la baie vitrée, fixait au loin un ensemble de lumières accolé à l'aéroport de Roissy, où un avion atterrissait.

– C'est amusant, on voit Tremblay d'ici, tu pourras lui faire signe de ton bureau !

Madame Wahl, femme de tête, ponctuait ses conversations de traits d'humour, de petites phrases empruntes de poésie et de légèreté. Quelle que soit la langue utilisée, elle trouvait toujours la bonne intention et le mot juste.

Tu lui as réservé un taxi j'espère.

– À ton avis maman ?

La chaîne jouait d'autres styles que du jazz. Donna Wahl et son fils ne dédaignaient pas danser à l'occasion – avec retenue – sur les tubes disco du hit-parade, qui allaient sans doute être aussi passés à Carlisle dans quelques heures. Anthony glissa à sa mère que ça lui rappelait sa dernière soirée au Studio 54, accompagné.

Bien que le cadre ne s'y prêtât pas, la configuration des années précédentes reconduite – deux buffets somptueux, l'un salé, l'autre sucré, un bar à champagne –, les serveurs en livrée faisaient d'incessants allers-retours au sous-sol pour ravitailler les policiers d'astreinte.

Plus familiers des « sandwich-bière » de leurs planques, ceux-ci n'en revenaient pas.

Maria, proche d'endosser l'épitoge herminée sur laquelle tomberaient ses anglaises blondes lors de sa prestation de serment, partageait les traits de leur mère, un visage ouvert et doux, de magnifiques yeux clairs, une bouche en cœur.

Le frère et la sœur, absorbés par leurs occupations respectives, enrageaient à chaque réveillon de ne se voir que trop peu dans l'année, mais cela n'atténuait en rien leur complicité irréfragable. Emballée par les grandes lignes de son histoire américaine, elle faisait partie des rares personnes admises à en recevoir les détails, et à y réagir sans détour, lui curieux de connaître les conclusions amenées par sa sagacité de juriste.

– Elle a bien de la chance Malvina d'être tombée sur le vrai Anthony Wahl. Tu fais moins bourreau des cœurs mais, je te rassure, tu es toujours beau garçon.

– Moi aussi j'ai de la chance. Je n'ai rien changé à mon style pourtant.

– Je parle de ton attitude en général, une femme perçoit cela. Beaucoup s'arrêtent aux apparences, nous ne sommes pas nombreuses à savoir à quel point tu respectes les femmes.

– Vous nous êtes souvent supérieures, je n'y peux rien.

– Bon, on peut voir sa photo ?

– Voilà (il sortait son portefeuille).

– Très très jolie. C'est vrai qu'elle fait jeune, mais on distingue tout de suite de la profondeur dans ce regard, une certaine gravité. J'adore la gentillesse qui émane de ce petit minois, ses yeux rieurs et son air enjoué.

– Bien vu pour la profondeur. Engué m'a dit la même chose.

– Et vous avez...

– Bien sûr que non ! Garth m'a aussi posé la question.

– Si Malvina a autant de cœur que ce que tu m'as annoncé…

– Une grande sensible, attentionnée, qui ne cherche pas à se dissimuler, avec moi au moins. Question raisonnement et personnalité, elle a de solides bases, elle promet. Une lectrice assidue aussi.

– Ah, elle marque un point si elle lit.

– D'ailleurs elle ne dira pas « c'est un bon livre », mais « c'est un beau livre ». Tu le sais, une écervelée, aussi jeune et jolie soit-elle, ne m'aurait pas intéressé. Tu as hérité des dons de papa, tu mets dans le mille quand tu analyses les gens. À partir d'une photo, c'est fort !

Quand elle te demande si ça va, ta réponse l'intéresse réellement. Les faux-semblants lui sont étrangers, elle te regarde droit dans les yeux.

– Ah, une fille qui ne détourne pas le regard, ça doit te plaire. J'espère faire sa connaissance avant 1980.

– On organisera un déjeuner. Bien qu'elle ait de la personnalité, je te préviens, elle est très réservée. Plus réservée que timide d'ailleurs, et facile à vivre.

– Facile à vivre ? Ça va te changer ! Ne t'en fais pas, je saurai la mettre à l'aise ma future belle-sœur. D'après le peu que tu m'as raconté, ça ne m'étonne pas tant que ça qu'elle te plaise. Rappelle-toi, tu commençais à en avoir marre des aventures faciles et des filles trop sûres d'elles, suivez mon regard…

– Bien vu. Tu es la meilleure, tes adversaires vont en baver au tribunal !

Anthony enlaça sa sœur.

Stanislas, le futur époux de Maria, roi de la plaisanterie, arriva. Ils continuèrent à discuter à trois. Minuit approchait.

23 h 59. Tony attrapa le micro pour souhaiter une bonne année à l'assistance. Célibataire pour la première fois en cette occasion, il goûtait autant l'harmonie de cet original réveillon que le délice de l'attente, ne s'éloignait pas du téléphone.

Dès qu'elles entraient, les lycéennes cherchaient la pétillante Missy, préposée au montage puis au glaçage des gâteaux, pour s'assurer qu'elles seraient bien dans le ton. Mais, occupée à composer des *trifles* individuels coco-framboise, son tablier maculé de ganache colorée masquait en partie sa tenue.

Impatient de s'exprimer par la musique mais concentré sur sa mission, Tim commençait à en avoir marre de passer en sourdine des versions instrumentales. Ses troupes au complet, le général Lindqvist lui donna le coup d'envoi de la soirée et le jeune DJ libéra d'un coup Gloria Gaynor, qui trouvait elle aussi le temps long dans les massifs baffles. Les plus extravertis se précipitèrent au centre de la pièce. Malvina papotait avec Mabel et quelques autres en tapant malgré elle du pied au rythme du disco. Frustrée par sa timidité, elle attendait toujours qu'il y ait quelques personnes sur la piste avant de se lancer. Certains préféraient commencer par faire la queue devant la longue table reposant sur des tréteaux, leur bière légère à la main. Melissa était parvenue à imposer une nappe en tissu et quelques vrais verres, malheureusement délaissés pour les éternels gobelets en plastique. Enfin libérée de ses obligations militaires, danseuse émérite, elle observait satisfaite les gourmands déposer leurs mets favoris dans leur assiette. Grâce à son idée de bains-marie électriques prêtés par la pizzeria Imperato, les plats resteraient chauds et embaumeraient longtemps cette partie du salon. Mumu et Thierry dansaient déjà, seuls au monde.

Tandis que les canettes se vidaient, la piste de danse se remplissait, les inhibitions sautant au rythme des languettes de Coors et de Michelob. *Last Dance, I love the nightlife, Love is in the air*, « DJ Tim » constatait le succès de sa programmation. Malvina finit par se décider et attira sa sœur à elle. Les deux filles, décomplexées sans la moindre gorgée d'alcool, s'exprimèrent avec grâce sur le *Shadow Dancing* d'Andy Gibb, ainsi qu'elles en avaient l'habitude lors des boums. L'association des deux caractères réservés donnait à tous les coups un résultat explosif, en l'occurrence un show sensuel assez déroutant, . Les petits filous qui avaient entendu parler de la prestation des gymnastes françaises délaissaient leur partenaire et n'en perdaient pas une miette. Dans son élan, Malvina articula « Village People » en direction de Tim, puis retourna danser avec Dodo, les deux déchaînées au son de *YMCA*. Tous les adolescents se lâchaient sous les rampes de spots qui clignotaient, synchrones avec les « boum-boum ».

Personnalités débutantes, beaucoup à se dire, parfois depuis la rentrée, avec leur manque d'assurance charmant, un peu à l'écart le temps de souffler, après des groupes de trois ou quatre, certains finissaient par parler en tête-à-tête. Ainsi, Tim Riddle montra les rudiments du mixage à un remplaçant avant de lui confier sa charge. Informé qu'il ne risquait pas grand-chose à l'inviter, il vint chercher Marjorie pour danser, puis discuter à part, sur deux chaises rapprochées par télékinésie. Il lui prit vite la main.

…

5, 4, 3, 2, 1… À minuit pile, les lycéens entonnèrent le traditionnel *Ce n'est qu'un au revoir* pour saluer une dernière fois l'année écoulée.

Nous étions en 1979.

Après une tendre étreinte avec son Wayne, Doriane, devança la bande. Elle courut vers Malvina, qui n'avait personne à câliner. Elles s'embrassaient à longueur d'année, mais il restait toujours un brin de pudeur derrière leurs effusions. Les vœux étaient idéaux pour passer outre et se lâcher à l'oreille de l'autre.

— J'aurais tant aimé que tu aies ton Tony près de toi, mais ne t'en fais pas, dans quelques jours vous serez réunis, je suis sûre que ta mère comprendra. Après, vous aurez la vie devant vous !

— Merci ma belle, je n'en peux plus d'attendre, heureusement que j'ai ma jumelle.

La caresse miracle prodiguée de justesse par Dodo lui permit de retenir ses pleurs.

Et toi et Wayne, comment prenez-vous… ?

Ce fut à Doriane d'être envahie par l'émotion.

— Il m'a promis de venir à Tremblay avant l'été, peut-être à Pâques… Je ne pensais pas être aussi affectée par notre séparation.

Des larmes de nostalgie perlaient sur ses joues. Malvina la pressa contre elle à son tour. Mabel, qui passait par là, fut admise au centre du duo, entourée des bras de ses amies françaises. Quelle alliée formidable s'était-elle montrée !

Peu après, Malvina revint avec trois verres de punch.

— Ne t'en fais pas. Si tout se passe bien, je vais être pas mal avec Tony, mais hors de question qu'on te laisse tomber. Tu m'obliges à te révéler ma surprise pomme de terre : je lui en ai parlé et il m'a dit que sa porte t'était ouverte, qu'on pourra aller chez lui tant qu'on voudra. Il a même fait changer le code de sa serrure pour les chiffres de ma date de naissance !

— Oh merci, ça me rassure tellement.

Autant Malvina devenait une tombe quand on lui confiait un secret, autant garder une surprise pour sa sœur était compliqué.

– Tu veux tout savoir ou pas ?

Elle n'y tenait plus.

– D'après toi ?

Doriane retrouvait le sourire, elle connaissait l'effort minime à fournir pour que Mina lui expose son programme.

– Le 12 il doit aller à Bonn pour son travail, puis 24 heures à New York : tu es conviée à dormir porte d'Italie, on ne sera que toutes les deux. Le lendemain c'est le week-end, je pense que maman donnera son accord. Cassage de ventre obligatoire.

Elles firent abstraction de tout ce qui les entourait, se serrèrent plus fort en se murmurant de simples « bonne année » sans le moindre surnom, pleins à craquer d'amour et d'émotion. « In the eighties we will travel far » : « Dans les années 80 nous irons très loin », dirait la chanson de Village People. Sans le réaliser elles se projetaient toutes les deux dans les années 80, assurées de leur épanouissement respectif grâce à leur indestructible soutien mutuel.

Les lycéens américains, émoustillés, comprenaient de moins en moins.

– Quelles nunuches quand même, finit par dire Dodo.

– Oui, mais on s'en fout. Viens, on danse !

Après les embrassades, le titre *You to me are everything*, programmé au bon moment par le remplaçant de Tim, accompagna la bande dans l'allégresse de la danse et de la jeunesse.

I would take the stars out of the sky for you
Stop the rain from falling if you asked me to
I'd do anything for you, your wish is my command
I could move a mountain when your hand is in my hand
Words cannot express how much you mean to me
There must be some other way to make you see
If it takes my heart and soul, you know I'd pay the price
Everything that I possess I'd gladly sacrifice
Oh, you to me are everything
The sweetest song that I could sing
Je retirerais les étoiles du ciel pour toi

Arrêterais la pluie si tu me le demandais
Je ferais n'importe quoi pour toi, tes désirs sont des ordres
Ta main dans la mienne, je pourrais déplacer des montagnes
Les mots ne peuvent exprimer à quel point tu comptes pour moi
Il doit y avoir un autre moyen de te le prouver
J'en paierais le prix, quitte à sacrifier mon cœur et mon âme
Tout ce que je possède, je le sacrifierais volontiers
Oh, tu es tout pour moi
La chanson la plus douce que je puisse chanter

Marjorie embrassait son premier garçon. Le cœur battant, elle s'abandonnait depuis minuit dans les bras de Tim.

La sonnerie du téléphone de la cuisine retentit. Malvina se précipita. La voix lointaine lui apporta un inestimable supplément de bonheur.

– Bonne année ma chérie !

– Il n'y a que nous pour se le dire deux fois. Il n'y a que nous de toute façon. Bonne année mon amour ! Tu es rentré ?

– Je viens d'arriver. Il ne manquait que toi ce soir, ça s'est bien passé depuis tout à l'heure ?

– Super bien. Je suis ivre morte. Non, je plaisante, je n'ai bu qu'un verre de punch. Doriane te souhaite une bonne année, elle m'a réconfortée après que je lui ai confié à quel point je me languissais, comme dirait ma mémé. Là elle est avec Wayne dans la chambre de Mabel. Dodo, pas mémé. Elle ne se plaint pas mais elle est triste de le laisser.

– Je parie que tu lui as dit pour mon invitation (il n'attendit pas sa réponse). Tu as bien fait.

– Oui, la pauvre. Je lui ai promis que nous ne la laisserions pas tomber.

– Cela va de soi. J'ai tellement pensé à toi, surtout quand nous avons dansé sur *YMCA* avec ma mère, ça m'a rappelé le Studio 54 bien sûr. Ma sœur a hâte de faire ta connaissance, elle te trouve très jolie, tes beaux-parents aussi. Les trois tiennent à te recevoir, tu vas avoir un emploi du temps chargé ! Tu as pris des photos j'espère. On les fera développer à ton retour, j'aurai une idée de l'ambiance.

– Bien sûr, j'en suis à 22, tu auras droit à tout, du buffet de Melissa aux voitures. Elle a encore fait des merveilles. J'ai pris le groupe, tu verras ceux que tu connais bien habillés, en général en train de tirer la langue. Ils vont mûrir.

– Et…

– Enfermé à clef dans le placard, sur une étagère avec ton beau coussin. Ce qui se passe sur mon lit n'est pas de son âge, j'ai hâte de lui présenter mes vœux, pauv' lapin.

Lumières tamisées, alors que Tim lançait les slows, à peine Malvina eut-elle raccroché que le téléphone sonna de nouveau. Elle entendit sa mère lui souhaiter une bonne année. Il était 6 h 20 à Paris, son restaurant venait de baisser sa grille.

…

– Tu n'es pas trop fatiguée maman ?

– Si, vannée ! Pour la première fois je n'ai pas mes chéris qui m'attendent, alors j'ai pris une chambre en bas de la rue Monge. Je ne sais pas si j'aurai la force de petit déjeuner, mais je n'aurai pas à conduire cette nuit, je vais récupérer.

– Tu as bien fait. Et Bouli ?

– J'ai eu papy et mamie avant mon service… Dès qu'elle a eu le dos tourné, ce petit vaurien a arraché les deux blancs du chapon pour son goûter, trempés dans du ketchup naturellement, et dévoré en partie la garniture aux champignons. Résultat : ils ont mangé les derniers Bolino. Heureusement qu'ils ne réveillonnaient qu'à trois ! Boubou était déchaîné, il réclamait un verre de champagne. Après, tu le connais, distribution de câlins, et il s'est mis en tête de tout racheter avec ses économies. Ils se rattraperont demain en Italie.

Ton chéri t'a appelée ?

– Je viens de l'avoir. Il a fait la fête dans son bureau, je ne sais pas pourquoi. Il m'a semblé un peu différent.

– Il n'était pas froid au moins ? Les hommes versatiles…

Depuis leur conversation sur la pilule, Nadine s'adressait de plus en plus à sa fille comme à une adulte.

– Pas du tout, au contraire, mais je l'ai trouvé préoccupé, sans doute par son travail. Il m'a dit que sa sœur et ses parents avaient hâte de me voir. Ils doivent s'attendre à un mannequin, quelle angoisse !

– Tu en sauras certainement plus samedi.

Malvina sentit l'émotion monter. Après la pilule, sa mère acceptait qu'elle dorme chez son copain, à Paris. Elle ne parvint à dire que quelques mots :

– Alors tu es d'accord ? Merci maman, tu ne peux pas savoir à quel point il me manque.

Une fois de plus Dodo avait vu juste sur le caractère compréhensif de Nadine, et il n'est pas exclu qu'un coup de fil passé depuis Concord ait terminé de la convaincre…

– Bien sûr que si je peux le savoir, j'ai eu ton âge… en 1957. Tu m'en as assez raconté, et mon patron m'a rassurée, il le connaît ; je l'ai peut-être déjà servi d'ailleurs. Mais tu ne peux pas débarquer chez lui en tenue de ski ! Nous irons faire du shopping avant, entre femmes.

La jeune fille, au Paradis, attendrait que son Bouli soit réveillé pour lui souhaiter bonne année (et le sermonner, un peu, à propos de sa recette de chapon au ketchup).

Quand elle revint, de nombreux amoureux s'étaient abandonnés.

Comment résister à *Hopelessly devoted to you*, à *How deep is your love*, *Too much Heaven*, à *Honesty*, et surtout à *If you leave me now*, slow réservé à Mina et Dodo, hommage à leur rencontre au détour d'un rayon ?

…

Marjorie déboula, rayonnante, dans la salle anesthésiée. On aurait dit qu'elle venait de remporter la médaille d'or à l'issue d'une compétition.

« Ça y est, je suis passée à la casserole ! »

Elle n'en semblait absolument pas traumatisée et alla jusqu'à préciser : « Jusqu'à présent, j'ai été plus pieuse que le pape ».

Après cette série, les riffs efficaces du groupe Chic ameutèrent les jeunes gens sur la piste. La fête allait durer des heures.

Au tout petit jour, l'ultime disque du réveillon tournait encore, dans le vide. DJ Tim ronflait au fond de son fauteuil, Marjorie assise sur lui en travers, assoupie elle aussi, un sourire de ravie de la crèche. Des gouttes de condensation zébraient l'intérieur des vitres. Dehors, sous le ciel inaugural de janvier, pommelé comme le lait qui tourbillonne dans le café, une couche de neige fraîche recouvrait les longs capots. Il ne manquait que quelques voitures. Dans la salle encore surchauffée par une nuit d'agapes inoubliables, les corps plus ou moins en panne, plus ou moins enlacés traînaient çà et là. Mabel avait suivi à la lettre les instructions de ses parents : « Fais ce qu'il te plaît. » Malvina, allongée sur un lit de camp, était la seule éveillée.

Oui, dans son pays d'adoption, avant l'atterrissage, et surtout lors de l'épisode du Mall, elle avait été secouée en trois semaines par cent fois plus d'émotions que prévu.

La nouvelle année entamée, l'épuisement, la mélancolie et l'excitation du retour se disputaient la première place de ses pensées.

Elle fut la dernière à trouver le sommeil.

Le Spelling Bee se révéla une expérience amère pour Mabel, qui s'y était investie des mois durant. Elle remporta une honorable médaille d'argent derrière un garçon de Providence, mais, son esprit de compétition et sa volonté de perfection en ayant été écorchés, fut difficile à consoler.

Le dimanche, un lycéen à vélo déposait le *Concord Examiner* sur le pas de la porte, épais comme un annuaire Malvina et Mabel découpaient les coupons de réduction, collés sur une feuille par Becca, tandis que Dun s'attardait sur les statistiques des New England Patriots, l'équipe de football américain qu'il soutenait. Au lieu de s'en tenir aux cocktails (il en était au Mint Julep), inspiré par la section *cuisine* du journal et la forêt-noire de Malvina, il avait pris la malheureuse initiative de se lancer dans la pâtisserie.

Impossible de deviner la recette sélectionnée : croquer dans son gâteau au goût indéterminé donnait, de l'avis général, «l'impression de manger du gravier». Au milieu de la rigolade, à laquelle, beau joueur, il s'était joint, Natalie suggéra de conserver la préparation au cas où il y aurait un trou à colmater dans la toiture l'hiver suivant.

Le dernier soir, la famille Maroney emmena Malvina à Boston découvrir les buffets à volonté, ou « all you can eat ». Les agapes ne la détournèrent qu'un temps de la tristesse qui marquait la fin du séjour.

*
**

Chaque matin à l'aube, Wahl jr. faisait entrer le temps d'une tasse de café les deux membres de l'Antigang désignés pour relever leurs camarades qui venaient de passer la nuit sur son palier, qui l'escorteraient la journée. Attablés dans la cuisine, ils se mettaient d'accord sur le trajet du jour, transmis à l'escorte par radio. Une fois le « top départ » reçu en retour, ils descendaient. Pour des raisons de sécurité, les policiers ôtaient systématiquement leur bande patronymique mais, cette fois-ci, Anthony remarqua tout de suite l'insigne de parachutiste à leur poitrine, symbole de connivence et de respect mutuel, d'autant plus que les trois hommes étaient déjà montés au feu, eux l'année précédente lors de l'enlèvement du banquier Mallet, Wahl jr. à Saïgon en 1975. Il n'obtint que leurs prénoms, faciles à mémoriser : Jorge et Francis. Jorge, d'origine portugaise, le type méditerranéen, Francis ne pouvait être que l'autre.

Ce matin-là, le convoi s'ébranla pour la porte de Bagnolet par l'accès fournisseurs. Aux aguets, ceux de la voiture ouvreuse annonçaient régulièrement « la mer est calme ». On répéta la procédure habituelle de l'émissaire à l'entrée du parking de la tour Levant.

Après quelques étages, Wahl jr. s'adressa à son escorte :
– L'ascenseur déjà au sous-sol quand nous sommes arrivés, c'est normal messieurs ? Personne n'est encore censé être redescendu à cette heure.

Par réflexe, Francis frappa avec force le bouton STOP du plat de la main. La lourde cabine s'immobilisa en souplesse au bout de son câble, entre deux niveaux.

– Peut-être une omission ? Nous allons lever le doute.

Anthony connaissait l'astuce :
– Vous demandez à vos collègues si tout est clair. S'ils vous répondent par une phrase positive, on peut y aller. Sinon, c'est qu'il y a un truc qui cloche, non ?

– Affirmatif.

Parking à sommet. Pouvons-nous monter avec autorité ?

331

Pas de réponse.

Seconde requête :

– Ici parking pour sommet. Pouvons-nous monter avec autorité ?

Quelques parasites grésillèrent du talkie-walkie, puis un clic.

– Ici sommet. Je ne vous recevais pas. Vous pouvez monter.

– C'est bien pris, merci.

Il se passe quelque chose, trancha le policier. Nous allons tout de suite rendre compte.

Jorge compléta :

– S'il y a des gars en haut, vous pouvez être certains qu'ils nous attendent sur le palier avec tout ce qu'il faut.

Jorge réfléchissait vite, il avait retenu l'attention de Wahl jr., imbattable en évaluation.

– Quelle est votre idée ? lui demanda-t-il.

– Le toit. Mais nous ne pouvons rien faire sans renforts.

– Combien de temps ?

– Je dirais trente minutes.

– S'ils ne nous voient pas arriver ils vont se douter de quelque chose, ça peut mal tourner.

Redescendus au niveau moins un, les policiers exposaient la situation à leur supérieur. Le nombre d'hommes trop faible pour intervenir, il fallait en effet demander de l'aide. Ils obtinrent l'accord pour une simple reconnaissance, en vue de gagner du temps. Le policier Francis, qui avait été informé sur le profil de l'homme à protéger, interrogea pour la forme :

– Vous vous sentez de monter avec nous, juste pour nous guider, sans interférer dans nos procédures ?

– D'après vous ? confirma Anthony, paré à l'action, qui pensait à son père.

On attribua au civil une tenue d'assaut prélevée d'un coffre – « on ne sait jamais » –, gilet pare-balles, jambières et casque lourd.

L'ascenseur venait d'être neutralisé, sa porte bloquée en position ouverte au sous-sol. Les minutes filaient, il fallait agir.

Afin de ne pas risquer d'être repéré sur le parvis, le trio rejoignit la tour Ponant via une coursive dérobée qui reliait les deux édifices. Les rares personnes présentes dans le hall à cette heure matinale furent stupéfaites de voir passer ces hommes en noir, cagoulés, pistolet-mitrailleur chargé au 9 mm Parabellum en bandoulière. Ils gagnèrent le toit par le monte-charge. Garni de gravillons et percé de neuf verrières opaques réparties trois par trois de manière géométrique, tels des dominos, Anthony y désigna de longues tôles d'acier galvanisé fixées à un support par des attaches en caoutchouc, comparables aux plaques de désensablement du Paris-Dakar.

— Il suffit de les emboîter. Si on les positionne côte à côte elles permettent de passer d'un immeuble à l'autre, c'est prévu pour ça en cas d'incendie. L'ouverture qui donne sur l'accueil face à l'ascenseur est celle du milieu. Celles situées au-dessus de nos bureaux sont les une, deux, trois et cinq.

Entraînés à mémoriser ce genre de détails, les policiers furent impressionnés de l'esprit de synthèse et du sang-froid de leur guide, forcément sous pression. Sur instruction de Jorge, major, l'escouade se mit à monter les plaques.

Les deux tours étaient maintenant reliées. Le jour allait se lever. Un crachin malvenu commença à mouiller les uniformes et rendre la passerelle de fortune luisante. Francis s'adressa à Anthony :

— Merci monsieur Wahl, nos chemins se séparent ici. Nous avons pris attache avec nos collègues. Veuillez rester à couvert, c'est à nous de jouer.

120 mètres au-dessus du sol, les deux policiers se mirent à traverser, à genoux sur leur pont de secours, sans aucune hésitation. Ils progressaient avec prudence. Une fois sur le bon immeuble, ils se postèrent chacun à un hublot pour tenter d'apercevoir quelque chose. Ils avaient aussi retenu le mécanisme d'ouverture avant de se lancer. En plus de l'opacité des dômes, les lumières des pièces éteintes, impossible de distinguer quoi que ce soit. Les truands flairaient-ils une quelconque manœuvre depuis l'échange de l'ascenseur ? Jorge rejoignit le bord du toit à pas discrets : aucun mouvement sur l'esplanade, trente étages plus bas. Il jaugea : les renforts demandés il y a quinze minutes, les plus proches, basés à Maisons-Alfort, ne devraient pas tarder. Et si les ravisseurs paniquaient ? Wahl avait évalué le nombre d'employés à sept ou huit en ce début de matinée,

autant de victimes potentielles...

Attendre ou y aller ?

À l'instant où le policier allait consulter son binôme, une rafale d'arme automatique jaillit d'un des puits de lumière en un fracas assourdissant. Un calibre de guerre traversa l'épais plastique qui explosa en éclats, ne laissant que quelques longues pointes acérées.

Anthony sortit de sa cachette, s'élança avec agilité sur la passerelle pour rejoindre les hommes de la BRI. Il s'approcha de Francis :

– Si on attend il va y avoir un massacre là-dedans. Donne-moi une arme, on y va !

De la même trempe que lui, les policiers acquiescèrent d'un simple échange de regards. Francis détacha son Manurhin de sa ceinture et le remit à Anthony.

– Vous savez comment ça fonctionne ?

Il n'eut pas le temps de terminer sa phrase : Wahl avait ôté le cran de sûreté du puissant revolver.

Une seconde salve déchira de nouveau le silence, cette fois-ci à l'intérieur, matérialisée par un éclair.

D'un geste réflexe, chacun des trois hommes cassa « sa » verrière à coups de crosse, puis ils pénétrèrent simultanément dans les locaux en un saut vertigineux. Conditionnés depuis des années, autant à se réceptionner qu'à dissocier un otage d'un ravisseur, les professionnels firent feu telles des machines. Analyser la scène et assurer son action avec discernement ne prit pas plus de temps à Wahl jr., déjà allongé sur le ventre comme au stand de tir. Les assaillants ripostaient au 11.43 et à l'Uzi, des armes ravageuses. La fureur emplissait l'étage, noyé dans un brouillard dense saturé de poudre acre, de traits lumineux et de cris de panique.

« Au sol ! Au sol ! »

Le commando improvisé hurlait aux otages l'ordre de se coucher.

Au bout de longues secondes, les coups de feu cessèrent. Anthony s'empressa d'ouvrir deux fenêtres opposées pour dissiper la fumée, puis fonça vers le bureau de son père. Wahl sr., affalé sur son fauteuil, blême, grimaçait de douleur... mais était vivant. Il rassura d'un « c'est bon pour moi, va voir les autres » sans réplique, puis ajouta : « Je n'ai pas vu Chardin en arrivant, vérifie si elle est là. »

Alors que son fils repassait la porte, il désigna, comme distrait de la douleur par la satisfaction du travail accompli, un homme corpulent dont les intestins, en partie sortis de son ventre, se répandaient sur une table basse en un flan sanguinolent. Derrière lui, un énorme trou dans le mur.

– Celui-là c'est moi qui l'ai eu.

Tony récupéra l'arme du cadavre, celle de son père, puis, forçant toutes les portes d'un coup de pied, prêt à tirer, retourna dans le hall.

Le personnel regroupé derrière le comptoir d'accueil par les malfrats, certains présentaient des coupures superficielles dues à des échardes de bois et de verre, mais c'est plus la violence de l'épisode, le bruit de tonnerre qui les maintenaient figés dans la peur. Les deux policiers sécurisaient l'étage, leur gilet pare-balles plusieurs fois éraflé, un de leurs collègues au tapis, le second en train de porter secours. Un cadre avait été atteint, inconscient, qui baignait dans son sang devant l'ascenseur. Berset. Anthony arracha une rallonge électrique pour lui faire un garrot à la cuisse. Sur le dos, impossible de remarquer la balle qui s'était logée entre ses épaules. Wahl jr. lui adressa une parole de réconfort, fit appeler le SAMU, assigna un employé à sa surveillance puis demanda avec la fermeté adaptée à son personnel, hagard : « Allez, on se regroupe dans la salle de repos, il n'y a plus de danger. »

Raymond Wahl, sorti de son bureau, enjambait des débris de toutes sortes. Parvenu dans la pièce, pendant que ses salariés se rasséranaient, il se tenait le bras droit, enroulé à la hâte dans une nappe en papier que l'hémorragie faisait se désagréger à vue d'œil. Il interrogea son fils, qui venait à sa rencontre. Anthony lui indiqua l'état préoccupant de Berset, ainsi que celui du policier atteint.

– Chardin ?

Wahl jr. fit non de la tête.

Les cinq assaillants hors d'état de nuire, le visage déchiqueté ou la poitrine ouverte par les rafales de MP5 et les tirs de l'arme de poing confiée à Wahl jr., savoir qui avait éliminé qui n'était pour l'instant pas la priorité ; seul le résultat comptait.

Les rescapés venaient d'être soumis à une pression phénoménale. La tension ayant pénétré l'infirmerie improvisée, ils tremblaient encore d'effroi, certains en pleurs.

Wahl sr. apparut, stoïque malgré une chemise maculée de sang, rassura avec la puissante aura du patriarche. Une secrétaire formée aux secours s'empressa vers lui munie de compresses hémostatiques et de pansements.

Les renforts vite accourus de la banlieue sud, nul n'aurait pu anticiper ces circonstances extrêmes. Comment les truands étaient-ils parvenus à déjouer le dispositif ?

Lorsqu'elle reçut l'appel, la secrétaire-secouriste, passa, chancelante, le combiné à son PDG. Il lui ordonna de ne rien divulguer et pria à distance son fils, interrogé par les autorités, de le rejoindre.

Dans un angle du hall d'accueil, CIC lui glissa à l'oreille que, sa protection à elle aussi neutralisée, Chardin était retenue en otage par un second commando chez elle, dans les Hauts-de-Seine. Coup de chance, lors de ce dernier appel, les ravisseurs n'avaient pas exigé de parler à leurs complices, et la jeune femme de la WIPE, avant d'éclater en sanglots, avait fait preuve d'une présence d'esprit inespérée en n'évoquant pas le chaos. Leur ignorance de l'assaut laissait un peu de temps pour réagir.

Wahl sr. confia :

– Garth est en route, il ne devrait plus tarder, je t'expliquerai.

Anthony recevait fort et clair, demander des éclaircissements n'était pas nécessaire.

– Si nous en parlons aux policiers, l'un d'eux hors course, ils risquent de vouloir le venger, ce qui se comprendrait. En attendant d'agir, reste à espérer que les types de Sèvres ne rappellent pas pour qu'on leur passe leurs petits copains…

– Allons-y !

– Non papa, je t'assure que tu n'es pas en état. Repose-toi. Dès que je suis sur place je te contacte à la maison. Il vaut mieux ne pas prévenir maman, tout devrait être réglé quand le jour se lèvera, là-bas.

Garth Benson arrivait porte d'Italie. Il venait de parcourir en neuf heures les 1 200 kilomètres qui séparaient Aviano de Paris.

Dans un recoin du parc de Saint-Cloud, Wahl jr., Armand, Bogaert et ses éléments les plus solides appelés à la rescousse, envisageaient des tactiques. En plus de ses hommes, le patron de la société de protection avait réuni des talkies-walkies, des gilets pare-balles, un contact de Wahl sr. fourni des armes. Dès son apparition, Benson prit naturellement le commandement.

...

Anthony, suivant ses instructions, revenait de reconnaissance.

– Garth, il y a bien du monde à l'intérieur. Pas de guetteurs… mais pas de policiers non plus.

Aucune radio repérée après l'attaque, au cas où le commando de Sèvres aurait tenté de joindre ses complices, Wahl jr. avait pensé à décrocher tous les téléphones du bureau avant de partir, en l'espoir de simuler un dérangement. Mais le subterfuge ne tiendrait pas longtemps. Les informations transmises par Wahl sr. au jeune lieutenant-colonel américain lui avaient permis d'affiner sa stratégie, ébauchée au volant d'après ces maigres éléments. Le véritable arsenal qui bourrait son coffre – grenades assourdissantes, pistolets-mitrailleurs MAC-10, explosifs et détonateurs, « assez pour envahir la Corée du Nord » –, autoriserait, en théorie, la mise en œuvre de sa stratégie. Depuis un dîner chez Chardin, le plan précis de la résidence s'était inscrit dans sa mémoire, déformation professionnelle. Pour les autres, il venait d'en scotcher sur la camionnette son croquis fidèle tracé sur une grande feuille.

La résidence des Saules implantée sur une hauteur, l'entrée principale donnait sur une avenue à fort passage, puis un ascenseur menait à une allée qui distribuait les cinq immeubles, du S1 ou S5. La mission : s'approcher en toute discrétion de celui de Chardin, le S2, puis pénétrer en force simultanément par les fenêtres, la porte principale et celle de service.

Difficulté majeure, toujours la même dans ces cas-là : faire le tri entre « amical » et « hostile ».

Garth assigna un accès à chaque homme, à qui il remit, en plus de son arme, un pain de Tovex, un détonateur et une grenade. Ils savaient quoi en faire. Il se chargerait de la porte palière et donnerait ainsi le signal, à Wahl jr. au balcon, à Armand à la porte de service et aux autres aux différentes fenêtres. Dans la foulée de la première détonation, chacun devait pulvériser son accès pour garantir l'effet de stupéfaction, lancer sa grenade, puis les tireurs, suivant les mots de Benson, «nettoyer» les lieux.

Les membres du commando se mirent en place, une partie via la petite rue qui longeait en surplomb l'arrière de la résidence, l'autre le long de l'allée, toujours pas surveillée. D'abord en approche aux jumelles, puis de l'étage supérieur, Chardin fut localisée dans son salon, assise dans un fauteuil, encadrée par deux ravisseurs, l'un debout, l'autre sur une chaise. Un troisième mangeait dans la cuisine, le dernier gardait l'entrée.

Quatre cibles, toutes armées. Aucune trace des policiers.

«One shot, one killed» avait conclu Garth à l'issue de son briefing : «Un tir, un mort. »

Sa charge éparpilla l'homme qui avait eu la mauvaise idée de s'adosser à la porte palière. Toutes les vitres furent fracassées et l'équipe, après avoir déclenché les explosions, profita du chaos pour investir les lieux en tirant à feu nourri sur les malfrats, auxquels elle ne laissait aucune échappatoire. Leurs chairs furent projetées sur la peau de la pauvre femme, statufiée par les déflagrations et les rafales. Plaquée au sol, Garth, entré le premier, la protégeait de son corps tout en continuant à arroser d'une main au 9 millimètres.

L'appartement finit en zone de guerre, ses objets et ses meubles rares brisés sans exception, ses murs criblés d'impacts, la moquette gonflée de sang, jonchée de fragments de bibelots et des centaines d'étuis qui venaient d'être éjectés en moins d'une minute. Les ravisseurs gisaient, tous hors d'état de nuire, blessés ou morts. Commotionnée, Chardin était sauve.

Anthony Wahl résuma l'assaut à son père d'un sobre « c'est fait. »

Le surlendemain, les Wahl réunirent l'équipe fantôme de Sèvres et le binôme de la BRI dans un lieu discret pour le «pot de l'amitié». Sans se concerter, tous refusèrent net les importantes gratifications préparées dans des enveloppes. Chacun, suivant son parcours, savait ce que « fidélité » voulait dire et n'eut pas à disserter sur ce qui l'avait motivé pour prendre part à l'opération. Les Wahl, de cette race-là, comprirent sans peine. Rien n'empêcherait que de beaux cadeaux leur tombent du ciel durant les mois à venir… Garth proposa à Anthony de repartir avec lui en Italie pour fêter cette victoire comme il se doit, tandis que Raymond

Wahl se rapprocha de ses contacts du « 36 » (la PJ). Sur le chemin de l'autoroute du Sud, les deux amis passèrent prendre chez eux leurs invités, Jorge et Francis.

L'enquête clarifia le modus operandi, ainsi que les motivations des agresseurs : ces vulgaires droit commun projetaient d'enlever un ou plusieurs Wahl en vue d'obtenir une rançon évaluée à dix millions de francs.

L'on apprit que la prise d'otages avait commencé la veille au soir. Wahl jr. resté seul, les deux policiers en faction à l'étage auraient pu informer leurs collègues du sous-sol de ce qui se tramait, lors de l'appel de contrôle de trois heures du matin. Malheureusement, la jeune recrue au talkie-walkie ne connaissait pas le truc de la réponse négative.

En début de nuit, Wahl sr. avait profité d'un instant d'inattention de son geôlier pour composer le numéro de la garnison de Garth en Vénétie puis, le combiné mal raccroché, fait semblant de lire tout haut une plaquette publicitaire et adroitement résumé la situation en prenant soin de placer plusieurs fois, en anglais et en italien, «transmettre à Garth Benson». Le garde de nuit, la puce à l'oreille, prit l'heureuse initiative de faire réveiller son chef. Il valait mieux risquer un savon que passer à côté d'un cas grave. Garth, le topo du standardiste en main, se mit tout de suite à gamberger. Il récupéra un véhicule rapide, de l'artillerie, et gagna Paris.

Chez Chardin, les deux policiers bouclés par le commando dans la chambre de bonne mitoyenne furent libérés peu après.

Donna Wahl fut avertie des événements par son mari alors qu'elle s'apprêtait, comme chaque matin, à faire quelques brasses dans l'océan, à Pacific Palisades.

Après un minutieux repérage, les malfaiteurs étaient arrivés, avant l'alerte donnée par les RG, à déjouer la sagacité des forces de l'ordre en occupant un bureau vide pendant plus d'une semaine, deux étages plus bas. L'accueil rejoint par le conduit principal de ventilation mécanique grâce à un équipement à la Spaggiari, il suffisait au commando de défoncer le faux plafond à la dynamite, fragilisé d'avance entre deux rondes, pour surprendre le personnel matinal.

Impossible d'obtenir quoi que ce soit des ravisseurs survivants. Seul le pedigree de leur chef, supprimé par Wahl sr., révéla des accointances avec les Brigades rouges, évoquées très tôt par Bousy.

Considérant la masse d'informations à réunir pour organiser une telle action, les Wahl père et fils, confortés par Garth Benson, continuaient de suspecter la complicité d'un tiers, dont on ne parvenait pas à trouver l'identité. On apprit que Berset, d'un geste héroïque mais malheureux, s'était interposé entre les assaillants et une collègue menacée, l'infortuné policier, lui, touché à la gorge. Celui qui tenait Raymond Wahl en respect lui avait d'office ouvert l'épaule d'un coup de baïonnette en vue de stopper toute velléité, manquant de peu l'artère sous-clavière, n'aurait pas pu anticiper que le puissant patron puisse détenir un revolver chargé dans le tiroir de son bureau.

« Monsieur Wahl, nous avons mis sous scellés toutes les armes utilisées dans la tour lors de l'assaut, sauf celle qui a éliminé le type dans votre bureau, un 357 chambré en 44, plutôt prévu pour la chasse à l'éléphant.

– Quel 357 ? »

Le personnel, présent ou non lors de l'attaque, traumatisé, ne prenait d'habitude connaissance de tels événements que par les journaux télévisés. Certains démissionnèrent, la mort dans l'âme, tant leur était insupportable l'idée de revenir travailler, même plus tard, dans un cadre aussi morbide.

Le lundi suivant, les Wahl, imperturbables, entamaient leur semaine presque comme si de rien n'était, juste gênés dans leurs activités par la présence des artisans qui entamaient la reconstruction des lieux à l'identique.

Chardin à son poste elle aussi, la première fois qu'elle parcourut le couloir principal, tous les employés sortirent de leur bureau en l'applaudissant. Elle entendit plusieurs « vite et bien » à son passage puis se remit au travail.

Anthony attendait comme chaque soir l'appel de Malvina, cette fois-ci de chez elle et non plus de la cabine de Maple Drive : elle était rentrée.

XIV.

Nano diplomate

L'Amérique de 1978 avait bien trop à offrir à ses jeunes visiteurs pour leur laisser le temps de souffler. Dès leur arrivée sur son sol, elle s'était ingéniée à désintégrer les convictions qu'ils s'en faisaient depuis toujours. Au sortir d'un virage, Manhattan leur réservait son premier tour, un tour à sa façon : sa silhouette colossale, surgie de l'horizon, un vrai outrage, un coup de batte de base-ball en pleine face. New York, trop grande pour des repères européens, mais à la puissance inévitablement séductrice. Gigantisme, esprit d'entreprise, société de consommation à outrance, violence à son paroxysme, l'électricité ambiante, l'héritage du passé ne pouvaient qu'emporter les millions de touristes dans ce vortex permanent, jusqu'aux plus incrédules d'entre eux.
New York était la fosse septique du monde, mais personne n'en revenait déçu.

Un après-midi de décembre, alors que, les jeunes Français assis dans leur car, la magnificence et la décadence de Gotham s'entrechoquaient encore en eux, l'aventure allait prendre une autre forme. Ces familles de Nouvelle-Angleterre venues les chercher au lycée de Concord leur ouvraient à double battant leurs grosses voitures, leurs grandes maisons et leur cœur immense.

Le hasard aurait pu jumeler Tremblay-lès-Gonesse à un patelin du Kansas, ses lycéens eurent la chance de tomber sur le véritable creuset de la Nation, là où, à l'issue des combats les plus sanglants, des personnes éprises de liberté s'étaient regroupées pour fonder une colonie d'une centaine d'âmes puis, après bien des embûches, leur propre pays. Comment imaginer que de telles boucheries aient eu lieu dans une région aussi paisible et magnifique ? Quel plaisir de la traverser, tôt, à bord du bus jaune, jusqu'à la grille du lycée, de repérer sur le chemin, à travers la fenêtre, ses collines enneigées, ses clairières poudrées de blanc, ses rivières scintillantes enjambées d'antiques ponts couverts. Qui aurait parié s'y rendre de bon cœur à l'aube pour préparer le bac avec tant d'impatience ? Son sac à dos JanSport sur l'épaule, un brown bag à l'intérieur, le serment du matin vite retenu, comme il était exaltant, quand on y pense, de retrouver l'affriolante mademoiselle Chalmers, monsieur Janáček, le principal Rayton, les casiers, la cafétéria… Là encore, en plus de l'histoire, les moins motivés s'étaient mis à progresser en anglais, sans le moindre effort ! Au Scoops, on goûtait autant l'indépendance, sans les parents, que les glaces ou les cookies. Ah ils étaient loin Paul-Langevin et la banlieue nord, on n'avait pas hâte de les revoir. Et la voiture… Aider les correspondants à déneiger leur allée pour partir en balade n'avait rien d'une corvée. Vivement le permis de conduire ! Au retour, le frigo se laissait piller ou, de manière plus civilisée, on dégustait en famille une spécialité régionale, pourquoi pas accompagnée de compote de pomme.

Cette évasion annuelle parvenait également à transfigurer les profs qui, loin de chez eux, devenaient d'autres personnes. Au lycée de Concord ils se montraient plus détendus, plus coulants, remisaient un temps leur panoplie d'enseignant rigide. Lors des sorties, eux aussi choisissaient des souvenirs à rapporter à leurs enfants, à leur femme ou leur mari, allant jusqu'à demander conseil à leurs élèves. *Ils étaient donc comme nous ?*

Au-delà de cette parenthèse, de l'arrivée de 1979 au tempo permanent du disco, un supplément imprévu avait cueilli les adolescents : l'amitié sans chichis, et parfois même l'amour ! Entre Français, avec des Américains, s'il y a un domaine où les choses se déroulaient de façon strictement identique dans les deux pays, c'était bien celui-là. On découvre l'autre, on ne sait pas quoi faire, on espère les sentiments réciproques. Finalement deux cœurs battront de concert... ou non. On pense que c'est pour toujours, ça le sera ou pas. Rendez-vous en France, à Tremblay-lès-Gonesse !

Au 1562 Maple Drive, Baby Chad rigolait comme n'importe quel jour devant les Ernest et Bart de *Rue Sésame*, ses habits de la messe dominicale préparés par sa mère pour l'occasion. Une seconde dent s'apprêtait à faire son apparition. Le bébé n'intégrait pas bien sûr la notion de départ, pas plus que les petits élèves de « mademoiselle Beadle ». Becca non plus, qui ne comprenait pas pourquoi on avait fait dire au revoir par Arabella au lapin sans oreilles, ni pourquoi les bagages de sa fée venue d'ailleurs attendaient dans l'entrée. Où allait-elle ainsi encombrée ? À quelle heure rentrerait-elle ?

Malvina mettait la table pour la dernière fois. Elle avait refait une forêt-noire, sans conviction, le dessert le plus triste qu'on puisse imaginer. Quand les Maroney arrivèrent, ils la remercièrent, mais le cafard général sourdait, qui ne pouvait qu'affecter ces précieux instants.

Finis la vie à l'américaine, le school bus au petit matin, les départs en excursion, les après-midi au Scoops. Il était temps de partir.

Les pick-up des familles convergeaient vers le parking du premier jour. Les jeunes Français riaient encore, mais avec moins d'allégresse, sans doute pour cacher leur amertume. Il fallait remercier les parents, dire au revoir aux correspondants, pas plus fiers, qui se consolaient en pensant à leur voyage en Europe, aux retrouvailles l'été prochain… Natalie avait fermé son cabinet et Dun pris sa journée pour raccompagner leur « Joie de vivre » à son point de départ, suivis en voiture de patrouille par Talullah, Eugene et Chad, dans son plus beau body. Depuis la veille, Mabel ne pouvait s'arrêter de pleurer, réconfortée par Malvina, qui serrait les dents et la relayait aussitôt. Elle avait tenté une plaisanterie sur l'inaptitude de son amie à jouer d'un instrument, avant de fondre en larmes. Entre piété et blasphème, les Maroney remerciaient le Bon Dieu que leur invitée ait remplacé Florence Berthet, heureusement remise sur pieds. Qui d'autre que Malvina pour apporter avec elle autant de bagages invisibles bourrés de gentillesse, de gaieté, de simplicité et intelligence ? Ils n'oublieraient pas celle qui avait illuminé leur maison des bois dès les premières minutes, son sourire, son âme, son cœur, pleins de bonté et d'élégance. Mieux que quiconque ils comprenaient sans mal ce qui avait séduit le jeune « professeur » en limousine, devenu leur ami. Grâce à Malvina, ils se faisaient la bise, depuis peu, et dînaient plus souvent ensemble, à table. Son portrait avait rejoint les photos de famille de l'entrée.

Quand le bus s'était éloigné, comme il était arrivé trois semaines plus tôt, personne n'avait cherché à contenir son chagrin.

*
* *

Le froid incarcérait toujours la région parisienne. Aux grilles du lycée, un bâtiment bleu de type Pailleron, on guettait frigorifié le tournant de l'avenue d'où devait apparaître d'une minute à l'autre le car en provenance de Roissy. Pour rassurer les parents, monsieur Yvinec avait appelé le proviseur dès l'atterrissage. Certains préféraient aller chercher eux-mêmes leur enfant à l'aéroport. Tel fut le cas des Malméjac, impatients de revoir leur fille, ainsi que Malvina, qu'ils déposèrent à sa porte, Nadine Dhaucourt n'ayant pas pu se libérer. Une étrange période de réadaptation s'annonçait, mais les sœurs pourraient sans coup férir compter l'une sur l'autre.

Malvina pénétra dans la maison son skate sous le bras, sa valise et son radiocassette posé par terre le temps d'ouvrir. L'odeur de cuisine et de Cif la réconforta. Ses premières cartes postales étaient punaisées près du frigo. Elle ne fut pas surprise qu'il n'y ait personne pour l'accueillir, mais l'amertume remonta de sa gorge, plus soutenue que d'habitude, lorsqu'elle revenait de Cannes après les vacances. Elle devait être la plus déstabilisée de tous, inconsolable d'avoir laissé, à quelques heures d'avion mais si loin, son expérience américaine, son second foyer, folle de joie à l'idée d'embrasser sa vraie famille, et son Tony. Elle entra dans sa chambre où l'attendaient, disposées un peu partout, une quinzaine de peluches, qui guettaient le retour en héros du lapin ambassadeur. Un ours et un Casimir tenaient devant eux un « bienvenue » multicolore écrit d'une main enfantine sur une feuille de papier. Malvina sortit le diplomate de sa manche de pull, s'assit sur son lit et pleura doucement en le serrant contre elle. Trop d'émotions se télescopaient dans son cœur si fragile.

Sa nature énergique reprit le dessus. Elle installa Nano sur son coussin Concorde, quelques poupées et pandas autour de lui pour le réconforter et alluma la télévision du salon pour s'occuper l'esprit en attendant son

344

petit frère, sa couverture pelée sur les épaules, qui ne devrait plus tarder.

Lorsqu'elle entendit la poignée de la porte, elle n'eut pas le temps de réagir. Son autre grand amour laissa tout en plan, fonça à travers la pièce pour se jeter dans les bras de sa sœur en hurlant « Minaaaa ! » Nul besoin de retenir des litres de larmes et des kilos de baisers. Quel bonheur de revoir la tête blonde de son petit Linus, ses yeux bleus transparents, sa frimousse toujours joyeuse, son parfum de fraises Tagada !

Malvina contemplait le visage poupin qui lui montrait sans parler qu'il l'aimait plus que jamais. Elle caressait les cheveux doux, à peine repoussés depuis l'épisode du chewing-gum.

– Nano ! se rappela-t-il. Il courut embrasser le lapin qui représentait tant à ses yeux, sans même qu'il connaisse sa véritable histoire, rejoint par Malvina.

– Il est beau son coussin au Nano, c'est un cadeau de Tony ?

– Je vois que maman t'a raconté… Oui mon poulet. Le coussin DE Nano. Et toi, tu veux voir les tiens, de cadeaux ?

Le petit garçon, pourtant comblé d'habitude par la moindre attention de sa sœur, en avait oublié sa fameuse liste.

Elle le précéda dans sa chambre où l'attendaient sur son couvre-lit à vagues en velours vert le Garfield en peluche, le réveille-matin Ernest et Bart, le *Stretched Armstrong* extensible, une quantité de souvenirs accumulés depuis New York, la voiture de Kojak… « et des bonbons américains ».Sans le lui dire, les Maroney avaient placé dans sa valise une lunch box à l'effigie du chat orange… et une Snoopy pour elle. Bouli lui montra fièrement ses vingt et une enveloppes-surprises, sans doute décachetées avec un peu d'avance, puis se jeta de nouveau sur ses paquets. Il fallut plusieurs fois lui signaler qu'il en restait à déballer, car à chaque ouverture correspondait un câlin. Noël multiplié par dix. Il ne savait plus où donner de la tête.

La mère de Malvina rentra en début de nuit. Le garçonnet avait dîné et dormait depuis peu, ses cadeaux alignés sur son petit bureau, des papiers de bonbons sur sa table de chevet, la tête pleine de rêves américains. Il tenait fermement son Garfield contre lui.

La jeune voyageuse, elle, somnolait devant l'écran vide de la télévision, la couverture jusqu'au cou, lorsque le bruit familier de la serrure l'éveilla. Mère et fille s'étreignirent à leur tour, sans parvenir à parler, pour la première fois séparées aussi longtemps. Ses cadeaux sur la table du salon, dont l'envoûtant Enjoli, aussitôt adopté, et la dispendieuse crème Estée Lauder, Malvina entama son récit.

Les deux femmes commencèrent à rattraper ce trop long éloignement devant leur traditionnel café, éclairées de la lumière tamisée du lustre.

– C'est cent fois trop ma Grenadine. J'ai vu les cadeaux dans la chambre de Boubou : et toi, tu ne t'es rien acheté ?

– Si si, ma casquette « I love New York ».

Nadine parla de son travail, des clients célèbres, artistes et ministres, servis durant ces trois semaines. Parmi les mille choses à raconter, la fugue new-yorkaise du premier soir aurait suffi à meubler le reste de la nuit. Quant à Atlantic Bay… Il n'y a qu'avec une mère, et surtout une mère aussi compréhensive qu'un tel sujet pouvait être abordé sans risque d'esclandre.

Au fil de la conversation, Nadine observait sa fille, rassurée de la retrouver inchangée, mais la percevait plus épanouie et enthousiaste que jamais, moins hésitante, sans aucun doute très heureuse. Elle se réjouissait qu'elle lui parle librement de ses sentiments pour son Tony. Depuis le coup de fil passé du coffee-shop, au cours duquel elle lui avait révélé « avoir fait la connaissance d'un garçon », elle lui dit s'être inquiétée, mais moins des circonstances singulières de la rencontre que des répercussions possibles. Malvina prenait tellement tout à cœur quand il s'agissait des autres, alors son premier amour…

…

– On devrait aller se coucher, tes yeux se ferment.

– Oui maman.

– Merci pour mes cadeaux ma fille. Je te sens mûrie mais suis rassurée, tu es encore un peu folle, mais toujours aussi gentille. Demain je suis de repos : je t'emmène à Paris, n'oublie pas que nous avons des courses à faire pour ce soir. Je porterai mon nouveau parfum !

– Pardon ?

– Ben oui, ma fille a quelqu'un à voir, non ? Une promesse est une promesse.

– Merci maman. On pourra refaire comme ce soir ?

– Bien sûr ma Mina. Même si maman est beaucoup au travail, elle sera toujours là pour sa fille adorée, toujours.

XV.
Fille-fruit, fille fleur

Plutôt que lui donner cinquante francs pour aller chez Hair 2000, le salon du centre commercial, madame Dhaucourt s'était mise d'accord avec ses collègues pour intervertir samedi et dimanche sur son planning afin d'accompagner sa fille chez son coiffeur de prédilection, puis chez son esthéticienne du quartier Mabillon, rendez-vous du Paris littéraire. En remontant le boulevard Saint-Germain, elles choisirent « entre femmes » une petite garde-robe dans deux-trois boutiques, de la lingerie *Les Folies d'Élodie*, et terminèrent leur périple chez Mado, la coiffeuse de la rue de Buci. D'où qu'elles sortent, les hommes de tous âges se retournaient sur le passage parfumé des deux Parisiennes. Les parfums américains s'avéraient diablement efficaces !

Elles firent une halte au drugstore Odéon, échangeant sur tout et sur rien devant leur Coca, l'épuisement qui suivait la période des fêtes au restaurant, l'enchantement du séjour, le retour au lycée le surlendemain, la notion de « coup de foudre ». Sans aborder le thème de l'amour physique. Mais la confiance scellait leur relation depuis toujours. La lycéenne savait qu'elle trouverait quoi qu'il arrive une écoute bienveillante auprès de sa mère. Nadine, elle, connaissait sa fille mieux que quiconque, savait qu'elle ne se donnerait à la légère sous aucun prétexte. Une ou deux fois par mois elles partaient ainsi faire du shopping, à Parinor ou aux Galeries Lafayette, mais jamais avec autant de légèreté, de connivence, et surtout dans de telles circonstances.

Le moment fatidique approchait.

Après les courses, le soir venu, toute la rue Monge, les Gobelins, l'avenue d'Italie remontés, Nadine déposa sa fille au métro Maison

Blanche, le ventre noué d'une maman camouflé d'un sourire d'encouragement peu convaincant. Sur le trajet, les lieux habituels de la jeune fille défilaient sous ses yeux : le marchand d'affiches de la rue des Anglais, Casual, son surplus américain, le Rialto… À la fois sereine et désorientée, elle avait le sentiment de leur dire adieu. Le matin, elles étaient parties, mère et fille, à bord de la nerveuse petite auto et là, ravissante, Parisienne sophistiquée, c'est presque une femme qui, dans le rétroviseur, faisait au revoir de la main, envoyait, pleine de joie et de reconnaissance, des baisers à sa mère.

Sur le chemin du retour, les vêtements de « l'ancienne Malvina » restés dans son coffre, Nadine libéra ses pleurs d'un coup. Les images arrivaient, prenantes : sa venue au monde, le tout premier «maman» entendu de la cuisine, Nano à la maternelle, les bras d'un père absent…

Une époque tirait sa révérence.

Anthony, tout juste revenu d'Aviano, se revigorait sous l'eau fraîche. La perspective de recevoir son grand amour rendait la fatigue du voyage négligeable. Cette visite marquerait un second départ.

Au téléphone tous les soirs, ils avaient exulté en chœur à l'annonce du feu vert accordé par madame Dhaucourt pour ce week-end à deux. La séparation devenue insupportable, les voix qui, transmises par les câbles sous-marins, se croisaient sous l'Atlantique, ne suffisaient plus. La peau, l'odeur, les cheveux, la chaleur de l'autre, le manque physique se faisaient trop cruels. Mieux qu'une quelconque sortie, les amoureux s'étaient mis d'accord sans le moindre débat : l'intimité du grand appartement permettrait enfin à la jeune fille de découvrir le décor de celui qu'elle aimait et admirait tant, à coup sûr indissociable de sa personnalité. Ils pourraient rattraper le temps perdu et discuter à loisir. Elle pressentait le luxe des lieux, mais aurait sans difficulté accepté une chambre de bonne pourvu qu'ils soient réunis.

Malvina entra dans la tour. Alors que le portier l'annonçait par l'interphone, elle remarqua deux hommes installés dans des fauteuils, se demanda ce qu'ils pouvaient bien faire là.

Pieds nus, en peignoir, Anthony attendait sur le palier, le cœur battant.

Pendant la montée, Malvina ressentit une forme de claustrophobie inédite qui allait vite devenir insupportable. Elle préféra fermer les yeux, ses sacs serrés contre sa poitrine qui se soulevait à un rythme trop élevé.

Le numéro des étages s'affichait simultanément à l'intérieur et au-dessus de l'ascenseur.

34-35-36. La cabine s'arrêta, les portes coulissantes s'ouvrirent.

Délivrance.

L'élan amoureux le plus puissant la projeta contre son Tony. Il eut à peine le temps de la voir, mais c'était bien la Malvina sublimée dans tant de rêves et tant d'endroits, incroyablement jolie, qui venait de se souder à lui. Il aurait voulu contempler cette beauté aperçue une fraction de se-conde, mais impossible de dissocier les deux corps restés trop longtemps éloignés.

– Je t'aime tellement, parvint-il à articuler.

– Je t'aime mon chéri.

Ivres de passion, ils rattrapaient les jours et les nuits en se respirant à pleins poumons, se gorgeaient l'un de l'autre.

Quand le maquillage eut fini de se transférer sur l'éponge blanche, ils trouvèrent enfin la force de se séparer, liés par les avant-bras pour ressentir la précieuse connexion de l'avion, intacte, incrédules, attendre que l'embrasement ménage un peu de place au ravissement.

La réalité allait être fugace.

Anthony écarta les pans du nouveau manteau pour commenter :

– Une robe ! Elle te va bien, encore mieux que celle de Marjorie à l'après-midi square dance. Et des talons !

Il aurait voulu éviter les banalités, que ses paroles soient au niveau de ces minutes historiques.

– Cette fois-ci, c'est moi qui ai choisi, et tout m'appartient !

Il réunit les paquets tombés au sol et la fit entrer.

– Je préfère cet ascenseur à celui de la YMCA. Ta coiffure, tes yeux, tu es plus belle que jamais.

– Toi aussi. Tu es encore plus beau que dans mon souvenir.

Les cerveaux abdiquaient.

Après avoir admiré le hall de l'immeuble, rien qu'à la vue furtive du cachet de l'appartement, Malvina tenta de se donner une contenance. Elle avait échafaudé un genre de discours, mais une fièvre inconnue finissait de prendre possession de son corps et de sa raison.

Des bribes de conscience lui autorisèrent encore quelques mots :

— Tu vas nous prendre pour des hommes des cavernes quand c'est toi qui viendras à la maison.

— Pas du tout mon amour, je l'adore déjà ta maison.

Il referma la porte puis l'embrasement prit le commandement.

De nouveau face à Tony, elle lui saisit la main, qu'elle glissa dans son décolleté, sous son soutien-gorge. Elle murmura sans détour ni équivoque, menton en avant : « J'ai envie. »

Elle avait relâché le bras, Tony maintenait sa main pressée sur un sein ferme, son doigt courant sur la pointe dressée. Il ne réfléchissait plus, attendait cela depuis si longtemps… L'autre main posée sur le bas de ses reins cambrés, puis sur ses fesses, la comprimait contre son sexe. Elle sentit le désir viril, guida la main sous sa robe, au-delà du duvet de son ventre. Il se laissait faire, la conscience n'y pouvait plus rien.

— Moi aussi. Tu es sûre ? Tu prends bien ta pilule ?

— Plus que sûre. Oui, je la prends.

Tels furent les derniers mots prononcés.

Elle s'écarta, l'emmena à grandes enjambées au fond du couloir vers une pièce qui ne pouvait être que la chambre. Leurs sens se mirent à grésiller comme des fusibles, trop tard pour raisonner. Les amants se laissèrent tomber sur le lit, se retrouvèrent sans le réaliser nus l'un contre l'autre. Ils firent l'amour avec fougue, elle transportée par la puissance et la douceur de son premier partenaire, lui les facultés annihilées face à l'intimité de sa princesse. *Oui, elle était intégralement belle.*

Il savait où placer ses mains, ses doigts, sa bouche, sa langue, pour cette première fois à égalité dans la recherche de jouissance.

Elle se laissait faire, prenait des initiatives, devenait impudique.

Le plaisir les rendait incandescents.

Leurs étreintes répétées finirent par les épuiser.

Restée nue sur le sol, Malvina se redressa lorsqu'elle sentit le fumet inimitable du café et du pain grillé. Anthony entrait dans la chambre en tenant un plateau de petit déjeuner. Affamés, ils trouvèrent un goût inédit à tout. Bien meilleurs, le pain croustillait, la confiture de framboise explosait de saveur à chaque bouchée.

Tout ce samedi soir et ce dimanche de janvier, l'appartement de la porte d'Italie devint leur île. Alors que la vie grouillait dans le quartier, ils ne pensaient qu'à leur union et à leur plaisir, ne s'arrêtaient que le temps de dévorer n'importe quel aliment pioché dans le frigo, ou de se régénérer sous la douche. Quand l'un tardait à revenir sur le lit, l'autre le rejoignait et ils faisaient l'amour où ils se trouvaient, à même le sol, sur le froid du marbre ou la douceur de la moquette.

Groggy, ils finirent par dormir quelques heures à la toute fin de ce week-end fabuleux. Ces retrouvailles avaient surpassé leurs rêves les plus romanesques et leurs fantasmes les plus crus. Ils n'avaient que peu parlé – ils en auraient bien le temps –, juste laissé leurs corps s'exprimer. Rien ne s'était passé comme chacun l'avait plus ou moins conçu. Malvina ne visita pas l'appartement.

En culotte dans la cuisine, elle appela sa mère au travail pour la rassurer, lui dire qu'elle serait à l'heure au lycée. Tony la reconduisit dans sa banlieue par le périphérique et l'autoroute du Nord, trajet qui lui avait tant porté bonheur. Ils passèrent devant l'immeuble de Doriane. Elle lui montra l'étage où celle-ci devait penser à sa sœur, en se réjouissant de son bonheur.

Lorsqu'il l'eut déposée, elle lui fit du haut des marches le même signe que le premier soir à la YMCA, quand, la porte à tambour passée, elle avait dû rejoindre précipitamment le groupe et qu'il avait mis en jeu son avenir sur ce simple geste.

Rentré chez lui, un verre à la main, debout face à Paris, encore incrédule, Anthony Wahl réalisa que sa Malvina était devenue fille-fleur.

Épilogue :
le mot de l'auteur

Les jours suivants furent enflammés. Les amants exploraient leur passion dans l'incroyable appartement, que Malvina put enfin visiter, ainsi que son « nouveau quartier ». Presque chaque soir après les cours, un taxi viendrait la chercher au lycée pour la conduire dans le treizième arrondissement. Mais elle ne négligerait ni sa famille, ni ses amis, et encore moins sa jumelle.

Après l'épreuve, le quotidien d'Anthony changeait lui aussi. Celle qu'il présentait comme sa fiancée lui faisait voir la vie autrement. Mais quel accueil son entourage réserverait-il à la jeune fille ? Comment se passerait sa rencontre avec madame Dhaucourt ? Bouli, le petit frère, allait-il adopter l'amoureux de sa sœur ? La romance de Doriane et Wayne tiendrait-elle jusqu'à l'été ? Et surtout : quel secret le lapin Nano pouvait-il cacher ?

Fidèle à elle-même, Malvina ne pouvait s'empêcher de se demander pourquoi le bonheur l'avait désignée, elle, et pas une autre. Sa bonne étoile continuerait-elle de briller aussi fort ?

Malgré le cadeau inestimable que le destin leur avait offert, les amoureux d'Atlantic Bay ne pouvaient pas imaginer ce qu'il leur réservait, bien au-delà de leur imagination... Malvina aurait bientôt sa réponse.

Je vous promets dans le second tome encore plus d'amour, d'amitié, d'humour, encore plus de voyages, de personnages attachants, et surtout des rebondissements... jusqu'à la dernière page.

Car, croyez-moi, vous n'avez encore rien lu !

Droits phonographiques
des chansons citées dans l'ouvrage

A Time for us (paroles : Eddy Snyder, Larry Kusik, musique : Nino Rota, album : BOF Romeo and Juliet, interprète : Johnny Mathis) © 1969 Columbia Records.

Brooklyn by the Sea (paroles : Armand Roda-Gil, musique : Mort Shuman, album : Amerika, interprète : Mort Shuman) © 1973 Éditions LEM, Disques Philips.

Complainte de la serveuse automate (paroles : Luc Plamondon, musique : Michel Berger, album : Starmania, interprète : Fabienne Thibeault) © 1978 Warner Music France / WEA Music.

Disco Magic Concorde (paroles : Marilyn et Alan Bergman, Norman Gimbel, Georges Costa, Jacques Demy, Michel Legrand, Eddy Marnay, Johnny Mercer, Hervé Roy, musique : Michel Legrand, album : Disco Magic Concorde, interprète : Michel Legrand) © 1978 Disques Festival et Kébec-Disc.

Emmène-moi danser ce soir (paroles : Jean Albertini et François Valéry, musique : François Valéry, album : Emmène-moi danser ce soir, interprète : Michèle Torr) © 1978 disques AZ.

L'Été 42 (paroles et musique : Michel Legrand, album : bande originale du film Un Été 42 (Summer of '42), interprète : Michel Legrand) © 1972 Warner Bros. Records, Universal Music Publishing Group.

Evergreen (paroles : Barbra Streisand, musique : Paul H. Williams, album : A star is born, interprète : Barbra Streisand) © 1976 CBS, Inc.

Hygiaphone (paroles et musique : Jean-Louis Aubert, interprète : Téléphone, album : Téléphone) © 1977 Columbia.

If I can't have you (paroles et musique : The Bee Gees, album : BOF Saturday Night Fever, interprète : The Bee Gees) © 1977 by RSO Records, Inc.

If you leave me now (paroles et musique : Peter Cetera, album : Chicago X, interprète : Chicago) © 1976 CBS, Universal Music.

I love you just the way you are (paroles et musique : Billy Joel, album : The Stranger, interprète : Billy Joel) © 1977 CBS Inc.

Je vais à Rio (paroles : Eddy Marnay, musique : Peter Allen et Adrienne Anderson, album : Je vais à Rio, interprète : Claude François) © 1976 Disques Flèche.

L'Amour en fuite (paroles : Alain Souchon, musique : Laurent Voulzy, album : Toto 30 ans, rien que du malheur..., interprète : Alain Souchon) © 1979 RCA / Sidonie.

Le monde est fou le monde est beau (paroles et musique : Evangelina Sobredo et Julio Iglesias, adaptation : Claude Lemesle, album : Aimer la vie, interprète : Julio Iglesias) © 1978 CBS, Inc.

Lettre à Hélène (paroles : Patrick Loiseau, musique : Michel Cywie, album : Pour que tu me comprennes, interprète : Dave) © 1978 CBS, Inc.

Magic Night (paroles : Victor E. Willis, Jacques Morali, Henri Belolo, musique : Jacques Morali, album : Can't Stop the Music, interprète : Village People) © 1980 Can't Stop Productions, RCA, Scorpio Music, Casablanca Record & FilmWorks, Inc.

Maria Magdalena (paroles : J.C. Calderon, musique J.M. Moreau, 45-tours, interprète : Julie Pietri) © 1979 CBS Inc.

New York state of mind (paroles et musique : Billy Joel, interprète : Billy Joel, album : Turnstyles) © 1976 by CBS Records.

Ready for the eighties (paroles : Jacques Morali, Henri Belolo, musique : Jacques Morali, Phillip Hurtt, Peter Whitehead, album Live and Sleazy, interprète : Village People) © 1979 Can't Stop Productions, Scorpio Music, Casablanca Records & FilmWorks, Inc.

Rock'n'dollars (paroles et musique : William Sheller, album : Rock'n'dollars, interprète : William Sheller) © 1975 Warner Chappell Music France, Philips.

Thank you for the music (paroles et musique : Benny Andersson et Björn Ulvaeus, album The Album, interprète : Abba) © 1977 EMI Music Publishing France, Universal Music Publishing Group.

Ti amo (paroles et musique : Umberto Tozzi, Giancarlo Bigazzi, album : Tu, interprète : Umberto Tozzi) © 1977 BIEM, Sugarmusic S.p.a., CGD, CBS.

Tu (paroles et musique : Umberto Tozzi, Giancarlo Bigazzi, album : È nell'aria… ti amo, interprète : Umberto Tozzi) © 1978 Sugarmusic S.p.a., CGD, CBS.

Venise va mourir (paroles : Eddy Marnay, musique : Stelvio Cipriani, interprète : Frida Boccara, album : Pour vivre ensemble) © 1971 Philips.

You to me are everything (paroles et musique : Kenneth Gold et Michael Lawrence Denne, interprète : The Real Thing, album : The Real Thing) © 1976 Screen Gems-EMI-Columbia Music Ltd.

Welcome to my world (paroles : Ray Winkler, musique : John Hathcock, interprète : Elvis Presley, album : Elvis) © 1973 RCA Victor - Burlington Music Co. Ltd.

La réplique « Et puis je peux me mettre à l'autodéfense : je sais déjà crier ! » est librement inspirée de l'épisode pilote de la série *Arnold et Willy* (titre original : *Diff'rent Strokes*). © 1978 NBC Productions.